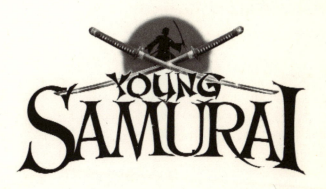

Du même auteur
dans la collection *Baam !*

Young Samurai :
1 - La voie du guerrier
3 - La voie du dragon (à paraître)

RETROUVE DES GOODIES EXCLUSIFS SUR LE SITE DE LA COLLECTION :

WWW.EDITIONS-BAAM.FR

CHRIS BRADFORD

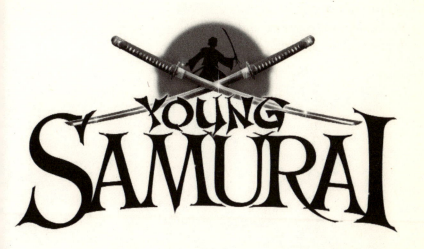

2 - LA VOIE DU SABRE

Traduit de l'anglais par Laurent Strim

Titre original : Young Samurai
The Way of the Sword
Puffin Books Ltd, 2009 (Londres)

© Chris Bradford, 2009
Carte réalisée par Robert Nelmes

Pour la traduction française :
© Éditions J'ai lu, 2010

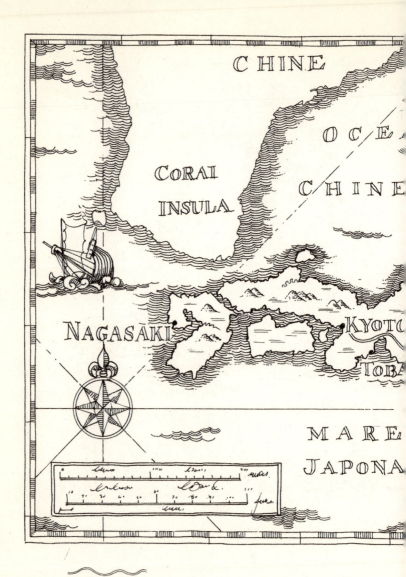

CHINE

OCE...

CHINE...

CORAI INSULA

NAGASAKI

KYOTO

TOBA

MARE

JAPONA...

ROUTE DU TOKAIDO

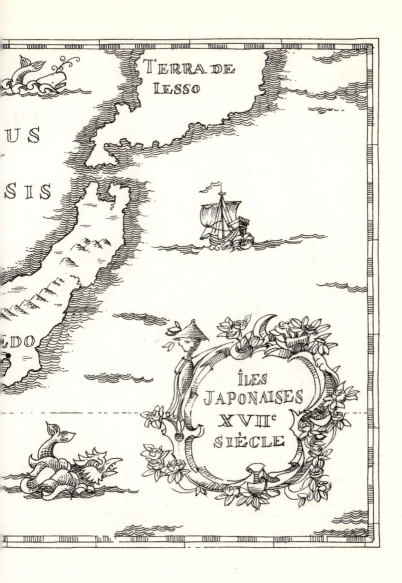

TERRA DE IESSO

ÎLES
JAPONAISES
XVIIᵉ
SIÈCLE

PROLOGUE
DOKUJUTSU

*J*apon, août 1612

« Le scorpion doré de Mandchourie est l'un des animaux les plus venimeux d'Asie, expliqua le *ninja*, extirpant d'une boîte un grand spécimen couleur d'ambre et le déposant dans la main tremblante de son élève. Armé, silencieux, mortel : l'assassin suprême. »

La jeune fille tenta vainement de réprimer un tremblement tandis que la créature à huit pattes, dont l'aiguillon luisait dans le demi-jour, rampait sur sa peau.

Elle était agenouillée face au ninja dans une pièce étroite éclairée par une chandelle, où s'entassaient des pots en terre, des boîtes en bois et de petites cages. Ce bric-à-brac contenait toute une collection de potions ou de poudres empoisonnées, et de plantes ou d'animaux venimeux. Le ninja lui avait déjà montré des baies rouge sang, des poissons-globes, des crapauds multicolores, des araignées aux pattes démesurées et les anneaux de serpents dont la tête était recouverte par un capuchon noir – tous mortels pour les êtres humains.

« Une simple piqûre du traqueur de la mort et la victime éprouve une souffrance intolérable, continua le ninja, observant la lueur d'effroi dans les yeux de son élève. Des convulsions, puis la paralysie, la perte de conscience et pour finir la mort. »

À ces derniers mots, la jeune fille devint aussi immobile qu'une pierre, les yeux fixés sur le scorpion qui escaladait son bras en direction de son cou. Sans prêter attention au danger imminent qui menaçait son élève, le ninja poursuivit son enseignement.

« Dans le cadre de ta formation de *ninjutsu*, tu dois apprendre *dokujutsu*, l'art du poison. Lorsque tu seras envoyée en mission, tu découvriras que poignarder quelqu'un est aussi malcommode que salissant et que le risque d'échouer est grand. Au contraire, l'empoisonnement est silencieux, difficile à détecter et, si le poison est administré convenablement, le résultat est sûr. »

Le scorpion avait maintenant atteint la nuque de la jeune fille et s'était glissé dans l'ombre attrayante de ses longs cheveux noirs. Essayant d'échapper à la progression de l'animal, l'élève, dont le souffle était devenu court et superficiel sous l'emprise de la panique, détourna la tête. Le ninja ignora sa fâcheuse posture.

« Je t'apprendrai comment extraire les poisons de différents végétaux et animaux, lesquels mélanger à la nourriture ou additionner à la boisson de tes victimes, ou encore avec lesquels enduire tes armes, continua le ninja tout en faisant glisser ses doigts sur une cage, déclenchant ainsi une attaque du serpent qui se trouvait à l'intérieur et qui se cogna contre les barreaux. Tu dois également développer une tolérance à ces poisons, car tu n'as aucun intérêt à devenir ta propre victime. »

L'homme se retourna pour voir son élève lever le bras afin de chasser le scorpion blotti au creux de sa nuque. Il secoua doucement la tête en signe de réprobation.

« De nombreuses toxines possèdent leurs antidotes. Je te montrerai comment les préparer. D'autres peuvent être contrées en absorbant de petites doses de poison jusqu'à ce que le corps mette en place ses propres défenses. Cependant, pour d'autres encore, il n'existe aucun remède. »

Le ninja désigna du doigt, dans une auge emplie d'eau, une pieuvre cerclée d'anneaux bleus pas plus grande que le poing d'un bébé.

« Cette créature si belle recèle un venin capable de provoquer la mort d'un homme en quelques minutes. Je recommande de l'utiliser dans des boissons telles que le *saké* ou le *sencha*, car il n'a aucun goût. »

L'élève ne supportait plus la présence du scorpion sur son corps. Elle le balaya d'un geste de la main, le délogeant de sa chevelure, et poussa un cri perçant comme l'aiguillon de l'animal s'enfonçait profondément dans sa paume. La chair autour de la plaie se mit immédiatement à gonfler.

« À l'aide... », gémit-elle tandis qu'une douleur aiguë jaillissait dans son bras.

L'homme observa ses soubresauts sans la moindre compassion. « Tu vivras, répondit-il tout en ramassant le scorpion par la queue et en le laissant retomber dans sa boîte. Il est vieux et gros. C'est des femelles de petite taille que tu dois te méfier. »

L'élève s'effondra sans connaissance sur le plancher.

1

LES OSSELETS

« Tu triches ! s'écria la fillette.

— Pas du tout ! protesta Jack, agenouillé face à sa petite sœur, dans le jardin situé à l'arrière du cottage de leurs parents.

— Si ! Tu dois frapper dans tes mains avant de ramasser les osselets. »

Le garçon cessa de discuter ; son innocence feinte ne pouvait duper Jess. Autant il aimait sa sœur, frêle gamine de sept ans aux yeux bleu clair et aux cheveux blond-châtain, autant il la savait tatillonne en matière de règles. En général, Jess était aussi inoffensive qu'un bouton-d'or mais, lorsqu'ils jouaient aux osselets, elle devenait aussi stricte et sévère que leur mère l'était pour le ménage.

Jack ramassa les cinq petits os de mouton et reprit le jeu. Les ossements blanchis avaient la taille de petits cailloux et les nombreuses parties que le frère et la sœur leur avaient fait subir au cours de l'été en avaient poli les bords. En dépit de la chaleur étouffante, ils semblaient étrangement froids dans sa main.

« Je parie que tu ne pourras pas battre mon *deux* ! » le provoqua Jess.

Relevant le défi, le garçon jeta quatre osselets sur le sol. Il lança alors le cinquième en l'air, frappa dans ses mains et saisit l'un de ceux qui étaient par terre avant de capturer celui qui retombait. Il répéta le procédé avec l'aisance d'un expert, jusqu'à ce que les cinq osselets soient à nouveau dans sa main.

« Un », déclara Jack.

Peu impressionnée, Jess cueillit une pâquerette sur la pelouse en simulant l'ennui.

Jack relança les osselets et accomplit le deuxième tour en deux gestes fluides de la main.

« Deux ! » s'écria-t-il, avant d'envoyer à nouveau quatre osselets dans l'herbe. Alors, après avoir lancé celui qui restait en hauteur et tapé dans ses mains, il en recueillit trois et récupéra le cinquième dans sa chute.

« *TROIS !* » s'exclama Jess, incapable de contenir sa surprise.

Avec un large sourire, le garçon jeta les osselets sur le gazon pour le dernier tour.

Au loin, le roulement grave du tonnerre traversa le ciel de plus en plus sombre. L'air s'alourdissait à l'approche d'un orage estival, mais Jack ignora ce changement de temps. Il préféra se concentrer sur le défi que représentait la possibilité de ramasser les quatre osselets en même temps.

Le garçon en lança un loin en l'air et frappa dans ses mains au moment même où retentissait un craquement épouvantable. La ligne brisée d'un éclair incandescent déchira le ciel, s'abattant sur le sommet éloigné d'une colline et embrasant un arbre. Ce dernier émit une lueur rouge sang qui se détachait sur le ciel noircissant. Mais Jack était trop absorbé par le jeu pour se laisser distraire. Il saisit les quatre osselets avant de rattraper le cinquième, à seulement une largeur de main du sol.

« J'ai réussi ! J'ai réussi ! Quatre d'un coup ! » cria le garçon d'une voix enthousiaste.

L'air triomphant, il leva les yeux et vit que Jess avait disparu.

De même que le soleil. Des nuages de tempête noirs comme la poix filaient à présent à travers un ciel bouillonnant.

Jack regarda avec ahurissement la soudaine férocité du temps. Il prit alors vaguement conscience de quelque chose qui rampait à l'intérieur de son poing fermé. On aurait dit que les osselets *bougeaient*.

Non sans hésitation, il ouvrit la main.

Le souffle lui manqua. Dans sa paume se bousculaient quatre minuscules scorpions noirs.

Ils entouraient le dernier osselet blanchâtre, qu'ils frappaient de leurs aiguillons, enduits d'un poison mortel.

L'un des scorpions fit volte-face et courut le long de son poignet. Pris de panique, Jack secoua le bras, faisant tomber tous les insectes dans l'herbe, et s'élança vers la maison.

« Mère ! Mère ! » hurla-t-il, puis aussitôt il pensa à Jess. Où était-elle ?

La pluie se mit à tomber à grosses gouttes et le jardin s'enfonça dans l'ombre. Il ne distinguait plus que les cinq osselets abandonnés sur la pelouse, mais les scorpions et sa petite sœur étaient devenus invisibles.

« *Jess ? Mère ?* » s'époumona-t-il.

Personne ne répondit.

Il entendit alors sa mère chantonner dans la cuisine :

« *Lorsque tous ses actes diffèrent de son verbe*
L'homme devient un jardin empli de mauvaises herbes
Lorsque les mauvaises herbes commencent à pousser
Ce devient un jardin par la neige caché... »

Jack fonça le long du corridor qui menait à la cuisine.

Le cottage était plongé dans l'obscurité, humide et froid comme des catacombes. Une pâle clarté filtrait par une petite fente dans la porte de la cuisine. Depuis l'intérieur, la voix de sa mère s'élevait et retombait comme les gémissements du vent :

« *Et lorsque cette neige commence à tomber*
Ce devient un oiseau sur un muret perché
Et lorsque cet oiseau s'éloigne dans le vent
Ce devient un faucon dans le ciel, planant... »

Le garçon colla l'œil contre la fente et vit sa mère en tablier, assise dos à la porte, en train d'éplucher des pommes de terre avec un grand couteau incurvé. Une unique chandelle éclairait la pièce, faisant apparaître l'ombre de la lame sur le mur aussi monstrueuse que le sabre d'un samouraï.

« *Lorsque soudain le ciel commence à gronder*
Ce devient une porte, par un lion surveillée... »

Jack poussa la porte de la cuisine. Le bois grinça sur le pavement de pierres, mais sa mère regardait toujours devant elle.

« Mère ? demanda-t-il. M'avez-vous entendu... ? »

« Et lorsque cette porte commence à craquer
Ce devient une canne, qui ton dos vient cingler... »

« Mère ? Pourquoi ne me répondez-vous pas ? »

La pluie tombait maintenant si dru qu'elle faisait le même bruit qu'un poisson en train de frire dans une poêle. Jack franchit le seuil de la pièce et s'approcha de sa mère. Elle continuait à lui tourner le dos, ses doigts s'activant fébrilement avec le couteau et retirant tour à tour la peau de chaque pomme de terre.

« Et lorsque alors ton dos commence à te brûler
Ce devient une lame dans ton cœur enfoncée... »

Jack tira sur son tablier. « Mère ? Est-ce que ça va ? »

Venant de l'autre pièce, un cri étouffé parvint à ses oreilles et, au même instant, sa mère se tourna vers lui, la voix soudain cassante et discordante :

« Lorsque ton pauvre cœur commence à saigner
Tu es mort, oui bien mort, il n'en faut pas douter[1]. »

Les yeux du garçon plongèrent tout à coup dans les orbites creuses d'une vieille sorcière dont les cheveux gris poisseux grouillaient de poux. Celle qu'il avait prise pour sa mère pointait à présent vers sa gorge le couteau, auquel était suspendue une épluchure de pomme de terre, pareille à un lambeau de peau.

« Tu es mort, bien mort, *gaijin* ! » fit d'une voix grinçante la sorcière ratatinée, dont le souffle putride lui donnait la nausée.

---

1. Voir « Notes sur les sources », p. 383.

Elle eut un rire dur, tandis que Jack se précipitait vers la porte en hurlant.

Le garçon entendait les cris angoissés de Jess au fond du cottage. Il s'élança dans la pièce de devant.

Le grand fauteuil, dans lequel son père avait l'habitude de s'asseoir, faisait face au feu qui brûlait dans l'âtre. Une silhouette encagoulée en émergeait, se découpant sur la lueur tremblotante des flammes.

« Père ? interrogea le garçon, hésitant.

— Non, gaijin. Ton père est mort. »

Un doigt noueux émergea d'une main gantée de noir et désigna, dans un coin éloigné de la pièce, un corps étendu face contre terre, inerte et perdant son sang. Le garçon eut un mouvement de recul involontaire en découvrant le sort horrible de son père, et le sol se souleva comme le pont d'un navire.

D'un bond, la forme encagoulée vola du fauteuil à la fenêtre treillissée. L'intrus étreignait Jess dans ses bras.

Le cœur de Jack cessa de battre.

Il reconnaissait l'œil unique vert jade qui lui lançait un regard mauvais par la fente de la cagoule. La silhouette, vêtue de pied en cap du *shinobi shozoku* noir des ninjas, était celle de Dokugan Ryu.

Œil-de-Dragon. Le ninja qui avait tué son père et pourchassé Jack sans pitié enlevait maintenant sa petite sœur.

« Non ! » hurla le garçon en se jetant à l'autre bout de la pièce pour sauver Jess.

Cependant, d'autres ninjas, telles des veuves noires, surgirent des murs pour l'arrêter. Jack les combattit de toutes ses forces, mais chaque assassin sans visage dont il venait à bout était immédiatement remplacé par un autre.

« Une autre fois, gaijin ! siffla Œil-de-Dragon en se retournant et en disparaissant dans la tempête déchaînée. Je n'oublie pas le *routier*. »

2
LE *ROUTIER*

La pâleur de l'aube s'insinuait par la minuscule fenêtre tandis que la pluie dégoulinait paresseusement entre le linteau et l'appui.

Un œil fixait Jack à travers les ténèbres.

Mais ce n'était pas celui de Dokugan Ryu.

C'était celui de la poupée Daruma que *sensei* Yamada, son maître de *zen*, lui avait donnée pendant la première semaine de sa formation de samouraï à la *Niten Ichi Ryū*, l'« École unique des Deux Ciels », à Kyoto.

Plus d'un an avait passé depuis le moment fatal de son arrivée au Japon, lorsqu'une attaque ninja contre le navire marchand piloté par son père avait fait de lui un naufragé, obligé à se battre pour survivre. Seul rescapé, le garçon avait été secouru par le guerrier légendaire Masamoto Takeshi, le fondateur de cette école de samouraïs particulière.

Blessé, incapable de parler la langue et privé d'amis ou de famille pour prendre soin de lui, Jack n'avait guère eu d'autre choix que de faire ce qu'on lui disait. En outre, Masamoto n'était pas le genre d'homme dont l'autorité pouvait être discutée – ce qu'il avait démontré en adoptant le garçon, un étranger, comme son propre fils.

Bien sûr, dans son sommeil, Jack se voyait rentrer chez lui et retrouver sa sœur, la seule parente qu'il avait laissée derrière lui, mais ce rêve se muait souvent en un cauchemar dans lequel s'infiltrait son ennemi juré, Œil-de-Dragon. Le ninja voulait le *routier*, le livre de bord de son père, et cela à tout prix, même s'il lui fallait pour cela assassiner un jeune garçon de l'âge de Jack.

Dans l'obscurité, le petit Daruma de bois au visage rond et peint portait toujours sur sa situation difficile un œil aussi narquois que solitaire. Jack se rappela qu'un jour sensei Yamada lui avait enseigné de peindre l'œil droit de la poupée et de former un vœu – tandis que l'autre œil ne devrait être peint que lorsque le vœu se réaliserait. Il se rendit compte à son grand désarroi que son vœu n'était pas plus près d'être exaucé qu'au moment où il avait rempli le premier œil, au début de l'année.

En proie au désespoir, le garçon roula sur lui-même, enfouissant sa tête dans le *futon*. Les autres apprentis guerriers ne pouvaient manquer d'avoir entendu ses cris à travers les fines cloisons de sa chambre dans le *Shishi-no-ma* – la Maison des lions.

« Jack, ça va ? » murmura quelqu'un en japonais depuis l'autre côté de sa porte.

Il entendit la cloison s'ouvrir en glissant et reconnut les contours indécis de sa meilleure amie, Akiko, et du cousin de cette dernière, Yamato, le fils cadet de Masamoto. Tous les deux se coulèrent doucement dans la petite pièce. Vêtue d'un *yukata* de soie couleur crème, ses longs cheveux sombres attachés en arrière, la jeune fille vint s'agenouiller à côté de Jack.

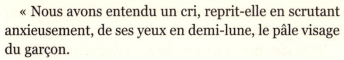

« Nous avons entendu un cri, reprit-elle en scrutant anxieusement, de ses yeux en demi-lune, le pâle visage du garçon.

— Nous avons pensé que tu avais peut-être des ennuis, ajouta Yamato, un garçon maigre et nerveux de l'âge de Jack, aux yeux marron et aux cheveux noirs en épis. On dirait que tu as vu un fantôme. »

Jack s'essuya le front d'une main tremblante et tenta de retrouver son calme. Le rêve, si net et réel, l'avait laissé bouleversé et l'image de Jess kidnappée s'attardait dans son esprit.

« J'ai rêvé d'Œil-de-Dragon... Il s'était introduit dans la maison de mes parents... Il enlevait ma petite sœur... » Le garçon avala sa salive avec difficulté, essayant de maîtriser son émotion.

Akiko donnait l'impression de vouloir s'avancer pour le réconforter, mais Jack savait que l'étiquette japonaise empêchait la jeune fille de se livrer à une telle démonstration d'affection. À la place, elle lui offrit un sourire attristé.

« Jack, ce n'est qu'un songe », dit-elle.

Yamato acquiesça d'un signe de tête, renchérissant : « Il est impossible qu'Œil-de-Dragon se trouve en Angleterre.

— Je sais, reconnut Jack, en inspirant profondément. Mais je n'y suis pas non plus. Si l'*Alexandria* n'avait pas été attaqué, je serais à présent à mi-chemin de chez moi. Au lieu de cela, je suis échoué à l'autre bout du monde. Je n'ai aucune idée de ce que Jess est devenue. Je suis peut-être sous la protection de ton père ici, mais elle, en revanche, n'a personne. »

Les yeux du garçon s'embuèrent.

« Mais n'y a-t-il pas une voisine qui s'occupe d'elle ? demanda Akiko.

— Mme Winters est âgée, répondit Jack en secouant la tête. Elle ne peut plus travailler et bientôt elle aura épuisé tout l'argent que lui a donné mon père. En plus, elle peut très bien être tombée malade et être morte... exactement comme ma mère ! Jess sera envoyée dans un hospice s'il n'y a personne pour prendre soin d'elle.

— Qu'est-ce qu'un hospice ? interrogea Yamato.

— C'est comme une prison, mais pour les mendiants et les orphelins. Elle devra briser des pierres pour les routes, effilocher de vieux cordages, peut-être même concasser des os pour faire de l'engrais. Ils ont très peu à manger et finissent même par se battre pour des morceaux avariés. Comment pourrait-elle survivre à de telles conditions ? »

Le garçon se cacha la tête dans ses mains. Il était dans l'incapacité de protéger le dernier membre de sa famille. Tout comme il l'avait été lorsque son père avait eu besoin de son aide pour combattre les ninjas qui avaient pris leur navire à l'abordage. Frustré par son sentiment d'impuissance, Jack bourra son oreiller de coups de poing. Akiko et Yamato le regardèrent silencieusement vider sa colère.

« Pourquoi fallait-il que l'*Alexandria* navigue dans une telle tempête ? Si sa coque avait tenu, nous n'aurions pas fait naufrage. Nous n'aurions pas été attaqués. Et mon père serait toujours vivant ! »

Encore maintenant, le garçon revoyait le garrot métallique, luisant du sang de son père, qu'Œil-de-Dragon tirait violemment en arrière, tandis que John Fletcher luttait pour se libérer. Jack se rappelait être resté simplement debout, paralysé par la peur, le couteau pendant mollement dans sa main. Son père, suffoquant, les veines du cou prêtes à éclater, essayant désespérément de se rapprocher de lui...

En colère contre lui-même, Jack fit voler son oreiller à travers la pièce.

« Jack. Pas d'affolement. Tu es avec nous à présent, tout ira bien », fit Akiko d'une voix apaisante. Elle échangea avec Yamato un regard soucieux. Ils n'avaient encore jamais vu leur ami dans cet état.

« Non, tout n'ira pas bien, répliqua Jack, secouant doucement la tête et se frottant les yeux comme pour balayer de son esprit la vision de son cauchemar.

— Jack, rien d'étonnant à ce que tu dormes aussi mal. Il y a un livre sous ton futon ! » s'exclama Yamato, ramassant le volume relié de cuir qu'il venait d'apercevoir.

Jack lui reprit vivement l'objet des mains.

C'était le *routier* de son père. Il l'avait gardé sous son futon, ne trouvant pas d'autre endroit où le dissimuler dans sa petite chambre impersonnelle. Le *routier* était son seul lien avec son père et Jack en chérissait chaque page, chaque note et chaque mot que John Fletcher avait écrit. Les informations qu'il contenait étaient très précieuses et le garçon avait promis au pilote de le garder secret.

« Du calme, Jack. Ce n'est qu'un dictionnaire », protesta Yamato, déconcerté par l'agressivité inattendue de son ami.

Jack regarda Yamato avec des yeux ronds, comprenant que ce dernier avait confondu le *routier* avec le dictionnaire portugais-japonais que le défunt père Lucius lui avait donné l'année précédente. Celui-là même qu'il était censé remettre au père supérieur,

Diego Bobadillo, à Osaka, dès qu'il en trouverait l'occasion. Mais ce n'était pas le dictionnaire. Bien que les deux livres eussent une reliure de cuir similaire, celui-ci était le *routier* de son père.

Jack n'avait jamais dit à Yamato la vérité au sujet du *routier*, allant même jusqu'à en nier l'existence. Et ce, pour une bonne raison. Jusqu'à leur victoire et à leur réconciliation au concours interécoles du *Taryu-Jiai*, Yamato n'avait rien fait pour susciter sa confiance.

Quand Masamoto avait adopté Jack, Yamato l'avait aussitôt pris en grippe. Son frère Tenno avait été assassiné et il considérait la présence du nouveau venu comme une tentative de son père pour remplacer son fils aîné disparu. Du point de vue de Yamato, ce garçon étranger lui volait son père. Il avait fallu l'expérience d'une demi-noyade pour que Jack le persuade du contraire et qu'ils deviennent des alliés.

Jack savait qu'il était risqué de parler à Yamato d'une chose aussi précieuse que le *routier* de son père. Et il n'avait aucune idée de la manière dont l'autre réagirait. Mais peut-être était-il temps de confier son secret à son nouvel ami.

« Ce n'est pas le dictionnaire du père Lucius, avoua-t-il.

— Alors de quoi s'agit-il ? le questionna Yamato, l'air perplexe.

— C'est le *routier* de mon père. »

3

LE SOUHAIT
DE LA POUPÉE DARUMA

« Le *routier* de ton père ! s'écria Yamato, dont le trouble se changea en incrédulité. Mais lorsque Œil-de-Dragon a attaqué la maison d'Akiko, tu as déclaré n'en rien savoir !

— J'ai menti. Je n'avais alors pas le choix. »

Jack ne pouvait affronter le regard de son ami. Il savait que celui-ci se sentait trahi.

Yamato se tourna vers Akiko. « Étais-tu au courant ? »

La jeune fille fit oui de la tête, rougissant de honte.

La colère gagna Yamato. « Je ne le crois pas. C'est pour ça qu'Œil-de-Dragon revient sans cesse ? Pour un bête livre ?

— Yamato, je te l'aurais dit, déclara Akiko, essayant de calmer le garçon, mais j'ai promis à Jack de garder le secret.

— Comment un *livre* peut-il valoir la vie de Chiro ? lâcha Yamato en se dressant sur ses pieds. Peut-être n'était-elle qu'une servante, mais elle était loyale envers notre famille. Jack nous a tous mis en danger à cause de ce qu'il appelle son *routier*. »

Le garçon fixait Jack en silence, son ancienne haine flamboyant à nouveau dans ses yeux. Jack le vit avec horreur se tourner pour partir.

« Je vais tout raconter à mon père.

— S'il te plaît, n'en fais rien, l'implora Jack en attrapant l'autre par la manche de son *kimono*. Ce n'est pas *n'importe* quel livre. Il doit être tenu secret.

— Pourquoi ? » demanda son ami en regardant la main de Jack avec dégoût.

Ce dernier le lâcha, mais Yamato resta dans la pièce.

Sans un mot, Jack lui passa le livre dont il tourna rapidement les pages, parcourant sans les comprendre les diverses cartes océanes, constellations et annotations maritimes.

Jack expliqua à voix basse la signification de ce contenu. « Le *routier* est un livre de bord qui décrit les routes sûres à travers les océans du globe. Ses informations ont une valeur telle que des hommes sont morts en essayant de s'en emparer. J'ai juré à mon père de le garder secret.

— Mais pourquoi est-il si important ? N'est-ce pas juste un manuel d'orientation ?

— Non. C'est beaucoup plus que ça. Ce n'est pas seulement une carte des océans. Mon père disait que c'était un outil politique puissant. Quiconque le possède peut contrôler les routes commerciales entre toutes les parties du monde. Ce qui veut dire que le pays, quel qu'il soit, qui détient un *routier* aussi précis que celui-ci gouverne les mers. C'est pourquoi l'Angleterre, l'Espagne et le Portugal le veulent tous.

— Quel rapport cela a-t-il avec le Japon ? interrogea Yamato en rendant le livre. Le Japon n'est pas comme l'Angleterre. Je pense que nous n'avons même pas de flotte.

— Je ne sais pas. Je ne me soucie pas de politique, moi. Je veux seulement rentrer un jour en Angleterre et trouver Jess. Je m'inquiète pour elle, expliqua Jack en caressant la reliure de cuir du livre de bord. Mon père m'a enseigné comment utiliser le *routier* de manière à ce que je puisse devenir pilote, comme lui. C'est pourquoi, quand je quitterai le Japon, ce livre sera mon passeport pour le retour. Mon avenir. Sans lui, je n'ai pas de métier. Quel que soit mon goût pour l'étude de la Voie du guerrier, les samouraïs ne sont pas très demandés en Angleterre.

— Mais qu'est-ce qui t'empêche de partir maintenant ? le défia Yamato, dont les yeux s'étrécirent.

— Jack ne peut pas partir comme ça, lança Akiko pour soutenir son ami. Ton père l'a adopté. Jusqu'à l'âge de seize ans, il lui faut l'autorisation de Masamoto-sama. En outre, où irait-il ? »

Yamato haussa les épaules.

« Nagasaki », répondit Jack.

Les deux autres le regardèrent avec étonnement.

« C'est le port auquel mon père nous conduisait avant que la tempête ne nous dévie de notre route. Il y a peut-être là un navire en partance pour l'Europe, voire l'Angleterre.

— Mais sais-tu seulement où se trouve Nagasaki, Jack ? demanda Akiko.

— Vers... Il y a une carte grossière là-dedans. »

Le garçon commença à feuilleter les pages du *routier*.

« C'est tout au sud du Japon, dans Kyushu », lâcha Yamato avec impatience.

Akiko posa la main sur le livre de bord, interrompant Jack dans sa recherche. « Sans nourriture ni argent, comment irais-tu jusque-là ? De Kyoto, il te faudrait plus d'un mois de marche.

— Tu ferais bien de te mettre en route dès maintenant, n'est-ce pas ? fit Yamato d'un ton sarcastique.

— Arrête, Yamato ! Vous êtes censés être amis, tous les deux, non ? intervint Akiko. Jack ne peut pas se rendre à Nagasaki à pied comme cela. Œil-de-Dragon est là, dehors. À l'école, Jack est sous la protection de ton père et Masamoto-sama semble être la seule personne que craigne le ninja. Si Jack partait d'ici tout seul, il serait capturé... ou pire, tué ! »

Tous devinrent silencieux.

Jack posa à l'écart le *routier*, qui rembourrait exagérément son futon. C'était vraiment une piètre cachette pour un objet de cette valeur, et il comprit qu'il devait trouver un lieu plus sûr avant le retour d'Œil-de-Dragon.

Yamato fit glisser la porte de la chambre pour sortir. Regardant Jack par-dessus son épaule, il le questionna : « Alors, vas-tu en parler à mon père ? »

Chacun soutint le regard de l'autre, tandis qu'entre eux la tension montait.

Jack secoua la tête négativement : « Mon père s'est donné beaucoup de mal pour le tenir secret. À bord, il le rangeait dans un compartiment ignoré de tous. Pas même le capitaine ne savait où il se trouvait. En tant que fils, il est de mon devoir de protéger le *routier*, expliqua-t-il, conscient qu'il devait trouver le moyen de se faire comprendre de Yamato. Tu sais ce qu'est le devoir. Tu es un samouraï. Mon père m'a fait promettre de garder secret son livre de bord. Je suis lié par cette promesse. »

Yamato hocha la tête imperceptiblement et referma la porte, avant de se retourner vers Jack.

« Je comprends à présent pourquoi tu n'as rien dit à personne, déclara-t-il, desserrant les poings maintenant que sa colère l'avait quitté. J'étais contrarié que tu m'aies caché tout cela. Que tu ne m'aies pas fait confiance. Tu le peux, tu sais.

— Merci, Yamato », répliqua Jack, avec un soupir de soulagement.

Yamato s'assit de nouveau à côté de son ami. « Je ne comprends simplement pas pourquoi tu ne peux rien dire à mon père. Il te protégerait.

— Non, il ne faut rien dévoiler, insista Jack. Quand le père Lucius est mort, il a avoué que quelqu'un qu'il connaissait était à la recherche du *routier* et serait prêt à me tuer pour l'obtenir.

— Dokugan Ryu, bien entendu, dit Yamato.

— Oui, Œil-de-Dragon veut le *routier*, acquiesça Jack. Mais vous m'avez expliqué qu'on fait appel à un ninja pour ses compétences particulières. Quelqu'un l'emploie pour voler le livre. Ce pourrait être quelqu'un que Masamoto-sama connaît. Le père Lucius faisait partie de son entourage, aussi je ne peux me permettre de faire confiance à qui que ce soit. C'est la raison pour laquelle je pense que, moins de gens sont au courant de l'affaire, mieux c'est.

— Tu veux dire que tu n'as pas confiance en mon père ? Tu penses qu'il veut le *routier* ? demanda Yamato, prenant les paroles de l'autre pour une offense.

— Non ! répondit Jack précipitamment. Je veux dire que si Masamoto-sama l'avait, il pourrait être assassiné, tout comme mon père l'a été. Et c'est un risque

que je ne peux prendre. J'essaie de le protéger, Yamato. Au moins, tant qu'Œil-de-Dragon croira que j'ai le livre, il n'en voudra qu'à moi. C'est pourquoi nous devons garder le secret. »

Jack vit que son ami pesait le pour et le contre et, pendant un moment des plus pénibles, il pensa que Yamato raconterait tout à son père.

« Bien. Je promets de ne rien dire, consentit Yamato. Mais qu'est-ce qui te fait croire qu'Œil-de-Dragon reviendra ? Nous ne l'avons pas revu depuis qu'il a tenté d'assassiner le *daimyō* Takatomi durant le festival de Gion. Peut-être est-il mort. Akiko l'a blessé assez sérieusement. »

Jack se rappela comment la jeune fille lui avait sauvé la vie cette nuit-là. Ils avaient vu le ninja s'introduire dans le château de Nijo, la résidence du seigneur Takatomi, et l'avaient suivi. Cependant, Œil-de-Dragon l'avait emporté sur Jack et s'apprêtait à lui trancher le bras lorsque Akiko avait lancé un *waki-zashi* pour l'en empêcher. La courte lame avait transpercé le flanc de Dokugan Ryu, mais ce dernier avait à peine bronché. Seule l'arrivée providentielle de Masamoto et de ses samouraïs avait interdit à l'assassin de riposter. Œil-de-Dragon avait pris la fuite en escaladant la muraille du château, non sans promettre à Jack de revenir pour le *routier*.

La menace du ninja hantait encore le garçon, qui ne doutait pas que l'autre reviendrait. Dokugan Ryu était tout proche, derrière l'enceinte de l'école, à l'attendre.

Akiko avait raison. Tant qu'il ne quittait pas la Niten Ichi Ryū, il était sous la protection de Masamoto. Il était en sécurité. Mais en dehors de l'école, sa vie serait dangereusement menacée. Il pourrait même s'estimer heureux s'il parvenait à dépasser seul les faubourgs de la ville.

Jack n'avait pas d'autre choix que de rester à Kyoto et de s'entraîner à la Niten Ichi Ryū. Il devait apprendre la Voie du sabre, dans l'espoir de pouvoir un jour rentrer chez lui sain et sauf.

Bien que cette décision ne fût pas la sienne, l'idée de perfectionner ses compétences de samouraï lui donnait le frisson. La discipline et les vertus du *bushidō* l'attiraient et l'idée de manier un sabre réel était grisante.

« Il est là, de l'autre côté des murs, affirma-t-il. Œil-de-Dragon viendra. »

Traversant sa chambre, le garçon ramassa la poupée Daruma. Il la fixa droit dans les yeux et renouvela solennellement son vœu.

« Mais la prochaine fois, je serai prêt. »

4
Un grain de riz

« **P**ourquoi as-tu apporté ton sabre ? » vociféra sensei Hosokawa, un samouraï d'aspect sévère, au regard intimidant et à la courte barbe en pointe.

Jack baissa les yeux sur son *katana*. Le *saya* noir lustré miroitait dans la lumière du matin, suggérant la présence d'une lame aiguisée comme un rasoir à l'intérieur. Dérouté par l'hostilité inattendue de son professeur de sabre, le garçon effleura du doigt le *kamon* de phénix doré incrusté près de la garde.

« Parce que... c'est un cours de *kenjutsu*, sensei, répondit Jack en haussant les épaules, incapable de trouver une meilleure réponse.

— Est-ce que d'autres élèves portent un katana ? »

Jack parcourut du regard le reste de la classe, aligné le long d'un côté du *Butokuden*, le *dōjō* où ils s'entraînaient à la Voie du sabre, le kenjutsu, et au *taijutsu*, le combat sans armes. La salle ressemblait à une caverne profonde ; son haut plafond de panneaux de bois et ses immenses piliers de cèdre sombre s'élevaient au-dessus de la rangée d'apprentis samouraïs.

Le garçon était une fois de plus renvoyé à l'extrême différence qui le séparait de ses condisciples. Bien que n'ayant pas encore quatorze ans (l'âge moyen des élèves), il était néanmoins le plus grand, avec en outre des yeux bleu ciel et une tignasse si blonde qu'elle ressortait comme une pièce d'or parmi ses camarades uniformément bruns. Pour les Japonais à la peau olivâtre et aux yeux en amande, Jack aurait beau suivre l'entraînement d'un guerrier samouraï, il serait toujours un étranger – un gaijin, comme ses ennemis se plaisaient à l'appeler.

En regardant autour de lui, Jack prit conscience que pas un seul élève à part lui ne portait un katana. Tous avaient un *bokken*, leur sabre de bois pour l'exercice.

« Non, sensei », reconnut Jack, confus.

Tout au bout de la ligne, un garçon à la beauté sombre et à l'allure majestueuse, dont le crâne était rasé et les paupières tombantes, affichait un petit sourire narquois devant l'erreur de Jack. Ce dernier ignora Kazuki, sachant que son rival se réjouirait de le voir perdre publiquement la face.

Bien qu'il eût déjà été confronté à un grand nombre de coutumes japonaises, telles que porter un kimono au lieu d'une chemise et d'un haut-de-chausses, s'incliner chaque fois qu'il rencontrait quelqu'un ou encore s'excuser selon l'étiquette quasiment en toute circonstance, Jack se débattait toujours avec la discipline stricte et ritualisée de la vie nippone.

Le matin même, il était arrivé en retard pour le petit déjeuner, après sa nuit agitée de cauchemars, et avait déjà dû s'excuser auprès de deux senseis. Il semblait que Hosokawa serait le troisième.

Jack savait que son sensei était un enseignant juste mais inflexible, qui exigeait l'excellence. Il attendait de ses élèves qu'ils soient ponctuels, habillés avec soin et déterminés à s'entraîner durement. Sensei Hosokawa ne montrait aucune indulgence pour les erreurs.

Il se tenait au centre de l'aire d'entraînement du dōjō, un vaste rectangle de lames de bois vernissées couleur miel, fixant Jack avec colère. « Donc, qu'est-ce qui te fait croire que tu devrais porter un katana quand les autres n'en ont pas ? »

Jack savait que la réponse qu'il donnerait à sensei Hosokawa, quelle qu'elle soit, serait la mauvaise. Un proverbe japonais disait : « Le pieu qui dépasse doit être enfoncé », et le garçon commençait à comprendre que vivre au Japon consistait à se conformer aux règles. Personne d'autre dans la classe ne portait de sabre. Par conséquent, Jack « dépassait » et devait être « enfoncé ».

Yamato, qui se tenait juste à côté de lui, fit mine de vouloir dire quelque chose en sa faveur, mais sensei Hosokawa lui lança un regard d'avertissement et il renonça aussitôt à son intention première.

Le silence qui était tombé sur le dōjō était presque assourdissant. Jack entendait le sang battre dans ses oreilles, tandis que son esprit s'agitait pour trouver une réponse appropriée.

La seule qui lui venait était la vérité. Masamoto en personne lui avait offert ses *daishōs*, les deux sabres qui symbolisaient la puissance du samouraï, en reconnaissance pour la victoire de son école dans le Taryu-Jiai et pour avoir courageusement empêché Œil-de-Dragon d'assassiner le daimyō Takatomi.

« Ayant remporté le Taryu-Jiai, avança-t-il à tout hasard, je pensais avoir gagné le droit de les utiliser.

— Le droit ? Le kenjutsu n'est pas un jeu, Jack-kun. Triompher dans une simple petite compétition ne fait pas de toi un *kendōka* compétent. »

Le garçon se réfugia dans le silence face au regard courroucé de sensei Hosokawa.

« Lorsque tu pourras venir en classe avec ton katana, je te le dirai. Jusque-là, tu ne te serviras que de ton bokken. Compris, Jack-kun ?

— *Hai*, sensei, répondit ce dernier avec soumission. J'espère simplement que je pourrai utiliser au moins une fois un vrai sabre.

— Un vrai sabre ? grogna le sensei. Crois-tu réellement être prêt pour cela ? »

Jack haussa les épaules avec incertitude. « Je suppose que oui. Masamoto-sama m'a donné ses sabres, il doit donc penser que je suis prêt.

— Tu n'es cependant pas encore dans la classe de Masamoto-sama, répliqua sensei Hosokawa, resserrant sa prise sur la poignée de son propre sabre jusqu'à en faire blanchir ses phalanges. Jack-kun, tu as dans les mains le pouvoir de vie ou de mort. Peux-tu maîtriser les conséquences de tes actes ? »

Avant que Jack eût pu répondre, le sensei lui fit signe de s'approcher.

« Viens ici ! Toi aussi, Yamato-kun. »

Yamato, alarmé, et Jack sortirent du rang et se dirigèrent vers Hosokawa.

« *Seiza*, ordonna le sensei, et tous deux s'agenouillèrent. Pas toi, Jack-kun. Je veux que tu comprennes ce que signifie porter un katana. Sors ton sabre. »

Jack dégaina son arme. La lame luisait, si effilée qu'elle semblait trancher l'air.

Ne sachant ce que sensei Hosokawa attendait de lui, le garçon se mit en position. Son sabre était tendu vers l'avant et il en serrait la poignée à deux mains. Ses pieds étaient bien écartés, le *kissaki* pointé vers la gorge d'un ennemi imaginaire.

Le sabre de Masamoto paraissait anormalement pesant dans ses mains. Après un an d'entraînement, son bokken était devenu une extension de son bras. Il en connaissait le poids, la sensation et savait comment il fendait l'air.

Mais ce sabre était différent. Plus lourd et plus « viscéral ». Il avait tué des gens. Les avait tranchés en deux. Et Jack sentit soudain son histoire sanglante entre ses mains.

Il commençait à regretter l'impétuosité qui lui avait fait apporter une telle arme.

Le sensei, remarquant avec un air de satisfaction sardonique le tremblement du katana, retira un unique grain de riz de son *inrō*, la petite boîte attachée à sa *obi*. Il plaça ensuite ce grain sur le sommet de la tête de Yamato.

« Coupe-le en deux, commanda-t-il à Jack.

— Quoi ? laissa échapper Yamato, les yeux écarquillés d'horreur.

— Mais il est sur sa tête…, protesta Jack.

— Fais-le ! réitéra Hosokawa en désignant du doigt le minuscule grain de riz.

— Mais… mais… je ne peux pas…

— Si tu penses être prêt pour une telle responsabilité, voici l'occasion de le prouver.

— Mais je risque de tuer Yamato ! s'exclama Jack.

— C'est là exactement ce que signifie porter un sabre. Des gens sont tués. À présent, coupe le grain.

— Je ne peux pas, répéta Jack, baissant son katana.

— *Tu ne peux pas ?* s'écria Hosokawa. En tant que ton sensei, je te donne l'ordre de frapper sa tête et de couper ce grain en deux. »

Sensei Hosokawa saisit les mains de Jack et dirigea le sabre droit vers la tête sans protection de Yamato. Le minuscule grain de riz y était juché, infime tache blanche au sein de la masse de cheveux noirs.

Jack savait que la lame traverserait la tête de Yamato avec plus de facilité encore que si ç'avait été une pastèque. Ses bras furent pris d'un tremblement incontrôlable et Yamato, le visage entièrement vidé de son sang, lui adressa un regard de désespoir.

« Fais-le maintenant ! » commanda Hosokawa, soulevant les bras de Jack pour le forcer à porter le coup.

Les autres élèves observaient la scène avec une fascination mêlée d'effroi.

Akiko osait à peine regarder. À côté d'elle, sa meilleure amie, Kiku, une fille menue aux cheveux sombres tombant sur les épaules et aux yeux noisette, était tout près de pleurer. Kazuki, cependant, semblait savourer l'instant. Il donna un petit coup de coude à son allié Nobu, un garçon rondouillard bâti comme un mini-lutteur de *sumo*, et murmura à son oreille, suffisamment fort pour que Jack l'entende :

« Je te parie que le gaijin va trancher l'oreille de Yamato !

— Ou peut-être son nez ! » gloussa Nobu, tandis qu'un sourire plissait son visage replet.

Le sabre oscilla dans les airs. Jack sentit que son corps perdait tout contrôle de l'arme.

« Je... je... je ne peux pas, balbutia-t-il. Je vais le tuer. »

Vaincu, il laissa retomber le katana contre le sol.

« Alors je vais le faire à ta place », déclara sensei Hosokawa.

Yamato, qui avait laissé échapper un soupir de soulagement, se figea instantanément.

En un clin d'œil, le sensei tira son propre sabre et exécuta une coupe en direction de la tête de Yamato. Kiku hurla lorsque la lame s'enfonça dans la chevelure du garçon. Son cri résonna à travers le Butokuden.

Yamato s'affala sur le sol, tête la première.

Jack vit le minuscule grain de riz tomber à part et atterrir en deux morceaux sur le plancher du dōjō.

Yamato resta incliné, tremblant comme une feuille et essayant de reprendre la maîtrise de son souffle. À part ça, il était totalement indemne. L'arme n'avait pas même effleuré son cuir chevelu.

Jack restait immobile, confondu par l'adresse de sensei Hosokawa. Combien il avait été stupide de mettre en doute le jugement de son sensei. Maintenant il comprenait la responsabilité qui allait avec un sabre. Le choix de la vie plutôt que la mort était véritablement entre ses mains. Ce n'était pas un jeu.

« Tant que tu n'as pas la maîtrise totale, conclut sensei Hosokawa, qui fixait Jack d'un regard sévère tout en rengainant son katana, ta compétence est insuffisante pour justifier que tu portes une lame réelle. Tu n'es pas prêt pour la Voie du sabre. »

LE CERCLE DES TROIS

« JEUNES SAMOURAÏS ! » tonna Masamoto à travers le *Chō-no-ma*, la salle à manger dévolue aux réceptions officielles, qui tirait son nom de ses panneaux muraux, ornés de somptueux papillons peints.

Les élèves, assis à genoux et strictement alignés, se raidirent et se préparèrent à écouter la déclaration d'ouverture du samouraï. Jack, dont les jambes s'engourdissaient déjà à cause du seiza, se redressa de manière à mieux voir la cérémonie. Masamoto était assis à sa place habituelle, sur une estrade élevée, derrière une table en cèdre laquée de noir. Sur la table étaient disposées des tasses de sencha fumant, le thé vert amer qu'aimait le guerrier.

Masamoto absorba une modeste gorgée de ce breuvage, laissant le silence s'installer.

Vêtu d'un kimono pourpre orné de son kamon de phénix doré, l'homme suscitait à la fois une obéissance totale et un profond respect tant chez ses élèves que chez ses compagnons samouraïs. La force de sa présence était telle que Jack ne remarquait même plus la cicatrice cramoisie qui défigurait entièrement le côté gauche de son visage, tel un masque de cire fondue. Tout ce qu'il voyait était un guerrier invincible.

De chaque côté de lui se tenaient les senseis de la Niten Ichi Ryū, ainsi que deux autres samouraïs que Jack ne reconnaissait pas.

« Ce dîner est en l'honneur de notre daimyō, Seigneur de la province de Kyoto, Takatomi Hideaki », annonça Masamoto en s'inclinant humblement vers l'homme assis immédiatement à sa gauche.

Tous les élèves et les senseis firent de même.

C'était la première fois que Jack voyait le daimyō, dont il avait sauvé la vie. Celui-ci, homme affable aux grands yeux humides, à la moustache en coup de pinceau et au généreux ventre rond, portait un kimono de cérémonie flamboyant orné de cinq kamons représentant une grue blanche, deux sur les manches, deux sur la poitrine et un dans le dos. Il eut un petit hochement de tête respectueux pour remercier Masamoto de sa déférence.

Ce dernier se rassit. Alors les senseis et les élèves se redressèrent selon l'ordre des rangs, les nouveaux élèves relevant la tête en dernier.

« Takatomi-sama nous a fait l'honneur de sa présence par reconnaissance de notre victoire dans le Taryu-Jiai contre la Yagyū Ryū. »

L'école laissa échapper une ovation.

« Et parce que nous avons déjoué l'attentat organisé contre lui, il a généreusement reconduit son soutien à la Niten Ichi Ryū pour une durée illimitée. »

Les étudiants scandèrent le nom du daimyō et frappèrent dans leurs mains à l'unisson, à trois reprises :

« TAKATOMI ! » CLAP !

« TAKATOMI ! » CLAP !

« TAKATOMI ! » CLAP !

L'intéressé répondit par un sourire cordial et le salut le plus minimal.

« En outre, il a décidé de doter l'école d'une nouvelle salle d'entraînement : le *Taka-no-ma*, la Maison du faucon ! »

Les acclamations fusèrent, suivies de discussions enfiévrées. Une nouvelle salle signifiait la possibilité d'enseigner un nouvel art martial. Masamoto leva la main pour réclamer le silence. Aussitôt, les étudiants refrénèrent leur enthousiasme et l'homme continua son discours.

« Avant de commencer le dîner, laissez-moi vous présenter notre second hôte. »

Masamoto porta son attention sur une sorte de grosse barrique dont la tête ronde était affublée de courts cheveux noirs et crépus, ainsi que d'une barbe tout aussi crépue.

« Sensei Kano est un maître de *bōjutsu*, qui nous rend visite depuis la Mugan Ryū, notre école sœur d'Osaka. Sous sa direction, vous apprendrez à vous défendre et à attaquer avec un bâton, le *bō*. Sensei Kano est un homme qui possède à la fois un grand cœur et un grand talent. Vous n'auriez pu souhaiter meilleur enseignant dans l'art du *bō*. »

En dépit de sa corpulence exceptionnelle, qui dominait l'estrade, le nouveau professeur-samouraï semblait se ratatiner sous l'éloge de Masamoto. Il s'inclina humblement vers la salle, lançant de ses yeux gris fumée un regard vide, comme s'il essayait d'éviter celui des autres.

Les élèves lui répondirent par un salut respectueux.

« Finalement, comme certains d'entre vous le savent, trois ans déjà se sont écoulés depuis le dernier Cercle des Trois... »

L'atmosphère dans le Chō-no-ma devint instantanément tendue à force d'excitation, chaque élève se tenant droit comme un piquet en attendant la suite de ces paroles. Jack, cependant, était profondément perplexe, ignorant totalement à quoi un tel discours faisait référence. Il tourna son regard vers Akiko dans l'espoir d'une explication mais, comme les autres, la jeune fille avait les yeux fixés sur Masamoto.

« Pour les élèves qui possèdent courage et compétence, le temps est venu de prouver qu'ils sont dignes d'être appelés des samouraïs de la Niten Ichi Ryū. Et ceux qui le feront passeront à la phase des "Deux Ciels" sans avoir besoin de s'entraîner plus longtemps. »

Jack avait au moins une petite idée de ce qu'étaient les Deux Ciels. Il avait entendu dire que c'était la technique secrète de Masamoto et que seuls les meilleurs élèves recevaient le privilège de l'apprendre du grand homme en personne. À part ça, les "Deux Ciels" étaient un mystère.

« Le Cercle des Trois, ainsi que l'impose la tradition, débutera lorsque les vents feront tomber les fleurs de cerisier, continua Masamoto. Ceux d'entre vous qui pensent être prêts à affronter le triple défi du Cercle, à l'Esprit, au Corps et à l'Âme, devront donner leur nom à sensei Kyuzo à la fin de cette soirée. Une série de quatre épreuves de sélection sera tenue à la première neige pour tester votre force, votre habileté, votre intelligence et votre courage. Les cinq élèves qui seront jugés les meilleurs pourront aller jusqu'au Cercle. »

Masamoto ouvrit grand les bras, si bien que les manches de son kimono pourpre le firent ressembler au redoutable phénix représenté sur son kamon.

« Soyez prévenus ! Le Cercle n'est pas un défi dans lequel on se lance à la légère. Si vous voulez avoir un espoir quelconque de survivre, vous devez comprendre les sept vertus du bushidō. » L'illustre guerrier marqua une pause, embrassant tous ses élèves du regard. « Donc, dites-moi ce qu'est le bushidō.

— *Rectitude ! Courage ! Bienveillance ! Respect ! Honnêteté ! Honneur ! Loyauté !* » tonitruèrent les élèves d'un bout à l'autre du Chō-no-ma.

Masamoto hocha la tête avec satisfaction. « Et c'est la vertu de courage qui vous sera la plus utile, les prévint-il. Aussi, au cours des mois à venir, rappelez-vous bien cela : *Apprenez aujourd'hui, et demain vous vivrez !* »

Avec la maxime de l'école, Masamoto mit un terme à son discours et la réponse des élèves résonna comme le tonnerre.

« Masamoto ! Masamoto ! Masamoto ! »

Alors que le refrain se calmait, des domestiques entrèrent et installèrent rapidement plusieurs longues tables laquées. Celles-ci étaient disposées en deux rangées qui s'étendaient sur toute la longueur de la salle. Jack s'assit entre Akiko et Yamato, constatant avec un léger frisson qu'ils n'étaient plus assis immédiatement à droite de l'entrée. Ils n'étaient plus des nouveaux et s'étaient par conséquent rapprochés de la table principale de quelques places symboliques.

Jack prenait toujours plaisir à ces dîners officiels. Dans ce genre de circonstances, le protocole exigeait qu'un vaste assortiment de plats soit proposé pour faire honneur aux invités. Cette fois, les *sushis* abondaient dans le menu, qui comprenait également du *tōfu*, des nouilles, des *tempuras*, des bols de soupe *miso*, des légumes vinaigrés tels que du *takuan* ou des aubergines violettes. D'un bout à l'autre de leur table, des pots de sencha fumant étaient disposés à côté de bols sur lesquels s'empilait du riz. Au centre, un plat débordait de tranches d'anguille grillées et recouvertes d'une sauce rouge collante.

« *Itadakimasu !* cria Masamoto pour ouvrir le banquet.

— *Itadakimasu !* » répondirent les élèves, brandissant leurs *hashis* et se plongeant dans le festin.

En dépit du délicieux repas, l'attention de Jack était accaparée par son envie désespérée d'en savoir plus sur le Cercle des Trois. Les autres, cependant, ne se souciaient que de dévorer les mets de choix placés sous leurs yeux.

« Jack, tu devrais goûter l'*unagi* », suggéra Saburo, un garçon légèrement grassouillet à l'allure franche et aux joues pleines, rendues encore plus pleines par une bouchée de nourriture.

Jack, de l'autre côté de la table, adressa un sourire sceptique à son ami, dont les sourcils se levaient et s'abaissaient en rythme avec sa mastication enthousiaste d'un morceau de foie d'anguille, gris et filandreux. La chose n'avait pas l'air particulièrement appétissante, pensa-t-il, mais il se rappelait la première fois qu'il avait vu des sushis. L'idée de manger du poisson cru lui avait retourné l'estomac, alors que maintenant il appréciait la chair tendre et succulente du thon, du maquereau ou du saumon. Le foie d'anguille, cependant, c'était une autre affaire.

« C'est bon pour ta santé », l'encouragea Akiko, emplissant son bol de riz, mais évitant elle-même l'anguille.

Jack saisit, non sans hésitation, un bout grisâtre et le mit dans sa bouche. Quand il mordit dedans, il faillit vomir tant le goût était fort. C'était comme si un millier d'anguilles vivantes avaient explosé sur sa langue.

Il adressa à son amie un sourire forcé, en forme de grimace, et continua à mastiquer. Il valait mieux que le foie d'anguille soit *réellement* bon pour la santé, pensa-t-il.

« Alors, qui va s'inscrire pour le Cercle des Trois ? lâcha Saburo entre deux bouchées, exprimant ce que tous avaient manifestement en tête.

— Certainement pas moi ! répliqua Kiku. J'ai entendu dire qu'un élève était mort la dernière fois. »

À côté d'elle, Yori, un petit garçon qui ressemblait à une souris, écarquilla les yeux d'effroi et répondit à la question de Saburo par un vigoureux non de la tête.

« Ce n'est qu'une rumeur répandue par les senseis pour nous effrayer, les rassura Akiko en adressant un sourire d'encouragement à Yori.

— Non, pas du tout. Mon père m'a expressément défendu d'y entrer, intervint Kiku. Il m'a dit que c'est inutilement dangereux.

— C'est *quoi* exactement, le Cercle ? demanda Jack.

— Le Cercle des Trois, expliqua Akiko tout en reposant ses hashis, sont les trois plus hauts pics des monts Iga, où les apprentis samouraïs affrontent les trois défis de l'Esprit, du Corps et de l'Âme.

— Et quels sont ces défis ? »

Akiko secoua la tête en prenant un air d'excuse : « Je ne sais pas. Ils sont tenus secrets.

— Quels qu'ils soient, déclara Yamato, mon père attendra de moi que j'y participe, aussi je pense que je découvrirai par moi-même ce dont il s'agit. Et toi, Saburo ? Seras-tu candidat ?

— J'étudie la question, répondit l'interpellé, engloutissant un nouveau morceau d'anguille.

— Ça veut dire non. À l'évidence, tu as bien trop peur ! Et toi, Jack ? »

Ce dernier réfléchit un instant, tandis que Saburo demeurait bouche bée, ne sachant s'il devait ou non protester. « Je ne sais pas. Le jeu en vaut-il la chandelle ? Je sais qu'il conduit aux Deux Ciels, mais je ne sais toujours pas ce que cela signifie concrètement.

— Jack, tu as vu les Deux Ciels », affirma Akiko.

Son ami la regarda avec perplexité : « Quand ?

— Sur la plage à Toba. Te rappelles-tu comment Masamoto a combattu contre le samouraï Godai ? Il utilisait le katana en même temps que le wakizashi, et non pas seul. C'est cela, les Deux Ciels. La technique est extrêmement difficile à maîtriser, mais quand tu y parviens, tu es quasiment invincible.

— Mon père a disputé plus de soixante duels pendant son voyage de formation, annonça fièrement Yamato. Il n'a pas été battu une seule fois. »

Le cerveau de Jack entra en ébullition.

On lui avait fait comprendre qu'il devait devenir meilleur escrimeur. En triomphant dans le Cercle des Trois, il obtiendrait la chance de recevoir le double enseignement de sensei Hosokawa *et* de Masamoto. Et il apprendrait à se servir de *deux* sabres. L'idée l'emplissait d'espoir. Car s'il pouvait maîtriser la technique des Deux Ciels, il serait invincible, comme Masamoto. Il n'aurait plus à craindre le retour d'Œil-de-Dragon.

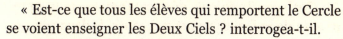

« Est-ce que tous les élèves qui remportent le Cercle se voient enseigner les Deux Ciels ? interrogea-t-il.

— Bien sûr », répondit Akiko.

Jack sourit. Le Cercle des Trois était sans aucun doute la solution à ses ennuis.

« Alors je m'inscrirai. »

6

L'INVITATION

Une clameur s'éleva : « *Rei, SENSEI !* »
Le dîner était arrivé à sa fin et tous les élèves
se levèrent pour s'incliner pendant que les senseis
sortaient un à un. Masamoto, accompagné du daimyō
Takatomi, marchait en tête du cortège. Comme ils pas-
saient devant Jack, le daimyō s'arrêta.

« Jack-kun ? Je suppose qu'il s'agit de toi, étant
donné que tu es le seul samouraï blond ici présent, dit
Takatomi, dont le sourire chaleureux s'épanouit.

— *Hai, sensei*, répondit Jack, en s'inclinant encore
plus bas.

— Non, je ne suis pas ton sensei, rit Takatomi.
Cependant, j'aimerais que toi, Akiko-chan et Yamato-kun
me rejoigniez pour un *cha-no-yu* demain soir au château de Nijo. »

Un murmure de stupéfaction se répandit parmi les
élèves inclinés. Même les traits de Masamoto, habituellement empreints de stoïcisme, dénotèrent de la
surprise à cette invitation sans précédent. La cérémonie du thé était considérée comme la forme d'art la plus
pure, exigeant des années, sinon toute une vie, pour
atteindre la perfection. Être invité à un cha-no-yu par

le daimyō en personne, pour un élève, sans parler d'un étranger, était un événement considérable.

« Je n'ai pas encore eu l'occasion de vous exprimer ma reconnaissance personnellement, pour l'exploit que vous avez accompli en empêchant Œil-de-Dragon d'arriver à ses fins, poursuivit Takatomi. Ma charmante fille se joindra à nous. Je crois que vous avez déjà fait la connaissance d'Emi, car elle m'a parlé de vous à maintes reprises. »

Jack lança un coup d'œil vers une fille grande et svelte à la longue chevelure raide et à la bouche en pétale de rose. Elle lui sourit gentiment, avec une chaleur telle que le garçon dut s'incliner à nouveau pour dissimuler son visage rougissant. Toutefois, Akiko, qui avait levé les yeux, n'avait pas manqué de remarquer cet échange.

« Takatomi-sama, ils seraient très heureux d'accepter votre invitation », répondit Masamoto à la place de Jack, avant de conduire le daimyō hors du Chō-no-ma et de s'éloigner dans la nuit.

Il y eut un bourdonnement d'excitation dans l'air quand les senseis furent partis. Des groupes d'élèves se formèrent, discutant au sujet du Cercle des Trois et attendant de voir qui s'inscrirait le premier.

Sensei Kyuzo, leur maître de taijutsu, un minuscule gaillard dont les compétences en matière de combat à mains nues étaient légendaires, était assis à la table principale, un rouleau de soie étendu devant lui. Il attendait impatiemment le premier candidat.

À sa manière habituelle, il prenait des noix dans un petit bol et les brisait à mains nues, tout comme il était enclin à le faire avec l'esprit de Jack à la première occasion. L'homme méprisait le garçon et ne faisait aucun effort pour dissimuler son indignation à voir les secrets des arts martiaux enseignés à un étranger.

Après un moment d'hésitation, un garçon robuste aux larges épaules et au visage basané s'avança vers l'estrade. Il saisit le pinceau et écrivit son nom à l'encre sur le rouleau. Peu après, trois autres élèves s'approchèrent à leur tour, encourageant un flux soutenu de candidats à les rejoindre dans la queue.

« Venez », fit Yamato en se dirigeant à grands pas vers la file, qui s'allongeait.

Jack chercha Akiko du regard, pour être tout à fait rassuré, mais elle était déjà dans la queue. Il aurait dû le savoir. Akiko n'était pas une fille ordinaire. C'était une samouraï et, en digne nièce de Masamoto, elle avait le courage dans le sang.

Jack la rejoignit. Quand ils arrivèrent devant la table principale, il la regarda écrire son nom sur le rouleau, grâce à une série de traits formant un dessin magnifique mais mystérieux. Le sens des *kanjis* lui échappait.

Quand il découvrit Jack par-dessus l'épaule d'Akiko, sensei Kyuzo le regarda avec colère.

« Tu t'inscris pour le Cercle, *toi* ? lâcha-t-il avec un petit grognement incrédule.

— *Hai, sensei* », répliqua le garçon, ignorant le dédain de son professeur. Il avait fait la queue avec les autres pour signer et n'allait pas se laisser décourager maintenant par l'hostilité de Kyuzo.

« Un *gaijin* n'a jamais concouru dans le Cercle, déclara ce dernier, en insistant délibérément sur l'usage de ce terme péjoratif pour désigner un étranger.

— Alors ce sera la première fois, sensei, intervint Akiko, ignorant ce manque de respect manifeste à l'égard de son ami.

— Signe ici, ordonna sensei Kyuzo. En kanjis. »

Jack resta interdit. Sur le rouleau, les noms des participants étaient tous soigneusement tracés en caractères japonais.

Un sourire cruel se dessina sur les lèvres de sensei Kyuzo. « À moins que tu n'en sois incapable ? L'inscription doit être faite en kanjis. C'est le règlement. »

Au grand désespoir de Jack, le sensei avait raison. Il écrivait assez bien. Sa mère avait été un bon professeur. Mais seulement en caractères romains. Bien que les conseils d'Akiko et les leçons officielles du père Lucius lui eussent permis de parler japonais, il n'avait qu'une expérience limitée des kanjis. Au Japon, la Voie de l'écriture, *shodō*, était tout autant une forme artistique que le combat au corps à corps ou le maniement du sabre. La maîtrise réclamait des années d'exercice.

Sensei Kyuzo se délectait de la gêne de Jack.

« C'est dommage, dit-il. Peut-être pourras-tu t'inscrire d'ici trois ans, quand tu auras appris à écrire. Suivant ! »

Le garçon fut écarté d'un coup de coude par un élève qui arrivait derrière lui et dont il aurait pu deviner qu'il s'agissait de Kazuki. Celui-ci avait été sur son dos dès son arrivée dans l'école. Maintenant que Jack avait gagné le respect des autres élèves en battant l'école rivale, la Yagyū Ryū, dans le Taryu-Jiai, Kazuki était à l'affût de la moindre occasion de l'intimider ou de le rabaisser.

« Pas de souci, gaijin, fit-il avec un petit sourire satisfait, en écrivant son propre nom à l'endroit même où Jack aurait dû signer. De toute façon tu ne seras plus dans les parages pour participer à la compétition. »

Jack se retourna vers Kazuki, alors même qu'il sentait Akiko l'entraîner un peu plus loin. « Que veux-tu dire ?

— Sans doute as-tu déjà appris la nouvelle ? lança l'autre avec un plaisir hargneux. Le daimyō Kamakura Katsuro expulse les chrétiens du Japon. »

Nobu regarda Jack par-dessus l'épaule de son compère. Il agita la main en signe d'adieu et rit : « *Sayonara*, gaijin !

— Il va tuer tous les gaijins qu'il trouvera dans le pays », ajouta Kazuki, plein de mépris. Puis il se tourna vers Nobu, avec dans les yeux une lueur de triomphe pour avoir été le premier à annoncer la mauvaise nouvelle au principal intéressé.

« Ignore-les, Jack, conseilla Akiko en secouant la tête d'un air dégoûté. C'est de la pure invention. »

Mais le garçon ne put s'empêcher de penser qu'il y avait peut-être un grain de vérité dans ce que disait Kazuki. Kamakura était le daimyō de la province d'Edo et le chef de la Yagyū Ryū. C'était un homme cruel et vindicatif, doté d'un trop grand pouvoir. L'image que Jack retenait du daimyō était son visage impassible tandis qu'il regardait l'un de ses samouraïs décapiter un vieux marchand de thé, pour la seule raison que celui-ci n'avait pas entendu l'ordre de s'incliner. En dépit des propos rassurants d'Akiko, le garçon avait conscience que Kamakura était plus que capable d'ordonner l'exil et la mort des étrangers.

Si c'était vrai, alors peu importerait qu'il participe ou non au Cercle des Trois. Sa vie serait plus menacée que jamais, pas seulement par Œil-de-Dragon et le clan des ninjas, mais aussi par Kamakura et ses samouraïs.

Peut-être devait-il réfléchir au moyen de gagner Nagasaki avant qu'il ne soit trop tard. Mais d'abord, il lui fallait découvrir si Kazuki mentait ou non.

« Où vas-tu ? » demanda Akiko, tandis que Jack se dirigeait résolument vers la sortie du Chō-no-ma.

Jetant un coup d'œil par-dessus son épaule en direction de Kazuki et de Nobu, toujours occupés à ricaner entre eux, le garçon répondit : « Quelque part loin de ces deux-là ! »

7

RANDORI

J ack restait étendu, incapable de bouger.

L'impact contre le plancher du dōjō avait fait sortir tout l'air de ses poumons.

« Je suis tellement désolée, dit Akiko en baissant les yeux vers lui avec un air inquiet. Je ne voulais pas te projeter aussi fort.

— Ne t'excuse… pas, répondit Jack, essayant de reprendre son souffle et de ne pas vomir le petit déjeuner qu'il avait ingéré peu auparavant. C'était… ma faute… Je n'ai pas su… amortir ma chute. »

La jeune fille l'avait fait basculer par-dessus son épaule comme un sac de riz, dans un mouvement appelé *seoi nage*. Non que ses compétences remarquables en matière de combat fussent inattendues. Jack avait appris très tôt à ne pas sous-estimer Akiko, l'ayant vue se débarrasser seule de deux ninjas, avec pour toute arme sa obi nouée à une extrémité.

Il était quant à lui parfaitement capable d'amortir sa chute et aurait dû retomber au sol sans se faire mal. Cependant, Akiko lui avait dit quelque chose qui avait complètement sapé sa concentration.

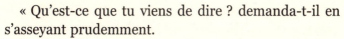

« Qu'est-ce que tu viens de dire ? demanda-t-il en s'asseyant prudemment.

— Tu es dans la compétition pour le Cercle des Trois.

— Je ne comprends pas. Comment est-ce possible ?

— Kiku t'a inscrit, expliqua la jeune fille avec un sourire espiègle. Je lui ai demandé d'écrire ton nom à la place du sien. »

Jack, incrédule, la regarda fixement. Elle avait contourné les règles de l'inscription pour lui.

Il sourit. Les Deux Ciels redevenaient soudainement accessibles. Son entraînement avait maintenant un véritable but. Et avec seulement cinq places disponibles dans le Cercle des Trois, il savait qu'il lui faudrait travailler dur pour être sélectionné.

« Pourquoi t'es-tu arrêté ? l'interrogea sensei Kyuzo, debout au-dessus de lui, le transperçant de ses petits yeux noirs et méchants.

— Je reprends juste ma respiration, sensei », répliqua le garçon en souriant, incapable de cacher la joie que lui causait la nouvelle d'Akiko.

Sensei Kyuzo le regarda avec suspicion. « Debout ! Y a-t-il d'autres élèves qui se reposent ? Est-ce que Kazuki, là-bas, est fatigué ? »

Le sensei hocha la tête en direction de son élève favori, qui faisait mordre la poussière à Saburo d'un seoi nage dévastateur de son invention.

« Non, sensei, reconnut Jack à travers ses lèvres pincées.

— Quel samouraï tu feras ! » cracha Kyuzo.

L'homme tourna sur ses talons et gagna le centre du Butokuden.

« *Yame !* » ordonna-t-il.

Tous interrompirent leur entraînement, mettant un genou en terre pour écouter leur sensei.

« Le taijutsu est comme l'eau bouillante : si vous ne maintenez pas la flamme haute, l'eau devient tiède ! beugla Kyuzo.

— HAI, SENSEI ! crièrent les élèves à l'unisson.

— Ne faites pas comme Jack-kun en vous arrêtant seulement parce que vous êtes fatigués ! »

Jack sentit tous les yeux du dōjō se tourner vers lui et écuma de colère. Pourquoi fallait-il toujours que le sensei le prenne comme exemple ? Il y avait beaucoup d'élèves dont les aptitudes étaient bien inférieures aux siennes et plusieurs avaient abandonné l'entraînement avant lui.

« Si l'un quelconque d'entre vous s'est inscrit pour les épreuves de sélection au Cercle des Trois, il lui faudra montrer plus d'endurance et de vigueur que ça. Vous voulez abandonner ? les défia sensei Kyuzo.

— NON, SENSEI ! protestèrent les élèves exténués, le souffle court, le *gi* trempé de sueur.

— Bien. Alors c'est le moment de passer aux *randoris* ! déclara le professeur de taijutsu. En ligne ! »

Tous s'agenouillèrent précipitamment le long d'un des côtés du Butokuden, en vue des affrontements libres.

« Pendant cette séance, je veux que vous pratiquiez exclusivement vos *nage waza* et *katame waza*, exigea sensei Kyuzo, faisant référence aux techniques variées de projection et de contrôle sur lesquelles ils s'étaient concentrés pendant les dernières leçons. Kazuki, tu commences. Tu peux leur montrer comment on fait. »

Kazuki bondit sur ses pieds et se mit en position à la droite de son professeur.

« Maintenant ton adversaire sera…, réfléchit sensei Kyuzo en tirant mélancoliquement sur la touffe de poils qui lui tenait lieu de moustache sous son nez épaté. Jack-kun. »

Ce dernier s'y attendait. On ne lui accorderait pas une seconde pour récupérer. D'habitude, il aimait les randoris qu'il trouvait passionnants et stimulants. Mais Kazuki était rancunier. Dans les affrontements libres, on était censé « retenir » ses coups, projeter avec précaution et relâcher sa prise aussitôt que l'autre tapait de la main ou du pied en signe d'abandon. Mais si on lui donnait la moindre chance de le faire, Kazuki appliquerait ses techniques de toutes ses forces et ignorerait les signaux de son adversaire.

N'ayant guère le choix, Jack se leva et vint se placer à la gauche de sensei Kyuzo.

« *Rei !* » lança ce dernier, et les deux adversaires s'inclinèrent vers lui.

« *Rei !* » répéta le sensei, et Jack et Kazuki s'inclinèrent l'un vers l'autre comme l'étiquette l'exigeait.

« *Hajime !* » annonça Kyuzo, et le randori commença.

Chacun fonça pour empoigner l'autre, saisissant le revers ou les manches de son gi pour tenter de prendre l'avantage.

En une danse éblouissante mais violente, ils luttèrent pour la suprématie. Ils tirèrent et poussèrent, tournoyèrent et zigzaguèrent, essayant de se déséquilibrer l'un l'autre, cherchant l'occasion d'une projection ou d'un fauchage.

Les autres élèves suivaient l'affrontement avec passion. Yamato et Saburo serraient les poings, en signe de soutien silencieux, Akiko tirait anxieusement sur les plis de son gi.

Jack, voyant se dessiner une possibilité, se plia en deux en direction de Kazuki, pour un seoi nage, mais l'autre le contra aussitôt, faisant glisser son bassin hors d'atteinte et lançant une jambe derrière son adversaire, pour une projection dite de « chute dans la vallée ».

Le mouvement aurait été couronné de succès si Jack avait été en déséquilibre mais il était toujours bien planté sur ses pieds et, ripostant par un fauchage interne, il porta tout son poids contre l'autre.

Kazuki faillit tomber, mais réussit tant bien que mal à dégager sa jambe. Il trébucha en arrière et Jack poussa son attaque.

Trop tard… le garçon comprit qu'il s'était fait avoir.

La perte d'équilibre de Kazuki avait été un stratagème pour l'inciter à prolonger son mouvement. Il était maintenant victime d'une projection-sacrifice.

Kazuki roula en arrière, entraînant Jack au-dessus de lui. Simultanément, il lui enfonça un pied dans l'estomac, le faisant voler en arc de cercle au-dessus de sa tête.

Jack ne pouvait rien faire pour éviter le *tomoe nage*. Atterrissant sur le dos, de tout son poids, contre le plancher du dōjō, il eut le souffle coupé pour la deuxième fois ce jour-là. Avant même qu'il ait pu reprendre sa respiration, son adversaire avait roulé sur lui et l'avait immobilisé par une prise de cou.

« Très impressionnant, Kazuki ! déclara élogieusement sensei Kyuzo depuis le bord du dōjō. Voyons si tu peux le maintenir au sol le temps de compter jusqu'à dix. »

Kazuki se cramponna au-dessus de Jack, serrant l'arrière du cou de ce dernier avec son avant-bras droit, tandis qu'il retenait son bras droit sous son aisselle. Il étendit ses jambes vers l'extérieur et pesa de tout son poids sur la cage thoracique de son adversaire, enfouissant sa tête contre celle de Jack.

Ce dernier était cloué au sol.

« Un ! » cria le sensei.

Jack roula contre Kazuki, essayant de le déstabiliser et cherchant de sa main libre à agripper son gi.

« N'y compte pas, gaijin, lâcha Kazuki d'une voix rauque dans l'oreille de Jack, rien ne pourra m'obliger à te lâcher !

— Deux ! »

Jack se lança dans l'autre sens pour faire rouler Kazuki par-dessus lui mais les jambes de ce dernier étaient trop largement étendues et son poids s'opposait à la manœuvre.

« Trois ! »

Jack gisait impuissant, vidé de ses forces.

« Pathétique ! railla Kazuki.

— Quatre ! »

Outré, Jack renouvela ses efforts. Il fit glisser ses pieds en direction des jambes de Kazuki, rapprochant son corps de celui de son adversaire, dans l'espoir de parvenir à emprisonner sa jambe arrière et à le retourner. Sentant venir le mouvement, Kazuki l'évita en déplaçant ses propres jambes.

« Tu devras faire mieux que ça !

— Cinq ! »

Jack arqua sa colonne vertébrale, poussant sur la plante de ses pieds pour former comme un pont avec son corps. Il parvint à créer un espace entre son dos et le plancher et commença à se tordre contre Kazuki, dégageant sa tête par un mouvement de vrille.

Kazuki ramena son poids sur la cage thoracique de Jack, plaquant de nouveau le corps de ce dernier contre le sol.

« Tortille-toi autant que tu veux. Tu as perdu !

— Six ! »

Hors de lui, Jack lutta avec encore plus d'ardeur, mais l'autre resserra sa prise d'acier.

« Pendant que j'ai toute ton attention, murmura Kazuki à l'oreille de Jack, j'ai des nouvelles fraîches qui t'intéressent. Un gaijin de ton espèce a été brûlé vif par le daimyō Kamakura. »

8

L'ABANDON

Les mots retentirent comme un coup de poing dans l'esprit de Jack et le garçon cessa de lutter.

Était-ce à nouveau une des railleries empoisonnées de Kazuki ? Jack n'avait pas encore trouvé l'occasion de parler avec Masamoto ou l'un des senseis pour découvrir si les rumeurs disaient vrai. Il avait cependant été rassuré de constater qu'aucun élève, en dehors de Kazuki et de sa coterie, ne semblait être au courant de déclarations du daimyō Kamakura contre les chrétiens.

« SEPT !

— On dit que sa chair s'est détachée en lambeaux avant même qu'il ne soit mort, comme un cochon rôti à la broche. Imagine un peu, gaijin ! »

Ces moqueries cruelles furent l'aiguillon qui poussa Jack à riposter. Pendant un bref instant, il revit la tempête qui avait fait sombrer l'*Alexandria* et le marin qui avait été embrasé par un éclair. Il se rappelait l'atroce douleur gravée sur les traits du cadavre et l'odeur écœurante de chair grillée. Il bouillonna de colère et un flot d'adrénaline se déversa dans ses veines.

« HUIT ! »

D'un seul mouvement, Jack arqua son corps, enserra la jambe arrière de Kazuki entre les siennes et attrapa la tête de son adversaire avec sa main libre. Ses doigts trouvèrent les narines et tirèrent dessus violemment.

« Neuf ! »

Kazuki grogna de douleur et fut retourné sur lui-même.

Jack roula au-dessus de lui. Il l'immobilisa d'un contrôle par la poitrine, étendu en travers de ses épaules, enserrant sa tête du coude et du genou.

C'était maintenant au tour de Kazuki d'être immobilisé au sol.

À travers la masse de cheveux plaquée sur son visage, Jack entrevit Yamato et Saburo en train de l'encourager. Bien qu'épuisé, il s'autorisa un très léger sourire de triomphe.

« Un ! » fit le sensei sans enthousiasme.

Kazuki était comme cloué et incapable de rien faire.

« Deux ! »

Mais à l'abri du regard des autres, Kazuki réussit à libérer un bras et commença à marteler les reins de Jack à coups de poing.

« Trois ! »

Seul sensei Kyuzo pouvait le voir mais il ferma les yeux tandis que Kazuki décochait un nouveau coup non autorisé. Le sensei ralentit délibérément le compte.

« Quatre... »

Kazuki continua à frapper. Le flanc de Jack s'embrasa de douleur et il dut lâcher sa prise. Le repoussant violemment, Kazuki contre-attaqua de toutes ses forces et l'immobilisa par un étranglement.

« Ce n'est pas très gentil... d'attaquer au visage ! » cracha-t-il, à présent allongé sur Jack, un avant-bras passé derrière la nuque de ce dernier et l'autre en travers de sa gorge.

D'un mouvement brusque, Kazuki resserra ses deux avant-bras comme un étau.

Un jet de salive sortit de la bouche de Jack.

Sa trachée avait été instantanément obstruée et il ne pouvait plus respirer.

« Excellent, Kazuki ! » commenta sensei Kyuzo sur un ton dithyrambique, ravi de voir son protégé reprendre le contrôle de la situation.

Ignorant ostensiblement la violence croissante du randori, le sensei se tourna pour instruire la classe.

« Notez bien le passage de l'immobilisation à l'étranglement. C'est une manœuvre très efficace, qui garantit l'abandon de n'importe quel ennemi. »

Ainsi encouragé, Kazuki accentua sa strangulation, une lueur sadique dans les yeux.

Jack sentait l'étau se resserrer sur sa gorge. La pression augmentait dans son crâne. Ses poumons souffraient de l'asphyxie, son champ de vision était cerné de ténèbres et il tapa violemment sur le sol pour signifier sa capitulation.

Kazuki se contenta de l'observer, se délectant de sa souffrance.

Jack était au bord de l'inconscience.

Mais l'autre maintint l'étranglement.

Des étoiles éclatèrent devant les yeux de Jack et, pendant un instant terrifiant, le visage de Kazuki, souriant jusqu'aux oreilles, se transforma en celui d'Œil-de-Dragon. Le masque de tête de mort noircie à l'unique œil vert passa devant lui comme un éclair.

Le signal d'abandon de Jack devint de plus en plus faible, sa main se mit à palpiter, comme un poisson qui se noie. Il entendit alors la voix d'Akiko, qui semblait provenir du fond d'un étang obscur : « Sensei ! Il est en train de le tuer ! »

Kyuzo observa avec nonchalance la coloration bleutée sur les lèvres de Jack et déclara : « C'est bon, Kazuki. Il est clair que tu l'as battu... »

Kazuki relâcha l'étranglement et l'air entra à flots dans les poumons de Jack.

Ce dernier l'absorba comme si c'était de l'eau. Au moment où l'oxygène atteignit son cerveau, sa fureur explosa pour de bon. Avec l'énergie du désespoir, il envoya son poing sur le visage de Kazuki. Le coup alla droit au but et projeta son ennemi en arrière.

« *YAME !* » beugla sensei Kyuzo, hissant Jack sur ses pieds par le col de son gi.

Son pouce chercha un point de pression dans le cou du garçon et il appuya dessus fortement. Jack fut aussitôt paralysé par la douleur. Son corps pendait comme une poupée de chiffon. Aux yeux des autres, il semblait simplement épuisé par le randori. Mais pour lui, la sensation était la même que si sensei Kyuzo lui avait inséré une tige métallique en fusion à l'intérieur de la colonne vertébrale.

« Qu'est-ce que j'ai dit ? lui souffla l'homme en plein visage avec un mépris accru. Nage waza et katame waza uniquement. Depuis quand les coups de poing font-ils partie des techniques de contrôle ?

— Depuis quand le meurtre... est-il encouragé... pendant les randoris ? » répliqua Jack tout en serrant les dents, pour résister aux spasmes que lui causait la douleur.

Kazuki était toujours par terre, au centre du dōjō, occupé à soigner sa lèvre fendue, le gi taché de rouge vif par son propre sang.

« Tu as beaucoup à apprendre, dit sensei Kyuzo, le premier principe étant *fudōshin*. Tu n'es manifestement pas assez équilibré pour devenir un samouraï ! »

Jack était sidéré. Non seulement à cause du supplice que lui infligeait le sensei, mais aussi à cause de l'injustice de la situation.

« En punition pour ton manque de sang-froid annonça Kyuzo de manière à ce que tous entendent, tu reviendras ici à l'heure du dîner et briqueras chaque lame du plancher de ce dōjō. Est-ce que tu comprends ?

— Mais, sensei, je dois aller prendre le thé avec le daimyō Takatomi, ce soir. »

Sensei Kyuzo le regarda d'un air furieux, sachant qu'il ne pouvait le contraindre à manquer un rendez-vous aussi important. « Demain soir, alors !

— Hai, sensei », répondit Jack d'un ton contrarié.

L'autre se pencha en avant, enfonçant un peu plus profondément son pouce dans le cou du garçon et lui envoyant une nouvelle onde de douleur atroce. Il se courba plus avant pour lui murmurer à l'oreille : « Je ne sais pas comment ton nom s'est retrouvé dans la liste des candidats au Cercle des Trois, mais note bien ceci : je veillerai personnellement à ce que tu ne sois pas sélectionné pendant les épreuves. »

9
FUDŌSHIN

« **C**'est quoi au juste, fudōshin ? grommela Jack en frottant son cou endolori, tandis que lui et son petit groupe d'amis flânaient dans les rues de Kyoto après le déjeuner.

— Je ne suis pas sûr de le savoir », reconnut Yamato.

Jack regarda les autres dans l'espoir d'une réponse, mais Akiko secoua la tête sans rien dire, apparemment prise au dépourvu elle aussi. Saburo, caressant son menton entre ses doigts d'un air méditatif, n'en avait manifestement aucune idée non plus, car il reprit rapidement la mastication bruyante de son *yakitori*, la brochette de poulet grillé qu'il venait d'acheter à un vendeur ambulant.

« Ça veut dire l'"esprit immobile" », déclara Kiku.

Yori, qui se traînait à côté d'elle, approuva en hochant du chef, comme si cela expliquait tout.

« Mais qu'est-ce que ça veut dire, avoir un "esprit immobile" ? demanda Jack.

— Mon père dit que fudōshin concerne le contrôle des émotions, répliqua Kiku. Un samouraï doit rester calme à tout moment – même face au danger.

— Alors, comment obtiens-tu fudōshin ?

— Je ne sais pas... Mon père est très bon pour expliquer les choses, mais pas pour les enseigner. »

Kiku sourit à Jack pour s'excuser, puis la voix flûtée de Yori s'éleva : « Je pense que fudōshin, c'est un peu comme un saule.

— Un saule ? répéta Jack, les sourcils froncés par la perplexité.

— Oui, comme un saule tu dois envoyer tes racines loin dans le sol afin de résister aux tempêtes, mais aussi être souple et flexible quand le vent souffle.

— Voilà qui est plus facile à dire qu'à faire ! fit Jack en riant. Essaie de garder ton calme alors qu'on est en train de t'étrangler et de t'expliquer que des étrangers sont brûlés vifs – et que tu seras le prochain !

— Tu ne devrais pas écouter Kazuki, Jack, soupira Akiko. Il invente seulement des histoires pour t'effrayer.

— Désolé, l'interrompit Saburo, l'air penaud, tandis qu'il engloutissait sa dernière bouchée de poulet, mais Kazuki dit vrai. »

Tous les regards se braquèrent sur lui.

« Je ne voulais pas te le dire, Jack, mais il semble bien que le daimyō Kamakura a effectivement tué un prêtre chrétien. Il y avait un écriteau à ce sujet dans la rue... »

Saburo s'interrompit quand il vit le sang refluer du visage de son ami.

En entendant la nouvelle, ce dernier eut la sensation que la chaleur de midi s'évanouissait, balayée par un frisson qui glissait le long de sa colonne vertébrale. Kazuki avait donc dit la vérité. Jack devait en savoir plus et s'apprêtait à questionner Saburo quand, tournant à l'angle d'une large place, il se trouva soudain confronté à la lame étincelante d'un sabre de samouraï.

Tenu en l'air par un guerrier au kimono bleu sombre marqué d'un kamon de pousse de bambou, l'arc de métal mortel était prêt à frapper. Toutes les pensées de Jack au sujet de Kamakura et du prêtre mort furent chassées de son esprit.

Cependant la lame n'était pas dirigée vers lui, mais vers un combattant d'allure aguerrie, habillé d'un kimono marron uni au kamon de croissant de lune et d'étoile, debout immobile à trois longueurs de sabre de son adversaire.

« Un duel ! s'exclama Saburo avec un petit cri de satisfaction, entraînant Jack à l'écart. Vite, par ici ! »

Une foule s'était rassemblée sur l'aire de la rencontre. Certaines personnes regardaient l'arrivée de Jack avec suspicion, murmurant entre elles derrière leurs mains. Même le guerrier vêtu de bleu jeta un coup d'œil, distrait du duel imminent par le curieux spectacle d'un étranger blond en kimono.

Jack les ignora. Il était habitué à la curiosité qu'il provoquait partout où il allait.

« Salut, Jack. Je ne m'attendais pas à te voir ici. »

L'interpellé se retourna et découvrit Emi, vêtue d'un élégant kimono vert d'eau et accompagnée de ses deux amies, Cho et Kai, ainsi que d'un chaperon samouraï plus âgé. Les deux groupes d'élèves se saluèrent.

« Pourquoi se battent-ils ? demanda Jack à Emi tandis que cette dernière venait se placer à côté de lui.

— Le samouraï en bleu accomplit son *musha shugyō* », répondit la jeune fille.

Le guerrier qui s'était laissé distraire par l'apparition de Jack avait plusieurs années de moins que son adversaire, qui paraissait âgé d'environ trente ans. Son kimono était poussiéreux et perdait par endroits son

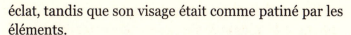

éclat, tandis que son visage était comme patiné par les éléments.

« Qu'est-ce que musha shugyō ? interrogea Jack.

— C'est le voyage de formation d'un guerrier. Quand les samouraïs ont terminé leur apprentissage, ils partent sur les routes du Japon pour mettre leur force à l'épreuve et perfectionner leur aptitude au combat. Ils se défient les uns les autres pour montrer qui est le meilleur.

— Le perdant peut être assommé ou mis hors d'état de combattre, parfois même tué ! intervint Saburo, un peu trop enthousiaste au goût de Jack.

— Tué ? Voilà qui paraît plutôt stupide comme manière de se tester.

— Eh bien, comment pourraient-ils savoir autrement s'ils sont bons ou non ? » répliqua Emi comme si c'était une évidence.

Jack tourna les yeux vers les deux samouraïs rivaux. Ils se regardaient fixement l'un l'autre. Aucun ne semblait disposé à bouger le premier. Dans la chaleur du soleil de midi, une goutte de sueur coula le long du visage du guerrier en bleu, mais il n'y prêta pas garde.

« Pourquoi n'attaque-t-il pas ? questionna Jack.

— Ils essaient de dissimuler leur moindre défaut, répondit Yamato. Mon père m'a dit que le plus infime mouvement peut révéler une faille dans ta technique, qui sera alors exploitée par ton adversaire. »

La foule, sentant la pression monter, était devenue immobile elle aussi. Même les enfants se tenaient tranquilles. On n'entendait rien hormis les cloches des temples, annonçant les cérémonies de la mi-journée.

Le samouraï en bleu changea de position maladroitement et la poussière s'éleva en petits tourbillons au-dessus du sol. Son adversaire, cependant, resta parfaitement calme, son sabre toujours rangé dans son saya.

Alors, comme le son du dernier coup de cloche s'éteignait, le samouraï le plus âgé dégaina son sabre d'un mouvement fluide.

La foule reflua.

Le duel avait commencé.

Les deux hommes tournaient l'un autour de l'autre avec circonspection.

Soudain, celui en bleu hurla : « *Kiaaaiiiiii !* »

Brandissant son sabre, il s'avança sur le guerrier le plus âgé. Ignorant la bravade, ce dernier se contenta de reculer jusqu'à une position éloignée, tourné de côté vers son ennemi. Simultanément, il leva son propre sabre au-dessus de sa tête, puis le baissa en arrière de son corps, de sorte que son adversaire ne pouvait plus en voir la lame.

L'aîné attendit.

« *Kiaaaiiiiii !* »

Le samouraï en bleu poussa un nouveau cri, mobilisant tout son esprit guerrier, et lança son assaut. Il rabattit son arme en direction du cou sans protection de son adversaire, sûr de sa victoire.

L'autre ne bougeait toujours pas et Jack crut que sa fin était arrivée.

À la dernière seconde, l'homme s'écarta de la trajectoire mortelle de l'arc métallique et, avec un bref « *Kiai !* », porta un coup de taille contre le flanc découvert de son assaillant.

Pendant ce qui sembla une éternité, les deux samouraïs se figèrent, face à face.

Sans se quitter des yeux.

L'un des sabres dégouttait de sang.

Il régnait une absence de son dérangeante, comme si la mort avait recouvert les oreilles du monde. Pas même la cloche d'un temple ne sonnait.

Puis, avec un gémissement sourd, le samouraï le plus jeune s'affaissa sur le côté et s'effondra, mort. Son corps souleva un nuage de poussière qui s'éloigna en tourbillonnant, comme si c'était l'esprit du guerrier qui prenait la fuite.

Le second samouraï maintint son attention encore un moment, s'assurant que le duel était bien terminé. Alors il se redressa et secoua le sang de sa lame, d'un mouvement que Jack reconnut comme étant un *chi-buri*. Remettant son sabre dans son fourreau, l'homme s'éloigna sans se retourner.

« Je suppose que c'est là ce que sensei Kyuzo veut dire par fudōshin, souffla Saburo avec un mélange de crainte et de respect. Ce samouraï n'a même pas cillé quand le sabre venait sur sa tête. »

Mais Jack n'écoutait pas. Il était cloué d'horreur à la vue du sang qui s'infiltrait dans le sol poussiéreux. Le duel lui avait rappelé à quel point le Japon pouvait être cruel et impitoyable. Puisque la mort du prêtre était un fait avéré, le projet du daimyō Kamakura d'éliminer les chrétiens devait être tout aussi réel.

10
LE PARQUET
ROSSIGNOL

« Cours ! murmura Akiko sur un ton pressant, plus tard dans la soirée. Ils arrivent ! »

Jack se précipita hors de leur cachette sous l'escalier. Il fonça dans le corridor, puis dans une pièce où deux tigres féroces étaient peints sur un grand paravent recouvert de soie. Il entendit un cri derrière lui et comprit que les gardes avaient déjà attrapé Akiko. Ils devaient les rechercher à présent.

Faisant coulisser une cloison à l'autre bout de la pièce aux tigres, il jeta un coup d'œil dans le passage, constata qu'il était désert et reprit sa course. Il tourna au bout à gauche, avant de prendre la première ouverture à droite. Il ignorait où il allait, étant donné que le château du daimyō était un véritable dédale de pièces et de couloirs.

Courant sur la pointe des pieds de manière à faire le moins de bruit possible sur le plancher, il suivit le corridor et dépassa deux portes fermées avant de prendre à gauche. C'était une impasse !

Il entendit la voix d'un garde et fit volte-face. Mais le couloir était vide.

Jack revint sur ses pas, s'arrêtant là où il venait de tourner. Il entendit alors un bruit de pas se rapprocher.

Un silence de mort.

Avec prudence, il jeta un œil par-delà l'angle du passage.

Ce dernier était dépourvu de fenêtres et seule une des lanternes de papier accrochées aux poutres du plafond était allumée. À travers les ombres vacillantes, il distinguait une unique porte coulissante tout au bout du corridor.

Ne voyant ni n'entendant personne, il fit un pas en avant.

Et son pied disparut à travers le sol.

Il laissa échapper un cri tout en tombant vers l'avant. Dans une tentative désespérée, il se jeta sur le côté, essayant de s'agripper au mur. Ses doigts trouvèrent une prise sur une traverse de bois et il s'y raccrocha de toutes ses forces.

Il découvrit avec effroi qu'il était suspendu au-dessus d'un vide béant. Une trappe avait été ménagée dans le plancher pour attraper d'éventuels intrus.

Jack scruta l'abîme. Quelques marches étroites conduisaient à d'insondables ténèbres. Le garçon maudit sa précipitation. Il aurait pu aisément se rompre une jambe, voire le cou. Il avait là la preuve que vouloir s'enfuir était vain.

Retrouvant son sang-froid, il revint en arrière jusqu'à ce que ses pieds retrouvent un appui solide.

« Venez ! Par ici ! »

Un garde l'avait entendu crier et ils étaient maintenant à sa poursuite.

Contournant le trou, Jack se dirigea le long du couloir, mais il pouvait entendre les bruits de pas se rapprocher rapidement.

« Il n'est pas là-dedans. »

Le garçon accéléra son allure, gardant un œil au sol et l'autre vers l'avant. Ses poursuivants tourneraient bientôt au coin du passage et le découvriraient.

Il gagna l'extrémité du corridor, fit glisser la porte et s'avança en refermant derrière lui.

La pièce rectangulaire dans laquelle il était entré pouvait contenir vingt *tatamis*. Il devina qu'il s'agissait d'une sorte de salle de réception. À l'autre bout se trouvait une estrade de cèdre poli, qui portait un unique *zabuton*, derrière lequel tombait une tenture murale ornée d'une grue blanche en vol. À part cela, les murs fauves étaient complètement nus.

Nulle fenêtre. Nulle autre porte. Nulle issue.

Jack entendait ses poursuivants courir dans le passage.

Il était pris au piège.

C'est alors qu'il remarqua un léger mouvement de la grue, comme si elle était prise dans un courant d'air. En l'absence de porte ou de fenêtre, il fallait bien que quelque chose la fasse bouger.

Jack se précipita pour examiner la tenture de plus près. Sous l'écran de soie, il découvrit un recoin secret. Sans réfléchir à deux fois, il s'y précipita, ramenant le rideau devant l'ouverture au moment même où la porte de la pièce s'ouvrait brusquement. « Où est-il donc ? fit une voix.

— Il ne peut avoir disparu », répliqua une autre, féminine celle-ci.

Jack retint sa respiration. Il entendait les deux personnes marcher à travers la pièce.

« Eh bien, il n'est pas ici, fit observer la première voix. Peut-être est-il revenu en arrière ?

— Je t'avais bien dit que nous aurions dû vérifier dans la première pièce. Viens ! »

La porte se referma avec un léger frottement et les voix s'éloignèrent. Jack poussa un soupir de soulagement. Il s'en était vraiment fallu de peu. S'il avait été pris, c'eût été la fin.

Dans l'obscurité de sa cachette, le garçon remarqua un étroit passage sur sa gauche. N'ayant pas le choix, il se tourna et le suivit. Il ne savait aucunement où il se dirigeait mais, après quelques coudes, un faible rougeoiement filtra à travers les murs translucides.

« Où peut-il bien être allé ? » demanda une voix toute proche de son oreille.

Jack se figea, puis comprit que ce passage dérobé était parallèle à l'un des couloirs principaux. Il distinguait les silhouettes de ses poursuivants à travers les cloisons de papier fin. Cependant, comme il était dans l'ombre, ils n'étaient pas conscients de sa présence, à la portée d'un coup de poignard.

« Essayons en bas. Il ne peut pas être allé bien loin. »

Il entendit leurs pieds nus s'éloigner à pas feutrés, puis reprit sa progression pour se retrouver, à sa grande surprise, dans un nouveau cul-de-sac.

Persuadé que le passage devait mener quelque part, Jack tâtonna à la recherche d'une porte. Il essaya de faire glisser les panneaux muraux en arrière mais aucun ne bougea. Il en poussa un fermement pour voir s'il pouvait s'ouvrir de cette façon. La partie basse du panneau céda brutalement et il fut catapulté dans le couloir.

« Il est là ! » cria quelqu'un.

Jack sauta sur ses pieds pendant que le faux mur se remettait en place d'un coup sec. Il courut aussi vite qu'il put, tournant subitement à gauche ou à droite dans le dédale des couloirs. Apercevant un escalier étroit, il fut en haut en trois bonds. Comme il atterrissait sur la dernière marche, son poids déclencha un ressort secret et tout l'escalier se rétracta vers le haut, jusqu'à disparaître totalement du couloir.

Tout ébahi qu'il fût par ce dispositif remarquable, le garçon eut la présence d'esprit de rester calme et silencieux. Ses poursuivants passèrent en dessous de lui sans se douter de sa présence.

Comme Jack redescendait prudemment les marches, l'escalier reprit sa position première et le garçon repartit en sens inverse dans le couloir maintenant désert, jusqu'à ce qu'il trouve une porte qu'il n'avait pas encore essayée. De l'autre côté s'étendait un parquet soigneusement lustré. Il se terminait par un portail de bois qui *devait* être la sortie.

Avec une distance à franchir inférieure à la longueur du gaillard arrière d'un navire, Jack savait qu'il pouvait s'échapper du château du daimyō. Il posa un pied sur le plancher mais celui-ci émit un piaillement d'oiseau. Il essaya de se faire plus léger mais, si doucement qu'il avançât, le sol chantait à chaque pas, se moquant de sa tentative de fuite.

Il entendait un bruit de cavalcade venant dans sa direction.

Comme il se mettait à courir, le parquet chanta encore plus fort.

« Je te tiens ! s'exclama le garde en l'agrippant. Le jeu est terminé. »

11
LA SALLE DE THÉ
DORÉE

Jack se laissa reconduire jusqu'à la salle de réception ornée de la tenture murale à la grue blanche. À peine entré, il s'agenouilla et s'inclina le front contre le tatami en signe de déférence envers le daimyō.

« Tu es donc tombé dans le piège de mon parquet rossignol ? »

Le daimyō Takatomi était assis jambes croisées sur l'estrade de cèdre, protégé par six samouraïs qui s'alignaient le long des murs comme des statues de pierre.

« Oui, reconnut Jack.

— Excellent, s'écria le daimyō avec un sourire satisfait. Le parquet rossignol est le nouveau dispositif de sécurité de mon château dont je suis le plus fier. Le son d'oiseau est produit par des sortes de charnières métalliques placées sous le plancher et déclenchées par la pression d'un simple pas. Ce qui fait qu'il est impossible de le traverser sans être détecté. Je pense que notre petit jeu de l'"évasion" a prouvé son efficacité.

— Ce que je voudrais savoir, père, demanda Emi, agenouillée entre Yamato et Akiko, c'est comment Jack est sorti de *cette* pièce. »

L'intéressé sourit intérieurement. Bien qu'il n'eût pas réussi à éviter tous les pièges en relevant le défi posé par le daimyō à chacun d'eux – s'enfuir du château sans être repéré –, il avait échappé aux gardes plus longtemps que quiconque.

« Emi-chan, fit le père de la jeune fille sur un ton de reproche, je ne peux croire que ma propre fille n'ait pas remarqué la seconde porte. »

Jack leva les yeux et vit que le daimyō leur indiquait le mur blanc situé à leur droite. Tous l'examinèrent, très étonnés. Takatomi, d'un geste de la main, enjoignit à l'un de ses gardes samouraïs de pousser le panneau central. Ce dernier émit un petit clic, puis pivota sur un axe central.

Le samouraï disparut en un clin d'œil.

Un instant après, la cloison tourna à nouveau et le garde fut de retour dans la pièce. Jack, Akiko, Yamato et Emi se regardèrent les uns les autres, stupéfiés par la découverte de cette porte secrète. Car même à présent qu'ils la savaient là, le mur leur paraissait solide et intact.

« Comme je l'ai déjà dit, mes enfants, le château de Nijo est maintenant à l'épreuve des ninjas, mais on ne saurait être trop prudent. J'ai un garde derrière cette porte chaque fois que je reçois des invités dans cette pièce.

— C'est donc ainsi que tu t'es enfui, dit Emi en secouant la tête avec incrédulité. Je n'arrive pas à croire que tu l'aies remarquée et pas nous. »

Jack s'apprêtait à la détromper, mais il y renonça. Manifestement, le daimyō pensait que personne n'avait découvert son recoin sous la tenture à la grue.

C'était le secret de Takatomi.

Maintenant, c'était aussi celui de Jack.

« Mais assez joué pour ce soir, déclara le daimyō. C'est l'heure du cha-no-yu. »

« L'hôte passe parfois des jours à vérifier le moindre détail pour être sûr que la cérémonie sera parfaite », expliqua Emi d'une voix étouffée.

Ils entraient dans le *roji*, un minuscule jardin dépourvu de fleurs mais humecté de gouttelettes d'eau qui faisaient briller les rochers moussus, les fougères et les pas de pierre, telle la rosée du matin. Emi ouvrit le chemin et s'assit sur un banc, faisant signe à Jack, Akiko et Yamato de la rejoindre.

« Ici, nous attendons, les informa-t-elle, de manière à nous débarrasser de la poussière du monde. »

La curiosité de Jack grandit. Il n'aimait pas particulièrement le thé vert mais il savait que la cérémonie du thé revêtait une signification très élevée. Emi avait tenté de lui en expliquer le rituel, mais tant de symbolisme s'attachait à chaque action, mouvement et moment qu'il ne comprenait pas grand-chose aux paroles de la jeune fille.

« Il y a quatre principes de base pour la cérémonie du thé, lui avait-elle dit. L'harmonie, le respect, la pureté et la tranquillité. À son plus haut niveau, tu devrais ressentir les mêmes qualités dans ton propre cœur-esprit. »

Comme ils étaient assis là, absorbant en silence la paix du roji, Jack commença à comprendre en partie ce qu'Emi voulait dire. Une petite cascade émettait comme un doux son de cloches dans le lointain, et la simplicité du jardin calmait son esprit sans qu'il sût trop pourquoi. La disposition était quasi magique et il eut la sensation que son âme prenait de la hauteur.

« Maintenant, rappelle-toi, Jack, murmura Emi après un moment de silence. Quand nous entrerons, ne marche pas sur les lignes entre les tatamis. Ne marche pas sur et ne touche pas le tatami du milieu, où se trouve le foyer. Tu dois rester assis en seiza jusqu'à la fin de la cérémonie, et n'oublie pas d'admirer le rouleau suspendu, d'étudier la bouilloire et l'âtre, et de faire des remarques favorables sur la cuillère et le pot à thé lorsqu'ils seront soumis à ton inspection.

— Est-ce tout ? s'exclama Jack, l'esprit près d'exploser à force d'étiquette.

— Ne t'inquiète pas. Suis simplement mes gestes », suggéra doucement Akiko, voyant l'anxiété de son ami grandir.

Elle lui adressa un regard tendre et Jack se sentit rassuré. Avec elle à ses côtés, il devrait pouvoir éviter les erreurs les plus embarrassantes.

« Vous devez rester silencieux, maintenant », leur ordonna tout bas Emi en arrangeant son kimono, tandis que son père faisait son apparition.

Le daimyō Takatomi, revêtu d'un kimono blanc immaculé, s'approchait le long d'un sentier de galets noirs. Il fit une pause devant un grand bassin de pierre, placé au milieu de rochers, et le remplit avec de l'eau fraîche provenant du ruisseau. Jack le regarda prendre une petite louche en bois à côté du bassin, prélever un peu de liquide, puis se laver les mains et la bouche. Quand il eut achevé son rituel de purification, il franchit le *chūmon*, et salua ses hôtes silencieusement, en s'inclinant avec courtoisie. Ils lui répondirent de même avant de traverser avec lui le chūmon, qui au dire d'Emi était un portail symbolique entre le monde physique et le monde spirituel du cha-no-yu.

Chacun prit à son tour la louche de bois pour se purifier les mains et la bouche, avant de poursuivre le chemin jusqu'au pavillon de thé. La porte de ce dernier était si basse qu'ils devaient s'accroupir pour y pénétrer. Emi leur avait appris que l'ouverture était ainsi conçue pour obliger chacun à baisser la tête en entrant, rappel de l'égalité de tous dans le cha-no-yu, indépendamment du statut social. Cela signifiait également qu'un samouraï ne pouvait apporter son sabre à l'intérieur.

Jack venait en dernier. Il ôta ses sandales et rentra la tête dans les épaules pour passer le seuil. Lorsqu'il se redressa, il resta bouche bée. La petite pièce carrée était entièrement décorée de feuilles d'or. Aux yeux du garçon, c'était comme se tenir debout dans un lingot d'or massif. Même le plafond était doré. Le seul ornement était un rouleau suspendu dans l'alcôve. Les tatamis, bien qu'ils ne fussent pas dorés, étaient bordés d'un luxueux tulle rouge, de sorte que la magnificence de la salle de thé submergeait les sens.

D'après Akiko, les pavillons de thé étaient en général des ouvrages modestes, de simples constructions de bois aux couleurs sobres, mais la splendeur de celui-ci dépassait l'imagination.

Akiko et Yamato semblaient également ébahis et le daimyō était clairement satisfait de leur réaction. Il leur fit signe de s'agenouiller et de le rejoindre.

Emi s'avança vers l'alcôve, prenant son temps pour admirer le rouleau peint, avant de s'asseoir devant le foyer et d'examiner la bouilloire avec un air admiratif.

Akiko et Yamato accomplirent le même rituel, puis Jack tenta de les imiter.

Il s'approcha de l'alcôve et étudia le rouleau, une peinture simple mais exquise représentant un martin-pêcheur sur une branche nue, avec des kanjis tracés à l'encre en bas à droite.

« Les kanjis disent *Ichi-go, Ichi-e* : une fois, une rencontre, expliqua Takatomi. Ce rouleau me rappelle que chaque cérémonie du thé est unique et doit être appréciée pour ce qu'elle offre. »

Les autres hochèrent la tête pour approuver la sagesse du daimyō.

« La calligraphie peut également être lue : "une chance dans une vie". Cela me rappelle que dans tout combat à mort, il n'existe pas de deuxième chance. Vous devez saisir la vie à deux mains. »

Ichi-go, Ichi-e, se répéta Jack en silence. Les mots du daimyō sonnaient vrai. Ayant tant perdu, le garçon comprenait la fragilité de l'existence.

Takatomi lui fit signe de rejoindre les autres, puis il alluma un petit feu de charbon de bois et jeta de l'encens dans les flammes. L'air s'emplit bientôt de l'arôme entêtant du santal.

S'étant retiré dans une salle de préparation par une porte discrète située sur sa droite, le daimyō en revint avec un bol à thé noir contenant un petit fouet de bambou, une serviette de lin blanc et une mince cuillère d'ivoire. À son retour, il les disposa méticuleusement près d'un grand pot à eau ovale placé sur le tatami central.

Ensuite, Takatomi rapporta un second bol avec de l'eau, une louche de bambou et un support de bambou vert pour le couvercle de la bouilloire. Refermant la porte coulissante derrière lui, il s'installa en seiza.

Avec le cérémonial approprié, il sortit de sa obi un délicat mouchoir de soie d'un violet éclatant et entreprit un nettoyage rituel de la cuillère et du pot à thé. La concentration que le daimyō mettait dans cette suite d'actions était tout à fait remarquable. Chaque geste était d'une précision appliquée et lourd d'un symbolisme qui restait un mystère aux yeux de Jack.

Comme Takatomi transférait de l'eau chaude depuis la bouilloire jusqu'au bol à thé à l'aide de la louche, il se remit à parler. « Quand le thé est préparé avec de l'eau puisée dans les profondeurs de l'esprit, dont le fond est au-delà de toute mesure, nous tenons vraiment ce qu'on appelle cha-no-yu[2]. »

Et ainsi commença la Voie du thé.

2. Voir « Notes sur les sources », p. 383.

12

TAMASHIWARI

« **Q**uatre heures pour une tasse de thé !
s'exclama Jack, alors qu'ils revenaient au
Shishi-no-ma sous un ciel nocturne empli d'étoiles.

— Oui, comme c'est merveilleux ! s'enthousiasma
Akiko, prenant l'étonnement incrédule de son ami
pour de l'admiration. La cérémonie était parfaite. Le
daimyō a un réel talent pour cha-no-yu, c'est un excellent maître de *sadō*. Tu devrais te sentir très honoré.

— Je me sens très endolori ! grommela Jack en
anglais, souffrant toujours de ses genoux qui s'étaient
bloqués au bout de la première heure. À Dieu ne plaise
que le thé arrive jamais sur nos côtes[3] !

— Plaît-il ? demanda Akiko.

— J'ai dit : il nous reste encore à faire venir le thé en
Angleterre, mentit le garçon en japonais.

— Tes compatriotes savent naviguer aussi loin, mais
vous n'avez pas de thé ! Quel dommage de passer à côté
d'une telle perfection.

— Nous avons d'autres boissons, répliqua Jack, bien
qu'il dût reconnaître que ce qu'on buvait à bord des
navires demandait aussi qu'on s'y habitue.

---

3. Voir « Notes sur les sources », p. 383.

— Oh, je suis sûre qu'elles sont excellentes… mais que dis-tu de la Salle de thé dorée ? continua la jeune fille. Quand on pense que le daimyō a fait un jour déménager la salle entière au Palais impérial pour divertir l'empereur en personne ! Nous avons été *vraiment* honorés. »

Jack laissa Akiko parler sans l'interrompre. Les Japonais étaient habituellement très réservés dans l'expression de leurs émotions et il était heureux de la voir si enjouée. Pendant qu'Akiko continuait à discuter au sujet de la cérémonie avec Yamato, Jack pensa au château de Nijo et à son palais intérieur. Il était très étonné des efforts que le daimyō avait déployés pour assurer sa propre protection. Takatomi était manifestement fier des nouveaux dispositifs de sécurité qu'il avait fait installer depuis la tentative d'assassinat d'Œil-de-Dragon. D'où le défi de s'enfuir qu'il leur avait lancé, destiné à démontrer l'efficacité de ces installations.

« À l'épreuve des ninjas », avait dit le daimyō.

S'il en était ainsi, raisonna le garçon, alors le recoin secret derrière la tenture à la grue constituait le lieu le plus sûr pour mettre le *routier* à l'abri des investigations d'Œil-de-Dragon. Certainement bien plus sûr que sous un mince futon ou dans les jardins de la Niten Ichi Ryū. Par ailleurs, l'école était le premier endroit où chercherait le ninja. Jack comprit qu'il devait trouver le moyen de faire une nouvelle visite au château et de cacher le livre de bord.

« *Kiai !* » hurla Akiko.

Son poing claqua contre la solide bille de bois.

Et rebondit…

Le coup sembla extrêmement douloureux et Jack tressaillit pour la jeune fille. Celle-ci tenait son poing meurtri dans son autre main, les larmes aux yeux, sa joie de la nuit précédente complètement éteinte par leur premier cours de la journée, le taijutsu.

« Suivant ! » cria sensei Kyuzo, sans laisser paraître la moindre sympathie.

Akiko se remit à genoux dans la rangée des élèves, pour laisser Jack prendre position devant la courte planche rectangulaire. Le bois de cèdre était épais comme son pouce et paraissait indestructible à mains nues. Pourtant, sensei Kyuzo l'avait placé sur deux billots stables au milieu du Butokuden et avait enjoint à chaque élève de le briser avec son poing.

Jusque-là personne n'avait réussi seulement à l'entailler.

Jack se prépara à frapper en serrant son poing droit. De toutes ses forces, il rabattit son bras contre la planche de cèdre. Sa main heurta la bille, lui renvoyant une puissante secousse en direction de l'épaule. Le bois ne se fendit même pas, mais Jack eut l'impression que chaque os de son poing s'était brisé.

« Pathétique », grogna sensei Kyuzo, le renvoyant dans le rang d'un geste dédaigneux.

Jack rejoignit les autres élèves, tous occupés à soigner leurs mains contusionnées et leurs bras douloureux.

« Le fer est plein d'impuretés qui l'affaiblissent, déclara sensei Kyuzo, ignorant leur souffrance. Quand on le forge, il devient de l'acier et se transforme en un sabre effilé comme un rasoir. Un samouraï se développe de la même façon. Ceux qui souhaitent prouver qu'ils sont assez forts pour le Cercle des Trois auront à briser trois planches de ce type à la fois. »

Sensei Kyuzo attaqua soudainement la bille de cèdre, laissant retomber son corps minuscule et enfonçant son poing à travers le bois en poussant un « Kiai ! ».

Crac ! La planche se fendit en deux comme si elle n'était pas plus qu'une baguette.

« Vous n'êtes tous que du fer attendant d'être forgé pour devenir un puissant guerrier, poursuivit sensei Kyuzo sans s'interrompre un instant, et votre forge est *tamashiwari*, le Jugement du bois. »

Il regarda dans la direction de Jack avec insistance.

« C'est juste que certains d'entre vous ont plus d'impuretés que les autres », ajouta-t-il en marchant à grands pas vers l'un des puissants piliers de bois du Butokuden.

Jack se mordit la lèvre, déterminé à ne pas se prendre à l'hameçon du sensei.

« Comme dans le cas du fer, vous devez marteler ces faiblesses pour les expulser », expliqua sensei Kyuzo en désignant une sorte de matelas en paille de riz, attaché au pilier par une corde, à hauteur de poitrine.

Il le frappa de son poing. La colonne de bois résonna profondément sous la force du coup.

« C'est un *makiwara*. J'ai installé ces poteaux de frappe sur chacun des piliers de la salle d'entraînement. Vous devez taper dessus à maintes reprises afin de renforcer les os de vos mains. C'est une bonne mise en condition pour tous les samouraïs. Vingt coups de poing chacun. Au travail ! »

Jack vint s'aligner derrière Saburo, qui se préparait déjà à décocher son premier coup.

« Un ! » cria Saburo, pour se stimuler lui-même.

Son poing heurta le matelas de paille. Il y eut un craquement, suivi d'un faible gémissement tandis que sa main s'écrasait contre le rigide pilier. Les yeux plissés par la douleur, le garçon s'écarta pour laisser la place à Jack.

« À ton tour », fit-il d'une voix plaintive, à travers ses dents serrées.

« Trois billes ! » s'écria Saburo, qui avait du mal à tenir ses hashis pendant le dîner ce soir-là. Il remua les doigts, essayant de retrouver la mobilité de sa main meurtrie. « Je suis ravi que ce soit toi et non moi qui concoures pour le Cercle des Trois. Une bille, c'est déjà assez dur. Comment est-il humainement possible d'en briser trois ?

— Vous trouvez difficile le Jugement du bois ? Ce n'est pourtant que le début. Nous sommes également jugés sur trois autres épreuves », intervint Yamato en reposant son bol de riz.

Il hocha la tête en direction de la table principale, où était assise leur professeur de *kyūjutsu*. Sensei Yosa, la seule femme samouraï parmi les enseignants et leur instructrice dans l'art de l'arc, était comme toujours rayonnante, la cicatrice rubis qui traversait sa joue droite discrètement dissimulée derrière sa magnifique crinière de cheveux noirs. « J'ai entendu que le Jugement du feu de sensei Yosa consiste à moucher une chandelle.

— Ça n'a pas l'air trop difficile, commenta Jack, qui avait également les doigts raides alors qu'il s'efforçait d'attraper une tranche de *sashimi* dans le plat central.

— Non, mais afin de prouver ta compétence pour le Cercle, tu dois le faire avec une flèche, tirée d'une grande distance. »

Jack laissa retomber son sashimi, incrédule.

« À ce compte-là, aucun d'entre vous n'entrera dans le Cercle », observa Kiku.

Jack reprit tristement son morceau de poisson sur la table. Kiku avait probablement raison. Sa propre adresse au tir à l'arc était passable, mais il savait que ses chances d'accomplir un exploit tel que celui réclamé par le Jugement du feu étaient minces.

« Savez-vous ce que sont les autres épreuves ? Sont-elles un peu plus faciles ? demanda-t-il, plein d'espoir.

— Sensei Yamada met au point un Jugement par le *kōan*, révéla Akiko. Notre réponse à la question sera utilisée pour évaluer notre intelligence.

— Yori, tu ferais mieux d'être prudent, lança Saburo, arquant ses sourcils d'un air profondément soucieux. En tant que roi de la résolution de kōans, tu pourrais te retrouver inscrit pour le Cercle, que ça te plaise ou non ! »

Yori leva les yeux de son bol de soupe miso avec une expression de saisissement.

« Arrête de le taquiner ! » fit Kiku sur un ton de réprimande.

Saburo s'excusa en haussant les épaules, avant d'avaler ses nouilles à grand bruit en signe de plaisir.

« Alors, quelle est la dernière épreuve ? interrogea Jack.

— C'est le Jugement du sabre de sensei Hosokawa, répondit Akiko. Pour tester notre courage.

— J'ai entendu dire que les élèves plus âgés l'appellent les Baguettes, ajouta Saburo.

— Pourquoi cela ? questionna Jack.

— Je ne sais pas, mais je suis sûr que tu le découvriras. »

13
ORIGAMI

« Q uelqu'un peut-il me dire ce que c'est ? » demanda sensei Yamada en indiquant un carré de papier blanc brillant à ses pieds.

Le vénérable moine était assis dans sa position habituelle sur l'estrade qui s'élevait à l'arrière de la salle de Bouddha, les jambes croisées et les mains jointes sans crispation contre son abdomen. Les volutes de l'encens tissaient un rideau de fumée autour de lui et se confondaient avec sa barbe grise en toile d'araignée, lui donnant l'air d'un fantôme que la plus légère brise pourrait dissiper.

Les élèves, également assis dans la posture du demi-lotus, étudièrent les carrés de papier étalés devant eux comme de gros flocons de neige.

« Du papier, sensei », railla Nobu depuis le fond de la classe, tout en souriant à Kazuki en quête d'approbation. Mais ce dernier se contenta de secouer la tête avec incrédulité face à la stupidité de son ami.

« N'affirme jamais que l'évidence est vraie, Nobu-kun, déclara sensei Yamada. C'est bien ce dont il s'agit, mais c'est beaucoup plus que cela. Qu'est-ce d'autre ? »

Sous le regard foudroyant de sensei Yamada, Nobu devint silencieux. Le sensei était peut-être un vieillard, mais Jack savait qu'il avait été un *sōhei*, c'est-à-dire l'un des moines guerriers notoirement redoutables de l'Enryakuji, autrefois le monastère bouddhique le plus puissant du Japon. On disait que l'esprit combattant de ces moines était si fort qu'ils pouvaient tuer un homme sans même le toucher.

Sensei Yamada frappa dans ses mains et cria : « *Mokusō !* », signalant le début de la méditation. Le kōan avait été posé : « C'est du papier, mais qu'est-ce d'autre ? »

Jack se prépara au *zazen* en s'installant sur son zabuton. Fermant à demi les yeux, il ralentit sa respiration et laissa son esprit se vider.

En tant que chrétien, le garçon n'avait jamais été confronté à la méditation, ni même au bouddhisme, avant son arrivée au Japon. Au début, il avait trouvé le processus et les concepts difficiles à saisir. Il se demandait si, au regard de sa foi d'origine, il devait les accepter sans discuter, mais trois choses l'avaient aidé à changer sa disposition d'esprit.

D'abord, quand il avait évoqué le conflit de croyances avec sensei Yamada, le moine lui avait expliqué que le bouddhisme était une philosophie ouverte à toutes les religions. C'était la raison pour laquelle les Japonais n'avaient aucune difficulté à suivre le shintoïsme (leur religion d'origine), à pratiquer le bouddhisme, voire à se convertir au christianisme, tout à la fois.

« Ce sont tous les fils d'une même tapisserie, avait dit le sensei, seulement différents par la couleur. »

En deuxième lieu, Jack avait découvert que la méditation était très proche de la prière. Toutes deux exigeaient de la concentration, un environnement paisible et, en général, une réflexion sur la vie et la manière dont elle devait être menée. Aussi le garçon décida-t-il d'envisager simplement la méditation comme une autre forme de prière adressée à Dieu.

Troisièmement, au cours d'une méditation particulièrement profonde, il avait eu la vision d'un papillon triomphant d'un démon, et cette vision l'avait aidé à remporter son combat de taijutsu dans le Taryu-Jiai.

C'était l'élément tangible qui l'avait encouragé à ouvrir son esprit aux possibilités et aux bienfaits du bouddhisme, même s'il restait chrétien de cœur.

Grâce à la pratique quotidienne, il était devenu un méditant confirmé et, en moins de temps qu'il n'en faut pour le dire, son esprit se retrouva concentré sur le morceau de papier posé devant lui, essayant de débrouiller le mystère du kōan. Même si dans l'immédiat aucune réponse n'émergeait, il n'était pas inquiet. Il savait que l'illumination, le *satori* comme l'appelait sensei Yamada, demandait de la patience et une concentration intense.

Cependant, de quelque manière qu'il regardât l'objet, celui-ci restait une simple feuille de papier.

Un bâton d'encens entier s'était consumé lorsque Yamada annonça la fin de la méditation, et Jack n'était pas plus près d'expérimenter le satori.

« *Mokusō yame !* fit le sensei en frappant une fois encore dans ses mains. Alors, as-tu une réponse à me donner, Nobu-kun ?

— Non, sensei, marmonna Nobu, baissant honteusement la tête.

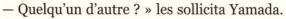

— Quelqu'un d'autre ? » les sollicita Yamada.

Kiku leva une main timide. « Est-ce du *kōzō*, sensei ?

— Qu'est-ce qui te fait dire ça ?

— Le papier est fabriqué à partir de fibres de l'arbre kōzō, expliqua Kiku.

— C'est une proposition passable, mais tu réfléchis encore d'une manière trop terre à terre. Et si je fais ça ? »

Sensei Yamada ramassa son bout de papier et le plia à plusieurs reprises. Après lui avoir donné la forme d'un carré plus petit, il multiplia la complexité de ses plis. En quelques instants, la mince feuille avait été transformée en un petit oiseau.

Le professeur plaça la figurine de papier sur le sol afin que tous la voient.

« Alors, qu'est-ce que c'est ?

— Une grue ! s'écria Emi avec excitation. Notre symbole de la paix.

— Excellent, Emi. Et faire une grue en papier plié est comme faire la paix – certaines étapes sont délicates. Au début, ça peut même sembler impossible. Mais, avec de la patience, le résultat est toujours quelque chose de beau. C'est l'art de l'*origami*. »

Sensei Yamada prit un nouveau morceau de papier dans une petite pile placée derrière lui.

« Donc, laissez-moi reformuler la question que je vous ai donné à méditer. Le kōan est maintenant : qu'est-ce que cet origami nous enseigne ? Mais avant tout, regardez-moi attentivement, de sorte que vous puissiez tous confectionner votre propre grue. »

Le sensei répéta la combinaison complexe de plis constituant le petit oiseau. Le processus comptait plus de vingt étapes distinctes. Quand Yamada effectua le dernier geste, tirant sur les coins de la figurine pour former les ailes, il se retrouva avec dans la paume une parfaite grue miniature.

Dans la main de Jack, cependant, il n'y avait qu'un bout de papier chiffonné.

Le garçon prit conscience que l'origami était beaucoup plus complexe qu'il n'y paraissait. Il regarda les autres autour de lui. Les tentatives de Yamato et de Saburo étaient également ratées, et même l'oiseau d'Akiko semblait plutôt déséquilibré, avec une aile largement plus grande que l'autre. Le seul à avoir parfaitement réussi son pliage était Yori, qui était en train de tirer sur la queue de sa grue pour en faire battre les ailes.

« On dirait que certains d'entre vous ont besoin de plus de pratique, observa sensei Yamada, qui préleva une seconde feuille dans la pile et la posa devant lui. Alors, qui peut me dire ce que c'est ?

— Une grue ! carillonna la classe à l'unisson.

— Certainement pas ! les réprimanda le sensei, à leur grande confusion. Utilisez les yeux de votre esprit, pas ceux de votre tête. »

Ramassant le bout de papier, il le plia et le replia, lui donnant de ses doigts habiles des formes de plus en plus complexes. Les élèves restèrent bouche bée devant le résultat de l'opération.

« C'est à l'évidence un papillon, constata Yamada avec un sourire désabusé, et dans sa main reposait la réplique plus vraie que nature d'un papillon, antennes comprises. Ce soir, je veux que vous vous exerciez tous à plier une grue de papier comme je vous l'ai montré. Et pendant ce temps, méditez sur ce que l'origami vous apprend. »

Les élèves ramassèrent leurs feuilles et sortirent en file de la salle de Bouddha.

« Rappelez-vous que la réponse est dans le papier ! » leur cria sensei Yamada tandis qu'ils s'éloignaient.

Jack, cependant, resta en arrière. Il attendit que tout le monde fût parti, puis s'approcha de son sensei.

« Tu as l'air troublé, Jack-kun. À quoi penses-tu ? » demanda Yamada, disposant son papillon et sa grue miniatures sur l'autel, aux pieds du grand Bouddha du sanctuaire. Jack fit appel à tout son courage pour évoquer ses craintes personnelles. « On m'a dit qu'un prêtre chrétien a été tué par le daimyō Kamakura. Est-ce vrai ? »

Sensei Yamada hocha la tête avec tristesse. « J'ai moi aussi entendu la nouvelle. C'est une affaire fâcheuse.

— Le daimyō a donc *réellement* l'intention d'exécuter tous les chrétiens du Japon ? s'exclama Jack, alarmé de voir la rumeur se confirmer.

— Qui t'a dit ça ? l'interrogea le sensei, levant les sourcils d'un air surpris. À ce que j'en sais, la mise à mort n'avait pas de motif religieux. Le prêtre a soudoyé un officier de la Cour et a été puni pour son crime. Soit, une telle chose n'était encore jamais arrivée et le daimyō Kamakura semble bien adopter une position dure vis-à-vis des étrangers, mais ça ne signifie pas nécessairement que tous les chrétiens soient menacés.

— Mais j'ai entendu dire que le daimyō allait expulser tous les étrangers par la force, insista Jack. Et cela me concernerait également !

— Tu n'as pas besoin de t'inquiéter, répondit Yamada en lui souriant chaleureusement. Si Masamoto pensait que tu es en danger, il prendrait des dispositions pour assurer ta sécurité. »

Jack comprit que sensei Yamada avait raison et que son idée de s'enfuir seul jusqu'à Nagasaki avait été stupide, tout autant qu'inutile dans la mesure où

Masamoto était son protecteur. Mais il était également conscient de la stricte hiérarchisation de l'autorité au Japon. Kamakura, en tant que daimyō d'Edo, était un homme influent, et Jack se demandait si Masamoto avait suffisamment de pouvoir pour le protéger de l'autorité supérieure d'un seigneur.

« Mais un daimyō n'est-il pas plus puissant qu'un samouraï ? interrogea-t-il. Masamoto peut-il réellement me protéger de lui ?

— Nous parlons de Masamoto-sama. Peut-être le plus grand escrimeur de tous les temps, précisa sensei Yamada, que l'idée de Jack faisait glousser de rire. En outre, même si le daimyō Kamakura caressait un projet aussi insensé, il trouverait peu d'appuis pour le réaliser. Les étrangers sont indispensables au Japon car ils apportent un grand nombre de marchandises. »

Sensei Yamada se leva et accompagna Jack jusqu'au seuil du Butokuden. Depuis le haut de l'escalier de pierre, il désigna le château de Nijo par-dessus les toits de la ville.

« Comme tu le sais bien, le seigneur qui exerce le pouvoir à Kyoto est le daimyō Takatomi. Mais Takatomi n'est pas seulement responsable de cette province. Il gouverne le Japon, dont il est un des régents désignés, et il est populaire parmi les seigneurs samouraïs. Il aime les chrétiens et les étrangers. En fait, il les aime tellement qu'il serait lui-même en train de se convertir au christianisme, à ce qu'on dit. C'est pourquoi il ne tolérerait pas qu'une telle chose se produise ici. »

Sensei Yamada posa sur l'épaule du garçon une main rassurante.

« Jack, tu es parfaitement en sécurité. »

14

L'INTRUS

Après que sensei Yamada lui eut assuré que ses peurs étaient sans fondement, Jack eût été de bonne humeur ce soir-là si Yamato ne lui avait pas rappelé la punition de sensei Kyuzo. Aussi, alors que tout le monde pliait des grues et cherchait une solution au kōan de Yamada, lui-même travaillait durement à lustrer l'aire d'entraînement du Butokuden, lame après lame.

Le plancher parut au garçon aussi vaste que l'océan tandis qu'il se balançait d'avant en arrière avec la serpillière, son ombre grandissant et diminuant comme une petite vague sur le sol.

« Mets-y toute ton énergie ! » avait grondé sensei Kyuzo, qui prenait son dîner sous le dais cérémoniel de la grande salle.

Une odeur terriblement tentante de maquereau grillé traversa l'air et l'estomac de Jack gargouilla de faim.

« Je reviendrai au matin, annonça soudainement le sensei, qui avait terminé son repas, et j'espère que le Butokuden sera étincelant. Sinon, tu rateras également le petit déjeuner.

« — *Hai, sensei* », marmotta Jack en inclinant la tête jusqu'au sol.

Quel que fût son mépris à l'égard de ce samouraï, il devait lui montrer le respect approprié.

Quand sensei Kyuzo fut parti, Jack reprit sa punition. Il n'avait aucunement l'intention d'être encore là au lever du jour et comptait bien travailler jusqu'à ce que ses doigts soient à vif et ses genoux durs comme le granite, si cela était nécessaire.

En dépit de l'injustice de la peine, le garçon trouvait un réconfort dans cette corvée. Elle lui rappelait toutes les fois où il avait dû briquer les ponts de l'*Alexandria*. Bien que cela impliquât de travailler durement sous le soleil brûlant du Pacifique, avec le reste de l'équipage, c'était une tâche nécessaire à l'entretien du navire, pas une punition. Récurer les ponts était l'occasion de chansons et d'histoires joyeuses, un moment où l'on se liait d'amitié et oubliait ses soucis.

Il se rappelait Ginsel, son ami à la dentition de squale, qui reposait à présent au fond de l'océan. Leur camaraderie lui manquait. En fait, tout l'équipage lui manquait, même le bosco, qui les avait tenus sous la menace de son chat à neuf queues !

Mais celui qui lui manquait le plus, c'était son père. Son assassinat avait laissé dans sa vie un vide béant. Son père avait été celui vers lequel il se tournait en toutes circonstances, celui qui l'avait guidé et protégé, celui qui croyait en lui.

Jack essuya une larme inattendue et se remit au travail.

Il lustra la dernière lame du plancher comme la lune achevait son arc de cercle à travers la voûte céleste. Le ciel d'encre laissait paraître les premiers signes de l'aube à l'horizon quand il émergea du Butokuden, épuisé et pris de vertige sous l'effet de la faim.

Au moins, le petit déjeuner serait bientôt servi, pensa le garçon. Non qu'il s'en réjouît particulièrement. La soupe miso, le poisson froid et le riz étaient difficiles à digérer tôt le matin. Comme il soupirait après un petit déjeuner anglais normal, avec du pain beurré croustillant, des œufs frits et du jambon !

Du coin de l'œil, il perçut un mouvement du côté opposé de la cour. De prime abord, il pensa que c'était une illusion d'optique, car qui d'autre que lui pouvait être debout à cette heure ?

Il regarda plus attentivement.

Une ombre voltigeait le long de la Maison des lions.

Qui que ce soit, c'était quelqu'un qui souhaitait ne pas être vu. Tout de noir vêtue, la silhouette se tenait près du mur et glissait quasiment sans bruit vers l'entrée du bâtiment où dormaient les élèves.

Les sens de Jack furent mis en alerte. L'intrus ressemblait à un ninja.

Reculant en arrière du porche du Butokuden, le garçon observa la progression de l'espion.

Œil-de-Dragon était donc finalement revenu.

« *Une autre fois, gaijin ! Je n'oublie pas le* routier. » Les mots du ninja résonnaient dans la tête de Jack. Il se maudit de n'avoir pas encore parlé avec Emi pour convenir d'une deuxième visite au château de Nijo, et ainsi pouvoir cacher le livre de bord. Mais il avait commencé à croire bêtement que Yamato avait raison, qu'Œil-de-Dragon avait succombé à ses blessures, car il n'avait eu aucune nouvelle de son ennemi juré depuis des mois.

Il apparaissait cependant que le ninja *n'était pas* mort.

Akiko avait suggéré que l'homme, étant un assassin dont on louait les services, avait tout simplement été embauché par quelqu'un d'autre, pour une mission différente. Manifestement, la mission en question était terminée et il était revenu pour finir son précédent travail.

La figure en noir atteignit le seuil et, comme elle se retournait avant d'entrer dans le Shishi-no-ma, un rayon de lune éclaira son visage.

Jack recula d'un pas sous le coup de la surprise. C'était une vision fugitive, mais il aurait juré qu'il s'agissait d'Akiko.

15
SENSEI KANO

J ack courut à travers la cour.

Atteignant l'entrée du Butokuden, il fit glisser un *shōji* et scruta l'intérieur. Toutes les lampes s'étaient entièrement consumées, aussi était-il difficile de rien distinguer ; mais le couloir semblait désert.

Le garçon s'avança silencieusement dans le couloir des filles, en direction de la chambre d'Akiko. Quand il parvint devant la porte de cette dernière, il la trouva légèrement entrebâillée. Il jeta un œil furtif par l'ouverture.

La jeune fille dormait profondément sous les couvertures de son futon – et semblait être là depuis un certain temps déjà.

En la voyant endormie, Jack prit conscience de son propre épuisement. Tourmenté par la faim et l'absence de sommeil, se pouvait-il qu'il eût imaginé l'intrus ?

Il décida d'en parler avec Akiko dans le courant de la matinée, car pour le moment l'appel de son propre lit était irrésistible, et il repartit en trébuchant jusqu'à sa chambre. Comme le garçon s'effondrait sur son futon, son esprit se mit à vagabonder. Il regarda fixement sa poupée Daruma, s'exhortant à dormir, et après un petit moment, il sentit ses paupières s'alourdir.

Il pensait vraiment n'avoir fermé les yeux qu'un instant lorsque Yamato se présenta à la porte de sa chambre, inondée par la claire lumière du matin.

« Allez, Jack ! lança le nouveau venu, le poussant à sortir du lit. Tu as manqué le petit déjeuner et sensei Kano a dit que nous devions nous retrouver immédiatement au Butokuden. Nous avons notre premier cours d'art du bō. »

Laissant derrière elle l'agitation de Kyoto, la classe traversa le large pont de bois qui enjambait la Kamogawa et prit vers le nord-est, en direction du mont Hiei. Bien qu'on fût à la toute fin de l'été, le temps était chaud et sec, le ciel, sans nuages et, dans la clarté du matin, les temples incendiés, qui parsemaient les pentes boisées de la montagne, luisaient comme des dents ébréchées.

L'énorme masse de sensei Kano, véritable montagne de chair, caracolait en tête, heurtant le sol de son grand bâton blanc à chaque pas. Tels des moutons suivant leur berger, ses élèves formaient derrière lui une double colonne, alignant le rythme de leur progression sur le *tonc-tonc* régulier de la canne du sensei.

Selon les instructions, la classe s'était rassemblée à l'extérieur du Butokuden pour attendre son nouveau professeur. Jack et les autres regardaient les ouvriers, déjà occupés à creuser les fondations de la nouvelle Maison du faucon, lorsque sensei Kano était apparu. Il avait répondu à ses élèves d'une brève inclinaison de la tête, avant de leur enjoindre de prendre chacun un bō dans une pile dressée contre le mur des armes, dans le Butokuden. Ils avaient ensuite quitté l'école à vive allure.

Depuis, leur professeur n'avait pas prononcé un mot.

Quand ils atteignirent le pied de la montagne, le soleil était haut dans le ciel. La marche forcée, venant s'ajouter à la poussière de la route, les fit bientôt souffrir de la chaleur et de la soif, aussi l'ombre fraîche des cèdres fut-elle un soulagement bienvenu lorsqu'ils entrèrent dans la forêt et entreprirent l'ascension du mont Hiei.

Comme ils gravissaient la pente, ils se dispersèrent plus ou moins et Jack finit par trouver une occasion de parler avec Akiko.

« Alors, où penses-tu que sensei Kano nous emmène ? demanda-t-il d'un ton nonchalant.

— À l'Enryakuji, je suppose.

— Pourquoi ? Ne m'as-tu pas dit qu'un général samouraï l'avait détruit ?

— Si, le général Nobunaga.

— Que reste-t-il donc à voir là-bas ?

— Rien. À part les vestiges de plusieurs centaines de temples abandonnés. Voilà plus de quarante ans que l'Enryakuji est un tombeau.

— Ça paraît plutôt bizarre comme endroit, pour s'entraîner. » Jack se rapprocha, vérifiant que personne ne l'écoutait, avant de murmurer : « Au fait, que faisais-tu la nuit dernière ? »

La question fit hésiter la jeune fille un instant. Puis, gardant les yeux fixés sur le sentier, elle répondit : « Je pliais des grues.

— Non, je veux dire juste avant l'aube, insista Jack. Je suis certain de t'avoir vue devant le Shishi-no-ma. Tu étais habillée tout en noir comme un ninja ! »

Le visage d'Akiko reflétait un étrange mélange d'incrédulité et d'inquiétude.

« Tu dois te tromper, Jack. Je dormais. Comme tout le monde.

— Eh bien, j'ai vu *quelqu'un* – et je te jure que ce quelqu'un te ressemblait. Mais quand je suis entré, il n'y avait personne.

— Es-tu certain de ne pas l'avoir imaginé ? » La jeune fille examina son visage d'un air anxieux. « On dirait que tu ne tiens plus debout. As-tu réussi à dormir un peu cette nuit ? »

Le garçon secoua la tête avec lassitude ; il s'apprêtait à la questionner davantage, quand les élèves qui étaient derrière eux les rattrapèrent.

Du coin de l'œil, Jack continua à observer Akiko, mais le visage de cette dernière ne laissait rien paraître. Peut-être s'était-il *réellement* trompé. Son amie n'avait aucune raison de lui mentir. Mais s'il ne s'agissait pas d'elle, alors qui cela pouvait-il être ?

Tonc !

Les pensées du garçon furent interrompues par le dernier martèlement du bō de sensei Kano contre le sol. Les élèves s'arrêtèrent tous brutalement.

« C'est ici que nous traversons », annonça le sensei. Sa voix résonnait profondément, comme si le gong d'un temple avait été frappé à l'intérieur de sa poitrine.

Les apprentis samouraïs s'attroupèrent autour de lui. Jack se faufila vers l'avant, flanqué de Yamato et d'Akiko. Devant eux se trouvait un ravin coupant la forêt en deux, avec tout au fond une rivière au débit rapide. Miroitant dans la vapeur d'eau, les restes d'une passerelle s'avançaient au-dessus de l'abîme.

« Où devons-nous traverser, sensei ? interrogea Yamato.

— N'y a-t-il pas un pont ? s'enquit le professeur.

— *Hai, sensei*, répliqua Yamato, étonné de la question, mais il a été détruit. »

Sensei Kano leva les yeux au ciel, comme s'il écoutait un son dans le lointain, puis demanda : « Et le rondin ? »

Un peu en contrebas de la passerelle, le tronc d'un petit cèdre, ébranché et écorcé, franchissait la gorge.

« Mais, sensei, objecta Yamato, avec un tremblement dans la voix, le rondin est à peine assez large pour y poser un pied... il est couvert de mousse... et il est trempé... quelqu'un pourrait facilement glisser et tomber.

— C'est absurde. Vous traverserez tous ici. Et toi, Yamato, tu passeras le premier. Tu es le fils de Masamoto, n'est-ce pas ? »

Yamato resta bouche bée, le visage un peu pâle. « *Hai, sensei*, répondit-il d'une petite voix.

— Bien, alors ouvre le chemin ! »

Le sensei l'encouragea en le poussant de son bâton et le garçon se traîna jusqu'au ravin. Il s'arrêta sur le rebord.

« Pourquoi n'as-tu pas encore traversé ? l'interrogea Kano.

— Dé-désolé, sensei, bégaya Yamato. Je... je ne peux pas. »

Jack savait que son ami avait peur du vide. Il avait découvert sa phobie quand ils avaient escaladé la Cascade au son de plumes, au plus fort du Taryu-Jiai. Yamato était à nouveau terrassé par le vertige.

« Absurde. Si c'est le vide qui t'effraie, contente-toi de ne pas le regarder, ordonna sensei Kano.

— Quoi ? Fermer les yeux ? s'exclama le garçon en s'écartant du gouffre.

— Oui, deviens aveugle à tes peurs. »

Tous regardaient le sensei avec consternation. L'idée de traverser le rondin était suffisamment inquiétante comme cela, sans avoir en plus à fermer les yeux. C'était pure folie !

« C'est parfaitement sûr. J'irai d'ailleurs le premier, déclara sensei Kano, quittant ses sandales et les enfilant sur son bâton. J'apprécierais cependant que quelqu'un me montre où se trouve le rondin. »

Les élèves échangèrent des regards interloqués. Le tronc se trouvait bien en évidence. Après un instant de flottement, plusieurs personnes désignèrent d'un geste le passage de fortune.

« Pas la peine de me le montrer du doigt. Je suis aveugle. »

Jack, tout comme ses camarades, était abasourdi. Sensei Kano les avait menés jusqu'à la gorge sans l'aide d'un guide, ni même une simple question sur la direction à prendre. Comment se pouvait-il qu'il fût aveugle ?

Pour la première fois, Jack observa son nouveau professeur avec attention. Sensei Kano, qui avait une tête de plus que la plupart des Japonais, se distinguait par sa seule taille. Après un examen plus attentif, le garçon prit conscience que ses yeux n'étaient pas naturellement gris, mais comme voilés par une brume qui se serait glissée en eux.

« Excusez-moi, sensei, fit Akiko, la première à se ressaisir. Le rondin est presque en face de vous, à pas plus de huit *shakus* en avant et douze sur votre gauche.

— Merci », répondit sensei Kano, s'avançant avec confiance jusqu'au ravin.

Il trouva le rebord avec son bō, et le suivit jusqu'à ce que le bâton heurte le tronc abattu. Sans un instant d'hésitation, l'homme monta sur l'étroite passerelle.

Tenant son arme devant lui pour conserver son équili-bre, il traversa en quelques faciles enjambées.

« Vous venez d'assister à votre première leçon, déclara sensei Kano depuis le versant opposé. Si on voit avec les yeux du cœur, plutôt qu'avec ceux de la tête, il n'y a rien à redouter. »

Comme en réponse à ses paroles de sagesse, un rayon de soleil traversa la cime des arbres, suspendant un petit arc-en-ciel dans le voile de brume qui s'élevait au-dessus du vide.

« Maintenant, c'est votre tour. »

16
Mugan Ryū

L e mugissement de la rivière emplit les oreilles de Jack tandis qu'il s'avançait au-dessus de l'abîme, et un soupçon de peur se glissa dans son cœur.

Il ne pouvait voir la gorge qu'il savait être en dessous de lui, béante comme la gueule d'un requin. Cependant, à chaque pas qu'il faisait dans l'inconnu, sa confiance augmentait. Il avait été « singe de gréement » sur l'*Alexandria* et la plante de ses pieds s'agrippait à la surface glissante du rondin comme s'il avait été de retour sur la grande vergue.

Le garçon était également conscient que, privé de l'aide de sa vue, il lui fallait se reposer sur ses autres sens, et tenter d'estimer la distance parcourue en fonction des échos changeants du torrent.

Finalement, ses pieds trouvèrent le talus herbeux sur le bord opposé et il ouvrit les yeux, stupéfait d'avoir traversé sans regarder une seule fois devant lui.

Akiko s'approchait maintenant du rondin. Elle ferma les yeux et franchit le ravin en quelques bonds agiles, gardant l'équilibre parfait d'une danseuse et rendant toute autre tentative aussi maladroite que disgracieuse.

Ils attendirent Yamato. Mais ce dernier repoussa le moment de traverser en invitant poliment Emi à passer la première. C'est ce que fit la jeune fille en moins de temps qu'il n'en faut pour le dire, aussi le garçon s'écarta-t-il pour laisser le passage aux autres élèves. Saburo se traîna par à-coups d'un bout à l'autre de la passerelle, puis Yori trottina tout du long, suivi de Kiku. Nobu acheva son parcours à tâtons, à califourchon sur le tronc, tandis que Kazuki effectua le sien sans se presser, ni même prendre la peine de fermer les yeux.

Finalement, Yamato n'eut plus personne à inviter à passer.

« Ne t'inquiète pas, cria Jack. Garde seulement les yeux fermés, marche droit et tout ira bien.

— Je sais ! lança Yamato avec irritation, mais il resta sans bouger devant le rondin, son bâton tremblant dans ses mains.

— Utilise les yeux de ton cœur et crois en toi-même, tu n'auras alors rien à craindre », lui conseilla sensei Kano, qui l'attendait à l'autre bout.

Yamato ferma les yeux en les plissant étroitement, prit une profonde inspiration et posa un pied sur la passerelle. Il marcha dessus à petits pas laborieux. Parvenu à mi-chemin, il se mit à trembler violemment. Les autres retinrent leur souffle en s'attendant à le voir tomber. Mais le garçon retrouva son équilibre et reprit sa progression d'escargot.

« Tu y es presque », l'encouragea Saburo, alors que son ami était à environ quatre pas du but.

Malheureusement, c'était là exactement ce qu'il ne fallait pas dire. Yamato ouvrit les yeux, regarda vers le bas et découvrit le vide vertigineux sous le rondin. La panique s'empara de lui. Comme il s'élançait pour accomplir les derniers pas, il sentit ses pieds glisser.

Yamato hurla et plongea dans l'abîme tête la première.

Mais au moment même où le garçon perdait l'équilibre, sensei Kano, projetant l'extrémité de son bō vers l'avant, l'interceptait au niveau de la poitrine et le rabattait sur le bord du ravin, sain et sauf. Le garçon atterrit sur l'herbe en un tas frémissant.

« Tu as ouvert les yeux et laissé la peur t'envahir, n'est-ce pas ? demanda Kano. Tu apprendras bien assez tôt à ne pas être influencé par ce que tu vois. »

Sans attendre de réponse, le sensei se retourna et conduisit les élèves plus avant dans la forêt.

Jack, Akiko et Saburo coururent aider Yamato à se relever, mais il les repoussa avec humeur, furieux contre lui-même pour avoir perdu la face devant toute la classe.

« Comment diable sensei Kano a-t-il fait une chose pareille ? s'exclama Jack, confondu par les réactions fulgurantes du maître de bō. Il est aveugle ! »

— Tout s'éclaircira quand nous atteindrons le monastère, Jack-kun », cria le professeur à travers la distance.

Ils se regardèrent les uns les autres avec stupéfaction. Sensei Kano était déjà hors de vue, pourtant il les avait entendus.

« Ce temple est le lieu où sensei Sorimachi, le fondateur de la Mugan Ryū, l'"École du non-œil", a commencé à enseigner, expliqua le sensei. L'école est fondée sur l'idée que "voir seulement avec les yeux est ne pas voir du tout". »

Les élèves écoutaient docilement, debout sur deux rangées, le bâton serré contre leur flanc. Sensei Kano les avait menés jusqu'à une large cour ouverte, qui faisait face aux ruines du Kompon Chū-dō, le plus grand temple du monastère jadis vaste et puissant d'Enryakuji.

Le toit long et incurvé du bâtiment s'était effondré en plusieurs endroits, et des tuiles rouges et vertes étaient éparpillées sur le sol, telles des écailles de dragon abandonnées. L'ossature brisée des piliers de bois formait des angles bizarres et les parois latérales, semblables à des dents écartées, révélaient des autels saccagés et des idoles fissurées. Le monastère était bel et bien mort.

Pourtant, dans ses profondeurs, une lumière isolée brillait faiblement. Sensei Kano expliqua qu'on l'appelait la « Lumière éternelle ». Une lanterne allumée par le fondateur du temple, Saicho, plus de huit cents ans auparavant, et qui continuait à brûler, entretenue par un moine solitaire. « La foi ne s'éteint jamais, observa le professeur, avant de débuter son cours.

« En tant que guerriers samouraïs, vous ne devez pas vous laisser aveugler par ce que vous voyez. Vous devez utiliser tous vos sens pour vaincre votre ennemi – la vue, l'ouïe, le toucher, le goût et l'odorat. Vous devez ne faire qu'un avec votre corps en toutes circonstances, maintenir un équilibre sans faille et une conscience totale de la position de chacun de vos membres en relation avec les autres. »

Le sensei se tourna face à Jack, le fixant directement de ses yeux gris brumeux. L'effet était déstabilisant, comme si l'homme regardait l'intérieur même de son âme.

« Tu m'as demandé, Jack-kun, comment j'avais pu sauver ton ami sans être capable de voir. C'est simple. J'ai senti sa panique. Mon bâton a bougé avant même qu'il tombe. J'ai entendu son pied glisser sur le rondin, puis son hurlement, aussi savais-je exactement où il se trouvait. Le plus difficile était d'être sûr qu'il n'atterrisse pas sur l'un d'entre vous ! »

Une cascade de rires se répandit parmi les élèves.

« Mais comment de telles facultés peuvent-elles être utilisées pour combattre un ennemi que vous ne voyez pas ? demanda Kazuki avec scepticisme.

— Je vais en faire la démonstration, répondit sensei Kano, tournant son regard nébuleux vers le garçon. Ton nom ?

— Oda Kazuki, sensei.

— Eh bien, Kazuki-kun, vole-moi mon inrō sans que je m'en aperçoive, et il sera à toi. »

Le défi fit sourire l'autre largement. La petite boîte pendait librement à la obi du professeur, offrant une prise aisée même pour le plus maladroit des voleurs.

Kazuki sortit du rang et s'avança en silence vers sensei Kano. Comme il passait devant Nobu, il fit signe à ce dernier ainsi qu'à un autre gars, une sorte d'insecte maigre et noueux répondant au nom de Hiroto, de le suivre. Il reprit alors son approche, tandis que Nobu progressait sur sa droite et Hiroto, sur sa gauche. Tous convergèrent sur le sensei, chacun venant d'une direction différente.

Ils étaient à quatre pas de lui quand le professeur faucha l'air de son bō, atteignant Hiroto aux chevilles et lui faisant perdre l'équilibre. Pivotant sur lui-même, Kano avança son bâton entre les jambes de Nobu et écarta ces dernières en frappant de droite et de gauche.

Un simple coup dans l'estomac projeta au sol le garçon déconcerté. Sans un instant de répit, l'homme se retourna contre Kazuki, amenant son bâton directement sous la gorge de son adversaire.

Ce dernier se figea, déglutissant bruyamment sa salive sous l'effet de la frayeur, tandis que l'extrémité du bō s'arrêtait à un cheveu de sa pomme d'Adam.

« Très malin, Kazuki-kun, d'utiliser des compères, mais ton ami là-bas sent le sushi vieux de trois jours, expliqua le sensei, en désignant de la tête la silhouette de Hiroto, effondré sur le sol. Tu respires aussi fort qu'un bébé dragon, et ce gars-là marche comme un éléphant ! » ajouta-t-il en désignant Nobu, étendu par terre et frottant son ventre meurtri.

Les élèves furent pris d'un ricanement incontrôlable.

« Suffit ! les interrompit sensei Kano, mettant brutalement fin au brouhaha. Il est temps de commencer votre entraînement ou bien vous n'apprendrez jamais comment vous battre en aveugle. Écartez-vous les uns des autres, de manière à ce que vous ayez assez d'espace pour faire des moulinets avec votre bō. »

Et tous de s'éparpiller avec obéissance à travers la cour pavée.

« D'abord, vous devez être en unité avec le poids et la sensation du bô. Je veux que chacun d'entre vous fasse tournoyer son bâton comme je le fais. »

Sensei Kano plaça son bō devant lui en le tenant de la main droite, à mi-distance de ses extrémités. Il se mit à le faire tourner, en changeant de main au fur et à mesure. Il démarra doucement, puis augmenta peu à peu la vitesse, au point que l'arme ne fut bientôt plus qu'une tache floue de chaque côté de son corps.

« Quand vous serez suffisamment sûrs de vous pour laisser le bō aller entre vos mains, fermez les yeux. Apprenez à sentir son mouvement, plutôt que de vous reposer sur votre vue pour le suivre. »

Les élèves commencèrent à faire tourbillonner leur bâton. Plusieurs d'entre eux commirent immédiatement des maladresses et le laissèrent tomber.

« Commencez par aller lentement. En premier lieu, vous devez trouver le bon mouvement des mains », leur conseilla le sensei.

Au début, Jack trouva difficile d'alterner les mains. Il était épuisé par le manque de sommeil, aussi ses réactions étaient-elles lentes et ses mouvements, maladroits.

Yamato, par contre, tenait l'arme comme s'il était né avec. Déjà, il avait les yeux clos.

« Joli travail, Yamato-kun », le félicita sensei Kano lorsqu'il entendit le bâton du garçon siffler à travers les airs. Yamato sourit : en étant le premier à maîtriser cette technique, il retrouvait la face qu'il avait perdue dans sa traversée de la gorge.

Il ne fallut cependant pas longtemps avant que le bō de Jack ne tournoie lui aussi, bien qu'à une allure plus modérée. Comme il poursuivait l'exercice, sa confiance grandit jusqu'à ce qu'il ose fermer les yeux. Il essaya de sentir l'arme, de l'entendre, de deviner sa position, plutôt que d'avoir à la regarder.

Il accéléra le mouvement.

Le bō volait, lui envoyant à chaque tour un souffle d'air sur les oreilles.

Il l'avait maîtrisé !

« Ouuuuille ! » s'écria le garçon, tandis qu'une douleur remontait subitement sa jambe.

Le bâton avait heurté son tibia et bondi hors de ses mains, claquant sur les dalles de la cour. Jack clopina derrière l'arme abandonnée.

Le bō roula pour s'arrêter... aux pieds de Kazuki.

Jack se courba afin de le ramasser mais, avant qu'il puisse le saisir, il reçut un coup à l'arrière de la tête. Il regarda Kazuki avec colère.

« Attention, gaijin », l'avertit l'autre avec un air de fausse candeur.

La haine qui les liait se raviva et tous les muscles de Jack se tendirent dans l'attente d'une bagarre.

« N'y pense même pas, chuchota Kazuki en vérifiant que sensei Kano ne se tenait pas à proximité. Tu ne pourrais même pas t'approcher. »

Le garçon immobilisa son bō en droite ligne avec le nez de son adversaire, le contraignant à rejeter la tête en arrière. Jack recula d'un pas, puis feignit d'aller à gauche, avant de rentrer la tête entre les épaules et de saisir son bâton avec la main droite. Mais Kazuki s'attendait à la manœuvre et rabattit l'extrémité de son propre bō sur les doigts de Jack, faisant tomber l'arme sur le sol avec un bruit sec.

« Les élèves qui laissent encore échapper leur bō seraient mieux avisés de garder les yeux ouverts jusqu'à ce qu'ils soient plus compétents », lança sensei Kano depuis l'autre bout de la cour.

Jack et Kazuki s'affrontèrent silencieusement, chacun attendant de l'autre qu'il fasse le premier mouvement.

« Les yeux ouverts ou fermés, tu as peu d'excuses pour un samouraï, murmura Kazuki par provocation. Même toi, tu dois comprendre que personne ne t'aime à l'école. Tes soi-disant amis sont seulement *polis* avec toi, parce que Masamoto l'a ordonné. »

L'accusation accrut l'excitation de Jack, qui lutta pour contrôler sa colère.

« Et l'élève qui continue à parler ferait mieux de canaliser ses énergies dans une pratique plus positive », ajouta sensei Kano.

Mais le mal était fait. Kazuki avait touché un point névralgique. Jack ne pouvait nier qu'il y avait un grain de vérité dans ses sarcasmes. Quand il était arrivé au Japon, Yamato n'avait toléré sa présence que parce qu'il en avait reçu l'ordre directement de son père. Il avait fallu leur victoire dans le Taryu-Jiai pour qu'ils deviennent amis. Et puis, il y avait Akiko. Bien qu'elle fût son amie la plus proche, elle cachait si bien ses sentiments que Jack n'aurait su dire si elle simulait leur amitié ou non. Peut-être Kazuki avait-il raison.

En dépit des dénégations de la jeune fille concernant la mystérieuse apparition de la nuit précédente, Jack avait le sentiment qu'elle lui dissimulait quelque chose.

Voyant le visage de son adversaire trahir son combat intérieur, Kazuki sourit de toutes ses dents.

« Rentre chez toi, gaijin », fit-il en remuant silencieusement les lèvres.

17
PLANTER
DES GRAINES

R entre chez toi, gaijin ! Rentre chez toi, gaijin !
Rentre chez toi, gaijin !

Jack était assis, immobilisé par la peur, dans le fauteuil à haut dossier de son père, tandis qu'il regardait Œil-de-Dragon creuser des entailles avec son sabre, incisant ses mots encore et encore sur tous les murs du cottage de ses parents. Telles des plaies ouvertes, les lettres rouges laissaient suinter des stries cramoisies, et le garçon se rendit compte que le ninja utilisait le sang de son père en guise d'encre.

Entendant un bruit de cavalcade se rapprocher, il serra le routier *plus fort contre sa poitrine. Comme il baissait les yeux, il se retrouva confronté à quatre scorpions noirs, chacun de la taille d'un poing, qui rampaient à travers le plancher et escaladaient ses jambes nues, leur dard empoisonné crépitant dans l'obscurité...*

« Tu viens ? »

Jack fut réveillé en sursaut par la voix d'Akiko.

Il s'assit et se frotta les yeux à cause de la forte luminosité matinale qui se déversait par la petite fenêtre de sa chambre.

« Je ne suis pas... tout à fait prêt... Pars la première, répondit Jack, d'une voix tremblante, tout en repoussant les couvertures de son futon.

— Ça va ? lui demanda la jeune fille depuis l'autre côté de la porte.

— Ça va... je suis juste encore endormi. »

Mais Jack était loin d'aller bien. Akiko l'avait réveillé au beau milieu d'un nouveau cauchemar.

« Je te verrai dans le Chō-no-ma pour le petit déjeuner, ajouta-t-il précipitamment.

— Essaie de ne pas être en retard cette fois », lui conseilla son amie, et le garçon entendit son pas léger s'éloigner dans le couloir avec un bruit feutré.

Il se leva, sonné par son rêve d'Œil-de-Dragon et des quatre scorpions. Il se demanda si c'était à nouveau une prémonition, comme le démon et le papillon. Mais sa vision précédente avait été induite par la méditation. Celle-ci était un cauchemar, quelque chose de plus sombre, de plus primitif. Il se promit d'en parler à sensei Yamada si elle se répétait.

Jack roula et rangea son futon, disposant le *routier* entre les couches du matelas. C'était bien trop évident, comme cachette ! Il devait rapidement s'entretenir avec Emi pour prendre un nouveau rendez-vous au château. Le problème était qu'il ne pouvait jamais se trouver seul avec elle. Ses deux amies, Cho et Kai, la suivaient comme des servantes. Par ailleurs, Jack ne savait pas encore comment aborder le sujet avec elle, sans révéler sa véritable intention.

Il se dépêcha d'enfiler son gi d'entraînement, enroulant la partie supérieure autour de son corps et s'assurant que le pan gauche venait recouvrir le droit. Il ne tenait pas à se retrouver vêtu comme un cadavre en se trompant de côté. Il assujettit alors la veste en nouant une obi blanche au niveau de sa taille.

Avant de se mettre en route pour le petit déjeuner et la première leçon du jour, Jack s'occupa de son *bonsaï*, juché sur le rebord de la fenêtre. Il chérissait le minuscule cerisier, cadeau de départ d'Uekiya, le jardinier de Toba. Il lui rappelait en permanence la gentillesse que le vieil homme lui avait manifestée pendant ce premier été au Japon. Chaque jour, il l'arrosait religieusement, taillait ses branches et retirait les feuilles mortes. Le rituel l'apaisait toujours, et bientôt les cruelles railleries de son cauchemar s'atténuèrent, pour n'être bientôt plus qu'un murmure dans sa tête.

Ce matin-là, plusieurs feuilles miniatures du bonsaï, habituellement vertes, montraient des teintes brun doré et rouge ardent, annonçant l'arrivée de l'automne. Il ne restait plus qu'une saison avant que la neige ne donne le signal pour les épreuves de sélection au Cercle des Trois, et les senseis avaient intensifié leur entraînement, augmentant la complexité des techniques et poussant les élèves jusqu'à leurs limites. Tenir le rythme devenait pour Jack un véritable combat.

Passant son bokken dans sa obi, il fit appel à toutes les forces dont il aurait besoin pour aller au bout de cette journée.

« Encore, le *kata* numéro quatre ! » ordonna sensei Hosokawa.

Les élèves fendirent l'air de leur bokken, répétant les séries de mouvements prescrites. Ils avaient déjà accompli des centaines de coupes ce matin-là, mais le cours de Hosokawa ne leur laissait aucun répit.

Jack avait les bras en feu tant il faisait d'efforts, il dégoulinait de sueur et son bokken lui paraissait lourd comme du plomb.

« Non, Jack-kun ! le corrigea le sensei. Le kissaki s'arrête au *chūdan*. Tu tranches à travers le ventre de ton ennemi – tu n'essaies pas de lui couper les pieds. »

Le garçon, qui d'ordinaire excellait au cours de sabre, avait de grandes difficultés à suivre. Ses membres douloureux ne répondaient tout simplement pas et le bokken persistait à tomber à côté de sa destination.

« Concentre-toi ! commanda sensei Hosokawa, tournant autour de lui. Ne m'oblige pas à te le rappeler. »

Il attrapa le bras de Jack, plaçant autoritairement le bokken à la hauteur souhaitée. Les membres du garçon tremblèrent sous le poids de l'arme.

« Ces katas sont les bases du kenjutsu, insista le sensei, s'adressant à présent à toute la classe. Vous ne pouvez pas courir avant d'avoir appris à marcher. Il est impératif d'assimiler ces mouvements de sorte qu'ils deviennent instinctifs, et que le bokken devienne une partie de vous-mêmes. Quand le sabre devient "non-sabre" entre vos mains, alors vous êtes prêts. C'est seulement à ce moment que vous comprendrez véritablement la Voie du sabre !

— *HAI, SENSEI !* » beuglèrent les élèves.

Le professeur fixa Jack avec sévérité : « N'oublie pas de t'entraîner, Jack-kun. Tu devrais maîtriser les bases à l'heure qu'il est. »

La flèche vola loin de la cible, disparaissant entre les branches du vieux pin. Un couple de colombes, qui nichaient dans le feuillage, roucoula avec indignation et voleta jusqu'au toit du *Butsuden* pour se mettre à l'abri.

« C'est impossible ! » se plaignit Jack, auquel la frustration ôtait le meilleur de lui-même.

Au contraire d'Akiko, qui touchait la cible la plus éloignée avec une apparente facilité, le tir à l'arc ne coulait pas de source pour le garçon. Et maintenant que sensei Yosa avait doublé la distance, installant les cibles tout au bout du *Nanzen-niwa*, pas un seul des tirs de Jack ne s'en était même rapproché. S'il ne pouvait atteindre un but à cette distance, comment diable éteindrait-il une chandelle ?

Pour aggraver les choses, Kazuki et ses amis avaient essayé de le décourager, en commentant à voix haute chacun de ses essais avortés.

Le professeur de kyūjutsu, qui avait remarqué les difficultés de Jack, s'approcha de lui, étudiant de ses yeux de faucon la silhouette du garçon et notant d'où venait son problème.

« Détends-toi, Jack-kun, lui enjoignit sensei Yosa, comme il rapportait son arc au râtelier et se rasseyait dans la rangée des élèves. Toucher la cible n'est pas important.

— Mais ça l'est pour moi, s'entêta le garçon. Je veux être capable de réussir votre épreuve.

— Tu te méprends, déclara sensei Yosa, opposant à l'ardeur de Jack un sourire cordial. Il te faut abandonner l'idée que tu *dois* toucher la cible. Quand l'archer ne pense pas à la cible, alors la Voie de l'arc peut se dévoiler à lui. »

Le front de Jack se rida sous la confusion. « Mais est-ce que je ne risque pas plutôt de la rater si je n'y pense pas ? demanda-t-il.

— Il n'y a pas de mystère dans le kyūjutsu, Jack-kun, poursuivit sensei Yosa, secouant la tête négativement en réponse à la question du garçon. Comme pour tout art, le secret se révèle grâce à l'abnégation, de gros efforts et une pratique régulière. »

Mais je m'exerce durement, avait envie de dire Jack, *et je n'ai pas l'air de m'améliorer*.

Plus tard dans la même journée, la cinquième tentative de Jack en matière d'origami reposait sur le sol toute chiffonnée.

Les autres élèves étaient plongés profondément dans une concentration studieuse, assis jambes croisées sur leurs zabutons, à l'intérieur de la Salle de Bouddha. Ce jour-là, leur objet de méditation était une grenouille, et tout ce qu'on pouvait entendre était le délicat froissement d'innombrables morceaux de papier.

Sensei Yamada avait une fois de plus demandé à ses élèves de méditer sur les origamis, en répétant le kōan : « Qu'est-ce que l'origami nous apprend ? » Cependant, personne ne lui avait encore fourni de réponse satisfaisante.

« Regarde comment je fais, Jack », proposa Yori en se tournant de manière à ce que l'autre puisse suivre ses mouvements.

Jack essaya à nouveau, mais ne réussit qu'à faire un trou dans le fragile papier. Il se maudit lui-même à voix haute, en anglais, et Yori le regarda d'un air perplexe. Jack sourit pour s'excuser.

« Comment pourrai-je jamais répondre à l'épreuve du kōan de sensei Yamada si je n'arrive pas à plier une grenouille en papier ? demanda-t-il en tirant une nouvelle feuille de la pile.

— Je pense que le fait que tu en sois capable ou non est indifférent, répliqua gentiment Yori. La grenouille n'est pas ce qui importe. Tu te rappelles ce que sensei Yamada a dit ? La réponse est dans le papier. »

Yori regarda avec admiration sa propre grenouille, parfaite, avant de la poser sur le sol à côté des origamis de grue, de papillon et de poisson rouge, parfaits, qu'il avait déjà réalisés.

« Mais le processus doit sûrement aider, maintint Jack en battant l'air de son mince carré de papier, avec une mine découragée. Sinon, pourquoi nous ferait-il faire des origamis à tous ? Mes progrès sont tellement lents ! »

Jack était maintenant très soucieux quant à ses chances dans les épreuves à venir. Il n'y avait que cinq places et, s'il ne réussissait aucun des tests, il ne pourrait ni entrer dans le Cercle des Trois, ni à plus forte raison se voir enseigner la technique des Deux Ciels.

« Ne juge pas chaque jour à la récolte que tu engranges », fit une voix calme à son oreille.

Sensei Yamada avait fait son apparition au-dessus de l'épaule de Jack et se penchait pour lui prendre le papier des mains. Il plia, replia et plia encore la feuille, la transformant en une magnifique rose épanouie.

« Juge-le aux graines que tu plantes. »

« Tu es dans une mauvaise semaine, c'est tout, dit Akiko, essayant de consoler son ami pendant le dîner ce soir-là.

— Mais je n'ai pas touché la cible du tir à l'arc depuis près d'un mois, repartit Jack, harponnant sans enthousiasme un sushi avec ses hashis, avant de se rappeler que c'était une faute contre l'étiquette.

— C'est seulement une question d'accoutumance à la distance, l'encouragea Yamato. Ne te souviens-tu pas des points que tu as marqués pendant le Taryu-Jiai ? Ce n'est pas comme si tu en étais incapable.

— Je suppose que tu as raison, concéda Jack, reposant ses hashis. Mais à ce point de ma formation, je me sens comme si j'avais heurté un mur de briques. Même en kenjutsu, sensei Hosokawa est en permanence sur mon dos, à corriger chaque petite erreur. Si dur que j'essaie, ça n'a pas l'air d'aller mieux du tout.

— Mais tu as entendu ce qu'a dit sensei Yamada, lui rappela Yori : *Ne juge pas chaque jour à la récolte que tu engranges...*

— Oui, mais quelle graine suis-je réellement en train de planter ? soupira Jack, enfouissant sa tête dans ses mains. Peut-être Kazuki a-t-il raison. Je ne suis pas fait pour être un samouraï.

— Tu n'es pas encore en train d'écouter Kazuki, n'est-ce pas ? s'écria Akiko, exaspérée. Il t'empoisonne l'esprit ! Bien sûr que tu es digne de devenir un samouraï. Masamoto ne t'aurait pas adopté, ou encore invité dans son école, s'il pensait que tu n'étais pas à la hauteur. Être un vrai samouraï demande du temps. »

Jack regardait avec découragement par la petite fenêtre de sa chambre dans le Shishi-no-ma. Le ciel nocturne était recouvert d'étoiles. Une lune décroissante émettait sa lueur spectrale et effaçait toute couleur des bâtiments de la Niten Ichi Ryū.

À l'horizon, le garçon vit des nuages d'orage s'amonceler. Ils masquaient les étoiles une à une. Comme un vent frais traversait la cour ouverte, les bannières devant l'entrée du Butsuden se mirent à battre, telles les voiles d'un navire.

Jack imagina qu'il était de retour sur l'*Alexandria*, au côté de son père, apprenant à naviguer avec les astres. C'était quelque chose à quoi il *était* bon. Être pilote, pour lui, allait de soi. Il pouvait nommer les étoiles et les planètes, et les utiliser pour calculer la position et la course du navire, même sur des mers houleuses.

Il avait été destiné par le sang et la naissance à être pilote de navire. Pas samouraï.

Soudain, Jack ressentit la pression de la vie au Japon comme un ressort logé dans le creux de son estomac, de plus en plus comprimé, jusqu'à être sur le point d'exploser. Le mal de tête qu'il attrapait à parler japonais au quotidien ; l'étiquette rigide, qu'il suivait avec l'impression de marcher sur des œufs en permanence ; son entraînement qui ne progressait que laborieusement ; la menace constante d'Œil-de-Dragon et la question de savoir s'il serait prêt à temps pour l'affronter ; l'absence de ses parents, tel un vide béant ; la pensée de Jess, seule, risquant de se retrouver dans un hospice...

Perdu dans son désespoir, Jack faillit ne pas voir plusieurs figures encagoulées traverser la cour de l'école. Longeant les pans d'ombre, elles contournèrent les murs du Butokuden, avant de disparaître à l'intérieur du bâtiment.

Déterminé à savoir cette fois qui étaient les intrus, le garçon saisit son katana et courut hors de sa chambre.

18
IREZUMI

« Akiko ? Tu es là ? » murmura Jack à travers la porte de la chambre de la jeune fille.

Il n'y eut pas de réponse. Il tira sur le panneau coulissant et regarda rapidement à l'intérieur. Akiko était invisible. Elle n'avait pas même déroulé son futon, alors qu'elle aurait dû être couchée à l'heure qu'il était.

Peut-être était-elle allée aux toilettes, pensa Jack, ou alors...

Il referma la porte et reprit sa course. Une lanterne brûlait encore dans l'une des chambres.

« Yori ? » appela-t-il.

Le petit garçon fit glisser sa porte.

« As-tu vu Akiko ?

— Pas depuis le souper, répondit-il en secouant la tête. N'est-elle pas dans sa chambre ?

— Non, je pense qu'elle est... » Jack s'interrompit, distrait par la vue d'innombrables grues de papier, jonchant le sol de la pièce. « Qu'est-ce que tu fabriques ?

— Je plie des grues.

— Ça, je peux le voir, mais des origamis dans ton lit ! Tu prends les leçons de sensei Yamada beaucoup trop au sérieux, lança Jack sur un ton réprobateur. Écoute, si tu entends Akiko revenir, peux-tu lui dire que je suis allé au Butokuden ?

— La salle d'entraînement ? Et tu m'accuses d'étudier avec trop d'ardeur ! » Yori jeta un œil dubitatif sur le katana de Jack. « N'est-il pas un peu tard pour pratiquer tes katas de sabre ?

— Je n'ai pas le temps de t'expliquer. Préviens seulement Akiko. »

Jack repartit précipitamment, sans même attendre la réponse de l'autre.

Comme il atteignait l'entrée principale, il envisagea brièvement d'alerter Yamato et Saburo, mais ils seraient endormis et il avait déjà perdu suffisamment de temps. Avant même qu'ils n'arrivent tous les trois, les mystérieux visiteurs seraient peut-être repartis.

Jack traversa la cour à toute vitesse. L'orage approchait rapidement et des bourrasques glacées traversaient son fin yukata comme des coups de *tantō*. Rasant les murs du Butokuden, il se dirigea vers le porche. Avançant la tête dans l'encadrement de bois de la porte, il chercha les intrus du regard.

À travers l'obscurité de la grande salle, il distingua au fond plusieurs silhouettes voûtées, assises en un cercle étroit sur l'estrade cérémonielle. Mais à cette distance, il ne pouvait ni voir les traits de leur visage, ni entendre leurs paroles.

Jack fonça à l'arrière du bâtiment, où les fenêtres étaient d'un accès aisé. Il ouvrit sans difficulté, mais le plus silencieusement possible, un volet de bois. Regardant à l'intérieur, il découvrit qu'il avait une vue directe sur l'estrade.

Le garçon compta au total quatre silhouettes. Chacune portait un épais capuchon, si bien que leurs visages demeuraient dissimulés dans l'ombre. Tendant l'oreille entre les lames de la fenêtre, il écouta.

«... Le daimyō Kamakura Katsuro va faire la guerre aux chrétiens », murmura dans les ténèbres une voix masculine, jeune et néanmoins autoritaire.

Une voix féminine, rauque celle-là, s'éleva à son tour : « Les gaijins sont une menace pour nos traditions et l'ordre bien défini de notre société.

— Mais, ils sont si peu nombreux. Comment peuvent-ils constituer une menace ? s'enquit une troisième voix, haut perchée et menue comme le son d'une flûte de bambou.

— Leurs prêtres répandent une foi mauvaise et convertissent avec leurs mensonges d'honorables daimyōs japonais, ainsi que leurs samouraïs, expliqua la voix masculine. Ils essaient de saper notre système social de l'intérieur. Ils veulent détruire notre culture, et contrôler le Japon et son peuple.

— Il faut les arrêter ! s'écria la voix féminine.

— Le daimyō rallie à sa cause des samouraïs loyaux, en vue d'une attaque générale contre les chrétiens, expliqua la première voix. Mon père, Oda Satoshi, a rejoint ses rangs et juré allégeance à sa juste cause.

— Les gaijins sont les germes d'un grand désastre et doivent être écrasés, siffla la voix féminine, sur un ton venimeux.

— Mais que pouvons-*nous* y faire ? interrogea la quatrième ombre.

— Nous pouvons nous préparer à la guerre ! » déclarèrent les deux premières voix à l'unisson.

Jack en croyait à peine ses oreilles. Il avait eu raison tout du long. Sensei Yamada se trompait. Le meurtre du prêtre chrétien n'était pas un cas isolé. C'était seulement un début. Le daimyō Kamakura avait l'intention de massacrer tous les chrétiens du Japon.

Cependant, ce qui glaçait le plus le sang de Jack était qu'il savait qui était le meneur de ce groupe mystérieux. Il reconnaissait sa voix. C'était Kazuki, qui marchait sur les pas de son père et appelait à la guerre.

À l'extérieur, les premières gouttes de pluie se mirent à tomber. Elles se transformèrent rapidement en averse torrentielle et, en quelques instants, Jack se retrouva trempé jusqu'aux os et frigorifié. Mais il était résolu à rester et à en apprendre le plus possible. Faisant fi de l'inconfort de sa position, il s'efforça de suivre la conversation en cours par-dessus le bruit de la pluie, qui battait maintenant un tempo obstiné sur le toit de la salle.

« ... Tous les chrétiens devront partir sous peine de mort, continua Kazuki. Certains essaieront peut-être de se cacher, mais il sera de notre devoir de les pourchasser.

— Et Jack ? demanda la petite voix flûtée. Il est certainement sous la protection de Masamoto-sama.

— Le grand Masamoto-sama a plus important à faire que de se soucier d'un vulgaire gaijin. D'ailleurs, l'avez-vous vu à l'école ces derniers temps ? Non. Son devoir va au daimyō Takatomi. Il n'a guère le loisir de s'occuper de Jack.

— Et sans son gardien samouraï aux alentours, se moqua la voix féminine, il n'y a pas un trou de souris dans lequel le gaijin pourra se réfugier sans que nous le dénichions ! »

D'un seul coup, l'intéressé se sentit très vulnérable. Il avait été si absorbé par la préparation des épreuves qu'il n'avait pas remarqué l'absence continue de Masamoto. Il lui apparaissait seulement maintenant que le siège de son protecteur, à la table principale, restait vide pendant le dîner depuis près d'un mois. La dernière fois qu'il avait vu le samouraï, c'était lorsque celui-ci avait surveillé le début de la construction de la Salle du faucon. Où était-il allé ? Si la situation devenait soudainement grave, aucun des responsables de l'école n'avait d'intérêt personnel à protéger Jack.

« Nous devons être prêts pour l'appel aux armes de notre daimyō, reprit Kazuki. C'est l'objectif de la bande du *Sasori*. Nous devons à présent tous prêter serment d'allégeance à cette juste cause.

— J'ai besoin de lumière pour le rituel d'initiation », réclama la première voix féminine.

Jack entendit le bruit d'une pierre qu'on heurtait et quelques étincelles jaillirent dans le noir. Un instant plus tard, une petite lampe à huile brûlait, telle une luciole solitaire, dans la salle enténébrée.

Jack resta bouche bée. La flamme tremblotante illuminait un visage de fille blafard. Ses yeux ovales étaient comme des charbons au milieu d'un feu et ses lèvres rouge sang s'ouvraient sur une rangée de dents peintes, aussi noires que du goudron. Jack avait aussitôt reconnu Moriko, la fille samouraï qu'avait affrontée Akiko dans le Taryu-Jiai. Combattante cruelle et vicieuse, elle s'entraînait à l'école rivale de Kyoto, la Yagyū Ryū.

« C'est mieux », dit-elle d'une voix grinçante, prenant un pot à encre et plusieurs aiguilles de bambou dans son inrō, et les posant à côté de la lampe. Elle déboucha alors une petite bouteille de saké et versa une mesure du liquide incolore dans une coupe. Cette dernière fut placée au centre du groupe. « Alors, qui sera le premier pour *irezumi* ?

— Ce sera moi », annonça Kazuki, ouvrant son *haori* et son kimono pour découvrir sa poitrine.

Moriko examina l'une des aiguilles, la tournant lentement au-dessus de la flamme. Satisfaite, elle plongea l'extrémité pointue dans l'encre noire. De son autre main, elle tendit la peau de Kazuki au-dessus du cœur.

« Ça va faire mal », prévint-elle, perçant le derme avec l'aiguille et introduisant dessous une gouttelette d'encre.

Kazuki grimaça mais n'émit aucun son. Moriko encra de nouveau l'aiguille, avant de piquer une deuxième fois la poitrine du garçon. Elle continua son œuvre lentement et méthodiquement, ajoutant point après point au dessin.

Jack avait déjà vu exécuter ce genre de travail, sur les marins de l'*Alexandria*, quand ils se faisaient tatouer le bras. Il lui avait toujours semblé que c'était là beaucoup de peine pour en arriver à la pauvre image d'une ancre, ou au nom d'une petite amie que le marin oubliait sitôt qu'ils appareillaient pour un autre port.

« C'est fait, annonça Moriko, tandis qu'un sourire en forme de fente noire se dessinait sur son visage.

— C'est bien ta marque, déclara Kazuki avec fierté en se tournant pour que les autres puissent voir. Le sasori ! »

Jack en eut le souffle coupé. Au-dessus du cœur de Kazuki était tatoué un petit scorpion noir – la créature de ses cauchemars.

Si fortement que ses convictions chrétiennes tentent de le nier, la coïncidence entre ce tatouage et ses rêves était trop grande pour être ignorée.

Kazuki leva la coupe de saké.

« Une fois que vous avez reçu votre sasori et partagé le saké à cette coupe, vous êtes à jamais un frère de la bande du Scorpion. Mort à tous les gaijins ! lança le garçon en guise de toast, avant de boire une gorgée.

— Mort à tous les gaijins ! » lui répondirent les autres, promettant leur allégeance et s'empressant d'ouvrir leur kimono pour que Moriko puisse commencer l'irezumi.

Dehors, la tempête tonna son approbation.

Jack fut pris d'un tremblement incontrôlé. Il se plaqua contre le mur pour tenter de s'abriter de l'impitoyable déluge.

Son esprit, comme les éléments déchaînés, était un tourbillon de confusion. Que devait-il faire ? Il avait entendu tout ce qu'il avait besoin de savoir. On était en train de tourner le Japon contre les étrangers. Si personne n'arrêtait Kamakura, Jack deviendrait un réprouvé. L'ennemi. Il devait en informer Masamoto, mais comment son gardien pourrait-il le protéger contre de telles forces ?

Crac !

Une bourrasque de vent vint souffler sur le volet de bois, le faisant claquer contre le cadre de la fenêtre. Saisi, Jack laissa tomber son katana qui alla frapper bruyamment le dallage de la cour, disparaissant dans les ténèbres.

« Quelqu'un est là ! » cria Moriko à l'intérieur.

La panique monta dans la poitrine de Jack. Il s'empressa de chercher son arme, mais entendit que la bande du Scorpion se rapprochait rapidement.

Abandonnant son sabre, il prit ses jambes à son cou.

19
Combattre
comme un aveugle

Jack tourna au coin du Butokuden en courant, mais il savait qu'il ne réussirait pas à traverser la cour sans se faire repérer par Kazuki et la bande du Scorpion.

Jetant un coup d'œil alentour, il vit que le seul abri accessible était le chantier de la Maison du faucon. Il courut et plongea dans un trou gorgé d'eau au milieu des fondations fraîchement creusées, à la seconde même où plusieurs silhouettes jaillissaient du Butokuden.

Par-dessus le rebord boueux, il les regarda se mettre à sa recherche. Les deux premières contournèrent l'angle opposé de la salle d'entraînement, tandis que les deux autres s'avançaient dans sa direction. Jack se glissa plus profondément dans la cavité obscure. Comme ses poursuivants se rapprochaient, il pouvait entendre le bruit de succion de leurs pieds dans la gadoue. Ils s'arrêtèrent à la limite des fondations inondées.

« Il n'est pas question que j'entre là-dedans, protesta quelqu'un.

— Vas-y ! ordonna Kazuki. Tu auras ainsi une bonne raison de prendre un bain. »

Jack entendit trois nouveaux « floc ! » dans la boue et leva les yeux. Au-dessus de lui se dressait l'imposante silhouette de Nobu.

« Je ne peux pas aller plus loin, je m'enfonce ! se plaignit ce dernier, sans remarquer la présence du garçon sous ses pieds.

— Tu n'es bon à rien ! Alors, reviens. »

En se retournant, Nobu glissa et vacilla au bord du trou. Pendant un instant, il parut être sur le point de tomber mais, au grand soulagement de Jack, il retrouva son équilibre.

« Tu crois que c'était l'un des senseis ? demanda le rustaud en rejoignant son acolyte à pas lents.

— Non, répondit celui-ci. Un sensei ne s'enfuirait pas en courant ! Mais, qui que ce soit, nous devons le convaincre de rejoindre la bande. Ou bien le faire taire. Viens. Allons retrouver les autres. »

Jack, frissonnant tout autant de froid que de peur et de colère, attendit d'être sûr que Nobu et Kazuki fussent partis, puis rampa hors du trou.

Si impatient qu'il fût de retourner dans sa chambre, il lui fallait d'abord retrouver son sabre. Masamoto lui avait enseigné que l'arme d'un samouraï « ne devait jamais tomber entre les mains de son ennemi ». Il ne pouvait prendre le risque que Kazuki le découvrît.

Jack se précipita à l'arrière du Butokuden mais, dans les ténèbres et sous des seaux d'eau, il était impossible de rien distinguer. Il tâtonna à quatre pattes.

Soudain, il entendit des pas se rapprocher rapidement derrière lui.

Malgré sa répugnance à abandonner son sabre, il comprit qu'il n'avait pas d'autre choix que de s'échapper pendant qu'il était encore temps.

Jack sentit le déplacement d'air une fraction de seconde avant de recevoir le coup en plein ventre. Il tituba, cherchant à reprendre sa respiration. Luttant pour conserver son équilibre, il entendit bouger à sa gauche et se tourna pour faire face à son ennemi.

Le problème était qu'il ne voyait rien. L'obscurité l'enveloppait entièrement. Néanmoins, il entendait Kazuki s'étrangler de rire sur le côté, et des pieds traîner contre le sol.

À part ça, le garçon n'avait aucun moyen de savoir d'où viendrait la prochaine attaque.

Surgi de nulle part, le sifflement d'une arme arriva en trombe sur sa tête. Par chance plus que par habileté, Jack fit un brusque pas de côté et évita le coup. En une riposte aveugle, il décocha un violent coup de poing en direction de son adversaire. Mais son bras ne battit rien d'autre que l'air.

Avant que Jack puisse poursuivre sa contre-attaque, il reçut un choc en travers des tibias. Ses jambes se dérobèrent et il tomba tête la première. Trop désorienté pour réussir une roulade, le garçon grogna de douleur tandis que son épaule venait percuter le sol pavé.

« *Yame !* » tonna la voix de sensei Kanō, mettant fin au combat.

Jack ôta son bandeau, clignant les yeux dans la vive clarté du soleil de midi. Kazuki était agenouillé en ligne avec les autres et semblait se réjouir de sa défaite.

« Désolé, Jack, s'excusa Yamato, retirant son bandeau à son tour et offrant sa main à son ami pour l'aider à se relever. Je n'avais pas l'intention de te frapper si fort. C'est juste que je ne voyais pas où tu étais...

— Ne t'inquiète pas, ça va, grimaça l'autre en se rétablissant sur ses pieds.

— Bon travail, tous les deux », les félicita sensei Kanō, qui était assis sur les marches usées du Kompon Chū-dō.

Une fois de plus, le professeur avait conduit ses élèves, dès l'aube, sur le mont Hiei, pour leur leçon d'art du bō. Il considérait que cette longue marche était pour eux une bonne mise en condition et que l'air de la montagne était bénéfique pour l'entraînement.

« J'ai entendu trois attaques évitées. Et toi, Yamato-kun, tu étais extrêmement conscient de tout ce qui t'entourait. Deux coups au but, c'est tout à fait méritoire pour une première tentative de *kumite* sans la vue, mais la prochaine fois, s'il te plaît, maîtrise ta force. D'après le bruit, Jack-kun a dû faire une sacrée chute. Passons aux deux suivants. »

Soulagé que la séance d'affrontement libre fût terminée, Jack tendit son bandeau à l'un de ses camarades et reprit sa place entre Yori et Akiko. Il massa son épaule douloureuse, poussant un gémissement lorsque ses doigts trouvèrent l'ecchymose.

« Es-tu gravement blessé ? demanda Akiko en remarquant l'expression de souffrance de Jack.

— Non, je vais bien... mais je ne comprends toujours pas très bien pourquoi nous apprenons à nous battre les yeux bandés, quand chacun de nous peut voir, répondit Jack à voix basse.

— Comme je l'ai déjà expliqué, Jack-kun, l'interrompit sensei Kanō, dont l'oreille fine avait perçu le commentaire depuis l'autre bout de la cour, voir avec les yeux seuls est ne pas voir du tout. Dans mes cours, tu apprends à *ne pas* te reposer sur tes yeux pour te défendre. Dès que tu les ouvres, tu commets des erreurs.

— Mais n'en ferais-je pas moins si je voyais ce que fait mon ennemi ? questionna Jack.

— Non, jeune samouraï. Tu dois te rappeler que tes yeux sont comme des fenêtres sur ton esprit, expliqua Kanō. Viens sur cette marche devant moi et je t'expliquerai ce que je veux dire. »

Le sensei lui fit signe de s'approcher. Jack se leva et vint le rejoindre sur l'escalier de pierre.

« Regarde mes pieds », lui ordonna le professeur.

Le garçon examina les sandales de paille de son professeur et reçut aussitôt un coup de bâton sur le sommet du crâne.

« Toutes mes excuses, je suis aveugle et parfois maladroit, dit sensei Kanō. S'il te plaît, surveille mon bō pour moi. »

Jack suivit des yeux l'extrémité du bâton blanc, attentif à ne pas recevoir un deuxième coup.

Le sensei le frappa violemment au tibia.

« Ouhhh ! » s'exclama Jack, clopinant en arrière.

Tous les élèves ricanèrent derrière leur main.

« La leçon est terminée, décréta le professeur. Comprends-tu à présent ?

— Pas vraiment, sensei…, avoua Jack en frictionnant son membre endolori.

— Réfléchis ! Si tu regardes les pieds de l'adversaire, ton attention sera dirigée dessus, et si tu regardes son arme, ton attention sera accaparée par elle. De même, quand tu regardes la droite, tu oublies la gauche, et quand tu regardes la gauche, tu oublies la droite. »

Sensei Kanō laissa le message s'imprimer dans l'esprit de ses auditeurs. Il désigna du doigt ses propres yeux privés de vue.

« Rien de ce que tu envisages intérieurement ne manque d'être révélé par tes yeux. Ton ennemi en tirera avantage. Pour combattre sans te trahir, tu dois apprendre à te passer de l'aide de tes yeux. »

Jack reposa son pinceau de calligraphie. Après son humiliation devant sensei Kyuzō, motivée par son incapacité à tracer des kanjis, Akiko lui avait offert de lui enseigner les bases de l'écriture japonaise. Chaque fois qu'ils avaient du temps libre avant le dîner, ils se retrouvaient dans la chambre de la jeune fille et elle lui montrait un nouveau caractère, ainsi que l'ordre dans lequel former les traits qui le composaient.

Akiko leva les yeux vers le garçon, se demandant pourquoi il s'était figé au beau milieu de l'explication du caractère « temple ».

Jack prit une inspiration. Depuis qu'il avait découvert la bande du Scorpion et perdu son sabre, c'était la première fois qu'il avait l'occasion de parler seul à seul avec son amie et il ne savait comment aborder le mystère de son absence le soir précédent.

« Où étais-tu, la nuit dernière ? finit-il par lui demander. Tu n'étais pas dans ta chambre. »

La jeune fille plissa les yeux, et pinça les lèvres ostensiblement devant cette question trop directe.

« Je ne sais pas ce qu'il en est en Angleterre mais, au Japon, ce n'est pas le genre de question qu'on pose à une dame, répliqua-t-elle avec froideur, avant de commencer à remballer son matériel de calligraphie.

Peut-être la question est-elle plutôt : Où étais-tu, *toi* ?

— Moi ? J'étais dans le Butokuden...

— Voilà qui explique pourquoi j'ai trouvé ça », lâcha Akiko d'un ton brusque, faisant glisser la porte de son placard mural et en extirpant le katana de Jack.

Ce dernier était totalement déconcerté, à la fois par la dureté de son amie et par la réapparition inattendue de son arme.

La nuit précédente, quand il avait entendu des pas s'approcher, il avait craint que ce ne soit Kazuki et sa bande, et était rentré en courant à la Maison des lions, les mains vides. De retour à la salle d'entraînement, au point du jour, il n'avait retrouvé aucune trace de son sabre. Il supposait que son ennemi s'en était emparé et, depuis lors, il n'avait cessé de s'inquiéter, car affronter Kazuki à ce sujet, c'eût été révéler qu'il connaissait l'existence de la bande du Scorpion.

Par miracle, cependant, la jeune fille l'avait. Il la regarda avec un mélange de stupeur et de curiosité.

« Merci, Akiko, je l'ai cherché partout, finit-il par dire en s'inclinant pour recevoir l'objet.

— Jack, ce katana est ton âme, continua gravement son amie en ignorant les bras tendus du garçon. Il est impardonnable de perdre un tel bien. La honte est d'autant plus grande que c'est un cadeau de Masamoto et que c'était là son premier sabre. Pourquoi n'as-tu dit à personne que tu l'avais égaré ?

— Je ne l'ai perdu que la nuit dernière. J'espérais être capable de le retrouver. Akiko, *s'il te plaît*, ne le dis pas à Masamoto-sama », supplia Jack, mortifié de son erreur.

La jeune fille le fixait impassiblement et il n'aurait su dire si elle était déçue ou si elle le plaignait pour sa négligence. Puis, la rigueur de son expression s'atténua et elle lui tendit l'arme. « Je ne lui dirai rien. Mais que faisait-il derrière le Butokuden ? »

Jack n'avait pas prévu que la conversation prendrait ce tour. Il avait seulement voulu savoir où se trouvait Akiko et si elle connaissait les plans de Kazuki. Il ne s'était pas attendu à devoir rendre compte de ses propres actions.

« J'ai de nouveau vu des intrus dans la cour. J'ai pensé que c'était peut-être des ninjas qui s'introduisaient dans l'école », confia-t-il. Il espérait que, s'il était franc avec elle, elle le serait avec lui. « Mais ce n'était pas le cas.

— Qui était-ce ?

— C'était Kazuki, Nobu, quelqu'un d'autre et, tu ne le croiras pas, Moriko de la Yagyū Ryū.

— Moriko, dans notre école ? interrogea la jeune fille, soudain inquiète. L'as-tu dit à Masamoto-sama ?

— Non, pas encore. Il n'est toujours pas revenu, mais nous devons lui dire. Pas seulement pour Moriko, mais aussi pour la bande de Kazuki. »

Akiko l'écouta attentivement décrire ce qu'il avait entendu concernant le daimyō Kamakura et la bande du Scorpion.

Après un instant de réflexion, elle lui répondit : « Jack, il y a toujours des rumeurs de guerre. À propos de daimyōs menaçant d'autres daimyōs. Nous sommes en temps de paix et il n'y a pas de raison que cela cesse. Tu as rencontré le daimyō Kamakura. Il est impétueux et assoiffé de pouvoir. Masamoto-sama se plaint souvent de ce qu'il essaie sans cesse de créer des troubles. Mais ça n'aboutit jamais. Il ne trouve jamais d'appuis.

— C'est ce qu'a dit sensei Yamada. Mais que se passera-t-il s'il en trouve ?

— Jack ! Tu es ici ! »

L'interpellé leva les yeux, tandis que Yamato faisait irruption dans la chambre avec Saburo.

« On dirait que vous avez été très occupés, tous les deux, lança le premier des nouveaux arrivants, ramassant l'un des papiers sur lesquels Jack s'était essayé à la calligraphie. Ça va être l'heure du dîner et nous avons tous besoin d'un bon bain. Qu'est-ce qui vous retient ?

— Jack a vu Kazuki dans le Butokuden la nuit dernière, expliqua Akiko à voix basse en faisant signe à Saburo de refermer le panneau coulissant derrière lui. Lui et d'autres se faisaient faire un tatouage par cette Moriko de la Yagyū.

— Moriko ? s'écria Yamato, alarmé. Que faisait-elle là ?

— Il semblerait que Kazuki ait constitué une bande anti-gaijin.

— Et les tatouages ? Ce sont des marques pour les prisonniers ! s'exclama Saburo.

— C'était vrai autrefois, le corrigea Akiko. Aujourd'hui, des marchands, et même des samouraïs, s'en font faire comme marques de bravoure, voire comme déclarations d'amour. »

Saburo éclata de rire et rassura leur ami avec un large sourire. « Jack, quel que soit ton sujet d'inquiétude, tu n'as certainement rien à craindre d'une bande de repris de justice et d'amoureux.

— Ça n'a rien de drôle, Saburo, rétorqua l'autre. Kazuki est sérieux. Il m'en veut personnellement. »

Yamato approuva pensivement de la tête. « On dirait que Kazuki se prend pour une sorte de chef de guerre. Je sais ce que nous devons faire : Saburo et moi serons tes gardes du corps officiels.

— Et nous ferons en sorte de voir Masamoto-sama dès son retour, ajouta Akiko.

— De toute façon, Jack, tu devrais moins te soucier de Kazuki et plus de ton odeur ! le taquina Yamato en lui lançant une serviette. Venez, allons au pavillon de bain avant que le dîner ne soit servi. Je suis affamé. »

Avec un soupir de satisfaction, Jack se laissa glisser dans l'eau fumante de l'*ofuro*.

À une certaine époque, il aurait couru pour échapper à un bain. En Angleterre, le bain était considéré comme quelque chose de dangereux pour la santé, le plus sûr moyen d'attraper la grippe. Mais le temps qu'il avait passé au Japon l'avait bientôt fait changer d'avis et l'ofuro était maintenant l'un de ses grands plaisirs de la journée.

S'étant frotté et lavé à grande eau, il entra dans la vaste baignoire de bois carrée. Il commença alors à se détendre. Sensei Yamada et Akiko avaient écarté ses craintes au sujet du daimyō Kamakura. Peut-être la conjonction de la nuit et de la tempête avait-elle perturbé sa perception d'ensemble de la situation. Peut-être la guerre de Kazuki n'était-elle rien de plus que le produit de l'imagination de son ennemi. De toute façon, avec Yamato et Saburo pour veiller sur lui, il devrait être à l'abri de tout danger.

Jack laissa la chaleur relâcher ses muscles et dénouer les tensions dans son épaule meurtrie. Ses soucis disparurent peu à peu eux aussi, comme s'ils se dissolvaient dans la vapeur du bain. Après un moment, il sortit, se sécha, puis rejoignit les autres pour le dîner.

« Comment va ton épaule, Jack ? demanda Yamato alors qu'ils se dirigeaient vers le Chō-no-ma avec Saburo.

— Ça va beaucoup mieux grâce au bain, mais ne t'inquiète pas pour ça. Je te le rendrai demain au ken-jutsu ! » promit Jack en donnant un coup de poing dans le bras de son ami.

Yamato fit mine d'avoir mal et tous éclatèrent de rire.

« Voilà un crochet du droit dévastateur, commenta une voix venue de derrière eux. Je ferais mieux de me méfier. »

Leur envie de rire disparut tandis que Kazuki, flanqué de Nobu et de Hiroto, se dirigeait droit sur eux.

Jack serra les poings, prêt à se battre.

Peut-être que la bande du Scorpion *était* plus qu'un simple jeu. Peut-être que Kazuki se prenait *réellement* pour un chef de guerre.

20

LA BANDE
DU SCORPION

« Qu'est-ce que vous voulez ? » demanda Yamato en s'avançant entre Jack et les nouveaux venus.

Les deux bandes se firent face.

La pénombre envahissait peu à peu la cour de l'école, la seule lumière provenant de l'entrée de la Maison des papillons. D'autres élèves passèrent à côté d'eux, inconscients du conflit imminent, et il n'y avait aucun sensei en vue pour être témoin d'une bagarre.

La tension monta, tandis que Yamato attendait une réponse, défiant silencieusement Kazuki de faire un mouvement.

« Le dîner », lança vivement ce dernier, avant de passer son chemin en riant avec ses amis.

Pendant le mois suivant, Yamato et Saburo ne quittèrent pas Jack d'une semelle, mais cela ne parut guère utile. Les membres de la bande du Scorpion faisaient comme si Jack n'existait plus. Kazuki, en particulier, semblait surtout soucieux de s'entraîner pour les épreuves de sélection au Cercle des Trois. Jack l'avait aperçu plusieurs fois dans le Butokuden, recevant des leçons particulières de sensei Kyuzo.

Bien qu'aucun de ses amis ne dît rien, le garçon sentait qu'ils commençaient à douter de son histoire.

Même si Masamoto était revenu à l'école, Jack n'avait pas réussi à le rencontrer avant qu'il ne soit appelé à une nouvelle mission pour le daimyō Takatomi. Mais comme l'hypothétique menace se réduisait progressivement à rien et qu'on n'avait plus revu Moriko dans le périmètre de l'école, il n'apparaissait plus nécessaire de parler au samouraï.

« Je vais me promener, déclara Jack en passant devant la chambre de Yamato pour sortir de la Maison des lions. J'ai besoin d'air avant de me mettre au lit.

— À cette heure de la nuit ? fit observer son ami en fronçant les sourcils. Tu veux que je vienne avec toi ? »

En dépit de son offre, Yamato n'avait pas l'air particulièrement désireux de l'accompagner. Il était déjà allongé sur son futon ; il faisait froid dehors, et bon dans la Maison des lions.

« Non, ne t'inquiète pas, ça ira. »

D'autant que Jack avait besoin d'être seul un moment pour réfléchir.

Quand il se retrouva à l'extérieur, il flâna autour de la cour, avant de se percher sur l'une des poutres qui, à la fin, supporteraient le plancher de la Maison du faucon.

Le nouveau bâtiment prenait forme rapidement. Les fondations avaient été achevées et les principaux piliers de bois étaient maintenant en place. Une fois terminée, la salle, bien que deux fois plus petite que le Butokuden, n'en constituerait pas moins une impressionnante extension de l'école.

Comme tous ses camarades, Jack se demandait quel art martial il y apprendrait. C'est-à-dire, s'il était toujours dans les environs.

Que sa peur d'une campagne anti-gaijin fût fondée ou non, il ne pouvait s'empêcher de remarquer que certains élèves semblaient moins amicaux à son égard. Il avait toujours été isolé du fait de sa différence. Pendant sa première année à l'école, Akiko avait été sa seule véritable alliée mais, après sa victoire dans le Taryu-Jiai, la plupart des élèves l'avaient accepté. À présent, beaucoup avaient recommencé à l'ignorer. Il se débattait avec les difficultés posées par l'entraînement et avait perdu confiance en sa capacité à être dans les cinq premiers aux épreuves à venir. Cela l'avait démoralisé et troublait peut-être sa perception des choses. Mais avait-il réellement quelque espoir d'entrer dans le Cercle et de se voir enseigner les Deux Ciels ?

Jack leva les yeux vers le ciel nocturne en quête d'une réponse mais, cette fois, les constellations familières que son père lui avait enseignées ne lui apportaient qu'un maigre réconfort. Les nuits s'allongeaient et l'automne céderait bientôt la place à l'hiver, signalant le début des épreuves de sélection.

« Eh, gaijin ! Où sont tes gardes du corps ? » lança une voix.

Son cœur se serra. Il se retourna et se retrouva face à Kazuki. C'était bien la dernière chose dont il avait besoin.

« Laisse-moi tranquille, Kazuki », riposta Jack en se laissant glisser de la traverse avant de s'éloigner.

Cependant, deux autres élèves émergèrent des ténèbres pour l'encercler. Jack regarda en direction du

Shishi-no-ma pour trouver de l'aide, mais il n'y avait personne dans les parages. Akiko, Yamato et Saburo devaient déjà être dans leur lit, sinon endormis.

« Te laisser tranquille ? railla Kazuki. Pourquoi les gens de ton espèce ne peuvent-ils nous laisser tranquilles, *nous* ? Je veux dire, que fais-tu dans *notre* pays, à prétendre être un samouraï ? Tu devrais laisser tomber et rentrer chez toi.

— Oui, rentre chez toi, gaijin ! » répétèrent Nobu et Hiroto.

Et les garçons reprirent en chœur autour de lui :

« Rentre chez toi, gaijin ! Rentre chez toi, gaijin ! Rentre chez toi, gaijin ! »

Malgré lui, Jack se sentit rougir de confusion. Il *voulait* rentrer chez lui, être avec sa sœur, Jess, mais il était échoué sur une terre étrangère où il n'était pas le bienvenu.

« Laissez-moi... juste... tranquille ! »

Jack voulut s'échapper, mais Nobu s'avança et le poussa en arrière. Il heurta l'un des autres qui le repoussa en sens contraire. Jack trébucha contre la poutre sur laquelle il s'était attardé et, en tombant, se raccrocha au kimono de l'un de ses agresseurs, qu'il fit s'ouvrir en le déchirant.

« Regarde ce que tu viens de faire ! » s'exclama l'autre, lui envoyant un coup de pied dans la jambe.

Jack se tordit de douleur. Il ne put cependant s'empêcher de fixer le torse mis à nu.

« Qu'y a-t-il, tu en veux un autre ? lui demanda le garçon en s'apprêtant à lui asséner un deuxième coup de pied.

— Goro, je crois qu'il admire ton tatouage, fit Hiroto de la même voix fine et flûtée que Jack reconnut comme étant celle de la quatrième personne pendant la cérémonie d'irezumi.

— C'est beau, n'est-ce pas ? Nous en avons tous un, tu sais. »

Hiroto écarta les pans de son kimono, dévoilant un petit scorpion noir. Puis, il donna à Jack un cruel coup de pied dans les côtes.

Il lui décocha un second coup, pour faire bonne mesure, et toute la bande éclata de rire, tandis que chacun des garçons exhibait son tatouage et se disposait à frapper Jack à son tour.

« Laissez-le ! ordonna Kazuki. Un sensei arrive. »

Les garçons se dispersèrent.

Comme Jack restait allongé là, tremblant sous les effets conjugués de la douleur, de la rage et de la honte, il entendit le claquement familier d'une canne sur le dallage de la cour, et sensei Yamada s'approcha en traînant les pieds.

Courbé sur sa canne de bambou, il regarda Jack étendu à terre, exactement comme il l'avait fait un an plus tôt, quand Kazuki avait menacé le garçon pour la première fois.

« Tu ne devrais pas jouer sur les chantiers. Ça peut être dangereux.

— Merci pour l'avertissement, sensei, dit Jack avec amertume, essayant de cacher son humiliation.

— Quelqu'un te donne à nouveau du souci ? »

Le garçon hocha le chef et s'assit, inspectant ses côtes contusionnées. « Certaines personnes dans ma classe voudraient que j'abandonne et que je rentre chez moi. Le fait est que je ne désire que ça, *pouvoir* rentrer...

— Tout le monde peut abandonner, Jack-kun, c'est la chose la plus facile du monde, le prévint sensei

Yamada en l'aidant à se remettre debout. Continuer quand tout le monde attend que tu déclares forfait, c'est là que réside la vraie force. »

Jack observa son professeur avec hésitation, mais le regard qu'il croisa n'exprimait que de la confiance à son égard.

« Je te demanderais bien qui c'était, poursuivit le sensei, toutefois ça ne servirait pas à grand-chose. Tu dois mener tes propres batailles, si tu veux pouvoir tenir sur tes pieds. Et je sais que tu le peux. »

Yamada raccompagna Jack jusqu'au Shishi-no-ma. Avant de regagner ses propres quartiers, il lui offrit un dernier conseil : « Rappelle-toi qu'il n'y a pas d'échec, si ce n'est de ne pas essayer plus longtemps. »

Une fois le sensei parti, le garçon médita cette maxime. Peut-être le vieux moine avait-il raison. Il devait continuer à essayer. S'il renonçait, ce serait exactement ce que Kazuki attendait de lui, et il n'avait pas l'intention de laisser son rival triompher ainsi.

Observant le froid croissant de lune suspendu bas dans les cieux, Jack fit le vœu de redoubler d'efforts à l'entraînement. Il se lèverait tôt le matin et pratiquerait ses exercices de sabre. Il demanderait également l'aide d'Akiko pour le tir à l'arc. Il devait faire tout ce qui était nécessaire pour être parmi les cinq premiers dans les épreuves de sélection.

Il lui fallait apprendre les Deux Ciels, sinon pour se protéger d'Œil-de-Dragon, du moins pour se défendre contre la bande du Scorpion.

Comme il faisait volte-face pour entrer dans la Maison des lions et aller se coucher, il aperçut Akiko, tout de noir vêtue, qui contournait le coin opposé du

Butokuden. Elle marchait précipitamment en direction de l'entrée latérale de l'école.

Stupéfait, Jack sut à ce moment qu'il ne s'était pas trompé quant à l'identité du premier intrus. Il avait bien vu Akiko cette nuit-là.

Le garçon traversa la cour à grandes enjambées, dans l'espoir de rattraper la jeune fille, mais quand il atteignit la grille, elle avait disparu.

Heureusement, les rues étaient désertes à cette heure de la nuit et, en jetant un coup d'œil sur sa gauche, il entrevit une silhouette solitaire bifurquer à l'angle d'une ruelle, tout au bout de la rue. Ce devait être elle, mais où allait-elle et pourquoi dans le secret de la nuit ?

Cette fois, Jack voulait des réponses et il se dépêcha de la suivre.

21
LE TEMPLE
DU DRAGON PAISIBLE

La ruelle tournait à gauche, puis à droite, et Jack déboucha dans une petite cour. Mais Akiko restait introuvable.

Le garçon entendit des pas s'éloigner dans un passage sur sa droite. Il suivit le son jusqu'à ce que le passage s'ouvre sur une vaste cour bordée d'arbres. Devant lui se trouvait un temple au toit arqué, couvert de tuiles vertes serrées, se chevauchant comme des écailles de serpent. Une volée de marches en pierre conduisait à une solide porte de bois à double battant.

Jack s'approcha prudemment de l'entrée. Au-dessus du portail se trouvait un panneau sur lequel était gravé le nom du temple.

龍安寺

Il reconnut immédiatement le dernier kanji comme étant celui qui signifiait « temple » et tenta de se rappeler les autres caractères qu'Akiko lui avait appris. Il pensa que le premier voulait dire « dragon », le second, « paisible ».

L'ensemble se lisait *Ryōanji*.

Le temple du Dragon paisible.

Jack essaya d'ouvrir la porte, mais elle était fermée.

Le garçon s'assit sur les marches pour réfléchir à ce qu'il devait faire. C'est alors qu'il remarqua un interstice dans l'enceinte du temple, près de l'entrée.

Le mur était constitué d'une alternance de panneaux de cèdre et de pierres blanchies à la chaux. L'un des panneaux n'était pas tout à fait dans l'alignement du reste. Jack jeta un œil par l'entrebâillement et fut récompensé par le spectacle d'un jardin intérieur. Une série de petits pas de pierre traversait un parterre de mousse soigneusement entretenu, jusqu'à une galerie de bois.

Jack introduisit ses doigts dans l'ouverture et le panneau s'écarta doucement sur le côté. Grâce à cette entrée dérobée, le garçon put se faufiler dans le jardin. Peut-être était-ce également par là qu'Akiko avait disparu.

Il gagna la galerie et la suivit jusqu'à un endroit où elle bordait un long jardin zen rectangulaire, au sol de galets gris, dans lequel quinze grosses pierres noires formaient cinq groupes irréguliers. Sous le pâle clair de lune, le jardin ressemblait à une chaîne de montagnes, dont seuls les sommets eussent émergé d'une mer de nuages.

Le jardin était désert.

À l'autre bout, à travers un petit porche, Jack aperçut une seconde étendue de galets ratissés, plus petite, ornée seulement d'un ou deux buissons. À l'extrémité d'un sentier de pierres qui divisait le jardin en deux, s'élevait un simple sanctuaire de bois. Ses shōjis étaient fermés, mais on distinguait à travers le *washi* le chaud halo d'une chandelle, et le garçon crut entendre des voix venir de l'intérieur.

Il descendit de la galerie et se dirigea vers le sanctuaire, faisant crisser les galets sous ses pas. Les voix s'arrêtèrent tout d'un coup et l'on souffla la chandelle.

Jack revint d'un bond sur la galerie, maudissant silencieusement sa hâte à traverser le jardin de pierres. Il contourna ce dernier rapidement, en restant dans l'ombre du passage. Puis il se dissimula dans un recoin près du porche qui donnait sur le sanctuaire et attendit.

Personne ne sortait.

Après ce qui lui sembla une éternité, Jack décida de risquer un coup d'œil à l'intérieur. Très lentement, il s'approcha des shōjis et en fit glisser un sur quelques centimètres. Une bouffée d'encens fraîchement consumé flotta dans l'air. Une statue de Bouddha assis reposait sur un petit piédestal de pierre entouré d'offrandes de fruits, de riz et de saké mais, par ailleurs, le sanctuaire était vide.

« Puis-je vous aider ? » demanda une voix autoritaire.

Jack se retourna ; son cœur battait la chamade.

Un moine en robes noire et grise se dressait au-dessus de lui. L'homme, d'âge moyen, était massif et musclé, avec le crâne rasé et des yeux noirs brillants. Jack voulut d'abord s'enfuir à toutes jambes, mais quelque chose dans l'attitude de l'autre lui suggéra que ce ne serait pas une bonne idée. Le moine gardait une immobilité lourde de menaces. Les extrémités de ses doigts étaient jointes comme s'il était en prière, mais ses mains semblaient aussi meurtrières que des lames de tantōs.

« Je... cherchais une amie, balbutia le garçon.

— Au milieu de la nuit ?

— Oui... Je m'inquiétais pour elle.

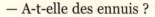

— A-t-elle des ennuis ?

— Non, mais je ne savais pas où elle allait.

— Donc, tu la suivais ?

— Oui, répondit Jack avec un brusque sentiment de culpabilité, qui lui fit l'effet d'une gifle.

— Tu devrais respecter la vie privée des gens, mon garçon. Si ton amie avait besoin de toi, elle aurait demandé ta compagnie. Elle n'est visiblement pas ici, aussi je pense qu'il est temps que tu partes.

— Oui, je suis désolé. C'était une erreur..., reconnut Jack en s'inclinant très bas.

— Ce n'est une erreur que si tu la répètes, l'interrompit le moine, bien que son expression restât impitoyable. Les erreurs sont des leçons de sagesse. Je pense que celle-ci t'aura appris quelque chose. »

Sans un mot de plus, le moine raccompagna le garçon jusqu'à la porte principale et lui fit signe de s'en aller.

« J'espère ne pas te revoir ici. »

L'homme referma les deux battants et Jack se retrouva seul sur les marches de pierre.

Il revint lentement à l'école, passant ses actions en revue. Le moine avait raison. Quel besoin avait-il d'espionner Akiko ? Elle s'était toujours montrée digne de sa confiance. Quand il lui avait demandé de tenir secret le *routier* de son père, elle l'avait fait. Lui, en revanche, n'avait pas respecté son intimité et trahissait sa confiance en la suivant. Jack se détesta pour cela.

Cependant, le doute harcelait son esprit. Akiko avait nié être sortie pendant la nuit. Alors, que faisait-elle qui réclamait le secret au point qu'elle mentît pour le garder ?

Quand il fut de retour à la Maison des lions, il passa devant la chambre de la jeune fille et ne put s'empêcher

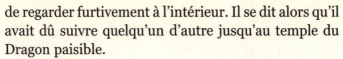

de regarder furtivement à l'intérieur. Il se dit alors qu'il avait dû suivre quelqu'un d'autre jusqu'au temple du Dragon paisible.

Car Akiko était là, profondément endormie sur son futon.

22
En regardant
les feuilles d'érable

« Et moi qui trouvais belles les fleurs de cerisier au printemps ! » s'exclama Jack, contemplant avec admiration les érables autour de lui, tandis qu'ils se promenaient dans les jardins du temple Eikan-dō.

Akiko les avait emmenés là pour *momiji gari*, un événement similaire à *hanami*, mais en automne, quand les couleurs des feuilles d'érable forment un kaléidoscope magique. Jack était stupéfié par le spectacle. La colline était comme embrasée de feuilles rouges, dorées, jaunes et orange, à perte de vue.

« Allons sur le Tahōtō, proposa Akiko, désignant du doigt la pagode à trois étages qui dépassait de la cime flamboyante des arbres, telle une lance. Il y a une vue magnifique de là-haut. »

La jeune fille à leur tête, Jack, Yamato, Saburo, Yori et Kiku montèrent au dernier étage de l'édifice, d'où ils pouvaient observer les arbres en dessous d'eux. Chaque feuille était aussi belle et délicate qu'un flocon d'or pur.

« Splendide, n'est-ce pas ? » commenta une voix grave et puissante derrière eux.

Tous se retournèrent pour découvrir sensei Kanō, leur maître de bōjutsu. Bien qu'aveugle, il semblait admirer le spectacle, lui aussi.

« Oui... Mais sans doute ne pouvez-vous le voir, n'est-ce pas ? demanda Jack, soucieux de ne pas offenser le sensei.

— Non, Jack-kun, mais la vie ne se réduit pas à ce que tu peux voir ou non, répondit Kanō. Si je ne suis pas capable de voir les arbres, je peux encore apprécier momiji gari. Je peux goûter les couleurs, humer la vie des érables et percevoir la décomposition des frondaisons. Je peux entendre les feuilles tomber, comme si un million de papillons voltigeaient et tourbillonnaient. Ferme les yeux et tu comprendras ce que je veux dire. »

Tous firent ainsi. Au début, Jack n'entendit qu'un déferlement confus de sons, qui se dissocièrent bientôt en un crépitement de feuilles séchées. Puis, alors qu'il commençait tout juste à trouver l'expérience agréable, il entendit un gloussement.

« Arrête ! » cria Kiku.

Jack ouvrit les yeux et vit Saburo en train de chatouiller avec une brindille l'oreille de la jeune fille. Cette dernière ramassa une poignée de feuilles mortes et les jeta au visage du garçon, mais elle atteignit Yamato en même temps. En peu de temps, les adolescents se retrouvèrent engagés dans une joyeuse bataille de feuilles.

« Je suppose que le temps passé à rire est un temps passé avec les dieux », observa sensei Kanō sur un ton de regret, et il s'éloigna, laissant les jeunes samouraïs jouer en se roulant dans les feuilles.

Ils consacrèrent le reste de l'après-midi à l'exploration des immenses jardins du temple. Ils franchirent des ponts de bois et firent le tour d'un vaste étang sur lequel des gens ramaient à bord de frêles embarcations, jouant du *koto* et admirant les perspectives automnales.

Jack aperçut Kazuki et ses amis dans l'une des barques sur la rive opposée. Ils ne l'avaient pas remarqué et semblaient bien trop occupés à s'asperger d'eau mutuellement pour se soucier de lui. Puis, il vit Emi traverser l'un des ponts. C'était, enfin, l'occasion de lui parler seul à seul.

« Je vous rattrape, lança Jack au reste du groupe qui se dirigeait vers un petit sanctuaire de l'autre côté de l'étang. J'ai quelque chose à dire à Emi. »

Yamato et Akiko s'arrêtèrent tous les deux. Akiko haussa les sourcils de curiosité, mais resta muette.

« Venez, vous trois, les appela Saburo avec impatience. Quand nous aurons vu ce dernier sanctuaire, nous pourrons louer un bateau et aller pagayer. »

Yamato hésita encore un moment. Jack savait que son ami se sentait coupable de ne pas avoir été là lorsque Kazuki et sa bande lui étaient tombés dessus à la Maison du faucon. Il ne l'avait pas quitté depuis.

« Allons-y, dit Akiko en se remettant à marcher. Nous le retrouverons au retour.

— Nous serons juste devant si tu as besoin de nous », ajouta Yamato, suivant la jeune fille avec réticence.

Jack les regarda s'éloigner en direction des autres. Dans son kimono couleur miel, Akiko donnait l'impression de flotter comme une feuille au fil de l'eau. Le garçon se dépêcha de rejoindre Emi. Elle était debout sur le pont, admirant un érable suspendu au-dessus de l'eau comme une langue de feu. Elle s'inclina à son arrivée.

« Tu apprécies momiji gari ? demanda-t-elle en souriant.

— Oui. Et toi ? répondit Jack en s'inclinant à son tour.

— Beaucoup. C'est le moment de l'année que je préfère. »

Jack jeta un coup d'œil à l'arbre le plus proche, cherchant comment continuer.

« Est-ce également ainsi dans ton pays ? l'interrogea Emi.

— Parfois, dit le garçon, regardant une feuille tomber à travers les airs et se poser à la surface de l'étang. Mais la plupart du temps, il pleut... »

Un silence gêné s'installa entre eux, tandis qu'il rassemblait tout son courage pour lui parler. « Puis-je te demander une faveur ?

— Évidemment.

— Est-ce que je pourrais visiter à nouveau le palais de ton père ? »

Elle le regarda avec des yeux étonnés. « Y a-t-il à cela une raison particulière ?

— Oui... Lorsque nous y étions pour la cérémonie du thé, j'ai remarqué des peintures de tigres sur des paravents. J'aimerais les revoir. »

Jack avait soigneusement réfléchi à sa réponse mais, à présent, le prétexte paraissait bien mince et il aurait voulu se cacher sous terre.

« Je ne savais pas que tu t'intéressais à l'art », fit observer Emi, tandis que les coins de ses lèvres se retroussaient en un sourire malicieux.

Le garçon fit oui de la tête.

« Je suis persuadée que ça peut se faire. Bien sûr, je devrai en parler à mon père quand il reviendra.

— Naturellement », acquiesça Jack. Il entendit alors un rire et se retourna pour voir que Cho et Kai étaient arrivées à leur tour sur le pont et pouffaient derrière leurs mains.

« Je dois y aller », déclara Emi, s'inclinant avant de rejoindre ses amies et leur chaperon plus âgé.

Jack les regarda partir, se murmurant des secrets à l'oreille et lui jetant des coups d'œil par-dessus l'épaule avant de glousser à nouveau. Avaient-elles entendu ce qu'il avait dit à Emi ? Ou riaient-elles simplement parce qu'elles les avaient surpris ensemble, la jeune fille et lui ? Sa visite au château devait rester confidentielle pour que le *routier* soit en sécurité et les choses seraient plus compliquées si ces deux-là se mettaient à répandre des rumeurs à leur sujet.

Le soleil commençait maintenant à se coucher ; ses rayons dorés miroitaient sur l'eau et scintillaient à travers les érables comme un patchwork de lanternes en papier. Avec un air absent, Jack ouvrit son inrō, la boîte que lui avait offerte le daimyō Takatomi, et en retira le dessin que Jess avait donné à leur père trois ans plus tôt, quand ils avaient quitté le port de Limehouse pour les îles Japonaises. À présent, il le conservait avec lui en permanence, pour ne jamais oublier sa petite sœur.

Il déplia le parchemin, déchiré et usé à force d'être manipulé. Dans la lumière tamisée du soir, il suivit les contours des membres de sa famille. La robe d'été de sa petite sœur, le gribouillage noir pour la queue-de-cheval de son père, sa propre tête, dessinée trois fois trop grande au-dessus d'un corps sec comme un coup de trique, et pour finir, les ailes d'ange de sa mère.

Un jour il *rentrerait* chez lui, il s'en fit le serment.

Jack ferma les yeux. Écoutant la brise dans les arbres et le clapotis de l'eau, il parvenait presque à s'imaginer qu'il était sur un navire, en route pour l'Angleterre. Il était si transporté par cette idée qu'il remarqua à peine les nouveaux arrivants.

Ils l'entourèrent tranquillement.

« Tu profites de tes dernières journées de momiji gari, n'est-ce pas ? »

Ahuri, Jack se retourna et se retrouva confronté, non pas à Akiko ou ses amis, mais à Kazuki et la bande du Scorpion.

« As-tu entendu dire qu'un autre prêtre étranger était mort ? lui apprit Kazuki, sur le même ton que s'il parlait du temps qu'il faisait. Il prêchait à ses fidèles d'obéir à l'Église plutôt qu'à leur daimyō. Un samouraï loyal l'a puni de sa traîtrise en mettant le feu à sa maison, avec lui à l'intérieur. Ça ne prendra plus très longtemps avant que nous soyons débarrassés des gens de ton espèce.

— Gaijin Jack devrait rentrer ! » fit Nobu, dont le ventre était ballotté de haut en bas par le rire, tant la moquerie l'amusait.

Jack recula, mais fut arrêté par la rambarde du pont.

« Tu es tout seul ? demanda Hiroto avec un petit sourire narquois. Pas de garde du corps ? Je pensais que la dernière fois t'aurait servi de leçon, ou bien as-tu besoin d'un autre coup de pied dans les côtes pour t'en souvenir ? »

Jack ne dit rien, sachant que l'autre cherchait le moindre prétexte pour le frapper.

« Tu as perdu ta langue ? l'interrogea Moriko, sifflant de plaisir. Ou bien es-tu trop bête pour comprendre ? »

Jack essaya de garder son calme. Ils avaient l'avantage du nombre, mais il était déterminé à ne pas se laisser intimider cette fois.

« Personne n'aime les gaijins, lança Moriko d'une voix rauque en découvrant ses dents noires. Ils sont sales, stupides et affreux. »

Jack la regarda dans les yeux. Il était au-dessus de cela.

La jeune fille, frustrée par son absence de réaction, cracha à ses pieds.

« Mais qu'avons-nous là ? » questionna Kazuki, arrachant le dessin de Jess des mains de Jack, avant même que ce dernier pût faire un geste.

Jack se précipita sur son ennemi. « Rends-le-moi ! »

Nobu et Hiroto lui saisirent chacun un bras et l'immobilisèrent.

« Regardez ça, vous autres. Est-ce que Jack n'a pas été un bon élève ? Il a appris à dessiner, se moqua méchamment Kazuki en tenant le parchemin en l'air pour que tous puissent le voir.

— Rends-le-moi TOUT DE SUITE, Kazuki ! le somma Jack, se débattant pour se libérer.

— Pourquoi donc voudrais-tu garder ça ? C'est horrible. On dirait que c'est une petite fille qui l'a griffonné ! »

Jack tremblait de rage tandis que Kazuki faisait pendre le dessin devant ses yeux.

« Dis adieu à ton chef-d'œuvre, gaijin. » Kazuki jeta le parchemin en l'air.

Jack le vit avec angoisse voltiger dans la brise.

« Regardez, le gaijin est sur le point de pleurer comme un bébé », cria Moriko sur un ton aigu, et la bande éclata de rire. Jack entendait à peine leurs railleries. Il était entièrement concentré sur la mince feuille qui s'envolait au loin. Il se démena furieusement dans l'étreinte de Nobu et de Hiroto, tandis que son seul lien avec Jess disparaissait dans le ciel. Il s'éleva au-dessus de l'étang, avant de se prendre dans la ramure d'un érable.

« Laissez-le tranquille ! » ordonna Yamato, accourant sur le pont avec Akiko et ses amis.

Jack ressentit un certain soulagement. Au moins, il n'était pas seul dans cet affrontement.

« Relâchez-le, exigea Akiko, tirant sur les bras de Hiroto.

— Regardez qui voilà, l'amoureuse du gaijin ! lança Kazuki en la toisant de haut en bas avec mépris. Faites ce qu'elle dit. Il est juste de leur donner une chance dans le combat. Scorpions ! »

À cet ordre, les membres de la bande se mirent en garde, chacun faisant face à l'un des amis de Jack.

Yamato et Saburo tinrent bon, mais Yori fut pris de tremblements en voyant se profiler devant lui un garçon qui avait deux fois sa taille. Ignorant Kiku avec un air méprisant, Moriko se campa devant Akiko et lui siffla au visage comme un chat sauvage.

« Vas-y ! Bouge la première ! défia-t-elle sa rivale en exhibant ses dents noires et ses ongles aiguisés comme des griffes. Donne-moi une bonne raison de te défigurer ! »

23
FENDRE
DES PLANCHES

Akiko se mit en position, se préparant à se défendre. Elle savait par expérience que Moriko ne se battait pas loyalement. Mais, au moment même où la bagarre allait éclater, un bō frappa le pont de bois avec une force terrible et tous s'immobilisèrent.

« Y a-t-il un problème ? s'enquit sensei Kanō. Dans un cadre tel que celui-ci, il ne devrait pas y avoir de raison d'élever la voix. »

Nobu et Hiroto relâchèrent immédiatement Jack.

« Non, sensei, répondit Kazuki d'une voix amicale. Jack a perdu son dessin et il est un peu contrarié. Il y a eu un petit malentendu, mais tout est rentré dans l'ordre. N'est-ce pas, Jack ? »

L'interpellé regarda Kazuki avec colère, sans toutefois pouvoir faire grand-chose. Il n'avait aucune preuve de ce qui était arrivé. Sensei Kanō ne serait jamais capable de voir la vérité.

« Oui, dit-il, sans quitter son ennemi des yeux.

— Je comprends parfaitement la situation, déclara sensei Kanō. Je pense qu'il est temps pour vous tous de regagner l'école. »

Kazuki fit signe aux membres de sa bande de le suivre, et ils partirent sans un mot de plus.

Jack leva un regard désespéré vers le dessin de sa sœur, pris dans les hauteurs de l'arbre. Même avec ses compétences de « singe de gréement », il ne pouvait le récupérer là où il était. Les branches ploieraient sous son poids.

« Ne t'inquiète pas, Jack, fit Akiko en voyant le chagrin sourdre dans les yeux de son ami. Je l'attraperai pour toi. »

Avec une grâce stupéfiante, la jeune fille s'élança du pont, prenant appui contre la rambarde et se rattrapant à la branche de l'érable la plus proche. Par un mouvement de balancier, elle atteignit le niveau supérieur, avant de s'élever comme une flèche à travers la frondaison. Escaladant sans peur les branches les plus élevées, elle attrapa le bout de parchemin qui flottait au vent.

Déployant toujours la même agilité, Akiko se laissa glisser au bas de l'arbre et revint se poser sur le pont. Elle tendit à Jack le dessin de sa sœur et s'inclina.

Le garçon, bouche bée, ne parvenait qu'à hocher la tête en guise de remerciement. Les autres avaient l'air tout aussi impressionnés.

« J'ai toujours aimé grimper dans les arbres », affirma la jeune fille comme pour s'excuser, avant de prendre le chemin de l'école sans un regard en arrière.

D'où provenait l'extraordinaire adresse de la jeune fille ? Personne n'avait appris ce genre de chose à la Niten Ichi Ryū. Son agilité rappelait à Jack les ninjas qui avaient volé comme des chauves-souris à travers les gréements de l'*Alexandria*, ainsi que celui qu'il avait vu escalader le mur d'un château telle une araignée – Œil-de-Dragon.

Était-ce ce qui avait occupé Akiko lors de ses sorties nocturnes ? Apprendre des techniques de ninja ?

Mais c'était absurde. Les samouraïs haïssaient les ninjas et tout ce qu'ils représentaient, et sans doute les ninjas le leur rendaient-ils bien. Quelle sorte de ninja voudrait enseigner ses trucs à un samouraï ? Une telle idée était risible. Jack la repoussa aussitôt.

CRAC !

Le poing de Kazuki s'enfonça dans le panneau de cèdre, le cassant en deux.

Les élèves applaudirent bruyamment, tandis que le garçon devenait le premier d'entre eux à briser une planche, dans leur préparation aux épreuves du Cercle des Trois.

Mais il ne fut pas le seul à réussir son tamashiwari ce matin-là. L'entraînement constant que leur avait infligé sensei Kyuzo, au cours des derniers mois, porta ses fruits quand Hiroto, Goro, Yamato, puis Emi et Akiko fendirent à leur tour leur épaisseur de bois. Ils comprirent alors qu'avec le temps l'épaisseur double-rait, avant de tripler pour satisfaire aux exigences du Jugement du bois.

Jack se préparait à essayer à son tour, lorsque le sensei cria subitement : « *REI !* »

Toute la classe s'inclina, alors que Masamoto entrait à grands pas dans le Butokuden. L'arrivée inattendue de son protecteur prit Jack au dépourvu.

« Je vous en prie, sensei Kyuzo, faites comme si je n'étais pas là. Je veux seulement observer les progrès dans la préparation des épreuves. »

Sensei Kyuzo s'inclina et retourna à son cours.

« Jack-kun, approche-toi ! » ordonna-t-il.

L'interpellé gagna rapidement le centre du Butokuden et attendit pendant que le sensei plaçait un panneau de cèdre entre les deux billots. Il posa ensuite un second panneau sur le premier.

« Mais... », protesta Jack.

Sensei Kyuzo lui coupa la parole d'un regard méprisant.

Jack grogna intérieurement. Le professeur avait promis d'utiliser tous les moyens en son pouvoir pour ruiner les chances du garçon d'entrer dans le Cercle. À présent, il faisait en sorte qu'il échoue devant Masamoto.

Jack vit que Yamato et Akiko étaient également consternés par l'injustice de la situation, mais ils n'étaient pas en position de dire quoi que ce fût.

La seule solution qui s'offrait à lui était de prouver que sensei Kyuzo se trompait.

Au cours de l'entraînement, Jack avait compris que tamashiwari demandait plus que de la force brute. La technique exigeait un engagement et une concentration sans faille.

Il ne devait pas frapper le bois, mais frapper *à travers* le bois.

La puissance venait de son corps, pas de son bras.

Il devait condenser son *ki*, son énergie spirituelle, et le transférer, via son poing, dans l'objet qu'il heurtait. Et, point crucial, il devait s'en croire vraiment capable.

Le garçon rassembla toute la colère, la frustration et la haine qu'il avait éprouvées entre les mains de sensei Kyuzo, de Kazuki et de sa bande du Scorpion, et les canalisa contre les deux épaisseurs de bois. Dans une explosion de force qui le surprit lui-même, il flanqua

violemment son poing à travers le bois, en hurlant :
« *Kiaiiii !* »

Avec une détonation d'arme à feu, les deux planches
se brisèrent chacune en deux parties en projetant des
éclats de bois.

Il y eut un moment de silence admiratif, puis les
acclamations fusèrent.

Jack était euphorique. Un flot d'adrénaline le traversa, tandis que ses frustrations le quittaient d'un
coup. L'espace d'un instant, il fut tout-puissant.

Comme le silence revenait, deux mains continuèrent
à applaudir.

« Très impressionnant, déclara élogieusement
Masamoto en s'avançant. Vous avez bien entraîné vos
élèves, sensei Kyuzo. Puis-je vous emprunter Jack-kun
pendant un petit moment ? »

Le professeur s'inclina pour donner son accord, mais
Jack remarqua dans ses yeux une cuisante déception.

Masamoto fit signe au garçon de le rejoindre et le
conduisit à l'extérieur.

« Je n'ai pas eu l'occasion de parler avec toi depuis
un certain temps », commença-t-il, alors qu'ils pas-
saient devant le chantier de la salle du Faucon, où
plusieurs charpentiers étaient occupés à poser le
plancher et à monter la charpente. Fuyant le bruit, ils
pénétrèrent alors dans la paix du jardin zen du sud.

« Comment se débrouille notre jeune samouraï ? »
s'enquit Masamoto.

Jack, encore tout frissonnant après son tamashiwari,
répondit : « Très bien, mais l'entraînement a été plus
dur que je ne m'y attendais. »

Masamoto rit. « L'entraînement est facile. Ce sont
tes attentes qui le rendent difficile, observa-t-il. Je dois

m'excuser de ne pas être là plus souvent pour te guider, cette année, mais les affaires du pays ont pris la priorité. Je suis sûr que tu le comprends. »

Jack approuva du chef. Il supposait que le samouraï faisait référence à la campagne antichrétienne de Kamakura. De nouvelles persécutions avaient été rapportées, Kazuki prenant soin que Jack fût informé de chacune. Le garçon se demandait à présent à quel point le problème avait pu s'amplifier pour que son protecteur dût passer autant de temps au service du daimyō Takatomi.

« La bonne nouvelle, c'est que nous avons pris la situation en main et que je serai beaucoup plus présent pendant le reste de l'année, ajouta Masamoto, tandis qu'un sourire s'épanouissait sur la partie intacte de son visage.

— Le daimyō Kamakura a donc été arrêté dans ses projets ? lâcha Jack, incapable de dissimuler le soulagement dans le ton de sa voix.

— Kamakura ? fit Masamoto, dont le sourire disparut. Tu es donc au courant du problème ? »

Le samouraï tourna vers Jack un regard aussi pénétrant qu'une lame d'acier. Un instant, le garçon se demanda si ses paroles n'avaient pas été déplacées.

« Tu n'as aucune raison de t'inquiéter au sujet de ce genre de choses, continua Masamoto tout en lui indiquant de s'asseoir à côté de lui, sur la galerie qui surplombait le jardin et un petit bassin de pierre. Néanmoins, pour apaiser tes craintes, je peux te dire en toute confidence que le daimyō Takatomi m'a demandé de m'occuper de... comment dire ? de "désagréments" dans l'administration de notre pays, concernant la question de savoir qui est le bienvenu ou non sur nos côtes. Ma mission consistait à nous assurer des positions d'autres seigneurs de la province à ce sujet. La grande majorité est avec nous. Tu n'as rien à redouter.

— Mais qu'en est-il de tous ces prêtres qui sont morts, et de l'ordre du daimyō Kamakura de tuer tous les chrétiens et les étrangers qui ne voudront pas partir ?

— Je peux t'assurer que tout cela n'est le fait que d'un seul daimyō.

— Ne risque-t-il pas cependant d'influencer les autres seigneurs ? insista Jack. Je veux dire que, si c'était le cas, je serais sûrement en danger et risquerais de me faire tuer avant de pouvoir retourner chez moi.

— Retourner chez toi ? s'exclama Masamoto en haussant les sourcils sous le coup de la surprise. Mais c'est *ici*, chez toi. »

Jack ne savait quoi répondre. Même s'il ne pouvait nier que le Japon faisait à présent partie de sa vie, son cœur appartenait à l'Angleterre et lui appartiendrait toujours.

« Tu es mon fils, affirma fièrement Masamoto. Personne n'oserait te faire du mal. En outre, tu es un samouraï maintenant et, après quelques années d'entraînement supplémentaires, tu n'auras plus besoin de moi pour te protéger. »

Masamoto donna à Jack une grande tape dans le dos et se remit à rire.

Le garçon se força à sourire. Le guerrier n'avait jamais rien demandé en échange de sa gentillesse, et Jack avait conscience que le contredire à présent eût été le pire manque de respect à son égard. C'eût été lui renvoyer au visage toute cette gentillesse. Si fort que fût son désir de rentrer dans sa patrie et de retrouver Jess, il devait la vie à Masamoto et, en tant que samouraï, son devoir était de se mettre au service de son protecteur.

Jack décida qu'il attendrait son heure et se consacrerait à acquérir la maîtrise des Deux Ciels. Ensuite, quand il aurait prouvé qu'il était capable de s'occuper de lui-même, il demanderait à Masamoto la permission de partir.

« Je comprends, Masamoto-sama, dit Jack, inclinant la tête en signe de déférence. J'avais seulement peur que la situation devienne incontrôlable. Mais je suis déterminé à entrer dans le Cercle des Trois et à apprendre les Deux Ciels.

— Ça, c'est l'esprit samouraï que je recherche. Je peux comprendre combien tu soupires après ton pays natal, concéda Masamoto. Mais j'ai fait la promesse, à la mémoire de ton père et en l'honneur de mon cher fils disparu, Tenno, que je prendrais soin de toi. Tu es sous *ma* responsabilité. Et tu es parfaitement en sécurité. »

En dépit de sa crainte que la campagne de Kamakura ne devienne si importante que le grand Masamoto lui-même ne pût plus la maîtriser, le garçon savait que son gardien lutterait jusqu'au dernier souffle pour le protéger.

Le samouraï se tourna vers lui, le front plissé par l'inquiétude.

« On m'a rapporté que tu rencontres certaines difficultés avec d'autres élèves de l'école. Est-ce exact ? »

Jack fit oui de la tête. « Mais ce n'est rien dont je ne puisse m'occuper moi-même, ajouta-t-il rapidement.

— J'en suis sûr, approuva Masamoto, que la bravade du garçon emplit de fierté. Néanmoins, maintenant que je suis de retour, je ferai savoir très clairement que je ne tolérerai ni qu'on brutalise ni qu'on fasse du tort à quelqu'un dans mon école. Dans le même temps, je veux te donner un conseil qui m'a bien aidé dans ma jeunesse. »

Jack n'avait jamais vu Masamoto ainsi auparavant. Sévère, austère, autoritaire, certes. Mais paternel... c'était quelque chose de nouveau. Le garçon ressentit un pincement douloureux en pensant à son père.

« J'ai conscience qu'il est difficile d'être différent. La vérité est qu'ils sont jaloux de tes talents d'escrimeur et de samouraï mais, si tu ne réagis pas à leurs provocations, ils t'ignoreront.

— Comment est-ce possible ? demanda Jack. Ce n'est pas comme si je me fondais dans la masse.

— Et moi ? » répliqua Masamoto en se tournant de sorte que la cicatrice rougeâtre et boursouflée qui défigurait le côté gauche de son visage fût pleinement visible.

Le garçon ne prononça pas un mot.

« Applique fudōshin », lui enjoignit le samouraï en s'avançant pour tremper un doigt dans le large bol de pierre devant lui. Il traça un cercle à la surface de l'eau et regarda les ondulations s'évanouir.

« Plutôt que de te laisser mener et piéger par tes émotions, laisse-les disparaître comme si c'étaient des lettres dessinées sur l'eau avec un doigt. Elles ne peuvent te blesser, à moins que tu ne les y autorises. »

24

LES JUGEMENTS
DU BOIS ET DU FEU

U n pâle soleil d'hiver s'éleva dans le ciel, faisant apparaître un monde de blancheur. Les avant-toits incurvés du Butokuden ployaient sous l'amoncellement de neige et l'école était plongée dans une paix étrange, tout son étouffé par le brusque changement de saison.

Le souffle de Jack formait comme des volutes de fumée, tandis qu'il fendait l'air glacé avec son katana.

Chaque matin depuis que Kazuki et la bande du Scorpion l'avaient attaqué dans la Maison du faucon, il se levait tôt pour pratiquer son kenjutsu dans le Jardin zen du sud, accomplissant un rituel de cent coupes de chaque kata avant le petit déjeuner – exactement comme il en avait fait le serment. Sensei Hosokawa lui avait peut-être interdit d'utiliser son katana en classe, mais il en fallait plus pour le décourager de s'y exercer pendant son temps libre. Il était déterminé à remporter les Baguettes, quoi que l'épreuve du Sabre impliquât.

Jack prenait ensuite la direction du Butokuden, où il frappait le makiwara cinquante fois avec chaque poing, préparant ses os au Jugement du bois. Il tapait si fort sur le poteau matelassé que ses mains continuaient à trembler pendant le petit déjeuner et qu'il devait faire un effort pour tenir ses hashis.

L'après-midi, après les cours, il retrouvait Akiko dans le jardin, alors qu'elle travaillait le kyūjutsu en vue du Jugement du feu. Entre deux tirs, elle corrigeait sa posture, guidait son esprit et l'aidait à « oublier » la cible. Il arrivait même que Jack atteigne cette dernière. Ensuite, quand ils en avaient le temps, elle l'interrogeait sur ses kanjis et lui enseignait un nouveau caractère.

Un jour, au cours de ces leçons informelles, Jack avait évoqué l'extraordinaire capacité de la jeune fille à grimper dans les arbres, mais elle avait protesté que c'était une faculté naturelle, riant de sa suggestion à propos d'un entraînement ninja et s'exclamant pour mettre un terme à la discussion : « Je ne suis pas plus ninja que tu n'es japonais. »

Jack rejoignit même Yori dans son rituel nocturne de pliage de grues, espérant augmenter ses chances dans le Jugement du kōan de sensei Yamada. Il maîtrisait à présent les différents plis et trouvait le processus d'origami relativement apaisant, bien que la raison pour laquelle Yori avait besoin d'autant de figurines en papier dépassât sa compréhension. La minuscule chambre de son ami débordait de centaines de petits oiseaux blancs.

Grâce à cette routine quotidienne, la vie de Jack au Japon prit un rythme régulier et, jour après jour, brique après brique, le mur invisible qui se dressait sur le chemin de sa formation de samouraï s'effritait. Il savait qu'il avait fait des progrès, mais cela suffirait-il à lui assurer une place dans le Cercle ?

S'il n'y avait pas eu Kazuki et sa bande, il eût été presque satisfait de sa vie à l'école. À la suite de l'intervention de Masamoto, Jack n'était plus inquiété physiquement par les membres du groupe, mais cela ne les empêchait pas de lui adresser des sarcasmes, de lui cracher des insultes ou de lui murmurer : « Rentre chez toi, gaijin ! » chaque fois que l'occasion s'en présentait. C'était les attaques contre lesquelles Masamoto ne pouvait le protéger. Celles auxquelles il devait opposer fudōshin.

Au début, Jack était capable de laisser passer les menaces gratuites, mais cela devint plus difficile à mesure que d'autres élèves sympathisaient avec le point de vue de Kazuki. C'était comme si une fissure se dessinait dans l'école, entre ceux qui acceptaient les étrangers et ceux qui ne les acceptaient pas.

Il commençait à se demander si Masamoto avait été tout à fait sincère avec lui, en ce qui concernait l'influence de Kamakura dans le pays. Malgré sa promesse, le samouraï avait été appelé deux fois en mission par le daimyō Takatomi, au cours des trois dernières semaines, et Jack tombait de temps en temps sur des élèves en train de parler d'un nouveau prêtre banni ou persécuté par le daimyō Kamakura et ses samouraïs. Chaque fois que cela arrivait, les autres paraissaient embarrassés par sa présence et mettaient un terme à la discussion, avant de s'excuser, puis de s'éloigner. Le garçon sentait très clairement que, même si certains l'aimaient toujours bien, ils ne pouvaient plus se permettre de lui être associés. Il apprenait rapidement qui étaient ses vrais amis.

Jack, levant son sabre pour l'ultime coupe de sa séance d'entraînement, entendit la neige crisser derrière lui. Il se retourna, s'attendant à voir Kazuki ou l'un des siens.

« Je pensais bien te trouver ici », déclara Akiko. Elle était emmitouflée dans plusieurs couches de kimonos pour se protéger du froid, mais son sourire chaleureux semblait réchauffer l'atmosphère.

Jack laissa retomber sa garde et rengaina son arme.

La jeune fille parcourut du regard l'épais manteau formé par la neige, qui était tombée tout au long de la nuit. « Tu sais ce que cela annonce, n'est-ce pas ? »

Jack hocha la tête.

« Les épreuves de sélection au Cercle des Trois. »

Plus tard ce matin-là, en s'approchant des trois planches soigneusement empilées au centre du Butokuden, Jack pria pour que ses efforts lui permettent de remporter les épreuves. Il lui fallait être parmi les cinq premiers mais, par malchance, la sélection commençait avec la plus difficile des épreuves en question – tamashiwari.

Jusque-là, personne n'avait réussi à briser trois épaisseurs de bois et Jack savait qu'il n'avait qu'une seule chance d'y parvenir.

Toute l'école s'était alignée dans le sens de la longueur de la salle pour regarder. Chacun fit silence lorsque Jack se mit en position.

Le garçon se frotta les mains pour les réchauffer, même si la lumière matinale filtrait à travers les lames des fenêtres. En achevant de se préparer, il voulut faire appel à toute l'énergie explosive qu'il avait déployée quand il avait fracassé les deux planches devant Masamoto.

Sensei Kyuzo, qui était l'arbitre officiel de cette épreuve, se tenait debout sur l'un des côtés, les bras croisés. « Quand tu seras prêt, dit-il à Jack en le regardant avec irritation. Ce qui ne sera jamais le cas », ajouta-t-il à voix basse, alors que le garçon levait le poing.

Jack tenta d'ignorer le commentaire, mais sa concentration avait été sapée par l'intervention calculée du sensei. L'idée qu'il n'était pas prêt, que la superposition de trois planches constituait une couche trop épaisse, était à présent arrimée dans son esprit.

Tonc !

Le poing de Jack heurta le bois. Les deux premières planches cédèrent, mais la troisième résista, et la main du garçon fut brutalement stoppée, lui renvoyant dans le bras une onde de douleur insupportable.

Un murmure de déception secoua le dōjō.

Jack massa son poing qui lui élançait, furieux de s'être laissé distraire par le commentaire de sensei Kyuzo. C'était ce doute infime qui avait l'empêché de fendre la troisième planche.

Il s'inclina hâtivement pour rendre hommage à Masamoto, qui assistait à la manifestation depuis l'estrade de cérémonie, avec les autres professeurs. Son protecteur était revenu à l'école le matin même pour assister aux épreuves de sélection et le voyage semblait l'avoir laissé fatigué et irritable. Sa cicatrice était enflammée et il secoua doucement la tête, visiblement aussi déçu de l'échec de Jack que ce dernier l'était lui-même.

Comme il se rasseyait dans la ligne des trente élèves qui s'étaient inscrits aux épreuves, Jack aperçut sensei Kyuzo en train de sourire avec suffisance.

« Ne t'inquiète pas, Jack, dit Akiko, qui avait également perdu au tamashiwari. Nous avons encore trois épreuves pour montrer notre valeur. »

Le garçon fut rassuré par ces paroles jusqu'à ce que Kazuki, accompagné de cris d'encouragement, s'avance à son tour.

Sensei Kyuzo remplaça les planches brisées tout en murmurant à l'oreille de son protégé.

Kazuki fit oui d'un hochement de la tête, puis concentra son attention sur les panneaux. Le visage empreint d'une détermination inébranlable, il traversa de son poing les trois épaisseurs, faisant voler des éclats de bois.

Tous les élèves laissèrent fuser de vives acclamations, tandis que Masamoto et ses senseis applaudissaient respectueusement. Même Jack devait avouer que la prouesse était impressionnante. Kazuki s'inclina avec distinction en direction de Masamoto, assuré de sa réputation en tant que premier élève à remporter une épreuve.

Le dōjō fut nettoyé et réaménagé pour le Jugement du feu de sensei Yosa. On disposa une cible de tir à l'arc tout au fond de la salle et juste devant on plaça un grand chandelier de bois, sur lequel une sorte de cierge fut planté de façon que la mèche en fût alignée avec le cœur de la cible.

Les concurrents se préparèrent à l'autre bout du Butokuden, choisissant leurs arcs dans les râteliers et vérifiant que leurs flèches étaient en bon état.

Jack s'approcha pour choisir son matériel mais Kazuki, Hiroto et Goro se précipitèrent pour saisir les meilleurs arcs. Le seul qui restait n'était plus tout neuf et avait déjà bien servi. Jack testa sa résistance à l'étirement et comprit aussitôt que l'engin avait perdu beaucoup de sa puissance.

« La première épreuve, celle de sensei Kyuzo, testait la force, déclara Masamoto à l'assemblée des élèves. La force du corps et la force de l'esprit. La prochaine sera conduite par sensei Yosa et évaluera votre adresse et votre habileté technique. »

Sensei Yosa se leva et se dirigea vers la cible, ses longs cheveux noirs chatoyant comme des vagues à l'arrière de son kimono rouge sang. Elle avait à la main une chandelle dont elle se servit pour allumer le cierge. La flamme de ce dernier s'aviva, pour former comme un minuscule pétale de lumière devant le centre de la cible.

« Vous êtes mis au défi de moucher cette flamme, expliqua sensei Yosa. Vous aurez le droit à deux tentatives.

— Bonne chance, murmura Yamato à Jack.

— Je crois que j'aurai besoin de plus que de la chance », répondit le second en regardant son arme.

L'éloignement de la cible correspondait à la longueur du jardin zen du sud, ce qui rendait le tir difficile, même sans tenir compte de la chandelle.

Le premier à s'avancer fut Goro. La contrariété que Jack avait ressentie un moment plus tôt, lors du choix des arcs, fut tempérée par la performance lamentable du garçon. Une vague de rires s'éleva quand l'une de ses flèches passa loin de la cible et ricocha sur un pilier, ratant de peu sensei Yosa.

Puis, ce fut le tour d'Akiko.

Elle finit de préparer l'arc de bambou et les flèches empennées d'une plume de faucon que sensei Yosa lui avait offerts l'été précédent. Étant la seule à posséder une arme personnelle, elle n'avait pas eu à se battre pour en choisir une de l'école. Elle se plaça face à la cible, encocha une flèche, puis leva l'arme au-dessus de sa tête. Elle faisait tout cela avec une facilité et une élégance qui rappelaient sensei Yosa elle-même.

Le premier trait de la jeune fille transperça le milieu de la cible en résonnant sourdement, tel un battement de cœur.

Il y eut un moment de silence impressionné.

Akiko n'avait pas besoin de tirer une seconde fois. Sa flèche avait volé si droit qu'elle avait coupé la flamme en deux, tandis que l'empennage l'avait étouffée.

Le Butokuden fut secoué d'acclamations extasiées.

La performance de la jeune fille couvrit de honte les autres tentatives. Tous les participants passèrent à leur tour, tirant du mieux qu'ils pouvaient, mais aucun ne put égaler l'adresse d'Akiko. Yamato toucha la cible deux fois, mais rata la chandelle. Les tirs de Kazuki furent plus impressionnants, le second coupant l'extrémité supérieure de la flamme et parvenant presque à diviser celle-ci en deux. Toutefois, au grand soulagement de Jack, la mèche continua à brûler. Même Emi, qui était d'habitude à égalité avec Akiko, ne réussit pas à l'éteindre. Hiroto fut l'exception qui confirma la règle. Sa seconde flèche rogna la mèche, mouchant la chandelle.

Vint alors le tour de Jack.

Kazuki, Akiko et Hiroto ayant tous trois triomphé dans une épreuve et détenant de ce fait une bonne chance d'être choisis pour entrer dans le Cercle, il commençait à ressentir la pression.

Il devait être sélectionné. Il devait faire ses preuves.

Il *devait* apprendre les Deux Ciels.

Faisant appel à toutes ses réserves de concentration, Jack prit position devant la marque. Il se concentra sur la flamme ténue à l'autre bout de la salle, pas plus grosse qu'un bouton de rose. Il banda son arc, passant d'un geste à l'autre avec fluidité, ainsi qu'Akiko le lui avait enseigné, puis laissa partir son premier trait.

La déception le fit grimacer. Il était au moins à une largeur de main en dessous du cœur de la cible. La souplesse limitée de l'arme avait déjoué sa visée. Il ajusta sa posture en conséquence. Se concentrant intensément sur la lumière tremblotante, il était sur le point de tirer sa seconde flèche, quand il se rappela les mots de sensei Yosa : « *Quand l'archer ne pense pas à la cible, alors la Voie de l'arc peut se dévoiler à lui.* »

Jack comprenait à présent ce qu'elle voulait dire. Il était si concentré sur la flamme qu'il n'avait pas noté la tension qui gagnait tout son corps.

Il cessa de penser à la cible, laissa aller son esprit et relâcha la corde de son arc en même temps qu'il se détendait lui-même. Puis, renouvelant sa tentative, il accorda à chaque moment du tir sa pleine attention. Au moment où il expirait, il décocha la flèche. Celle-là émit un sifflement en traversant la longueur du dōjō, droit au centre de la flamme.

Le projectile frappa le milieu de la cible.

Toute la classe fixa la chandelle, au-dessus de laquelle le trait tremblait encore légèrement. La flamme vacilla brièvement et quelques élèves commencèrent à taper dans leurs mains, mais leurs applaudissements prématurés moururent aussitôt que la chandelle se remit à brûler normalement.

L'instant suivant, les ailerons de plume de la flèche prirent feu en crépitant, tel un sinistre présage.

Jack avait échoué dans la deuxième épreuve.

25
Plus
qu'un morceau de papier

Perché sur un zabuton au premier rang de l'estrade de cérémonie dans le Butokuden, sensei Yamada se penchait en avant pour écouter une minuscule jeune fille à la courte chevelure brune. Celle qui lui murmurait à l'oreille s'appelait Harumi et avait, malgré sa petite taille, créé la surprise en démolissant les trois planches du Jugement du bois. Ayant donné sa réponse au Jugement du kōan, elle s'inclina et attendit le verdict du sensei, avec son visage pâle et rond, aussi délicat que celui d'une poupée de porcelaine.

Après quelques instants de profonde réflexion, sensei Yamada secoua la tête négativement et fit signe à Harumi d'aller se rasseoir.

« Personne ne peut-il donner une réponse satisfaisante à sensei Yamada ? » demanda Masamoto, lançant des regards noirs aux concurrents agenouillés en rang devant lui. Son indignation à voir tout le monde échouer dans cette troisième épreuve était manifeste, comme le confirmait le rougeoiement de sa cicatrice. « Voudriez-vous me faire croire qu'il n'y a dans mon dōjō pas un seul élève qui puisse faire preuve de l'intelligence et de la perspicacité dignes d'un samou-raï ? »

Un silence confus accueillit ses paroles, tandis que la disgrâce des candidats croissait à mesure que la réponse souhaitée tardait à venir.

Tout comme les autres, Jack baissait la tête. Bien que, grâce à Yori, il pût maintenant plier une grue, une grenouille ou un poisson rouge avec facilité, la solution de l'énigme lui échappait. Quand son tour était venu, sa suggestion avait été que l'origami enseignait la patience, mais le sensei avait à regret fait signe que non.

« Très bien. J'ouvre maintenant cette épreuve à tous les aspirants samouraïs de la Niten Ichi Ryū, annonça Masamoto, pas seulement à ceux qui concourent pour le Cercle des Trois. Donc, que nous apprend l'origami ? »

Le reste des élèves se raidit soudain dans un effort d'attention, tandis que les yeux du guerrier courroucé exploraient l'assemblée à la recherche d'une solution. Personne n'osait bouger, de peur que Masamoto ne pense qu'il avait la réponse. La tension devint insup-portable, le déshonneur gagnant maintenant tous ceux qui restaient muets.

Au moment où Masamoto paraissait sur le point d'exploser, une petite main se leva parmi les samouraïs au visage penaud.

« Oui, Yori-kun ? Tu as une réponse ? »

L'interrogé fit humblement oui de la tête.

« Alors, avance-toi et prends part à l'épreuve. »

Yori s'approcha à petits pas timides, comme un loir cherchant un trou dans lequel se réfugier.

« S'il te plaît, Yori-kun, le sollicita sensei Yamada, dont le visage ridé affichait un air chaleureux et accueillant, qui contrastait avec l'expression redoutable de Masamoto. Confie-moi ta réponse. »

La salle devint silencieuse, comme tous s'efforçaient d'entendre les mots de Yori.

Ce dernier acheva son explication, dont chaque mot était un secret glissé à l'oreille de son sensei, puis fit un pas en arrière et s'inclina. Sensei Yamada l'observa un instant, tortillant les poils de sa barbe grise entre ses doigts. Toujours aussi lentement, il tourna la tête vers Masamoto et eut un simple hochement du chef, cependant qu'un large sourire, où manquaient plusieurs dents, s'épanouissait sur son visage.

« Excellent, fit Masamoto, dont l'humeur orageuse se dissipa d'un coup. Il y a ici au moins un apprenti guerrier capable de réfléchir comme un vrai samouraï. Yori-kun, éclaire tes pairs par une réponse digne de la Niten Ichi Ryū. »

Le petit garçon parut dérouté. Tranquille à ses heures, il trembla cependant sous la pression que représentait pour lui le fait de devoir s'adresser à toute l'école.

« Courage, jeune samouraï. Parle ! »

La voix de Yori ressemblait à un petit cri empli de terreur : « Aucune chose... n'est telle qu'elle paraît. »

Le garçon avala sa salive avec peine pour retrouver la maîtrise de sa voix.

« De même qu'un morceau de papier peut être plus qu'un morceau de papier dans l'origami, devenant une grue, un poisson ou une fleur... de même... de même...

— ... un samouraï ne devrait jamais sous-estimer sa capacité à plier et à façonner sa propre vie, poursuivit sensei Yamada, reprenant la parole avant que Yori n'ait tout à fait terminé sa phrase – sa capacité à lutter pour devenir plus que ce qu'il semblait être au départ, à dépasser ses limites apparentes. »

Yori remercia son professeur d'un signe de tête, achevant d'une petite voix : « C'est là ce que l'origami nous apprend. »

« Les Baguettes sont votre dernière épreuve, annonça sensei Hosokawa, parcourant le plancher du dōjō devant les concurrents respectueusement agenouillés sur une seule ligne. C'est une épreuve de courage, votre dernière chance de montrer que vous êtes dignes d'entrer dans le Cercle des Trois. Au vu des résultats du Jugement du kōan, vous avez tous bien besoin de faire vos preuves. »

L'aire d'entraînement du Butokuden était vide, ne donnant aucun indice de ce que pouvaient être les Baguettes.

« Votre objectif est de traverser le Butokuden d'un bout à l'autre », continua le sensei, leur indiquant une ligne droite qui passait par le centre du dōjō.

Voilà qui ne paraissait pas trop dur, pensa Jack, jetant un coup d'œil à Yamato, qui semblait se dire la même chose. Mais Akiko leur adressa un signe de tête dubitatif, donnant à entendre qu'il y avait là sans doute plus qu'une simple promenade.

« Les Baguettes sont votre Jugement du sabre, aussi devez-vous porter votre bokken. Si vous pouvez franchir les Baguettes et atteindre l'autre extrémité de la salle, vous aurez réussi le test. Je prie maintenant tous les participants de bien vouloir quitter le dōjō. »

Jack et les autres hésitèrent. Qu'y avait-il de si différent dans cette épreuve pour qu'on les priât de quitter la pièce ?

« MAINTENANT ! » ordonna Hosokawa.

Un moment après, ils étaient sur leurs pieds et sortaient au pas du Butokuden.

« Attendez dans la cour jusqu'à ce qu'on vous appelle par votre nom, leur enjoignit le professeur, avant de rentrer dans le dōjō et de fermer les larges portes de bois derrière lui.

— Que pensez-vous qu'il ait organisé ? » demanda Yamato, alors qu'ils étaient dehors à frissonner, de la neige jusqu'aux chevilles.

Des bruits nombreux leur parvenaient depuis la salle d'entraînement, dont le frottement d'une multitude de pas sur le plancher.

« Peut-être une course d'obstacles, répondit Jack.

— Ou bien il va lâcher un tigre mangeur de gaijins ! » gronda Hiroto en riant avec Kazuki.

Jack, qui était déjà sur les dents à cause de l'épreuve à venir, se retourna pour leur faire face. Le Jugement du sabre était sa dernière chance de prouver sa valeur. Son unique chance.

« Garde ton énergie pour les Baguettes, lui conseilla Akiko tout en s'assurant que son propre bokken était bien assujetti à sa hanche. Sensei Hosokawa ne nous a pas fait suivre un entraînement aussi dur sans une bonne raison. »

Jack fit marche arrière et se concentra lui aussi sur son bokken.

« HIROTO-KUN ! » appela Hosokawa de l'intérieur du Butokuden.

En entendant son nom, l'interpellé cessa de rire et, pris d'une soudaine tension, serra ses lèvres minces. Il traversa la cour d'un pas vaillant, mais ne put dissimuler un tremblement nerveux en approchant de l'entrée du bâtiment. Aussitôt qu'il fut à l'intérieur, les portes se refermèrent en claquant avec un bruit sourd et inquiétant. Au-dehors, le reste des participants patienta en prêtant l'oreille.

Pendant quelques instants, ils n'entendirent rien que le léger crépitement de la neige qui se déversait d'un ciel froid et gris. Alors, un « KIAI ! » tonitruant jaillit du dōjō, suivi de bruits de combat et d'un hurlement profond.

Puis, un silence de mort.

Les concurrents se regardèrent les uns les autres, en état de choc.

Ils attendirent, espérant en entendre davantage, mais Hiroto n'émit plus un son.

« YAMATO-KUN ! » héla sensei Hosokawa, ouvrant les portes et rompant le silence.

Yamato prit trois inspirations profondes, puis se dirigea vers la salle. Jack lui envoya un regard d'encouragement, mais il n'y prêta quasiment aucune attention. Le garçon était déjà plongé dans l'action, intensément concentré sur la mystérieuse épreuve qui l'attendait.

Une fois encore, la porte se referma.

Un silence menaçant émanait du dōjō, rappelant à Jack le calme qui précédait les plus violentes tempêtes.

Tout à coup, l'air fut traversé de kiais et autres cris de combat, ainsi que par le son mat et léger du bokken contre la chair.

Cette fois, la bataille sembla se prolonger un long moment, jusqu'à ce que des acclamations gutturales fusent du Butokuden.

La voix de sensei Hosokawa retentit à nouveau.

« EMI-CHAN !

— Bonne chance », fit Jack.

Emi lui sourit chaleureusement, mais ses yeux tra-hissaient la peur qu'elle ressentait.

« Rappelle-toi ce qui est écrit sur les peintures de la Chambre des tigres, ajouta Jack, espérant rassurer la jeune fille. *Si tu n'entres pas dans la grotte du tigre, tu n'attraperas pas son petit.* »

Emi disparut dans le dōjō.

« Quand as-tu été dans la Chambre des tigres du château de Nijo ? demanda Akiko d'une voix légère-ment affectée. Nous ne l'avons pas visitée pendant la cérémonie du thé.

— Non, j'y suis retourné.

— Quoi ? Juste vous deux ?

— Eh bien... oui, marmonna Jack. Je voulais mieux connaître le château. »

Les lèvres pincées, Akiko hocha brièvement la tête et tourna son regard vers le ciel, pour se concentrer sur la chute des flocons.

On n'entendit de la part d'Emi qu'un seul kiai, et le concurrent suivant fut appelé sans tarder. Plusieurs se succédèrent ainsi, avant que sensei Hosokawa ne crie : « Akiko-chan ! »

Jack adressa à son amie un sourire réconfortant, mais elle regardait droit devant elle tout en marchant à grands pas jusqu'au portail du Butokuden. Le garçon espérait qu'elle n'était pas fâchée qu'il ne lui eût rien dit au sujet de sa seconde visite avec Emi. Mais pour-quoi le serait-elle ? Il savait qu'Akiko elle-même lui cachait certaines choses.

Dans la cour, la neige continuait à tomber, se dépo-sant sur les têtes et les épaules. Jack entendit Akiko pousser plusieurs kiais au-dessus des cris de la bataille, mais alors même qu'il se demandait jusqu'où elle avait pu aller, un silence de mauvais augure s'abattit sur la Salle des vertus de la guerre.

Les participants, dont le nombre allait diminuant, tendirent l'oreille dans l'attente du prochain nom.

Finalement, il ne resta plus que Jack et Kazuki. Ils s'ignoraient l'un l'autre, tous deux gagnés par la tension de l'épreuve.

« KAZUKI-KUN ! »

Kazuki ajusta son gi et s'avança d'un pas confiant vers l'entrée du dōjō.

« Bonne chance », lâcha Jack, sous l'impulsion du moment.

L'autre le regarda par-dessus son épaule avec, aux lèvres, un sourire lugubre. « Toi aussi, répondit-il sur un ton de camaraderie inhabituel. Nous en aurons besoin. »

Après quoi, il entra et referma les portes derrière lui.

D'après les cris qui suivirent, Kazuki paraissait se débrouiller plutôt bien, mais Jack était trop gelé pour se soucier de savoir s'il était victorieux ou non.

« JACK-KUN ! »

Convoqué le dernier, le garçon se frictionna pour essayer de ramener un peu de chaleur dans ses membres. Il ignorait s'il tremblait davantage à cause du froid ou de la peur. Il agrippa la poignée de son bokken, dans une dernière tentative pour reprendre son aplomb.

Franchissant les portes du Butokuden, il entra dans les Baguettes.

26

LES BAGUETTES

Jack n'osait pas bouger.

Les élèves de la Niten Ichi Ryū étaient alignés de part et d'autre du dōjō, disposition qui donnait au premier coup d'œil l'impression d'assister à une cérémonie de bienvenue. Ils formaient un couloir de samouraïs, s'étirant depuis l'entrée jusqu'à Hosokawa lui-même, à l'autre bout de la salle.

En différents endroits à l'arrière de ces deux rangs, Jack observa la présence des autres candidats au Cercle des Trois. Tous semblaient profondément abattus, soignant qui ses membres meurtris, qui son visage ensanglanté. Jack aperçut Akiko vers le milieu de la pièce. Elle n'avait pas l'air trop mal en point, bien qu'elle se tînt le côté et grimaçât de douleur en changeant de position pour mieux le voir.

« Bienvenue aux Baguettes, déclara sensei Hosokawa pour accueillir le garçon. S'il te plaît, rejoins-moi afin que nous puissions commencer. »

Jack avança d'un pas avec circonspection.

Rien ne se passa.

Il regarda sur l'un des côtés, remarquant un garçon de la classe supérieure, solidement charpenté. Ce dernier l'ignora.

Jack fit un nouveau pas vers l'avant, mais les deux rangées d'élèves restèrent immobiles comme des piquets. Peut-être étaient-ils effectivement là pour lui souhaiter la bienvenue, et que l'épreuve commencerait seulement lorsqu'il aurait atteint le sensei. Il se mit à marcher en direction de Hosokawa mais, aussitôt, un « Kiai ! » retentit derrière lui.

Jack entendit le sifflement d'un bokken.

Instinctivement, il baissa la tête, tandis que le sabre de bois manquait de peu son épaule. Il tournoya, dégainant son propre bokken pour se protéger d'une seconde attaque. L'offensive venait du grand costaud, qui rabattait à présent son arme sur la tête de Jack.

Ce dernier contra le coup, le bloquant et balançant son sabre en travers du ventre de son assaillant. Le choc coupa la respiration de l'autre et le fit se plier en deux. Jack le frappa rudement au flanc et le garçon s'écroula sur le sol.

Il en avait à peine fini avec ce premier duel qu'une fille sortit brusquement des rangs et tenta de lui plonger un tantō de bois dans l'estomac. Jack fit un saut de côté et contra l'assaut d'un geste de la main, obligeant son adversaire à lâcher son poignard. Contournant la garde de l'autre, il effectua une fauche avec son bokken. La fille bondit pour éviter le coup mais Jack, levant son arme à la dernière seconde, l'atteignit à la cheville. Déséquilibrée, la fille s'effondra sur le plancher.

Un léger froissement avertit Jack d'une attaque venant de derrière. Deux élèves se précipitaient sur lui avec leur sabre. Ils l'attaquèrent simultanément, l'un en direction de la tête, l'autre, de l'estomac.

Sans même avoir eu le temps de réfléchir, Jack plongea dans l'espace qui séparait les deux bokkens et roula entre ses assaillants. Au passage, il frappa le genou du garçon de gauche, l'envoyant clopiner. Se rétablissant d'un bond, Jack enchaîna avec un coup arrière qui atteignit le deuxième garçon aux reins et le fit s'écrouler comme une pierre.

À mesure que de nouveaux attaquants surgissaient des rangs, Jack continua à avancer jusqu'au milieu du parcours, repoussant assaut après assaut. Il était à présent récompensé pour tous ses efforts supplémentaires. Les mouvements de son sabre se succédaient avec fluidité, le bokken volait à travers les airs, décrivant une série d'arcs contrôlés et portant des coups d'une extrême précision.

Mais après chaque nouvelle vague d'attaques, Jack devenait un peu plus lent, un brin plus faible. Un sentiment d'effroi s'empara de lui lorsqu'il prit conscience qu'il n'était nullement censé parvenir indemne à la fin de l'épreuve. Les Baguettes ne visaient pas à tester son adresse au sabre. Ce qui était en jeu, c'était le courage et l'énergie qu'il mettait à s'en sortir quand tout était contre lui.

Le garçon avait à présent accompli les trois quarts du trajet et était parvenu à la hauteur de Kazuki, qui portait une méchante balafre sur la joue gauche. Son rival le regarda progresser par-dessous ses paupières tombantes, dont l'une était à moitié fermée par un œdème. Le seul autre concurrent à avoir été aussi loin était Yamato, mais il semblait que personne n'eût atteint sensei Hosokawa.

En se voyant approcher du but, Jack fonça vers l'avant, mais il se retrouva face à face avec une fille maniant un bō. Elle tournoyait avec son bâton comme une toupie et l'empêchait de passer. À la manière dont elle bougeait, le garçon vit qu'elle était aussi rapide qu'un cobra, et la portée de son arme lui donnait un net avantage dans l'affrontement. Jack ne pouvait pas même s'approcher. Il bondit de côté et zigzagua, mais fut incapable de porter un seul coup à la fille.

À la vitesse de l'éclair, celle-ci lui envoya l'extrémité de son bō en plein dans l'estomac. Jack sentit ses entrailles se retourner. L'autre releva brutalement son bâton, le frappant sous le menton. Le garçon vit trente-six chandelles et faillit tourner de l'œil. Cependant, il leva instinctivement son bokken et réussit par chance à écarter de sa pomme d'Adam ce qui aurait été pour lui le coup de grâce.

Il chancela en arrière, continuant à repousser les attaques de la fille ; c'est alors que le bō de celle-ci heurta sa main droite, lui faisant lâcher prise et envoyant le bokken ricocher sur le sol du dōjō.

À présent sans défense, Jack ne put que sauter d'un côté à l'autre, tandis que son adversaire lui décochait des coups de bâton. Il parvint à se faufiler derrière elle, mais un autre élève, qui était dans l'une des rangées, le saisit par-derrière.

La fille au bō sourit de toutes ses dents et s'avança pour lui infliger un coup décisif.

À la dernière seconde, Jack écrasa le pied de celui qui le retenait, tout en effectuant une torsion du corps, de sorte que le bō toucha l'estomac du garçon au lieu du sien. L'autre beugla de surprise et relâcha Jack.

D'un seul mouvement, ce dernier s'empara du bokken de son adversaire et le rabattit violemment sur la main droite de la fille. Le bō claqua sur le sol.

Jack écarta la fille d'un coup d'épaule et s'élança jusqu'à l'arrivée.

Il avait réussi !

Il avait franchi les Baguettes.

Il était parvenu à remporter une épreuve.

Meurtri et bleui, il fit fièrement face à sensei Hosokawa, qui répondit à son regard en hochant la tête avec satisfaction. Jack ne pouvait plus qu'espérer en avoir fait assez pour être sélectionné. Il s'inclina avec respect en direction du sensei.

Étrangement, il n'y eut aucune acclamation de la part des élèves. Le sentiment anti-gaijin n'avait tout de même pas grandi dans l'école au point qu'ils ne fussent pas capables de reconnaître son succès ! Jack s'apprêtait à lever les yeux lorsque, du coin de l'œil, il vit Hosokawa se déplacer rapidement. Quelque chose traversa l'air avec un sifflement.

Aussitôt après, Jack entendit : « Combien de fois t'ai-je dit... »

27
LA SÉLECTION

« ...**n**e baisse jamais ta garde ! »
Les mots résonnèrent dans la tête de Jack aussi douloureusement que le bokken qui le frappa à la nuque, l'envoyant au tapis sans connaissance.

Les Baguettes ne finissaient pas devant sensei Hosokawa.

Sensei Hosokawa *était* le dernier obstacle.

Massant son cou enraidi, Jack était maintenant debout avec les autres candidats au Cercle des Trois, disposés sur trois rangs au centre du Butokuden. Tous avaient l'air d'avoir traversé une guerre, dont pas un ne serait sorti sans blessure.

Tandis que le reste des élèves attendaient patiemment assis en seiza sur les bords du dōjō, Masamoto et les senseis Hosokawa, Yosa, Kyuzo et Yamada étaient assis en cercle sur l'estrade de cérémonie, discutant tranquillement du sort des concurrents.

Sensei Kanō était agenouillé sur un côté, son bō blanc appuyé contre un pilier voisin. En tant que professeur invité de la Niten Ichi Ryū, il ne participait pas au processus de sélection, mais Jack voyait qu'il suivait le débat en cours avec une grande attention.

L'affaire semblait avancer sans heurt, jusqu'à ce que tout à coup la discussion s'anime et que le ton monte.

« Je ne suis pas d'accord ! objecta sensei Kyuzo. Il n'a pas été au bout de l'épreuve. »

Tous les yeux et les oreilles du dōjō se focalisèrent sur le contestataire et, en dépit des efforts de Masamoto pour apaiser la dispute, des bribes du débat restaient clairement audibles.

« Votre opinion est quelque peu faussée, reprocha sensei Kyuzo à Masamoto, sa contrariété lui faisant perdre toute retenue.

— Pouvez-vous honnêtement dire que vous êtes impartial ? intervint sensei Yosa.

— Là n'est pas la question. Le garçon a échoué dans cette épreuve. Vous ne pouvez pas faire d'entorse à la règle ! »

Masamoto leva la main pour ramener le calme. « Suffit. Si mon vote est litigieux, je le retire... »

Un grondement parcourut le cercle des professeurs, néanmoins si étouffé que les élèves ne pouvaient plus rien comprendre. Le cœur de Jack se serra. Sensei Kyuzo avait promis de faire tout ce qui était en son pouvoir pour l'empêcher d'entrer dans le Cercle.

« Qu'en pensez-vous, sensei Kanō ? demanda peu après Masamoto au maître de bō. Nous sommes dans une impasse et avons besoin de votre vote. »

Le grand homme se pencha en avant pour donner son opinion. Peu après, la question semblait résolue et les professeurs reprenaient une discussion plus amicale, bien que sensei Kyuzo affichât encore un air aigri.

Un claquement de mains, tel un coup de canon, retentit dans le Butokuden et Masamoto annonça : « L'heure est venue ! »

Tous redoublèrent d'attention lorsque les membres du comité de sélection, le visage impassible, se tournèrent face aux élèves. Derrière eux, les phénix dorés de l'école étaient fièrement suspendus au-dessus de leurs têtes.

« Jeunes samouraïs ! Vous tous qui avez participé aux épreuves, nous nous inclinons devant vous. »

Masamoto balaya les trois rangs d'élèves d'un regard si intense qu'il donnait l'impression de s'être arrêté tour à tour sur chacun.

« Nous avons soigneusement examiné vos résultats d'aujourd'hui. Les cinq samouraïs sélectionnés pour entrer dans le Cercle des Trois sont ceux qui ont remporté au moins une épreuve et se sont comportés en véritables samouraïs dans toutes, manifestant l'authentique esprit du bushidō, expliqua Masamoto. Quand vous entendrez votre nom, faites un pas en avant pour recevoir notre verdict. »

Jack laissa s'évanouir tous les espoirs qui lui restaient, ravalant l'amère déception qui l'avait envahi. N'ayant pas réussi dans une seule épreuve, il était conscient que le Cercle des Trois resterait pour lui un rêve inaccessible, la technique des Deux Ciels, un mystère pour de nombreuses années à venir.

« Emi-chan », appela Masamoto.

Emi sortit du rang en claudiquant, visiblement ébranlée par les Baguettes.

« Tu t'es bien comportée. Tu es une bonne *kyūdōka* et, même si tu étais impressionnée par les Baguettes, la manière dont tu as su faire face au danger nous a impressionnés. C'est un gage de courage. Cependant, ton résultat global n'était pas assez bon pour te permettre d'entrer dans le Cercle. Je suis sûr que ton père nous approuverait en cette circonstance. Deux pour, trois contre. »

La jeune fille s'inclina face au comité. Alors que Jack la regardait gagner le bord de la salle en boitillant, il commença à comprendre quel défi représentait le Cercle des Trois, puisque la fille du bienfaiteur de l'école en personne était refusée.

Un sentiment de désappointement s'abattit sur l'école quand les six candidats suivants se virent pareillement écartés de la qualification. Jack, cependant, se sentait un petit peu mieux de savoir que la barre avait été placée aussi haut.

« Tadashi-kun », dit Masamoto.

Un garçon de forte carrure, aux larges épaules et aux sombres sourcils en demi-lune, s'avança à son tour. Jack reconnut celui qui s'était inscrit le premier aux épreuves.

Masamoto eut un hochement de tête. « Tu as fait preuve d'un cran formidable tout au long de la compétition, et en particulier dans le tamashiwari. Il est fort dommage que tu aies été mis hors de combat vers la fin des Baguettes, mais peu importe. Quatre pour, un contre. Tu entres dans le Cercle. »

Les élèves émirent de vives acclamations. Au moins l'un des concurrents avait-il été jugé suffisamment bon. Tadashi, arborant un large sourire, s'inclina avec respect, avant d'aller prendre position au milieu du dōjō. Cependant, les cris de louange cessèrent bien vite, lorsque les sept candidats suivants furent successivement refusés.

Masamoto convoqua alors Akiko.

Elle s'approcha du comité et Jack croisa les doigts dans son dos, souhaitant silencieusement bonne chance à la jeune fille.

« Que dire ? La seule à avoir soufflé la chandelle dès sa première flèche », commenta Masamoto. Jack vit que sensei Yosa regardait sa protégée avec un air radieux. « Mais tu n'as parcouru que la moitié du trajet des Baguettes. Tu as semblé un peu distraite pendant le combat. Nous attendions vraiment mieux de ta part. »

La jeune fille se mordit la lèvre inférieure et Jack sentit sa propre bouche devenir sèche. Ses paroles désinvoltes au sujet de sa visite au château avec Emi avaient-elles troublé la concentration de son amie ?

« Néanmoins, tu as montré un tel esprit guerrier et une telle force intérieure dans toutes les autres épreuves, continua le samouraï, qu'il serait injuste de notre part de te refuser cette chance. Trois contre deux en ta faveur. S'il te plaît, rejoins Tadashi. »

Le Butokuden s'emplit à nouveau d'applaudissements. Akiko resta clouée sur place par cette décision, et il lui fallut un moment pour retrouver son sang-froid, s'incliner et rejoindre son camarade.

Les dix concurrents suivants, parmi lesquels, à la grande satisfaction de Jack, se trouvait Goro, vinrent augmenter le groupe des recalés, rassemblés sur le bord du dōjō. Seul l'un d'eux fut reçu : Harumi, la petite jeune fille au visage poupin qui avait admirablement triomphé dans le Jugement du bois. Il ne restait à présent que deux places.

Kazuki fut appelé à son tour.

Jack regarda son rival s'avancer, son estafilade à la joue de plus en plus enflée et l'œil complètement fermé.

« Ta performance était remarquable à tout point de vue. Toutes les voix sont en ta faveur. Tu entres dans le Cercle. »

Kazuki était le premier concurrent à faire l'unanimité. Il avait triomphé aux yeux de tous les senseis et, à en juger par les acclamations qui jaillirent dans la salle, il était le favori de l'école dans le Cercle. En dépit de l'hostilité qui régnait entre eux, Jack devait admettre que l'autre avait été brillant et méritait sa place.

Ce qui ne laissait plus qu'une place pour trois candidats : Yamato, Hiroto et Jack lui-même. Ce dernier, assuré de son échec, pria en silence pour que Yamato fût reçu, plutôt que Hiroto.

« Yamato-kun », appela Masamoto.

L'interpellé s'avança, se serrant le flanc et haletant péniblement entre ses dents. Il regarda son père avec appréhension.

« Je suis fier de déclarer que tu as combattu comme un véritable Masamoto dans l'épreuve des Baguettes, aussi la décision fut-elle difficile à prendre. Cependant, en l'absence d'une victoire claire dans l'une quelconque des épreuves, le comité a voté le refus par trois voix contre deux. Je suis désolé, mais tu ne fais pas partie des cinq. »

Les yeux de Yamato s'agrandirent de désarroi. On eût dit qu'il voulait disparaître sous le plancher du dōjō. Jack ne pouvait le croire. C'était au sujet de son ami que les senseis avaient dû se disputer, pas au sien. Voilà pourquoi Masamoto avait déféré son vote à sensei Kanō. La décision avait dû causer une grande déception au samouraï.

Yamato courba l'échine et traversa la salle jusque sur l'un des côtés ; chaque pas qu'il faisait montrait son abattement.

Masamoto prononça alors le nom de Jack.

Le garçon se prépara à l'inévitable.

« Jack-kun, la décision, en ce qui te concerne, a donné lieu à une controverse. J'étais d'avis que tu avais manifesté le véritable esprit du bushidō tout au long des épreuves et donc, que tu étais digne d'entrer dans le Cercle des Trois. Néanmoins, je devais rester impartial dans mes décisions, en particulier en ce qui te concerne parce que tu es mon fils adoptif, et il se trouve que tu n'as remporté aucune épreuve. »

Jack tenait maintenant pour certain que Hiroto l'avait battu. Tout ce qu'il souhaitait encore, c'était d'en finir avec les formalités et de rejoindre Yamato sur le bord du dōjō, mais son protecteur continua : « Tu n'as pas été au bout des Baguettes. Toutefois, personne n'a été aussi loin que toi dans cette épreuve. Sensei Hosokawa était très impressionné par ta prouesse. Il t'a considéré comme vainqueur, malgré ton erreur de la fin. Mais des opinions contraires se sont fait entendre. Nous avons donc décidé de laisser la décision ultime à sensei Kanō. »

Ce n'était donc pas à propos de Yamato que les senseis avaient discuté. Il n'avait été question que de lui. Jack sentit les grands yeux gris du maître de bō se poser sur lui et, même s'il savait que l'autre ne pouvait le voir, il devinait qu'il l'observait avec tous ses autres sens.

« Je n'ai pas besoin de te rappeler que le Cercle des Trois n'est pas seulement difficile, mais également dangereux. Il peut même être fatal. Aussi ne prenons-nous pas ce genre de décision à la légère. Tout bien pesé, et quoiqu'il pense que tu en es digne, sensei Kanō a suspendu sa décision à la condition que tu suives des séances d'entraînement particulières avec lui, en plus de la préparation habituellement requise pour le Cercle. »

Pendant un moment, Jack ne fut pas sûr d'avoir entendu correctement. Cela signifiait-il qu'il avait gagné le droit de participer au Cercle ou non ?

Les élèves se mirent alors à applaudir, bien qu'avec moins d'enthousiasme que pour Kazuki et les autres concurrents victorieux. Mais Jack n'en avait cure. Il était dans le Cercle, et non Hiroto ! Le karma du coup de pied dans les côtes, pensa Jack, tandis que l'autre rejoignait furtivement le bord du dōjō, tout en le regardant avec colère.

« À présent, je veux rappeler à tous les concurrents qui ont échoué que, par le simple fait de participer, vous avez prouvé que vous étiez dignes de devenir des guerriers samouraïs », réaffirma Masamoto, et il inclina la tête pour indiquer la sincérité de son respect à ceux qui étaient maintenant sur les côtés de la salle.

Ensuite, il fit face aux cinq vainqueurs qui se tenaient au centre du Butokuden : Tadashi, Akiko, Harumi, Kazuki et Jack.

« Aux cinq pour qui la compétition se poursuit, je donne ce conseil. Dans un combat entre un corps puissant et une technique puissante, la technique l'emporte. Dans un combat entre une technique puissante et un esprit puissant, l'esprit l'emporte, parce qu'il trouvera le point faible de votre adversaire[4]. Bien que nombre d'entre vous s'approchent de cette com-

---

4. Voir « Notes sur les sources », p. 383.

préhension, un seul a embrassé la connaissance nécessaire pour la réaliser. »

Kazuki s'autorisa un sourire d'autosatisfaction en attendant l'éloge qu'il pensait lui revenir. Mais son sourire se changea en grimace incrédule quand Masamoto annonça : « Yori, avance-toi. Tu les rejoindras dans le Cercle. »

Tous les élèves en eurent le souffle coupé et se mirent à chercher des yeux le petit garçon. Un Yori réticent fut poussé vers l'avant par ses camarades les plus proches, et il traîna les pieds jusqu'au centre du dōjō, aussi dérouté et sans défense qu'un agneau nouveau-né.

28
L'EFFRACTION

« Je n'arrive toujours pas à croire qu'il t'ait frappé alors que tu t'inclinais, Jack », déclara Saburo le jour suivant, comme ils prenaient du repos dans le Jardin zen du sud, entre deux leçons. Ils s'étaient rassemblés sur la galerie de bois surplombant le bassin et les pierres dressées. Le jardin était maintenant revêtu d'un manteau de neige si épais qu'il ressemblait à un paysage miniature, avec des nuages blancs et des pics enneigés.

Jack adressa à Saburo un sourire douloureux et se massa la nuque là où il avait reçu le coup de bokken.

« Sensei Hosokawa était la dernière partie de l'épreuve des Baguettes », leur rappela Akiko, qui jouait à *ohajiki* avec Kiku. Elle donnait une chiquenaude à un galet en forme de pièce de monnaie, posé à même le sol, pour l'envoyer contre un autre, qu'elle gardait si elle l'avait touché. « Est-ce que tu t'inclinerais au beau milieu d'un combat ?

— Non, mais tu dois admettre que c'était plutôt déloyal de sa part.

— Eh bien, en ce qui me concerne, je ne comprends toujours pas pourquoi Jack a été admis dans le Cercle et pas moi, grommela Yamato, piquant la neige de son

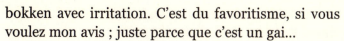

bokken avec irritation. C'est du favoritisme, si vous voulez mon avis ; juste parce que c'est un gaï...

— Yamato ! s'écria Akiko, lançant à son cousin un regard noir. Jack a été plus loin que quiconque dans l'histoire des Baguettes. Il méritait d'être reçu.

— Désolé, fit Yamato, adressant à Jack un sourire d'excuse. Je suis encore un peu contrarié par tout ça. »

Le garçon ouvrit la veste de son gi d'entraînement pour examiner les bleus qui couvraient son côté droit. Jack comprit que son ami avait dû recevoir des coups extrêmement violents en passant par les Baguettes. Il se dit en outre qu'il devait souffrir cruellement de la honte d'avoir échoué dans les épreuves de sélection. Il laissa donc passer l'insulte et espéra que leur amitié ne serait pas ruinée par la tournure des événements.

« Je parie que ça fait mal, dit Saburo, touchant du doigt avec curiosité le flanc de Yamato.

— Ouuuh ! s'exclama ce dernier, repoussant la main de l'autre.

— Gros bébé, le taquina Saburo.

— Eh bien, voyons si tu aimerais ça ! »

Yamato se mit à bourrer son camarade de coups de poing. Les autres rirent, tandis que Saburo sautait de la galerie en faisant la roue et retombait dans la neige.

« Tu oublies, Saburo, que j'ai enduré toutes ces douleurs et fait tous ces efforts pour *rien* ! beugla Yamato, bondissant à son tour et ramassant une poignée de neige pour l'envoyer à la figure de l'autre.

— Laisse-le tranquille, Yamato, le réprimanda Akiko, craignant que la colère de son cousin contre lui-même ne se transforme en méchanceté.

— Facile à dire. Jack et toi, vous êtes dans le Cercle, pas moi !

— N'oublie pas... Yori, bafouilla Saburo sous un feu nourri de neige et de coups de poing.

— Bonne question. Où est Yori ? » intervint Kiku rapidement, pour détourner l'attention de Yamato du combat, qui allait s'intensifiant.

Yamato interrompit son assaut. « L'ingrat petit génie est là-bas. » Il indiqua le pin noueux au fond du jardin, dont le tronc s'appuyait sur un étançon de bois.

Yori était accroupi sous l'une des branches couvertes de neige de l'arbre et tirait avec apathie sur la queue d'une grue en papier pour faire battre ses ailes. En dépit des efforts de tous pour le réconforter, le garçon n'avait pas prononcé une seule parole depuis l'annonce saisissante de la veille, dans le Butokuden.

« Ne sois pas si mauvais perdant, reprocha Akiko à Yamato. Yori ne s'était pas inscrit et ne le voulait pas.

— Alors pourquoi faut-il qu'il en soit ? Les senseis avaient annoncé que seuls cinq élèves entreraient dans le Cercle. Il y a un tas de gens qui donneraient leur bras droit pour cette place supplémentaire. Et j'en fais partie, ajouta Yamato, relâchant Saburo et époussetant la neige sur son kimono avec des gestes rageurs.

— Excuse-moi, Yamato, mais il a réussi une épreuve. Et toi, non.

— Je sais, reconnut le garçon en remontant sur la galerie. Mais Yori n'a même pas été testé dans les épreuves physiques. Comment savent-ils s'il est prêt ?

— L'un d'entre nous l'est-il ? demanda Jack.

— Eh bien, *tu* ne l'es pas ! Tu as seulement été accepté, fit promptement remarquer Yamato.

— Oui, c'est pourquoi je dois prendre des cours particuliers avec sensei Kanō, précisa l'autre comme pour s'excuser.

— Tu en auras besoin.

— Tu as raison. J'en aurai besoin. Et j'aurai également besoin de ton aide, si tu le veux bien.

— Que veux-tu dire ? s'enquit Yamato en se tournant vers son interlocuteur.

— Sensei Kanō a dit que j'avais besoin d'un partenaire pour m'entraîner. J'espérais que ce serait toi. »

Yamato réfléchit avant de répondre et Jack pensa que la fierté le pousserait à refuser.

« Allez, insista-t-il, ce serait comme quand nous nous entraînions à Toba. »

Reconnaissant la sincérité du geste, son ami trouva la force de lui offrir un sourire timide. « Merci, Jack. Bien sûr que je le ferai. Tu sais que jamais je ne manquerais une occasion de te passer à tabac ! »

Plus tard ce soir-là, Jack entendit Yori sangloter dans sa chambre. Estimant que son ami avait besoin de compagnie, il frappa résolument à sa porte.

« Entrez », renifla Yori.

Jack fit coulisser la porte et avança. À l'intérieur, il avait à peine la place de tenir debout, sans parler de s'asseoir, non seulement parce que la pièce était très petite, mais aussi parce que le sol était jonché de grues en papier. Malgré cela, Yori continuait à façonner de nouveaux origamis avec une anxiété fiévreuse.

Jack débarrassa un coin de la chambre et s'assit à côté de son ami. Ce dernier fit à peine attention à lui, aussi décida-t-il de l'aider dans sa tâche. Après avoir plié sa cinquième grue, il ne put retenir plus longtemps sa curiosité.

« Yori, pourquoi plies-tu toutes ces grues en papier ? Tu as résolu le kōan.

— *Senbazuru orikata*, répondit Yori d'un ton maussade.

— Qu'est-ce que cela veut dire ? demanda Jack, plissant le front d'étonnement.

— Selon une légende, continua l'autre, irrité d'être dérangé dans son travail, quiconque confectionne mille origamis de grue verra son vœu exaucé par une grue vivante.

— Vraiment ? Alors, quel vœu feras-tu ?

— Tu ne devines pas ?... »

Jack pensa que si, mais, son ami n'étant pas d'humeur à parler, il laissa le sujet de côté. Comme la conversation s'éteignait, il se leva pour s'étirer les jambes et s'approcher de la petite fenêtre. Il regarda au-dehors, en direction de la cour, et contempla les flocons voltigeant dans la nuit. S'il avait la patience de plier mille grues, il savait quel vœu il ferait. Ce serait celui qu'il avait déjà adressé à la poupée Daruma.

Ses pensées l'entraînèrent vers Jess. Que faisait sa petite sœur au même moment ? Il espérait qu'elle était en train de se lever pour prendre le petit déjeuner avec Mme Winters. Il ne voulait pas envisager le cas contraire.

De peur d'alourdir encore l'atmosphère de la pièce avec ses pensées mélancoliques, Jack revint au travail en cours. Il ramassa un bout de papier pour fabriquer une énième grue.

La pile de papier fut bientôt épuisée, et Yori le remercia tranquillement pour son aide, ajoutant qu'il se procurerait davantage de feuilles le lendemain. Bien qu'il ne parvînt toujours pas à sourire, il avait l'air moins déprimé par sa situation et avait cessé de pleurer ; aussi Jack sortit et regagna sa chambre. En ouvrant la porte, il s'arrêta net.

La pièce avait été mise sens dessus dessous.

Le futon était déroulé et éventré ; son kimono de cérémonie, son gi d'entraînement et son bokken étaient éparpillés sur le sol ; la poupée Daruma et le bonsaï avaient été renversés du rebord de la fenêtre ; le petit arbre était à présent couché sur le côté ; ses racines, dénudées ; la terre, répandue un peu partout.

Jack pensa aussitôt à Kazuki. C'était exactement le genre de chose dont lui ou sa bande du Scorpion étaient capables. Il parcourut la pièce des yeux pour savoir si on lui avait dérobé quelque objet. À son grand soulagement, il trouva les sabres de Masamoto sous le kimono d'apparat et aperçut le dessin de sa petite sœur, chiffonné mais intact, sous le pot du bonsaï, tandis que son inrō avait roulé sur l'un des côtés. Il regarda alors sous le futon et découvrit ce qui manquait.

Le garçon traversa en trombe le couloir, maintenant désert, jusqu'à la chambre de Kazuki, dont il ouvrit la porte brutalement.

« Où est-il ? lança-t-il d'un ton accusateur.

— Où est quoi ? s'indigna l'autre, occupé à fourbir un sabre de samouraï reluisant, noir et or, que son père lui avait offert en apprenant qu'il était accepté dans le Cercle des Trois.

— Tu sais exactement de quoi je parle. Maintenant, rends-le-moi ! »

Kazuki regarda l'intrus avec colère, l'œil gauche toujours enflé et décoloré à la suite du coup qu'il avait reçu dans les Baguettes.

« Sors de ma chambre ! exigea-t-il. Pour quelle sorte de samouraï me prends-tu, pour penser que je puisse te voler quelque chose, à toi ? C'est un acte que commettrait un gaijin, jamais un Japonais. »

Un sourire malicieux s'épanouit sur son visage quand il remarqua la détresse de Jack. « Mais si tu trouves le responsable, rappelle-moi de le remercier. »

Jack poussa un juron. En dépit de son arrogance, Kazuki n'avait visiblement rien à voir avec l'effraction. Peut-être le coupable était-il Hiroto, qui lui rendait la monnaie de sa pièce pour l'avoir battu dans les épreuves de sélection. Jack jeta un coup d'œil dans le couloir vide et s'immobilisa.

Une silhouette vêtue de blanc de la tête aux pieds se faufilait hors de sa chambre. Elle serrait le livre relié de cuir entre ses mains.

« Arrêtez ! » s'écria Jack.

Deux yeux, pareils à des gemmes noires, se rivèrent aux siens. La créature fantomatique courut dans le passage, aussi silencieuse que la neige qui tombe, et sortit du Shishi-no-ma.

Jack vola derrière elle. Il passa en courant devant des élèves interloqués, sortis de leur chambre pour connaître la raison de tout ce chambardement, et se retrouva dans l'air glacé de la nuit.

Il aperçut la silhouette qui traversait la cour en courant et la poursuivit.

« Rends-le-moi ! » cria-t-il, tout en se rapprochant d'elle.

L'apparition atteignit l'extrémité de la cour et s'élança par-dessus le mur de l'école. Jack escalada le mur à son tour ; ses mains empoignèrent le bas d'une veste blanche. Il tira aussi fort qu'il put, mais ses efforts ne furent récompensés que par un coup de pied dans la poitrine, et il alla rouler dans la neige. Momentanément étourdi, il ne put que voir l'autre poursuivre son ascension avec la grâce d'un chat.

Puis, sans regarder en arrière, la créature habillée de blanc disparut dans la nuit enneigée.

29

LE LEURRE

« **P**enses-tu réellement que c'était Œil-de-Dragon ? demanda Yamato, alors qu'il aidait Jack à remettre sa chambre en ordre. Ça faisait longtemps qu'il ne s'était pas montré. »

Jack était occupé à lisser le dessin de sa sœur et à balayer la terre du bonsaï qui était tombée dessus. Comme il cachait habituellement l'objet dans son inrō, il devinait avec quel soin méticuleux l'intrus avait fouillé sa chambre.

« Ça ne pouvait venir que de lui, mais il a envoyé quelqu'un d'autre à sa place, cette fois. À moins qu'il n'ait réussi à développer un deuxième œil ! répondit Jack, sarcastique, en se rappelant les deux yeux sombres qui l'avaient scruté par la fente de la cagoule.

— Mais a-t-on jamais entendu parler d'un ninja blanc ? Ça devait être un déguisement. Es-tu bien certain que ce n'est pas un membre de la bande du Scorpion qui t'a joué un tour ? Je veux dire que les ninjas sont toujours en noir.

— La nuit, oui, intervint Akiko, qui fit une apparition soudaine à l'entrée de la pièce, vêtue d'un yukata rose. Mais avec la neige, si c'était le cas, ils seraient aussi visibles qu'en plein jour. Leur shinobi shozoku leur sert tout autant de camouflage que de masque, aussi portent-ils du noir la nuit, du blanc en hiver et du vert en forêt.

— Où étais-tu pendant tout ce temps ? » voulut savoir Jack, irrité qu'elle n'eût pas été là pour lui prêter main-forte.

Il était maintenant très tard et, à part Yamato et Akiko, les élèves, lassés, étaient allés se coucher. Personne d'autre que Jack n'avait vu le ninja blanc. Cela convenait d'ailleurs très bien au garçon. Il ne voulait pas de questions. Il avait même raconté à Saburo que Hiroto avait saccagé sa chambre, de telle sorte qu'il n'eût pas à révéler l'existence du *routier* à un autre de ses amis.

« Je prenais un bain, répliqua Akiko, examinant le désordre de la pièce avec un air choqué. Qu'est-il arrivé ici ? Quelque chose a-t-il été volé ?

— Œil-de-Dragon est revenu, dit Jack, rassemblant ses sabres. Et, oui, quelque chose a été volé.

— Pas le *routier* ? » lança la jeune fille.

Son ami secoua la tête.

« Non. Le dictionnaire de japonais du père Lucius. Celui qu'il m'a donné à Toba. Celui que j'étais censé remettre au père Bobadilla à Osaka quand j'en aurais l'occasion. On dirait bien que je ne vais pas pouvoir tenir parole.

— Pourquoi quelqu'un voudrait-il prendre un dictionnaire ? s'exclama Yamato en haussant les sourcils.

— À mon avis, ce n'est pas le dictionnaire qu'ils cherchaient, tu ne crois pas ? rétorqua Jack en ramassant la poupée Daruma pour la replacer sur l'appui de la fenêtre, à côté du bonsaï. À première vue, on peut confondre le livre du père Lucius avec le *routier*. Je l'avais en fait laissé sous mon futon comme un leurre. Celui qui l'a pris, qui que ce soit, ne pouvait pas faire la différence avant d'avoir jeté un œil à l'intérieur. J'ai dû le déranger au beau milieu de ses recherches.

— Quoi ? Le ninja était dans ta chambre en même temps que toi ? s'écria Yamato, incrédule. Pourquoi ne l'as-tu pas vu ?

— Il devait être suspendu au-dessus de ma tête, expliqua Jack, frissonnant. Regarde ces taches humides sur le mur, au-dessus de l'entrée. C'est de la neige fondue. Le ninja a dû se glisser entre la traverse et le plafond.

— C'est possible, approuva Akiko. Les ninjas s'exercent dès le plus jeune âge à grimper et à faire des acrobaties. On dit qu'ils apprennent à se retenir aux branches des arbres avec juste un doigt.

— Comment sais-tu tout cela ? s'étonna Yamato.

— Donc, où est le *routier*, maintenant, si ce n'est pas Œil-de-Dragon qui l'a ? » poursuivit la jeune fille, ignorant la question de son cousin.

Jack hésita. Il ne pouvait se permettre de prendre de nouveaux risques au sujet du journal de bord de son père, et se sentait réticent à en dire davantage. Quand il avait visité le château de Nijo avec Emi, il avait réussi à la quitter un moment sous le prétexte d'aller aux toilettes. Il s'était retrouvé seul suffisamment longtemps pour cacher le livre sous la tenture à la grue blanche. Le routier était en lieu sûr pour l'instant. C'était la cachette idéale, mais elle ne le resterait que tant que personne d'autre ne serait au courant.

« Jack, tu peux me faire confiance, insista Akiko. En plus, nous pourrons t'aider à le protéger si nous savons où il est. Œil-de-Dragon découvrira très bientôt qu'il a volé un leurre, et il reviendra chercher le véritable *routier*. »

Jack les regarda tous les deux avec attention. Ils étaient ses amis. Ses plus proches amis. Il devait leur faire confiance, et Akiko avait raison. Ils seraient peut-être capables de l'aider. Mais il ne leur dirait pas tout – pas tout de suite.

« Tu te souviens que j'ai dit être retourné au château de Nijo avec Emi...

— Oui, fit Akiko plutôt froidement.

— Je suis désolé de ne pas t'en avoir informée plus tôt, mais je suis sûr qu'il y a des choses que tu ne me dis pas, toi non plus, ajouta Jack d'un ton grincheux, laissant planer l'accusation un bref instant. De toute façon, si j'y suis allé seul avec Emi, c'est parce que j'avais une raison. J'ai dissimulé le *routier* dans le château.

— Dans le château ? Pourquoi là-bas ? demanda Yamato.

— Le daimyō Takatomi l'a rendu à l'épreuve des ninjas. Y a-t-il un meilleur endroit pour cacher le *routier* à un ninja aussi rusé qu'Œil-de-Dragon ?

— Jack, je ne peux croire que tu aies fait une chose pareille, s'offusqua Akiko en le regardant avec colère, comme s'il avait commis un crime terrible.

— Que veux-tu dire ? C'est l'emplacement le plus sûr qui soit. Pourquoi réagis-tu comme si j'avais tué quelqu'un ?

— Tu ne l'as pas encore fait, mais tu as mis la vie du daimyō Takatomi en danger ! repartit la jeune fille, secouant la tête devant l'inconséquence de son ami. Œil-de-Dragon va maintenant s'introduire dans le château pour s'emparer du livre.

— Comment serait-ce possible ? Même s'il essayait, il serait trahi par le parquet rossignol et capturé par les gardes avant de pouvoir s'approcher du daimyō, objecta Jack. En outre, pourquoi Takatomi serait-il en danger alors que l'emplacement du *routier* n'est connu que de nous trois ? Œil-de-Dragon ne pensera jamais à chercher là-bas, et nous n'allons certainement pas le lui dire. »

30

LES MAINS COLLANTES

« Puis-je vous confier un secret ? Je ne suis pas réellement aveugle... »

Jack le savait. Le maître de bō avait feint tout du long. Ainsi s'expliquait qu'il eût pu guider ses élèves dans la montagne, rouler Kazuki et manier son bâton avec autant d'adresse. Il faisait simplement croire aux gens qu'il était aveugle.

« C'est juste que je ne vois pas, acheva sensei Kanō de sa voix profonde et sonore.

— Je ne comprends pas », lâchèrent à l'unisson Jack et Yamato, dont le souffle formait comme de petits nuages dans l'air glacial de l'hiver.

Ils étaient revenus dans les jardins du temple Eikan-dō. Les rouges et orangés splendides de l'automne avaient à présent disparu, cédant la place à des squelettes d'arbres, seulement couverts de givre au sein de la neige hivernale. Tous les trois étaient assis sur un banc de pierre, près d'un étroit pont de bois. Le large ruisseau enjambé par la passerelle était gelé en surface mais, en amont, une petite chute d'eau alimentait le courant sous la glace, jusqu'à un étang situé au milieu du jardin et gelé lui aussi.

« Les gens pensent que voir consiste à percevoir le monde à travers les yeux. Mais est-ce bien le cas ? » demanda sensei Kanō, agitant la pointe de son bō en direction du paysage qui s'étalait devant eux.

Il ramassa des galets dans le chemin et en donna un à chacun de ses deux élèves.

« Lorsque vous voyez un caillou, vous le sentez également avec la main de votre esprit. Voir, c'est tout autant toucher mais, parce que le sens de la vision est tellement prédominant, vous n'avez pas conscience de l'importance du toucher.

— Comment, cependant, avez-vous appris à vous battre au meilleur niveau sans être capable de voir ? interrogea Yamato.

— Avoir un handicap n'implique pas qu'on soit incapable de faire quelque chose », répondit le sensei, jetant son propre galet en l'air et le frappant avec son bâton. Le caillou retomba sur l'étang et ricocha sur la glace. « Cela signifie seulement qu'on doit s'adapter. J'ai dû recourir à mes autres sens. J'ai appris à sentir mon chemin dans la vie. Je suis devenu très fort pour humer le danger et goûter la peur dans l'air. J'ai appris par moi-même à écouter le monde autour de moi. »

Sensei Kanō se leva et marcha en direction du ruisseau.

« Fermez les yeux et je vous montrerai ce que je veux dire. » Il continua à leur parler tout en se déplaçant alentour, marquant chacun de ses pas en frappant lourdement le sol avec son bō. « Au cours de ces séances d'entraînement, je vais vous enseigner des techniques de développement de la sensibilité. Vous allez apprendre à utiliser tous vos sens, hormis la vue.

Pouvez-vous tous les deux désigner du doigt l'endroit où je me trouve ? »

Jack et Yamato levèrent la main pour indiquer la position de leur sensei.

« Ouvrez les yeux. Votre estimation était-elle exacte ?

— Oui, sensei, lancèrent-ils d'une seule voix, le doigt pointé vers le professeur sur le pont.

— J'espère bien. Si vous m'entendez, alors vous savez où je suis. Fermez à nouveau les yeux. En plus des sons que votre adversaire peut produire, n'oubliez pas les bruits de fond, qui trahissent également sa position. Le corps humain crée une zone de silence, comparable à l'ombre projetée par le soleil. Si vous discernez le trou dans l'environnement sonore, vous pouvez déterminer où se trouve votre assaillant, même s'il reste silencieux. Donc, écoutez les sons autour de vous, puis dites-moi où je me suis déplacé. »

Jack essaya de suivre les mouvements du maître de bō avec ses oreilles mais, comme sensei Kanō gardait à présent le silence, il n'était pas possible d'évaluer sa progression. Le garçon n'avait d'autre choix que se concentrer sur les sons qui restaient.

La respiration de Yamato.

Le murmure de la cascade.

Le bourdonnement lointain de la ville.

Un oiseau solitaire lançant son appel du haut d'un arbre.

Et... il aurait juré que le bruit de l'eau s'était légèrement atténué.

« Vous êtes devant la cascade, en conclut le garçon.

— Excellent. Très perspicace, Jack-kun, le félicita sensei Kanō, tandis que ses deux élèves rouvraient les

yeux. Nous recommencerons cet exercice quotidiennement, jusqu'à ce que vous soyez en mesure de reconnaître une ombre de silence dans la plupart des
environnements. Passons maintenant aux techniques
de toucher de *chi-sao*.

— *Chi-sao* ? répéta Yamato. Qu'est-ce que ça signifie ? Ce n'est pas du japonais.

— Non, c'est du chinois. *Chi-sao* veut dire "mains
collantes", expliqua le sensei. C'est une technique
que j'ai apprise d'un guerrier chinois aveugle à
Beijing. »

Jack poussa son ami du coude et lui murmura :
« L'aveugle conduisant un aveugle, hein ? »

Tous deux rirent. Yamato, qui semblait avoir surmonté sa déception de n'avoir pas été sélectionné pour
le Cercle des Trois, s'était excusé pour son comportement de la veille, et leur amitié avait retrouvé une base
solide.

« Tu peux dire ça, Jack-kun, continua Kanō, leur
distribuant à tous deux une petite tape sur la tête avec
son bō pour les punir de leur impudence. Mais *chi-sao*
est votre porte d'entrée pour comprendre les aspects
internes des arts martiaux – perception, réflexes,
rythme, coordination et positionnement. Cela vous
apprendra à maîtriser la tendance instinctive de votre
corps à résister à la force par la force, et vous décou-
vrirez comment ployer sous une attaque tout en la
redirigeant contre son auteur. Mais, par-dessus tout,
vous apprendrez à *voir* avec vos mains. Viens ici,
Jack-kun, et place-toi en face de moi en position de
combat. »

Quand Jack fut en garde, sensei Kanō posa un genou
à terre, si bien que leurs têtes étaient plus ou moins à

la même hauteur. Il posa alors ses mains de part et d'autre de celles de Jack, de sorte que leurs postures fussent symétriques.

« Je veux que tu m'attaques. N'importe quel coup de poing ou de pied fera l'affaire. Tu es à la distance minimale, tu devrais être capable de flanquer un gnon à un vieil aveugle. »

Jack n'en était pas si certain, mais il essaya quand même. Il opta pour un direct au visage, classique et rapide.

Instantanément, il perdit l'équilibre et sa main droite se retrouva bloquée, tandis que le poing du sensei était déjà sur son visage, appuyant contre le bout de son nez.

« Encore. »

Cette fois, le garçon voulut décocher un coup de pied tournant dans les côtes, mais avant même qu'il eût bougé, sensei Kanō l'avait poussé au niveau de l'épaule. Jack dut reculer pour ne pas tomber. Dans le même temps, le professeur avait dirigé sur sa gorge un coup « avec la main comme une lance », s'arrêtant au dernier moment.

Jack s'étrangla de surprise.

Il avait perdu avant même d'avoir commencé. C'était comme si sensei Kanō pouvait lire dans son esprit.

« Comment faites-vous cela ? demanda Jack, stupéfait.

— Je t'entends avec mes mains. J'utilise mes doigts pour savoir où se trouve ta puissance et, dès que tu commences à bouger, je te contre en réorientant ton énergie, puis je riposte, révéla le professeur. Vous apprendrez également cette technique. Avec le temps, vous deviendrez capables d'intercepter une attaque avant même que votre adversaire ait fait un seul mouvement. »

Sensei Kanō se leva et fit signe à Yamato de prendre sa place.

« Tout d'abord, je veux que vous vous contentiez de maintenir le contact l'un avec l'autre. Poussez et roulez vos avant-bras en cercle, leur enjoignit le sensei, les guidant dans leurs premiers mouvements. Restez détendus. Essayez de sentir le mouvement de l'autre et attendez qu'il perde le contact. Le principe de base, en matière de *chi-sao*, est d'accueillir ce qui vient, d'accompagner ce qui part et de s'engouffrer dans la moindre brèche. »

Au début, Jack et Yamato se montrèrent maladroits et durent s'y reprendre à plusieurs reprises avant de trouver un minimum de fluidité dans leurs gestes.

« Non, ne t'appuie pas sur sa garde, Jack-kun, expliqua sensei Kanō, gardant ses mains sur leurs épaules afin de suivre leurs progrès. La clé pour *chi-sao* est de rester centré et détendu. Imaginez que vous êtes des bambous dans le vent. Soyez enracinés, mais aussi flexibles. Alors vous grandirez et deviendrez forts. »

Le soleil d'hiver était bas dans le ciel quand le sensei mit fin à leur entraînement. Les deux garçons avaient continué le même exercice tout l'après-midi, jusqu'à ce que Jack crût que ses bras allaient le lâcher ; peu à peu, ils avaient trouvé leur rythme et les mouvements circulaires étaient devenus plus aisés et rapides.

« Excellent travail, les garçons, les félicita le maître de bō, comme ils traversaient les jardins enneigés et les cours d'eau gelés pour rentrer à la Niten Ichi Ryū. Encore quelques séances et je vous enseignerai comment bloquer le bras de l'autre et trouver l'ouverture par laquelle l'attaquer. Vous serez vite capables de pratiquer *chi-sao* les yeux bandés.

— Nous n'en serons jamais capables, ronchonna Yamato. C'est déjà suffisamment dur en voyant ce qu'on fait. »

Sans ralentir son allure, sensei Kanō obliqua et se dirigea vers l'étang gelé.

« Attention ! » cria Jack.

Sous le poids du sensei, la croûte glacée produisit un craquement périphérique mais, contre toute attente, elle résista.

« Vous seriez ahuris de savoir tout ce dont vous êtes capables, lança Kanō par-dessus son épaule à ses deux élèves ébahis, si seulement vous aviez le courage de croire en vous-mêmes et de faire confiance à vos sens. »

31
Yuki gassen

« **C**omment se passe ton entraînement ? »
s'informa Tadashi.

Il était assis près de Jack et des autres sur les marches de pierre du Butokuden. Tadashi avait été le premier élève sélectionné pour le Cercle des Trois et, à la suite des épreuves, il s'était poliment présenté aux autres concurrents. Jack et lui s'étaient ensuite retrouvés appariés dans les entraînements au sabre et s'étaient rapidement liés d'amitié.

« Bien, je crois, répondit Jack. Les leçons de sensei Kanō sont dures, cependant. J'espère que je serai prêt à temps. »

Deux lunes seulement les séparaient du printemps, et la floraison des cerisiers annoncerait l'ouverture du Cercle des Trois. Les senseis avaient par conséquent accru leurs exigences. Les six concurrents se préparaient au Cercle depuis maintenant plus d'un mois et, de même que Jack, les cinq autres s'étaient trouvés un mentor. Celui de Yori était sensei Yamada. Akiko et Harumi avaient été prises sous l'aile de sensei Yosa, tandis que Kazuki suivait une formation intensive avec sensei Kyuzo. En plus de ses séances particulières avec sensei Kanō, Jack s'entraînait avec Tadashi sous l'œil attentif de sensei Hosokawa.

« Et toi, petit guerrier ? » Tadashi se tourna vers Yori.

Ce dernier ne répondit pas, mais continua à contempler l'épais manteau de neige qui recouvrait la cour de l'école. Tadashi donna à Jack un petit coup de coude et demanda, en remuant simplement les lèvres, si leur camarade allait bien. Jack fit signe que oui et pointa l'index sur le côté de son front pour indiquer que Yori était un profond penseur.

« Sensei Yamada m'a dit de ne pas essayer de manger un éléphant entier pour le déjeuner », finit par répondre l'intéressé.

Tout le monde regarda le petit garçon, abasourdi par ses paroles. Jack commença à se demander quelles sortes de leçons exactement sensei Yamada donnait à son ami.

« Comment cela va-t-il t'aider dans le Cercle des Trois ? s'enquit Saburo, l'air déconcerté. Il n'est pas possible de manger un éléphant *entier*.

— Précisément, intervint Kiku, secouant la tête avec exaspération. Ne comprends-tu donc rien à ce que nous enseigne sensei Yamada ?

— Je le ferais s'il ne s'exprimait pas toujours par énigmes.

— Il donne à entendre à Yori de ne pas s'inquiéter au sujet du Cercle des Trois dans son entier. Au lieu de cela, il ferait mieux de se concentrer sur chaque épreuve isolément », expliqua Kiku. Puis, voyant l'air ahuri de son interlocuteur, elle poursuivit : « En d'autres termes, si tu divises un mets copieux en parts plus petites, tu seras capable de l'avaler sans t'étrangler comme un cochon !

— Compris ! s'exclama Saburo. Pourquoi ne l'as-tu pas dit comme ça plus tôt ?

— C'est un bon conseil, approuva Tadashi. Mais quelqu'un a-t-il découvert ce que sont vraiment les trois défis du Cercle ? »

Tous firent non en hochant la tête. Mis à part le fait que le Cercle faisait référence aux trois plus hauts pics de la chaîne des monts Iga, les défis posés à l'Esprit, au Corps et à l'Âme restaient un mystère.

« Je trouve étrange que vous vous entraîniez pour quelque chose dont vous ne savez rien », commenta Yamato, grattant du pied la neige accumulée sur la marche inférieure. Malgré tous ses efforts pour garder son entrain, il était manifestement toujours contrarié de n'avoir pas été accepté dans le Cercle.

« Sensei Yamada m'a dit que là se trouve le point important. Seul l'inconnu terrifie l'homme, confia Yori, dont les mains menues tremblaient à cette seule idée. Nous nous préparons pour l'inconnu. »

Une boule de neige claqua contre la joue de Jack.

Le garçon poussa un cri de stupeur, tandis que le froid lui picotait la peau.

« Dans le mille ! » lança une voix familière.

Jack balaya de son visage les derniers cristaux de glace et lança un regard noir à Kazuki, qui venait de pénétrer dans la cour avec ses amis. Tous avaient à la main des boules de neige et se les lançaient les uns sur les autres avec espièglerie.

Kazuki rentra la tête dans les épaules quand Moriko, la chatte sauvage aux dents noires de la Yagyū Ryū, lui envoya une boule à son tour. La fille poussa un cri perçant tandis que Kazuki la pilonnait coup sur coup avec deux nouvelles boules. Jack ne

savait plus maintenant si son ennemi l'avait délibérément visé ou s'il avait simplement manqué Moriko.
Les nouveaux venus continuèrent à se bombarder
mutuellement.

À sa grande surprise, Jack nota la présence dans le
groupe des deux cousins géants de Kazuki. Raiden et
Toru étaient les frères jumeaux qui l'avaient attaqué
après le pique-nique organisé pour hanami, l'année
précédente. Il devenait clair, non seulement que
Kazuki recrutait des membres de l'école rivale dans sa
bande du Scorpion, mais encore qu'il s'était suffisamment enhardi pour les inviter dans les jardins de la
Niten Ichi Ryū en plein jour.

« Kazuki, tu as laissé tomber ton inrō », lâcha
Tadashi d'un ton désinvolte tout en passant le bras
derrière son dos afin de racler de la neige sur la marche
supérieure et d'en faire une boule.

Sans réfléchir, Kazuki regarda par terre pour chercher la petite boîte. En relevant les yeux, il comprit trop
tard qu'il s'était fait avoir. La boule le percuta en plein
visage. Il hurla de surprise, tandis que la moitié du projectile disparaissait dans sa bouche.

Tadashi décocha à Jack un rapide sourire et les deux
amis éclatèrent de rire. Tout le monde se joignit à eux,
y compris les camarades de Kazuki.

« À l'attaque ! À l'attaque ! » bredouilla Kazuki en
recrachant de la neige.

Relevant le défi, les membres de la bande du
Scorpion balancèrent leurs boules de neige aussi fort
qu'ils le purent. Jack et Tadashi tentèrent d'éviter
cette mitraille, mais c'était inutile. Ils étaient complètement à découvert et plusieurs tirs atteignirent leur
cible.

D'autres élèves de la Niten Ichi Ryū, voyant s'engager l'affrontement, commencèrent à se rassembler dans la cour.

« Regardez, nous avons des spectateurs ! fit observer Kazuki avec un large sourire. Et si on jouait à *yuki gassen* ?

— C'est parti ! » brailla Tadashi, ramassant toujours plus de neige.

Un murmure d'excitation s'éleva de l'assistance, dont le nombre grossit à mesure que le mot de « bataille de boules de neige » se répandait. Même les ouvriers de la Maison du faucon lâchèrent leurs outils pour regarder.

« Comment joue-t-on à yuki gassen ? demanda Jack, voyant plusieurs groupes d'élèves édifier des remparts de neige en travers de la cour.

— Le but est de s'emparer du bokken de l'équipe adverse, expliqua Yamato, cependant que Tadashi commençait à entasser de la neige avec le pied, à environ deux pas des marches du Butokuden. Chaque équipe a droit à quatre-vingt-dix boules. Tu peux te cacher derrière un mur de neige, mais si tu es touché par une boule, tu sors du jeu. »

Tadashi sortit son bokken et le planta verticalement sur leur tertre, telle une hampe de drapeau donnant le signal de la bataille. À l'autre bout de la cour, Kazuki fit de même, puis choisit cinq de ses amis pour constituer son équipe. Ils se pressèrent sous les auvents surchargés de neige du toit maintenant presque achevé de la Maison du faucon.

« Alors, qui y aura-t-il dans notre équipe ? demanda Tadashi.

— Ne me compte pas, fit immédiatement Kiku en s'éloignant.

— Eh bien, il en reste six ! constata le garçon, regardant Akiko, Yori, Saburo, Jack et Yamato. Nous avons donc notre équipe. »

Tous se mirent à confectionner leur arsenal de boules de neige. Ils eurent bientôt six tas égaux autour de leur bokken.

« Prêts ? cria Tadashi à Kazuki.

— Attendez, répondit l'autre, dont la tête émergea du groupe compact formé par son équipe. Nous sommes en train de discuter de notre tactique.

— Quelle est notre tactique à nous ? » s'inquiéta Yori d'une toute petite voix.

Tadashi étudia la configuration du champ de bataille. Au centre de la cour rectangulaire, un mur de neige s'élevait à hauteur de taille. De chaque côté, un peu en arrière, deux petits abris, puis deux tertres plus élevés et, pour finir, un mur semi-circulaire autour du bokken de chaque équipe.

Tadashi fronça les sourcils : « Kazuki est intelligent, il a dressé son bokken à droite de la Maison du faucon et le chantier nous empêche d'approcher par-derrière. »

L'équipe tourna ses regards vers son propre bokken, dangereusement exposé à une attaque venant de l'arrière.

« Bon, voici le plan. Yori et Yamato, vous restez en retrait pour protéger le bokken. » Yamato voulut protester mais Tadashi continua : « Nous avons besoin d'arrières solides et il semblerait que toi, Yamato, tu sois notre meilleur lanceur. Saburo et Akiko, vous occupez le milieu du terrain pour nous couvrir, Jack et moi, pendant que nous déclenchons l'assaut. »

Tous acquiescèrent d'un signe de tête et allèrent prendre position.

Kazuki et son équipe lancèrent un grand cri, puis se séparèrent pour se répartir stratégiquement à travers la cour, eux aussi. Nobu et Raiden restèrent à l'arrière, tandis que Goro et Moriko occupaient la position intermédiaire, laissant la première ligne à Kazuki et Hiroto.

« Qui va arbitrer ? cria Kazuki.

— Moi », intervint Emi, émergeant de la multitude.

La jeune fille fit signe aux chefs d'équipe de s'approcher.

Kazuki et Tadashi se firent face.

« Rappelez-vous, c'est une rencontre amicale, et mes décisions sont irrévocables », précisa Emi, regardant chacun d'eux dans les yeux pour s'assurer qu'ils l'avaient comprise.

Jack reconnut aussitôt chez elle l'autorité naturelle de son père.

« Quels sont les noms de vos équipes ? ajouta Emi.

— Les Scorpions », déclara Kazuki avec fierté, levant ses bras vers le ciel.

Des acclamations ferventes s'élevèrent en provenance de la foule.

« Et ton équipe, Tadashi ? »

L'interpellé regarda Yamato par-dessus son épaule.

« Les Phénix », répondit-il, provoquant immédiatement une salve d'applaudissements.

Jack vit Yamato adresser un signe de tête à Tadashi et sourire largement. Le kamon de la famille de Yamato était un bon choix.

« Rejoignez vos positions, annonça Emi, et les spectateurs excités rugirent leur approbation. Yuki gassen débutera dans cinq... quatre... trois... deux... un ! »

32
SCORPIONS
CONTRE PHÉNIX

Une volée de boules de neige traversa les airs et Jack plongea derrière le rempart le plus proche.

« TOUCHÉ ! » déclara Emi.

L'assistance poussa de vives acclamations et, pendant un instant, Jack se crut déjà éliminé. Puis, il vit que Saburo était en train de balayer les restes de deux boules de neige sur le devant de son kimono. Son ami s'inclina sans enthousiasme, avant de quitter le terrain de jeu en traînant les pieds.

« Jack ! Sur ta droite ! » cria Akiko.

Profitant du départ de Saburo, Hiroto s'était approché en douce et visait maintenant le garçon.

Ce dernier rentra la tête dans les épaules et le projectile passa au-dessus de lui en sifflant. Il contre-attaqua par deux tirs successifs, qui manquèrent leur but et s'écrasèrent sur les spectateurs. Un concert de sifflets et de huées s'éleva. Jack se replia derrière un tertre de neige sur sa gauche, lançant des boules au hasard pendant sa course.

« Ils vont nous déborder si nous n'attaquons pas ! » hurla Tadashi par-dessus les cris de plus en plus forts des supporters des Scorpions.

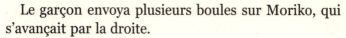

Le garçon envoya plusieurs boules sur Moriko, qui s'avançait par la droite.

« Touchée ! »

Faisant mine de n'avoir pas entendu, Moriko continua à balancer ses propres projectiles.

« Sors ! Ou bien vous avez perdu ! »

L'interpellée envoya un coup de pied de dépit contre le mur de neige le plus proche et siffla de rage en direction d'Emi. Les supporters des Phénix conspuèrent ce comportement déshonorant.

« Couvrez-moi ! » s'écria Jack en courant rejoindre Tadashi derrière le mur central.

Akiko et Yori lâchèrent une bordée de boules de neige. Trois d'entre elles atteignirent l'imposante silhouette de Raiden, alors qu'il s'avançait à découvert pour tirer sur Jack.

« Touché ! »

Les Scorpions ripostèrent par un tir massif. Un instant après, un cri de douleur perçant s'éleva de l'arrière.

« Touché ! »

« Ils utilisent des boules de glace ! » protesta Yori, qui s'éloignait en titubant, avec à son front une bosse déjà bien enflée.

Tadashi adressa à Jack un sourire inquiet. « Et moi qui croyais que c'était une partie amicale ! »

Le chef des Phénix se redressa et bombarda rapidement l'adversaire. Le reste de son équipe se joignit à lui, mais cette courageuse offensive ne put empêcher qu'un long tir de Kazuki vienne toucher Akiko. Heureusement, la boule de glace heurta son bras, et non son visage.

Il ne restait plus que Jack, Tadashi et Yamato, contre quatre Scorpions.

Tadashi aperçut Nobu en train d'essayer de passer des boules de glace à Kazuki.

Lançant une attaque éclair, il réussit à atteindre le garçon dans le dos à deux reprises.

« Touché ! »

« Dommage que nous n'utilisions pas nous aussi des boules de glace, commenta Tadashi, avec un sourire malicieux.

— Ni même de neige, répondit Jack. Je n'en ai plus une seule. »

Maintenant que les combattants étaient à trois contre trois, leur principal problème était celui des munitions, qui allaient en s'épuisant. Tadashi fit signe qu'il ne lui restait que cinq boules, mais en donna néanmoins trois à son coéquipier.

Le garçon remarqua alors le tas d'origine de Saburo, près du bokken, et manifesta l'intention de s'en saisir. Jack déclencha un tir de couverture en direction de Kazuki, tandis que Tadashi zigzaguait vers les boules abandonnées. Le Phénix plongea en avant pour franchir les derniers pas qui le séparaient de son but, mais il fut percuté par deux boules de glace jetées par Hiroto et Goro.

« Touché ! »

Tadashi, dépité, tapa du poing sur la neige, puis il se releva et sortit du champ de bataille. En faisant cela, il montra discrètement du doigt la position de l'un des Scorpions. Jack hocha la tête pour signifier qu'il avait compris.

« *Scorpions ! Scorpions ! Scorpions !* » scandaient les supporters de Kazuki et son équipe.

Jack et Yamato étaient maintenant les seuls défenseurs du bokken des Phénix et le petit groupe de ceux qui les encourageaient encore menaçait d'être sub-mergé.

Yamato fit comprendre à Jack qu'il n'avait plus de munitions. Le second pointa le doigt vers le stock de Saburo. Yamato prit une profonde inspiration et s'élança dans la direction indiquée, se glissant derrière le mur de neige semi-circulaire alors même qu'un projectile de glace passait au ras de sa tête.

Comme Yamato tentait de passer des boules de neige à Jack, il se retrouva dans le champ de vision de Goro. Ce dernier émergea de sa cachette mais Jack, qui avait été prévenu par Tadashi, était prêt à l'accueillir et lui balança une boule de neige. Le tir toucha sa cible, hélas un peu trop tard. Goro avait déjà envoyé sa boule de glace sur Yamato.

« Touché ! Touché ! » déclara Emi coup sur coup, disqualifiant à la fois Goro et Yamato.

Maintenant, c'était à deux contre un.

Jack risqua un œil par-dessus son abri, essayant de localiser Kazuki et Hiroto. L'un et l'autre s'étaient repliés jusqu'à leur bokken et se blottissaient en sécurité derrière le mur en demi-cercle, ourdissant une stratégie pour s'emparer du bokken des Phénix sans être touchés par Jack.

Ce dernier n'avait plus qu'une boule. Comment allait-il les mettre hors de combat tous les deux ? Il courut pour ramasser ce qui restait des munitions de Saburo, mais un tir de barrage l'obligea à plonger derrière le ter-tre le plus proche. C'est alors que ses yeux se posèrent sur les débris d'une des boules de glace. Caché à l'inté-rieur, se trouvait un caillou. Les Scorpions ne s'étaient pas contentés de fabriquer leurs boules avec de la glace, ils les avaient rendues doublement dangereuses.

Jack ne savait quoi faire, avec son ultime boule. Il pouvait essayer d'atteindre celles de Saburo, mais il serait certainement touché et sérieusement blessé. Il pouvait se rendre, néanmoins il était certain que Kazuki lui enverrait quand même ses projectiles mortels. Ou...

Jetant un coup d'œil prudent sur le côté de son tertre, il découvrit la cible parfaite. Il baissa la tête pour éviter une boule de glace, ramassa deux poignées de neige supplémentaires et les amalgama avec sa dernière boule, pour compresser une boule de glace à sa façon. Puis, de toutes ses forces, il la projeta haut et fort au-dessus de la tête de ses adversaires.

Ce tir violent suscita un tollé chez les supporters des Scorpions.

Jack les ignora, entièrement concentré sur la boule qui vola jusqu'au faîte de la Maison du faucon. Il eut un sourire de satisfaction lorsqu'elle se mit à rouler doucement le long de la pente abrupte du toit.

« Pathétique ! » jubila Kazuki.

Mais, à l'insu du chef des Scorpions, la boule avait pris de la vitesse et entraîné une neige poudreuse dans son sillage. Quand elle parvint aux avant-toits, elle provoqua une sorte d'avalanche. Kazuki et Hiroto levèrent les yeux juste à temps pour voir une vague blanche déferler sur eux. En quelques secondes, ils furent ensevelis jusqu'au cou. Au grand amusement des spectateurs, ils disparurent bientôt sous la neige, qui continuait à glisser du toit.

Jack sortit de son abri, se dirigea tranquillement jusqu'au bokken des Scorpions et le leva haut au-dessus de sa tête en geste de victoire.

« Je déclare victorieuse l'équipe des Phénix ! » proclama Emi, souriant largement à Jack.

Le reste de l'équipe déboula, hissant le vainqueur dans les airs pour recevoir les ovations de la foule.

« Brillant ! s'écria Yamato.

— Génial ! » approuva Tadashi en donnant à Jack une bonne claque dans le dos.

Cependant, leurs éloges furent interrompus prématurément par les protestations véhémentes de l'équipe des Scorpions.

« Le gaijin a triché !

— Il a joué sans honneur !

— Rien dans les règles ne stipule que les boules doivent être projetées directement sur l'adversaire, fit observer Tadashi au-dessus du brouhaha. Le fait est indiscutable, il a gagné. »

Jack ne put s'empêcher de sourire en voyant Kazuki et Hiroto qu'on extirpait de la neige. Il avait battu l'équipe des Scorpions.

Mais son sourire s'évanouit quand un Kazuki ulcéré de honte hurla, de manière à être entendu de tous : « Gaijin, tu paieras ça de ta vie ! »

33

MUSHIN

« Je vais te tuer ! » rugit le samouraï.

Jack ne savait que faire. La soudaineté de l'attaque l'avait pris au dépourvu.

Sensei Hosokawa, devenu comme fou, le fixait de ses yeux sombres, où luisait une implacable détermination à tuer. Il venait à présent droit sur lui, avec son katana effilé comme une lame de rasoir, et Jack prit conscience qu'en une fraction de seconde il serait éventré comme un porc, ses viscères répandus sur le plancher de la pièce.

Quelques instants auparavant, le garçon s'entraînait avec Tadashi dans le Butokuden pour se préparer au Cercle, qui débuterait dans moins d'un mois. Tout à coup, il avait aperçu le reflet d'un objet métallique et, s'étant retourné, avait vu sensei Hosokawa foncer dans sa direction, sabre au poing.

Le sensei frappa à la vitesse de l'éclair et son katana émit un sifflement aigu en tailladant à travers la poitrine de Jack, jusque sous l'estomac.

Tout frémissant, le garçon baissa les yeux, effrayé de ce qu'il pourrait découvrir. Mais ses entrailles ne s'étaient pas déversées sur le sol. Son abdomen était intact. Il n'avait pas même une égratignure. La seule chose qui avait été ouverte était sa obi. La ceinture sectionnée glissa au sol, marquant sa défaite.

« Tu es mort », déclara Hosokawa.

Jack ravala son émotion, incapable de répondre. Peu à peu, il comprenait que cet assaut avait été une cruelle leçon d'arts martiaux.

« Tu penses trop, poursuivit le professeur, rengainant son sabre. Tu te permets d'avoir peur et cela te fait hésiter. Si tu hésites dans un combat, tu meurs. »

Sensei Hosokawa regarda ses deux élèves, s'assurant qu'ils comprenaient l'avertissement.

« M-mais je croyais que vous étiez devenu fou », balbutia Jack, retrouvant brusquement sa voix. Il tremblait tout à la fois à cause du choc qu'il avait reçu et de la honte de s'être laissé piéger devant son nouvel ami, Tadashi. Il se sentait humilié. « Je croyais vraiment que vous alliez me tuer.

— Non, mais, la prochaine fois, l'attaque pourrait être réelle, répondit gravement le sensei. Les trois poisons pour un samouraï sont la peur, le doute et la confusion. Tu viens de les manifester tous.

— Je ne suis donc pas à la hauteur ? C'est ce que vous voulez dire ? aboya Jack, frustré de se voir progresser aussi lentement. En sera-t-il toujours ainsi ? On dirait qu'il y a toujours quelque chose qui ne va pas dans ma technique. Pourquoi est-ce que je n'arrive pas à m'améliorer ?

— Maîtriser la Voie du sabre est un long chemin, expliqua doucement sensei Hosokawa. Vouloir te hâter ne fait que te rapprocher de la mort. *Ichi-go, Ichi-e.* As-tu déjà entendu cette expression ? »

Jack acquiesça d'un signe de tête, se remémorant la calligraphie sur le rouleau dans le pavillon de thé doré du daimyō Takatomi.

« Une chance dans une vie. C'est tout ce que tu as dans un combat. » Le sensei planta ses yeux dans les siens : « Je veux te donner cette chance. »

Jack examina ses pieds, embarrassé de s'être emporté quand son professeur essayait seulement de l'aider.

« Ce qui importait dans les Baguettes était fudōshin, continua Hosokawa. On évaluait ta capacité à maîtriser ton corps *et* ton esprit sous la pression d'une bataille impossible à gagner. Tu as alors prouvé que tu étais capable de faire preuve de fudōshin, mais ta peur et ta confusion pendant mon attaque t'ont fait douter. Tu dois apprendre à regarder la mort en face et à réagir sans hésiter. Pas de peur. Pas de confusion. Pas d'hésitation. Pas de doute.

— Mais comment aurais-je pu savoir que vous m'attaqueriez ? Je me concentrais sur mon entraînement avec Tadashi.

— *Mushin*, lâcha sensei Hosokawa.

— Mushin ?

— Mushin signifie "non-esprit". »

Le sensei se mit à arpenter le plancher du dōjō, comme il le faisait toujours pendant les cours : « Quand un samouraï est face à son adversaire, il ne doit pas penser à l'adversaire ; il ne doit pas penser à lui-même ; il ne doit pas penser au mouvement du sabre de son ennemi. Un samouraï qui possède mushin ne se fie pas à ce qu'il pense devoir être le prochain mouvement. Il agit intuitivement. Mushin est la connaissance spontanée de chaque situation telle qu'elle se présente.

— Mais comment saurais-je ce qui va arriver dans un combat ? Voulez-vous dire qu'un samouraï doit voir dans l'avenir ? »

Sensei Hosokawa gloussa, amusé par la suggestion de Jack.

« Non, Jack-kun, même si c'est ce qu'il semble faire. Tu dois entraîner ton esprit à être comme l'eau, qui s'écoule librement partout où elle peut. C'est l'état d'esprit idéal d'un guerrier pendant la bataille, un état dans lequel tu n'attends rien, mais tu es prêt à tout.

— Comment puis-je obtenir mushin ?

— D'abord, tu dois pratiquer tes coupes des milliers de fois, jusqu'à ce que tu sois capable de les exécuter instinctivement, sans en être conscient, ni hésiter. Jusqu'à ce que ton sabre devienne "non-sabre". »

Jack regarda Tadashi, qui se tenait tranquillement debout à côté d'eux, absorbant les paroles du sensei. Il se demanda si cette notion de « non-esprit » signifiait quelque chose pour lui.

« Je ne comprends pas, reconnut Jack, espérant qu'il ne passerait pas pour un idiot. Comment mon katana peut-il devenir "non-sabre" ? Comment peut-il cesser d'exister ?

— Ton but est d'accomplir l'unité du sabre et de toi-même. »

Sensei Hosokawa dégaina rapidement son katana et le tint en hauteur devant lui.

« Quand ton sabre n'existe plus que dans ton cœur-esprit, dit-il en appuyant l'extrémité de l'arme contre la poitrine de Jack, à l'exact emplacement du cœur, alors il devient "non-sabre". Car lorsque tu frappes, ce n'est pas toi mais le sabre dans la main de ton esprit qui frappe. »

Le garçon ne comprenait qu'une petite partie des paroles de son sensei. Il avait conscience que le maître de sabre lui enseignait des choses très importantes, des techniques dont il avait besoin pour survivre, mais, dans le même temps, il semblait lui cacher quelque chose. S'il était digne de participer au Cercle des Trois et si ce concept de « non-sabre » était si important, pourquoi Hosokawa ne l'autorisait-il pas à s'entraîner avec un vrai sabre ?

« Mais, avec tout mon respect, si vous ne me laissez pas utiliser mon katana, comment puis-je faire pour que mon sabre devienne "non-sabre" ? »

Le visage du sensei devint brutalement de marbre. « Quand tu commenceras à saisir ce qu'est mushin, alors je te permettrai de te servir d'un sabre. »

Jack se raccrocha à cette étincelle d'espoir. Impatient de s'exercer au « non-esprit », il demanda : « Combien de temps cela me prendra-t-il pour maîtriser mushin ?

— Cinq ans.

— C'est trop long ! Je ne puis attendre cinq ans, se désespéra le garçon. Et si je travaille vraiment dur pour l'obtenir ?

— Alors il te faudra dix ans. »

Dérouté par cette réponse illogique, Jack demanda encore : « Et si j'y consacre tout mon temps ?

— Dans ce cas, ce sera vingt ans. »

34

GANJITSU

L'énorme bourdon du temple, de la taille d'un gros rocher, sonna pour la cent huitième fois, faisant résonner dans la nuit son dong grave et puissant. Des volutes de fumée d'encens s'élevaient dans les airs et des chandelles papillotaient dans toutes les niches du Butsuden, telles des constellations d'étoiles.

Jack resta debout en silence avec les autres élèves de l'école, en attendant que prenne fin le paresseux mouvement de balancier de la poutre, suspendue à l'horizontale, qui servait à frapper la cloche.

« BONNE CHANCE POUR LA NOUVELLE ANNÉE ! » déclara Masamoto.

Revêtu de ses robes de cérémonie rouge feu au kamon de phénix, le samouraï se dressait devant une grande statue de bronze du Bouddha.

La Niten Ichi Ryū célébrait *Ganjitsu*, une fête qui marquait le début de la nouvelle année. Jack avait découvert que les Japonais ne fêtaient pas le Nouvel An le 1er janvier, comme dans la plupart des pays occidentaux, mais, selon le calendrier chinois, plusieurs semaines plus tard, pour annoncer la venue du printemps.

L'honneur de sonner le dernier coup, à minuit précis, était revenu à sensei Yamada et l'homme était maintenant agenouillé devant l'autel de Bouddha pour appeler les bienfaits de la cérémonie sur l'école.

Habillés de leurs plus beaux kimonos, les élèves formaient une ligne qui se lovait autour du centre de la pièce, tel un dragon paré de joyaux. Jack avait mis le kimono de soie violet que la mère d'Akiko, Hiroko, lui avait offert quand il avait quitté Toba. Le vêtement portait, brodé en fil d'or, le blason de Masamoto, qui étincelait à chacun des mouvements du garçon. Ce n'était pourtant rien en comparaison de la tenue d'Akiko. Elle avait piqué dans ses cheveux une orchidée pourpre et avait revêtu un splendide kimono chatoyant, jaune, vert et bleu, qui semblait tissé de centaines d'ailes de papillon.

« Pourquoi la cloche a-t-elle sonné précisément cent huit fois ? » demanda Jack, tandis qu'ils faisaient la queue pour recevoir leur première bénédiction de l'année. En tant que chrétien, les rituels bouddhiques lui paraissaient toujours bizarres.

Akiko ne répondit pas. Quand Jack se tourna vers elle, il vit que l'attention de la jeune fille était ailleurs, son regard, perdu dans le vague, son visage, plus pâle qu'à l'habitude.

« Ça va ? » fit-il.

Son amie battit des paupières et sembla retrouver ses esprits. « Oui, je vais bien. »

Jack l'examina encore un moment. Elle souriait pour le rassurer, mais ses yeux étaient humides.

À côté d'elle, Yori tripotait les manches de son kimono, qui pendaient trop bas par rapport à sa petite taille. Il répondit à la question de Jack à la place d'Akiko : « Les bouddhistes pensent que l'homme souffre de cent huit désirs ou attachements. À chaque coup de cloche, l'un de ces attachements est tranché et les erreurs de l'année passée sont absoutes. »

Quelle drôle de façon de recevoir l'absolution, pensa Jack, qui avait été élevé dans la croyance que seuls Dieu et le Christ avaient le pouvoir de pardonner les péchés. Bien qu'un peu sceptique, il avait la sensation que la cloche résonnait encore dans sa tête.

Il se rendit alors compte que sensei Yamada frappait doucement sur une sorte de grand bol de cuivre, tout en battant un rythme hypnotique sur un bloc de bois et en psalmodiant quelque chose pour chacun des élèves. Le gong donnait l'impression de chanter, ses notes se succédaient comme un cercle sans fin.

Quand vint leur tour, Akiko chuchota : « Fais comme moi. »

Jack avait d'abord envisagé de ne pas prendre part à la cérémonie bouddhique mais, au vu de l'animosité croissante qui régnait contre les chrétiens et les étrangers, il comprenait qu'il lui fallait s'intégrer davantage. Montrer sa bonne volonté à accepter les croyances japonaises pouvait disposer les gens favorablement à son égard. De plus, comme le disait sensei Yamada, les religions étaient « les fils d'une même tapisserie, seulement différents par la couleur ».

Jack observa soigneusement son amie pendant qu'elle s'avançait jusqu'à une grande urne emplie de sable, prenait un bâton d'encens dans une boîte voisine et l'allumait avec une chandelle. Elle planta son bâtonnet parmi ceux qui se consumaient déjà, faisant ressembler l'urne à une forêt, ou encore à une pelote d'épingles aussi large que fumante. Akiko s'inclina alors pieusement en direction du Bouddha de bronze. Sensei Yamada indiqua à la jeune fille d'approcher. Elle s'agenouilla devant lui, s'inclina de nouveau, puis lui fit présent de son orchidée.

Jack prit soudain conscience qu'il n'avait pas apporté d'offrande pour le Bouddha. Mais, avant même qu'il pût y remédier, son tour était arrivé. N'ayant pas d'autre choix, il se dirigea vers l'urne, pénétra dans un nuage d'encens dont le parfum boisé lui emplit les narines et répéta le rituel que son amie avait accompli sous ses yeux. Puis il s'agenouilla et s'inclina gauchement devant sensei Yamada.

« Je suis désolé, sensei, commença-t-il, s'inclinant à nouveau pour s'excuser, mais je n'ai rien à donner.

— Ne t'inquiète pas, Jack-kun. Tu ne connais pas encore bien toutes nos coutumes, répondit le vieux moine avec un sourire serein. L'offrande la plus parfaite est un cœur honnête et sincère. Il est clair pour moi que c'est exactement ce que tu as apporté à l'autel et, en retour, je te donnerai ma bénédiction pour l'année. »

Sensei Yamada entonna une prière bouddhique qui roula entre ses lèvres et se déversa, chaude et hypnotique, dans les oreilles du garçon...

« Tout comme une pluie fine emplit les cours d'eau,
Puis s'écoule avec les fleuves, qui rejoignent l'océan... »

... Les mots caressants comme de la soie s'entrecroisaient avec les notes du gong et Jack sentit ses yeux se fermer peu à peu...

« De même puisse le pouvoir contenu dans chaque
[instant de bonté
Couler librement pour éveiller et soigner tous les êtres... »

... À chaque coup donné sur le bloc de bois, il ressentait un battement dans les oreilles, et il se laissa emporter par les douces vibrations qui gagnaient tout son être...

« *Ceux d'ici et maintenant, ceux déjà allés, ceux encore [à venir*[5]*. »*

Il ouvrit les yeux, l'esprit apaisé et le cœur débordant de joie.

Son maître de zen s'inclina pour lui signifier que la bénédiction était terminée. Jack le remercia ; il se levait pour partir, quand, pris d'une impulsion, il demanda : « Sensei, puis-je vous poser une question ? »

Le vieux moine approuva du chef. Se rappelant l'énigme de sensei Hosokawa au sujet du nombre d'années, le garçon continua : « Il me faut maîtriser mushin rapidement, mais je ne comprends pas pourquoi ça me prendra d'autant plus de temps que j'y travaillerai durement.

— La réponse est qu'il faut ralentir. »

Jack regarda son professeur, déconcerté par ce nouveau paradoxe. « Mais, dans ce cas, est-ce que ça ne sera pas encore plus long ? »

Sensei Yamada secoua la tête en signe de dénégation. « L'impatience est un obstacle. Comme pour toutes choses, si tu essaies de brûler les étapes, le résultat final ne sera peut-être pas si bon, si tant est qu'il y ait un résultat. »

Jack pensa avoir compris et le sensei sourit en voyant briller une petite lueur d'éveil dans les yeux de son élève.

---

5. Voir « Notes sur les sources », p. 384.

« Hâte-toi lentement, jeune samouraï. »

Dans la cour, la neige avait entièrement fondu et les bourgeons des cerisiers environnants donnaient à voir les premiers signes du printemps. Jack, Akiko et les autres se rendirent à la Maison des papillons, où les festivités de Ganjitsu devaient se poursuivre jusqu'à l'aube.

À l'intérieur du Chō-no-ma, on avait disposé sur les tables des bols de soupe *ozoni* et des plateaux surchargés de gâteaux de riz, blancs et collants, appelés *mochis*. Plusieurs groupes d'élèves avaient déjà commencé à festoyer. Au milieu de la salle, un attroupement s'était formé autour de deux filles qui pouffaient de rire bruyamment, tout en se renvoyant un volant muni de plumes avec des raquettes en bois. Jack remarqua que le visage de l'une d'elles était couvert de taches noires.

« Que se passe-t-il ? s'informa le garçon en s'asseyant à une table libre.

— *Hanetsuki*, répondit Akiko, qui servit à chacun une tasse de sencha fumant. Si tu ne parviens pas à toucher le volant, ton visage est marqué à l'encre. »

Des exclamations et des rires redoublés fusèrent, tandis que la fille ratait de nouveau sa frappe et se voyait une fois de plus barbouiller d'encre.

« Puis-je me joindre à vous ? » demanda Tadashi, qui portait un plateau de gâteaux de riz.

Yamato et Saburo se décalèrent pour laisser au nouveau venu une place à côté de Jack.

« Tiens, essaie ça », suggéra Tadashi, offrant un mochi à son ami.

Ce dernier mordit dans la boulette. Il la trouva délicieuse mais difficile à avaler à cause de sa consistance glutineuse. Tadashi éclata de rire et lui donna une grande tape dans le dos pour l'empêcher de s'étrangler. Jack dut avaler plusieurs gorgées de thé pour faire passer le gâteau.

Tadashi offrit les mochis au reste de la tablée. Tout le monde se mit à manger, à l'exception d'Akiko, qui ne toucha pas à sa nourriture. Jack remarqua également que Kazuki et sa bande du Scorpion étaient assis à la table d'en face.

Son ennemi lança un regard dans sa direction mais fit mine de l'ignorer. Les autres membres de la bande entreprirent de débarrasser les assiettes, cependant que Kazuki étalait un jeu de cartes sous leurs yeux. Ils se resserrèrent autour de lui, tandis qu'il tirait une carte d'un autre jeu et en lisait le contenu à voix haute. Immédiatement, tous se mirent à tirer frénétiquement des cartes et à s'interpeller mutuellement en poussant de grands cris.

« À quoi jouent-ils ? s'étonna Jack.

— *Obake karuta*, expliqua Tadashi, reposant sa soupe. Une personne lit des indices et les autres doivent les associer à une figure de légende ou un monstre représenté sur l'une des cartes retournées. Le joueur qui a accumulé le plus de cartes à la fin a gagné.

— Jack, je vais te montrer un jeu que tu devrais essayer, annonça Yamato, finissant son sencha. *Fukuwarai*.

— Fuku-quoi ? » répéta Jack.

Mais Yamato lui fit simplement signe de s'approcher d'un groupe d'élèves qui se pressaient devant le dessin d'un visage accroché à un mur. Tous riaient en regardant une fille aux yeux bandés essayer de coller une bouche sur le visage. À en juger par le fait que les yeux et le nez se trouvaient au niveau du menton, elle s'acquittait plutôt mal de sa tâche.

« Vas-y, Jack, l'encouragea Yamato, après que la fille eut placé la bouche sur le front de l'image. Tente le coup ! »

Yamato attrapa son ami, lui banda les yeux et lui passa la bouche. Il le conduisit alors à trois pas du visage incomplet, avant de le faire tourner sur lui-même à plusieurs reprises.

Complètement désorienté et privé de la vue, Jack se demanda comment il pourrait bien trouver le dessin, sans parler de mettre la bouche au bon endroit.

« Il n'a aucune chance, fit la voix de Tadashi. Il ne cherche pas même dans la bonne direction. »

C'est alors que Jack se rappela les paroles de sensei Kanō : « *Voir seulement avec les yeux est ne pas voir du tout.* » Recourant aux facultés de perception qui lui avaient été enseignées pendant les mois précédents, il écouta les murmures de la foule, cherchant à deviner l'emplacement du visage de papier grâce aux modifications du bruit de fond. Il tourna sur lui-même et, lorsqu'il eut trouvé l'espace vide au sein des bavardages, il s'imagina qu'il était en face du visage. Il visualisa alors ce dernier avec l'œil de son esprit, avança de trois pas sans hésiter et colla la bouche.

« Bon travail, Jack. À présent, les yeux et le nez. »

Yamato le fit tournoyer à nouveau, puis lui remit les autres accessoires. Une fois encore, Jack « écouta » où se trouvait le dessin, faisant usage de tous ses sens, autres que la vue, pour juger de la direction à prendre. Quand il eut terminé, un silence stupéfait tomba sur l'assistance. Puis, tous applaudirent.

« Comment a-t-il fait cela ? s'exclama Tadashi en s'adressant à Yamato. Il doit avoir triché. Jack, tu ne voyais rien, n'est-ce pas ? »

Tout en faisant non de la tête, l'interrogé ôta son bandeau. Devant lui se trouvait l'image d'un visage parfaitement proportionné. L'entraînement au *chi sao* de sensei Kanō était bel et bien efficace.

« La grâce du débutant », argua Yamato, donnant à Jack un petit coup de coude complice. Ils rejoignirent leurs camarades, toujours attablés. Akiko n'était cependant plus parmi eux.

« Où est Akiko ? demanda Jack.

— Elle a dit qu'elle ne se sentait pas très bien et elle est partie se coucher, répondit Kiku. Elle pense que c'est quelque chose qu'elle a bu.

— Quelqu'un est-il allé voir si elle n'avait besoin de rien ? » Jack se rappela la pâleur de la jeune fille pendant la cérémonie, ainsi que son manque d'appétit.

Tous firent signe que non. Inquiet, Jack s'excusa et se dirigea vers la Maison des lions.

Akiko n'était pas dans sa chambre. Le garçon vérifia qu'elle n'était ni aux toilettes, ni à la salle de bains. Il se demanda ensuite si elle n'était pas retournée à la fête. Il s'apprêtait à regagner la Maison des papillons quand il aperçut une silhouette solitaire qui sortait de l'école par le portail latéral.

Jack courut à sa suite et, déboulant dans la rue, se retrouva au sein d'une foule en liesse.

35

HATSUHINODE

Les rues de Kyoto étaient pleines de fêtards et les temples bondés de fidèles. L'entrée de chaque maison était décorée de brindilles de pins, de rameaux de pruniers et de tiges de bambous, afin d'inviter les *toshigamis* à bénir le foyer. Quant aux portes, elles étaient ornées de festons blancs, constitués de rubans de papier enfilés à une corde tressée, pour éloigner les mauvais esprits.

Jack vit Akiko descendre la rue en trébuchant. Bien qu'il eût encore à l'esprit le conseil du moine l'incitant à respecter la vie privée de son amie, il était inquiet de savoir où elle allait dans cet état de faiblesse. Se frayant un chemin à travers la foule, il la suivit le long d'une rue latérale, à travers une place de marché, puis dans une vaste cour bordée d'arbres et grouillante de monde. Un groupe de samouraïs ivres lui rentra dedans et il perdit Akiko de vue.

« Hors de ma route ! » marmonna l'un des samouraïs, saisissant le garçon par le revers de son kimono.

L'homme s'approcha de lui, l'haleine empuantie par le saké.

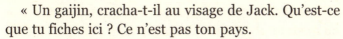

« Un gaijin, cracha-t-il au visage de Jack. Qu'est-ce que tu fiches ici ? Ce n'est pas ton pays.

— Tu ferais mieux de le laisser tranquille, conseilla l'un de ses camarades, pointant un doigt mal assuré vers le kamon de phénix qui ornait le kimono du garçon. Il est du clan des Masamoto. Tu sais, le jeune gaijin samouraï. »

L'ivrogne relâcha le garçon comme si ses vêtements avaient été enflammés.

« Je serai heureux quand le daimyō Kamakura aura nettoyé Kyoto, comme il le fait en ce moment à Edo », grogna-t-il, avant de s'éloigner avec les autres en titubant.

Jack fut choqué par cette rencontre. Jusque-là, il n'avait pas vraiment eu conscience du danger auquel il s'exposait en parcourant seul les rues mal famées de Kyoto. Il était relativement en sécurité dans l'enceinte de l'école. À l'extérieur, seule la réputation de Masamoto le protégeait et il ne pouvait pas non plus se fier à tous ceux qui reconnaissaient l'emblème familial de son protecteur. Il devait retrouver Akiko avant de rencontrer de plus graves problèmes.

Le garçon regarda nerveusement autour de lui, mais la plupart des noceurs étaient bien trop absorbés dans leurs réjouissances pour lui accorder plus qu'un coup d'œil. Il reconnut alors l'endroit où il se trouvait. Devant lui s'élevaient les marches de pierre et le toit cintré du temple du Dragon paisible.

« Pourquoi me suis-tu ? »

Jack fit volte-face.

Le visage cendreux d'Akiko le fixait à travers la cohue.

« Kiku a dit que tu étais malade…, se justifia le garçon.

— Jack, je peux m'occuper de moi toute seule. J'ai bu quelque chose qui m'a indisposée, c'est tout. » Elle le scrutait avec sévérité. « De toute façon, tu m'as déjà suivie jusqu'ici, n'est-ce pas ? »

Jack fit signe que oui, avec le sentiment d'être un criminel pris la main dans le sac.

« J'apprécie ton inquiétude à mon sujet, poursuivit la jeune fille, mais si j'avais voulu que tu saches où j'allais, je te l'aurais dit. »

Le garçon comprit qu'il avait perdu la confiance de son amie. « Je suis... tellement désolé, Akiko, balbutia-t-il. Je ne voulais pas. C'est juste que... »

Les mots lui manquèrent et il se retrouva en train de contempler ses propres pieds pour éviter le regard de la jeune fille.

« C'est juste que quoi ? le pressa cette dernière.

— Je... me soucie de toi et j'étais anxieux. » Les mots s'échappaient maintenant de sa bouche sans crier gare, et il ne put contenir plus longtemps ses sentiments : « Depuis que j'ai échoué sur ces côtes, tu n'as eu de cesse que tu ne t'occupes de moi. Tu as été ma seule véritable amie. Mais qu'ai-je jamais fait pour toi en échange ? Je suis désolé de t'avoir suivie, mais tu étais malade et je pensais que tu aurais peut-être besoin de mon aide. Ne puis-je pas moi aussi veiller sur toi de temps à autre ? »

Le regard d'Akiko perdit de sa froideur et la glace qui s'était installée entre eux commença à fondre.

« Veux-tu réellement savoir où j'allais ? demanda-t-elle avec douceur.

— Pas si tu ne veux rien me dire, répondit Jack, et il se tourna pour repartir.

— Mais c'est mieux ainsi. Tu as besoin de savoir, insista son amie en posant la main sur son bras pour

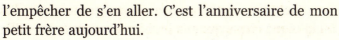

l'empêcher de s'en aller. C'est l'anniversaire de mon petit frère aujourd'hui.

— Tu veux dire Jiro ? fit Jack, se rappelant le garçonnet enjoué avec lequel il avait sympathisé à Toba, plus d'un an auparavant.

— Non, j'ai un autre frère. Son nom est Kiyoshi. » Les yeux de la jeune fille s'embuèrent quand elle prononça ce nom. « Il n'est malheureusement plus des nôtres, aussi j'allais au temple afin de prier pour lui. Il aurait huit ans aujourd'hui. »

Le même âge que Jess, se dit Jack, et il ressentit un pincement d'angoisse en pensant à sa sœur.

« Il m'a beaucoup manqué au cours de l'année écoulée, continua Akiko. J'ai donc cherché un réconfort spirituel auprès d'un prêtre, l'un des moines du temple du Dragon paisible. »

Jack se sentait à présent doublement coupable. Telle était donc la raison de ses mystérieuses absences. Elle pleurait la perte de son petit frère.

« Je suis désolé... je ne savais pas...

— Ne sois pas désolé, Jack, l'interrompit son amie, l'invitant d'un mouvement de la tête à monter avec elle les marches du temple. Pourquoi ne viendrais-tu pas maintenant avec moi jusqu'à l'intérieur du sanctuaire pour dédier une prière à mon frère ? Nous pourrons ensuite faire l'ascension du mont Hiei à temps pour *hatsuhinode*. »

Akiko se serra contre Jack pour avoir plus chaud.

Ils étaient assis, seuls, sous le mur d'un temple en ruine de l'Enryakuji, surplombant Kyoto dissimulé

253

dans le brouillard matinal. L'air glacial des hauteurs les faisait tous deux frissonner mais, au fond de lui, Jack sentait rayonner de la chaleur.

Ils étaient entrés dans le petit *hondō* du temple du Dragon paisible. Akiko avait brièvement parlé seul à seul avec le moine, après quoi ils avaient tous deux fait leurs offrandes pour la paix et leurs prières pour Kiyoshi. En partageant cette expérience, Jack s'était senti pour la première fois admis dans la vie privée d'Akiko. C'était comme si un paravent avait été écarté, révélant une tapisserie délicate qui ne pourrait plus être oubliée.

À présent que les excursions nocturnes de son amie avaient une explication, le garçon avait retrouvé son aisance avec elle. Comme source de réconfort, le moine aux mains comme des couteaux semblait un choix inhabituel, mais qui était-il pour le critiquer ? Jack s'interrogeait encore sur l'inexplicable aptitude d'Akiko à grimper aux arbres ; peut-être cependant lui avait-elle dit la vérité et avait-elle toujours été douée pour l'escalade. Quelle que fût la réponse, il était simplement satisfait d'être à nouveau proche de la jeune fille.

Ayant gravi les pentes abruptes du mont Hiei, ils attendaient maintenant hatsuhinode, le premier lever de soleil de l'année.

« Le Nouvel An est le jour clé, expliqua Akiko d'un ton rêveur, expulsant un nuage de buée dans l'air froid. C'est le bon moment pour prendre un nouveau départ. On réfléchit à l'année écoulée, on enterre les mauvaises choses et on se remémore les bonnes, puis on prend des résolutions pour la nouvelle année. Nous faisons toujours très attention à la première fois que quelque chose se produit, que ce soit la première visite à un temple, la première aurore ou le premier rêve.

— Qu'est-ce que le premier rêve a de si important ? demanda Jack.

— Il te prédit la bonne fortune pour l'année à venir. »

Akiko leva vers le garçon des yeux ensommeillés et bâilla, finalement rattrapée par la fatigue d'avoir passé la nuit debout. Son visage, bien que toujours pâle, avait perdu sa blancheur cadavérique depuis qu'elle avait parlé avec le moine, et sa santé paraissait revenir avec le lever d'un jour tout neuf.

« Rêve bien, ce soir », murmura-t-elle.

La jeune fille se serra plus près de lui et s'endormit bientôt sur son épaule.

Jack était assis en silence, écoutant les chants de l'aube, tandis que les premiers rayons de la nouvelle année les réchauffaient tous les deux.

36
LA TOILE S'ÉTEND

Akiko gisait au pied de la montagne.
Mais ce n'était pas une montagne que Jack connaissait. Coiffé de neige et de glace, un grand cône volcanique noir, aux pentes abruptes, dominait le paysage alentour.

Le garçon se tenait sur un chemin empierré et tortueux, traversant le sol accidenté jusqu'au corps étendu d'Akiko, qui tenait dans sa main gauche une large feuille lobée. Entre eux se précipitaient quatre scorpions noirs, dont les aiguillons s'agitaient convulsivement et dont les petits yeux noirs brillaient de méchanceté. Un faucon solitaire s'éleva en flèche dans le ciel vide, poussant lugubrement un cri rauque et perçant. Soudain, l'un des scorpions se jeta sur la jeune fille et arqua le dos pour planter son dard dans sa poitrine.

« Akiko ! hurla-t-il...

— Jack, je suis ici », lui répondit-elle doucement à l'oreille.

Les yeux du garçon s'ouvrirent brusquement.

Au-dessus de lui, les branches de cerisier formaient une voûte si chargée de fleurs qu'elles lui cachaient le

ciel, bleu et brillant, et l'abritaient du chaud soleil printanier.

Jack s'assit.

Akiko était à côté de lui. Yamato et Kiku étaient là
également, adossés au tronc de l'arbre et l'observant
avec inquiétude. Il se rappelait maintenant où il se
trouvait. On était au milieu du printemps et ils s'étaient
rendus dans l'un des nombreux jardins de Kyoto pour
hanami, la contemplation des fleurs de cerisier.

Le vent du sud faisait tomber ces dernières comme
des larmes, et des pétales s'accrochaient à la chevelure
d'Akiko.

« Tout va bien. Tu faisais un rêve, dit-elle avec douceur en passant la main dans ses cheveux. Était-ce
toujours le même ? »

Jack fit oui de la tête, la bouche desséchée par
l'effroi. C'était bien le même rêve que son premier de
l'année. Il l'avait raconté à son amie le lendemain du
jour de l'an, sans toutefois oser lui révéler le rôle qu'elle
y jouait. À l'époque, il avait sollicité l'avis de sensei
Yamada et le maître zen avait prédit : « La montagne
que tu vois est le mont Fuji. Comme c'est notre plus
haute montagne et le foyer de nombreux esprits de tout
premier rang, son apparition dans ton rêve est un signe
de chance. Le faucon représente la force et la vivacité
d'esprit, tandis que la feuille que tu décris ressemble à
celle de l'aubergine. Son nom, *nasu*, peut indiquer
l'accomplissement de quelque chose de grand. Voilà
qui est de bon augure. »

Le garçon, qui ne croyait pourtant pas à l'interprétation divinatoire des rêves avant son voyage au Japon,
avait poussé un soupir de soulagement en entendant
cette interprétation positive de son cauchemar. Le

vieux moine avait toutefois continué : « D'un autre côté, la présence de scorpions symbolise souvent un acte de traîtrise qui empêche pareille grandeur de se réaliser. En outre, le nombre quatre est considéré comme un très mauvais présage. Le même mot, *shi*, peut également désigner la mort. »

« Il faut que vous voyiez ça ! » cria Saburo, interrompant Jack dans ses pensées.

Le nouveau venu, à bout de souffle, accourait vers eux avec Yori sur ses talons. Il désigna du doigt un grand panneau de bois qu'on érigeait dans la rue. Tous se levèrent et quittèrent le jardin pour regarder de plus près ce dont il s'agissait.

« C'est une annonce, expliqua Yamato à l'intention de Jack. Elle dit : "Quiconque voudra me défier sera le bienvenu. Laissez votre nom et votre lieu de résidence sur cet écriteau. Sasaki Bishamon." »

— Charmant, fit Kiku d'un ton sarcastique. Un samouraï qui accomplit son voyage de formation et qui porte le nom du dieu de la guerre !

— Vous croyez qu'on aura la chance de voir un duel ? s'enthousiasma Saburo, mimant un affrontement avec un adversaire imaginaire.

— Nous ne serons pas là, leur rappela Akiko, tandis qu'une nouvelle rafale de vent détachait des fleurs des cerisiers, recouvrant le sol d'un tapis blanc. La chute des *sakuras* signifie que le temps du Cercle des Trois est finalement arrivé. »

Jack n'en pouvait plus d'attendre. Il mourait d'envie de découvrir ce qu'étaient les trois défis. Après s'être entraîné aussi durement, depuis la sélection, il se sentait comme une corde trop tendue et prête à se rompre.

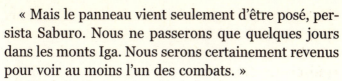

« Mais le panneau vient seulement d'être posé, persista Saburo. Nous ne passerons que quelques jours dans les monts Iga. Nous serons certainement revenus pour voir au moins l'un des combats. »

Kiku regarda le garçon avec gravité : « Tu veux dire si ce samouraï survit au premier. »

Jack sentit le coup de poing sans le voir. Il le dévia habilement en arrière de son oreille, contre-attaquant d'un revers à la tête.

Yamato, anticipant sur le mouvement, recula pour se mettre hors d'atteinte et para l'attaque en combinant un blocage et un coup avec le tranchant de la main. Jack attrapa cette dernière, bloqua le bras de son adversaire et balança son poing vers l'avant. Yamato se dégagea, libérant sa main et ripostant par un coup en marteau sur l'arête du nez.

Pendant tout ce temps, ils restèrent en contact l'un avec l'autre.

Pendant tout ce temps, chacun chercha la faille dans la défense de l'autre.

Tout cela, les yeux bandés.

« Excellent, les garçons, les félicita sensei Kano, qui s'appuyait avec nonchalance sur son bâton blanc dans un jardin latéral de l'Eikan-dō, où se déroulait la leçon de *chi sao*. Mais je sens que vous vous amusez l'un avec l'autre. Battez-vous vraiment ! »

Sensei Kano leur avait fait suivre un entraînement rigoureux en préparation au Cercle des Trois, et les deux garçons étaient devenus des experts dans la technique des « mains collantes », tout comme dans l'usage de leurs autres sens. Jack pouvait à présent distinguer des « ombres acoustiques » aussi bien dans une forêt que dans une rue de Kyoto, bien que cela lui parût encore impossible dans une pièce silencieuse.

Cette séance était pour lui la dernière occasion de prouver à sensei Kano qu'il était prêt pour le Cercle. Il s'attacha entièrement à suivre les mouvements de Yamato avec ses mains. Tous les deux étaient parvenus au même niveau, si bien que leurs gestes étaient de plus en plus rapides, formant comme une tache floue alors qu'ils tentaient de l'emporter l'un sur l'autre.

Attaque. Blocage. Coup de poing. Esquive.

Jack sentit Yamato déplacer le poids de son corps, mais retira son pied une seconde trop tard. L'autre faucha sa jambe avant et il perdit l'équilibre. Cet instant de distraction suffit à Yamato. D'un coup de paume, il frappa Jack à la tête et celui-ci partit à la renverse sur le côté. N'ayant rien à quoi se rattraper, le garçon tomba et fit un plongeon dans l'eau qui s'écoulait en dessous d'eux.

Sensei Kano leur avait enjoint de se battre sur l'étroite passerelle qui enjambait le ruisseau alimentant l'étang du temple. C'était leur dernière séance d'entraînement, et leur dernier test.

Yamato avait gagné.

Jack avait perdu.

Il refit surface en suffoquant. L'eau était glaciale, par contraste avec la chaleur de la journée, et il remonta sur la rive en tremblant comme une feuille.

« Tu manques encore d'équilibre, Jack-kun, mais tu es néanmoins prêt, déclara le sensei. Nous devrons nous concentrer là-dessus quand tu reviendras du Cercle. Je t'apprendrai à combattre au bō les yeux bandés et perché sur un rondin. Voilà qui devrait aiguiser tes sens, ou bien tu finiras par avoir des ouïes à force d'être tout le temps dans l'eau ! »

Sensei Kano, que sa propre plaisanterie amusait, gloussa d'un rire caverneux, avant de disparaître dans les jardins. Yamato sourit largement lui aussi et Jack savait pourquoi. Non seulement son ami l'avait battu au *chi sao* mais, au bō, il était le meilleur élève de leur classe. Il parvenait toujours à vaincre Jack, même avec les yeux bandés, et même si ceux de son adversaire ne l'étaient pas.

Après ce dernier examen, Jack rentra sans tarder à la Niten Ichi Ryū, suivi de Yamato, pour préparer ses bagages avant la difficile marche du lendemain jusqu'aux monts Iga.

Comme ils franchissaient les portes de l'école, Jack remarqua Hiroto et Goro en train de tourner autour d'un petit garçon de la classe inférieure. Celui-ci levait les yeux vers eux et secouait la tête vigoureusement. Goro le poussa brutalement au niveau de la poitrine, l'envoyant chanceler en arrière et se cogner le crâne contre le mur. Le petit garçon se mit à pleurer.

Jack et Yamato se précipitèrent.

« Laissez-le tranquille, ordonna Jack, saisissant le bras de Goro.

— Reste en dehors de ça, gaijin ! l'avertit Hiroto en avançant sur lui.

— Pas question, répliqua Yamato, venant se placer entre Hiroto et Jack. Et ne traite pas Jack de gaijin si tu ne veux pas avoir affaire à moi également. »

On était dans une impasse et le garçonnet les regardait nerveusement les uns et les autres, attendant de voir qui bougerait le premier.

« Tu vas regretter d'avoir mis ton gros nez dans nos affaires », menaça Hiroto, enfonçant un doigt maigre dans la poitrine de Jack. Puis il fit un signe à son comparse, et ils s'éloignèrent.

« Ça va ? » demanda Jack au petit garçon.

Ce dernier renifla, ravalant ses sanglots et frottant sa tête meurtrie. Il regarda Jack, les yeux rougis par les larmes, puis lâcha : « Ils ont dit que j'étais un traître, que je n'étais plus japonais, que j'étais indigne d'être appelé un samouraï et que je serai puni si je ne renonçais pas à ma religion.

— Mais pourquoi ne veulent-ils pas que tu sois bouddhiste ?

— Je ne suis pas un simple bouddhiste. L'année passée, ma famille s'est convertie au christianisme. »

Jack fut interloqué par cette réponse. Bien qu'il eût entendu des rumeurs croissantes au sujet de persécutions contre les chrétiens et d'expulsions de gaijins à travers le pays, il avait toujours présumé que cette malveillance ne concernait que les chrétiens étrangers. Il n'avait pas compris qu'elle s'adressait aussi bien aux chrétiens japonais. Si de tels harcèlements se produisaient à l'intérieur même de l'école, il pouvait imaginer ce qu'il en était dans le reste du pays. Se rendre à pied jusqu'aux monts Iga, pour le Cercle des Trois, n'avait désormais plus rien d'attrayant – il risquait sa vie.

37
LE DÉFI AU CORPS

Il pleuvait des hallebardes.

La route étroite, labourée par le passage des chevaux et des piétons, s'était transformée en un bourbier qui leur interdisait d'aller plus vite que des escargots. De chaque côté de la voie, de hauts arbres s'élevaient vers un ciel chargé de nuages noirs et augmentaient encore l'obscurité grandissante du soir. Le malaise s'accroissait parmi les voyageurs, alors qu'ils franchissaient le col boisé menant à la ville d'Iga Ueno, car les sombres recoins de la forêt dissimulaient nombre de dangers – des sangliers aux bandits de grand chemin.

La colonne d'élèves pataugeait péniblement dans la boue, conduite par Masamoto et sensei Hosokawa, qui allaient à cheval. Bien que six candidats seulement eussent été acceptés dans le Cercle des Trois, leurs supporters avaient été invités à les accompagner. Environ la moitié de l'école avait décidé de se joindre à l'expédition. Beaucoup regrettaient maintenant ce choix.

Soudain, quelque chose jaillit du sous-bois et vola en direction de sensei Hosokawa.

Le sabre du professeur étincela dans le crépuscule.

Cependant, il s'arrêta net, tandis qu'un coq de bruyère noir filait au-dessus de la tête du cavalier. L'oiseau ne saurait jamais à quel point il était passé près de la mort.

Masamoto rit : « Tu as peur d'un vieil oiseau, mon ami ? Ou pensais-tu à le tuer pour ton dîner ? »

Jack remarqua que sensei Yosa, qui avait elle aussi saisi son arme, relâchait prudemment la tension de l'arc et replaçait la flèche dans son carquois. En fait, de tous les senseis, seul Kano était resté tranquille, apparemment conscient dès le départ de l'absence de menace réelle.

« Pourquoi les senseis sont-ils si nerveux ? » demanda Jack, accélérant le pas pour marcher au côté d'Akiko. Non qu'il fût moins inquiet. En dépit de la protection directe de Masamoto, il redoutait que des samouraïs dévoués au daimyō Kamakura surviennent et essaient de lui faire quitter le Japon, que ce soit avec des égards ou par le sabre.

« Nous traversons le territoire ninja », chuchota Akiko.

Dans l'esprit de Jack, chaque ombre de la forêt acquit soudainement des yeux. Il entrevit quelque chose bouger à la périphérie de son champ de vision, mais ce n'était en fin de compte rien d'autre que le balancement d'une branche. Derrière lui, Yamato, Saburo, Yori et Kiku, qui avaient surpris leur conversation, jetaient autour d'eux des regards anxieux, le petit Yori devenant blanc comme un linge.

« Cette région est le bastion des clans Iga, poursuivit Akiko à voix basse. En fait, ces montagnes ont servi de refuge contre les tentatives du général Nobunaga pour détruire les ninjas il y a trente ans. Il a fait venir environ quarante mille soldats pour combattre quatre mille *shinobis*. Ceux-ci ont cependant survécu et quelque part dans ces montagnes se trouve la cachette de Dokugan Ryu.

— Mais comment sais-tu tout cela ? s'étonna Jack.

— Par des histoires, des on-dit, les senseis... » Elle s'interrompit et pointa l'index vers l'avant. « Regarde, nous y sommes presque. Hakuhōjō, le château du Phénix blanc. »

À travers la pluie et le brouillard, Jack vit que la piste avait débouché dans une petite vallée à fond plat, entourée de montagnes. Au loin apparurent les trois étages d'un château de bois, peint en blanc et couvert de tuiles grises. Cependant, la brume s'épaissit rapidement et l'édifice disparut, tel un fantôme dans une tempête.

La nuit était tombée quand ils atteignirent les faubourgs d'Iga Ueno, et seules les lanternes qui brûlaient à l'intérieur de la forteresse permettaient de discerner celle-ci.

Jack se sentait soulagé de pénétrer dans la sécurité de la ville. Le voyage depuis Kyoto avait été rude et, comme tout le monde, il était trempé, frigorifié et épuisé. Son dos était raide d'avoir porté son bagage et ses muscles douloureux et enflammés d'avoir traîné ses pieds dans la boue. Il serait heureux d'arriver au temple qui devait les héberger, de prendre un bain chaud, de se restaurer et de passer une bonne nuit de sommeil.

« Debout ! ordonna sensei Kyuzo en envoyant un coup de pied à la silhouette endormie de Jack. Le Cercle des Trois débute maintenant. »

Le garçon se mit péniblement debout, les yeux ensommeillés. Il n'avait pas dormi plus d'une heure quand les senseis avaient commencé à rassembler les concurrents. Il suivit son maître de taijutsu le long des couloirs et entra dans le sanctuaire principal du temple, une salle sombre fermée par des panneaux de bois, où des lanternes luisaient faiblement. La pièce était dominée par une grande statue de Bouddha, dont émanait une telle énergie spirituelle qu'elle semblait douée de vie.

Comme Jack s'alignait avec les autres face à l'autel, il fut salué par plusieurs rangées de moines au crâne rasé et aux robes blanches brillantes, psalmodiant un *mantra* qui résonnait comme s'il avait été chanté depuis la nuit des temps.

« *Gya tei gya tei ha ra gya tei hara so gya tei bo ji sowa ka han-nya shin gyo* »

« C'est le mantra de la Grande Sagesse », murmura respectueusement Yori. Il se tenait près de Jack, triturant nerveusement une grue en papier cachée dans sa main. « Les mots contiennent la sagesse du Bouddha qui aide ces moines à atteindre le satori. »

Jack hocha la tête et adressa à son ami ce qu'il espérait être un sourire confiant. En réalité, il était un paquet de nerfs et d'excitation. Après quatre épreuves et plusieurs mois d'entraînement, le Cercle et ses trois défis, à l'Esprit, au Corps et à l'Âme, allaient enfin lui être révélés.

Un doute soudain entra dans son cœur. Son impatience à apprendre les Deux Ciels avait-elle obscurci son jugement ? Était-il prêt pour une telle expérience ?

Il était très fatigué de son voyage et il comprenait maintenant qu'on avait interrompu leur sommeil pour les déstabiliser dès le départ. La compétition avait déjà commencé.

Il regarda Akiko plus loin dans la ligne. En dépit de son regard déterminé, les cernes noirs autour de ses yeux montraient qu'elle aussi était éreintée par le long voyage. À côté d'elle se trouvait Harumi, la seconde fille à concourir, qui avait l'air tout aussi fatiguée. Tadashi était au bout de la file. Il fit à Jack un signe de la tête, levant son poing fermé pour l'encourager. Kazuki entra alors dans le rang et se plaça à côté de Jack, tout en l'ignorant complètement.

Conduits par Masamoto, les professeurs entrèrent et s'assirent sur le côté. Puis les partisans des élèves arrivèrent l'un après l'autre et s'agenouillèrent derrière eux sur quatre rangs réguliers. Le chant des moines prit fin, retombant comme le son d'une vague, et l'abbé se leva pour accueillir l'assemblée. Le visage du bonze était vieux et ridé, mais son corps paraissait solide comme le roc et, telle la statue de Bouddha, irradiait une puissante énergie intérieure.

« Bienvenue, Masamoto-sama, dans ce temple de l'école *Tendai*, dit-il avec la voix sereine d'un homme en paix avec lui-même.

— Merci d'autoriser vos humbles invités à séjourner dans ce lieu saint, répondit Masamoto. Puis-je vous présenter nos concurrents pour le Cercle des Trois ? Puissent-ils s'en montrer dignes de corps, d'esprit et d'âme. »

Le guerrier désigna Jack et les autres d'un large geste de la main. L'abbé examina tour à tour les six jeunes samouraïs, posant les yeux sur Jack en dernier. Le garçon fut hypnotisé par l'intensité du regard du vieux moine : profond comme un puits et infini comme le ciel – donnant le sentiment que l'homme était omniscient. Jack eut l'impression de plonger les yeux dans ceux d'un dieu vivant.

« Nous commencerons par le défi au Corps », annonça l'abbé.

Il s'avança pour bénir chacun des concurrents avec des mots que Jack ne comprenait pas, mais dont il sentait qu'ils avaient un grand pouvoir. Quand il eut fini, six moines novices s'approchèrent avec une tasse d'eau, un bol de soupe miso claire et une boulette de riz. Ils les tendirent aux concurrents. Soudain conscient d'être affamé, Jack vida son bol et dévora le riz en quelques instants.

Ensuite, on leur offrit trois paires de sandales de paille, une robe de moine blanche, un poignard dans un fourreau, une corde, un livre, une lanterne de papier et un long chapeau de paille en forme de coque de navire retournée. Les moines aidèrent les concurrents à passer la robe, à nouer le chapeau sur leur tête et à attacher une paire de sandales à leurs pieds nus.

Pendant ce temps, aucune explication ne leur fut fournie.

« À quoi tout cela sert-il ? » chuchota Jack au moine qui l'aidait à revêtir cet étrange accoutrement.

L'autre, occupé à enrouler la corde autour de sa taille, leva les yeux vers lui.

« Vous portez une robe blanche, la couleur de la mort chez les bouddhistes, pour ne pas oublier combien vous serez proche des limites de la vie même, répondit-il à voix basse. La corde est appelée "corde de la mort". De même que le couteau, elle sert à rappeler aux novices qu'ils doivent mettre fin à leurs jours s'ils n'arrivent pas au bout de leur pèlerinage, que ce soit par pendaison ou par *hara-kiri*. »

N'étant pas moine lui-même, Jack était très heureux que cette règle ne s'applique pas à lui.

Une fois les préparatifs achevés, les lanternes furent allumées et les six concurrents menés à l'extérieur, dans la cour obscure du temple. La pluie s'était apaisée, mais un vent froid soufflait et Jack trembla involontairement.

L'abbé, s'abritant sous un parapluie tenu par l'un des moines, leur fit signe de venir jusqu'au centre de l'esplanade. Ils se rassemblèrent tous les six autour de lui, chacun frissonnant dans son rond de lumière, le visage tiré et anxieux.

« Vous n'avez à effectuer qu'une seule journée du pèlerinage de mille jours que les moines de ce temple doivent accomplir dans le cadre de leur formation spirituelle, déclara le bonze. Selon notre enseignement, l'épreuve est une montagne et l'illumination en est le sommet. Gravissez la montagne et le satori sera à vous. »

Le vieux moine pointa le doigt vers les ténèbres. Sous le ciel orageux, Jack ne discernait que la sombre silhouette d'un pic, éclairé de l'arrière par des lueurs d'éclairs.

« Vous escaladerez le premier sommet du Cercle des Trois, puis vous reviendrez, en vous arrêtant pour prier à chacun des vingt sanctuaires indiqués dans votre livre. Vous entreprendrez cette épreuve seuls. Vous ne pouvez pas vous arrêter pour dormir. Vous n'avez pas le droit de manger. Et vous devrez être revenus dans ce temple avant que le premier rayon de l'aube ne frappe les yeux du Bouddha de bois. »

L'homme leur adressa à chacun un regard qui semblait percer leur âme même.

« Si vous entendez mes moines achever de réciter le mantra de la Grande Sagesse, alors c'est qu'il est trop tard. »

38
COURIR À VIDE

J ack avait atteint sa limite. Il ne pouvait aller plus
loin. Son corps se rebellait ; le désespoir et la soli-
tude l'accablaient tandis qu'il écoutait le bruit de ses
sandales de paille dans la boue.

La pluie, qui s'était calmée au début de l'épreuve,
tombait maintenant à seaux, et le garçon était trempé
jusqu'aux os. Ses pieds étaient des blocs de glace douloureux, sa deuxième paire de sandales s'était déjà
désagrégée et ses muscles le brûlaient.

Mais il ne pouvait s'arrêter.

Il n'en avait pas le droit.

« Pour atteindre le sommet d'une montagne, vous
devez escalader celle-ci pas après pas, avait expliqué
l'abbé aux six concurrents, avant le début du défi au
Corps. Pendant ce trajet, vous ferez l'expérience de la
douleur, mais rappelez-vous que celle-ci n'est que le
symptôme de l'effort que vous fournissez. Vous devez
passer à travers cette barrière. »

Jack trouvait néanmoins la douleur trop forte pour
être surmontée. Il avait passé la moitié de la nuit à courir. Il était affamé et affaibli à force de fatigue ; l'énergie
de son dernier et pitoyable repas était déjà entièrement

brûlée, et il n'avait visité que quatorze des vingt sanctuaires par lesquels il devait passer avant l'aube.

Il trébucha.

La quinzième halte restait invisible. Sans doute l'avait-il dépassée. Il commença à se demander si les Deux Ciels valaient vraiment un tel châtiment corporel et tout le dynamisme de son corps s'évanouit, tandis que sa raison l'incitait à s'arrêter.

« Gravissez la montagne et le satori sera à vous », leur avait dit l'abbé.

Jack ne se souciait plus de l'illumination. Tout ce qu'il désirait, c'était être dans un lit, au chaud et au sec. Il se sentit ralentir l'allure, jusqu'à être près de s'arrêter.

Cette épreuve était impossible à remporter. Comment était-il censé trouver son chemin sur des pistes de montagne rendues dangereuses par la pluie, au sein d'une obscurité complète ? Il était supposé se débrouiller pour couvrir une distance équivalente à celle qui sépare la France de l'Angleterre, avec pour éclairer ses pas une simple lanterne de papier et un petit livre de route indiquant la position de chacun des vingt lieux saints.

Il ne pouvait prendre de raccourci, étant donné qu'il devait apposer le sceau de chaque sanctuaire sur son livre, à l'aide d'un cachet de bois et d'encre, comme preuve de son passage. Jack aurait aimé suivre quelqu'un d'autre et recevoir de lui des encouragements, mais les départs des concurrents avaient été espacés du temps nécessaire à la combustion d'un bâtonnet d'encens. Il était seul dans sa souffrance.

Sans nourriture ni sommeil, il se demandait si quelqu'un serait capable de regagner le bâtiment principal du temple avant que la lumière du jour n'éclaire les yeux du grand Bouddha.

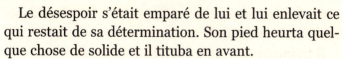

Le désespoir s'était emparé de lui et lui enlevait ce qui restait de sa détermination. Son pied heurta quelque chose de solide et il tituba en avant.

Jack tomba sur les genoux, vaincu.

Sa lanterne, qui continuait miraculeusement de brûler sous l'averse, éclairait une vieille pierre tombale envahie par la mousse. Tout le sentier, ainsi qu'il l'avait découvert, était parsemé de tels sites funéraires, chacun indiquant la triste fin d'un moine qui avait échoué dans son pèlerinage.

Le garçon regarda la corde nouée autour de sa taille et le couteau passé à sa ceinture. Quoi qu'il arrive, ce sort ne serait pas le sien.

Il essaya de se relever, mais l'effort était trop grand et il glissa, pour se retrouver sur les mains et les genoux dans la boue. Son corps avait abandonné.

Le Cercle des Trois l'avait brisé dès le premier obstacle.

Jack n'avait aucune idée du temps qu'il avait passé à quatre pattes sous la pluie, mais dans un recoin profond de son esprit il entendit la voix de sensei Yamada : « *Tout le monde peut abandonner, c'est la chose la plus facile du monde. Mais continuer quand tout le monde attend que tu déclares forfait, c'est là que réside la vraie force.* »

Il se raccrocha à ces paroles comme à un filin de sauvetage. Son sensei avait raison. Il devait continuer. C'était son chemin pour devenir un véritable guerrier samouraï. La voie la plus courte pour apprendre l'invincible technique des Deux Ciels.

Le garçon rampa à travers la gadoue.

Il s'exhorta lui-même à dominer la douleur dans ses jambes et ses genoux.

Il devait aller au bout du défi au Corps.

Il se rappela que cette tâche nocturne représentait seulement une journée des mille jours de pèlerinage que devait accomplir un moine de cette branche du Tendai au cours de sa formation. L'abbé leur avait dit que, sur une période de sept ans, ses disciples parcouraient l'équivalent de la circonférence du globe terrestre. Au cours des quatre siècles précédents, seuls quarante-six moines avaient achevé cet extraordinaire rituel, mais le vieux moine était la preuve vivante que la chose était possible. Il était le quarante-sixième. Si ce vieil homme avait pu effectuer un pèlerinage de mille jours, alors Jack devait être capable d'en faire le millième.

Le garçon leva la tête, laissant la pluie laver la saleté sur son visage. Dans la pénombre, la lumière de sa lanterne fut réfléchie par le quinzième sanctuaire, juste un peu plus loin sur le sentier.

N'essaie pas de manger un éléphant entier pour le déjeuner.

La phrase lui revint brusquement à l'esprit et Jack rit de l'absurdité apparente du conseil que sensei Yamada avait donné à Yori. Mais à présent il comprenait.

En fractionnant la course en sections plus petites et en s'y attaquant étape par étape, peut-être pourrait-il finir l'épreuve. Il se concentra sur le quinzième sanctuaire comme sur le premier but à sa portée. Il retrouva un peu d'énergie et se remit sur ses pieds. Il fit un pas prudent vers l'avant, puis un autre, se rapprochant peu à peu de son objectif.

En atteignant le sanctuaire, Jack se réjouit et prononça une courte prière. Les paroles l'emplirent d'optimisme. Avec une détermination renouvelée, qui masquait ses douleurs, il apposa le sceau du lieu sur son livre et s'élança vers le but suivant, le seizième sanctuaire.

Il courait. Il avait franchi la barrière de la douleur dont le prêtre avait parlé. Mais Jack n'avait pas fait cinquante pas qu'il aperçut dans la nuit deux yeux rouges qui le regardaient avec colère.

L'apparition diabolique émit un cri étrange et chargea droit sur lui.

39

YORI

Jack eut à peine le temps d'éviter les défenses sanguinaires.

Le sanglier se jetait sur lui tête baissée. Il plongea pour se mettre à l'abri et les dagues fendirent l'air au-dessus de sa jambe gauche, le manquant d'un cheveu. L'animal disparut aussitôt après dans le sous-bois.

Le garçon resta étendu dans les buissons, cherchant à reprendre sa respiration. Il écouta le cri infernal s'éloigner jusqu'à disparaître dans la tempête. Dans son effort quasi désespéré pour éviter la bête, il avait laissé tomber dans la boue sa lanterne, qui s'était brisée et éteinte.

Qu'était-il censé faire maintenant ? On était au milieu de la nuit et la forêt était si dense qu'il ne voyait pas à plus de quelques dizaines de centimètres devant lui. Sans doute se perdrait-il sur le flanc de la montagne s'il essayait de trouver son chemin dans l'obscurité. De plus, se rappela-t-il, il était au cœur du territoire ninja. Ses chances d'aller au bout de l'épreuve, et même de sortir vivant de la montagne, étaient très minces.

Étant parti le dernier, il y avait peu d'espoir qu'un autre concurrent le découvre. En outre, s'il continuait à attendre, il risquait de succomber au froid.

Sa situation ne pouvait être pire. Trop fatigué pour pleurer, il se laissa gagner par la colère. Il se releva et s'avança en vacillant sur le sentier.

Il ne serait *pas* battu par cette montagne.

Il survivrait.

Il heurta un arbre de plein fouet.

Il poussa un juron, mais continua à marcher. Il se remémora la leçon que lui avait donnée la poupée Daruma l'année précédente, dans le Taryu-Jiai. Sept fois à terre, huit fois debout.

Prenant le temps de se calmer, Jack eut soudain l'idée d'utiliser les techniques de perception que sensei Kano lui avait enseignées. Les mains tendues vers l'avant, il sentit et écouta prudemment sa route à travers le couvert.

Pour la toute première fois, Jack commença à mesurer les difficultés rencontrées quotidiennement par sensei Kano, et son admiration envers le professeur aveugle s'en trouva notablement accrue. Pour le maître de bō, la vie était une lutte constante au sein d'une forêt noire comme la poix et, cependant, il ne se laissait pas abattre.

Confronté à ses propres problèmes, le garçon batailla pour aller de l'avant.

Comme il sortait d'un tournant du chemin, il remarqua une lueur tremblotante dans les ténèbres. En se rapprochant, il entendit un faible gémissement. Il accéléra le pas. Il découvrit une silhouette allongée dans la boue et reconnut Yori.

« Que se passe-t-il ? Ça va ? demanda-t-il, manquant de tomber par-dessus l'autre.

— Un sanglier m'a attaqué », geignit Yori, le visage blanc de peur dans le halo de sa lanterne.

Jack redirigea le faisceau lumineux et inspecta le corps de son ami à la recherche de blessures. Il découvrit qu'il avait une grande entaille à la cuisse droite. La plaie saignait abondamment et Jack vit qu'il lui faudrait faire redescendre le garçon rapidement, si tant était qu'il eût une chance de survie. Il déchira une manche de son vêtement et la noua étroitement autour de la jambe de Yori pour contenir l'écoulement du sang.

« Tu crois que tu peux tenir debout ?

— J'ai essayé... c'est inutile, haleta le petit garçon, les yeux agrandis par la douleur. Va chercher de l'aide.

— Je ne peux pas te laisser ici. Tu trembles déjà. On doit te faire redescendre de la montagne maintenant.

— Mais je ne peux pas marcher...

— Si, tu peux, rétorqua Jack, glissant un bras autour de la taille de son ami. Pose ton bras sur mon épaule. »

Au prix d'un grand effort, il parvint à le remettre sur ses pieds.

« Mais je vais te ralentir, protesta Yori, et tu ne finiras pas la course.

— De toute façon, je ne vois pas où je vais. J'ai perdu ma lanterne à cause de ce stupide sanglier. Nous avons donc besoin l'un de l'autre. Ne comprends-tu pas qu'ensemble nous avons une chance d'aller au bout ? argumenta Jack avec un sourire d'encouragement. Regarde, je te soutiendrai et toi, tu tiendras cette lanterne pour éclairer notre chemin. »

Ils effectuèrent quelques pas en chancelant et trébuchèrent. Yori poussa un cri de douleur, tandis qu'ils rentraient dans un arbre.

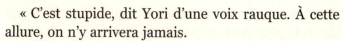

« C'est stupide, dit Yori d'une voix rauque. À cette allure, on n'y arrivera jamais.

— On y arrivera. On doit seulement trouver notre rythme. »

Jack détourna son regard afin que l'autre ne pût lire le doute dans ses yeux.

Un éclopé conduisant un aveugle, pensa-t-il. Quel espoir avaient-ils réellement de s'en sortir ?

Jack et Yori étaient perdus.

S'étant mis d'accord sur le fait que le moyen le plus rapide et le plus sûr pour redescendre était de suivre la voie qu'on leur avait indiquée, ils avaient bien progressé et s'étaient sentis réconfortés de trouver assez facilement les quatre sanctuaires suivants. Mais le vingtième semblait se dérober à leurs recherches.

« Le livre dit bien de tourner à droite après la lanterne de pierre, pour atteindre le ruisseau », constata Jack.

Épuisé et frustré, il était tenté de balancer le guide. Ils étaient parvenus à la jonction de quatre routes. Pourtant, il n'y avait aucune mention d'un carrefour dans les indications qu'on leur avait données.

« Alors, où est la lanterne de pierre ?

— Peut-être l'avons-nous manquée ? suggéra Yori faiblement.

— Attends-moi ici, ordonna Jack en aidant son ami à s'asseoir sur un rocher. Je vais regarder à nouveau en arrière. Nous avons croisé des sentiers plus petits. »

Le garçon rebroussa chemin et finit par trouver la lanterne, dissimulée derrière un épais tas de feuillage. Les branches avaient été cassées récemment, aussi

Jack comprit-il que ce n'était pas un accident naturel qui avait masqué le repère.

« Kazuki ! » cracha-t-il avec dégoût. C'était exactement le genre de tactique malhonnête que son rival était susceptible d'employer pour s'assurer de son propre succès et de l'échec des autres.

Rempli de colère, Jack revint en courant sur ses pas pour récupérer Yori.

Quand ils atteignirent le ruisseau, au bord duquel se trouvait le vingtième sanctuaire, la dernière paire de sandales de Jack était réduite en bouillie. À chaque pas, il éprouvait maintenant une douleur aiguë dans le pied gauche, mais il essayait de cacher sa gêne à Yori.

« Prends les miennes, proposa ce dernier, retirant ses sandales.

— Et toi ?

— Je ne peux pas continuer, Jack. »

Le visage du garçon était à présent blafard et luisant de sueur, et Jack voyait qu'il avait perdu beaucoup de sang.

« Si, tu peux, répliqua-t-il, soutenant un peu plus son ami avec son épaule, malgré son propre épuisement. Sensei Yamada m'a dit un jour : *Il n'y a pas d'échec, si ce n'est de ne pas essayer plus longtemps.* Nous devons continuer à essayer.

— Mais c'est presque l'aube. »

Jack regarda le ciel. La pluie avait cessé de tomber et l'horizon commençait à s'éclaircir. Dans la vallée en contrebas, la silhouette gris pâle du château du Phénix blanc était devenue visible.

« Je vois le donjon. Nous sommes passés dans tous les sanctuaires et n'avons plus qu'à rentrer au temple. Nous pouvons le faire. Ce n'est pas si loin. »

Jack sentit Yori défaillir dans ses bras, aussi mou qu'une poupée de chiffon.

« Il n'y a aucune raison pour que nous soyons deux à échouer, fit Yori, le souffle court. Vas-y, toi. Va au bout du Cercle. »

Dans son extrême fatigue, Jack se laissa presque convaincre par la logique de son ami, que la fièvre exaltait. Le Cercle lui ouvrait la voie des Deux Ciels. Le Cercle était sa clé. Il s'était battu pour lui toute l'année, avait travaillé bien trop dur pour le laisser lui échapper au dernier moment. Seul, il pouvait encore réussir.

Jack étudia le visage blême de Yori et sourit tristement. Avec ses dernières forces, il hissa le corps de l'autre sur ses épaules.

« Le Cercle peut attendre. »

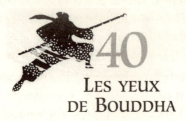

40
LES YEUX
DE BOUDDHA

Jack s'effondra dans les bras d'Akiko.

Un attroupement d'élèves se forma rapidement autour de l'entrée principale du temple, chacun essayant d'apercevoir Jack, couvert de boue, qui portait son ami blessé sur son dos. Deux moines se précipitèrent et emmenèrent rapidement Yori, inconscient. À présent, le soleil du petit matin auréolait les toits du temple, mais il n'était pas encore entré dans la cour. Le froid donnait à Jack des tremblements incontrôlables.

« Qu'est-il arrivé ? Où étais-tu ? demanda Akiko, l'air anxieux, tandis que son ami tombait à genoux, trop éreinté pour tenir sur ses pieds meurtris et ensanglantés. Il y a des heures que nous sommes rentrés. »

Le garçon ne répondit pas. Ses yeux étaient rivés sur Kazuki, qui venait d'apparaître derrière la jeune fille. Son rival s'était lavé et avait changé de robe. Il avait l'air frais et ne semblait guère affecté par ses efforts nocturnes. Bras croisés, il observait la silhouette brisée de Jack avec une curiosité amusée.

Tout le corps de Jack se mit à trembler, non plus de froid, mais de colère.

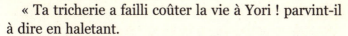

« Ta tricherie a failli coûter la vie à Yori ! parvint-il à dire en haletant.

— Tu délires, gaijin. Je n'ai pas triché. J'ai fini le premier parce que j'étais le meilleur, répondit Kazuki avec un sourire méprisant. Tu as perdu tout seul. Ne me reproche rien, tu fais peine à voir.

— Il n'a pas encore perdu ! s'écria vivement Akiko, jetant à Kazuki un regard furieux. Les rayons du soleil n'ont pas encore touché les yeux du Bouddha. Il a encore le temps. Vas-y, Jack. »

Sans se soucier de la boue qui maculait son vêtement propre, la jeune fille commença tout à la fois à tirer et à porter son ami jusqu'aux marches du bâtiment principal.

« Non ! Laisse-le ! » cria une voix.

Akiko s'arrêta net. Jack leva la tête et découvrit en haut de l'escalier l'abbé dans sa robe blanche, leur ordonnant de s'arrêter de sa main tendue. Derrière le bonze, par la porte ouverte du sanctuaire, il aperçut le Bouddha de bois, dissimulé dans la pénombre.

« Tu n'as pas le droit de l'aider. S'il veut continuer à concourir dans le Cercle, alors il doit accomplir le trajet seul.

— Mais il n'y arrivera jamais, plaida la jeune fille.

— C'est à lui de décider, pas à toi. Cesse de le soutenir », ordonna l'abbé.

Akiko laissa son ami glisser doucement sur le sol et s'écarta de lui, les yeux débordants de larmes.

Jack resta agenouillé sur place. Il était paralysé par l'épuisement, comme si le ciel était tombé de tout son poids sur ses épaules. La statue du Bouddha n'était pas à plus de cinquante pas, mais elle aurait pu tout aussi bien se trouver à l'autre bout du monde. Il avait dépensé sa dernière once d'énergie dans cette course désespérée pour sauver la vie de Yori.

À l'intérieur, les moines entonnèrent le mantra de la Grande Sagesse et Jack vit que les autres élèves, les senseis et Masamoto le regardaient avec attention pour savoir quelle serait sa réaction. L'abbé lui fit signe d'approcher, d'un simple geste de la main, puis se tourna et entra dans le sanctuaire comme s'il s'attendait à ce qu'il le suive.

Jack ne le suivit pas.

Il ne le pouvait pas.

Il ne le voulait pas.

Il ne lui restait tout simplement ni force ni volonté. Cette fois, ce n'était pas une barrière qu'il pourrait franchir. C'était un gouffre, un grand vide d'énergie, un abîme par-dessus lequel il était impossible de sauter.

Kazuki était agenouillé près de lui, un sourire arrogant aux lèvres, et lui murmurait en jubilant : « Tu n'y arriveras jamais. »

Le soleil était parvenu à mi-pente du toit du temple et Jack le voyait descendre petit à petit, rangée de tuiles après rangée de tuiles. Kazuki avait raison. Atteindre le Bouddha à temps demanderait un effort surhumain.

Découragé, Jack laissa tomber son regard sur le sol. Il observa alors une fourmi qui passait devant lui en traînant une feuille cinq fois plus grosse qu'elle. La minuscule créature luttait, tirait et poussait mais, en dépit de l'énormité de sa tâche, elle n'abandonnait pas.

Il n'y a pas d'échec, si ce n'est de ne pas essayer plus longtemps.

Les mots de sensei Yamada résonnaient dans son esprit. Jack leva la tête et vit le vieux maître zen qui le regardait depuis la porte du temple, les yeux rayonnants de confiance dans son élève.

« Vas-y, Jack ! Tu peux le faire ! cria Yamato, descendant les marches dans sa direction, accompagné de Saburo.

— Vas-y, Jack ! renchérit le second.

— Ce n'est pas si loin », l'encouragea désespérément Akiko, les mains tendues.

Grâce à un effort herculéen et aux cris de soutien de ses amis, Jack réussit à se remettre sur ses pieds. Il avança en trébuchant, répétant le mantra à chaque marche : « *Il n'y a pas d'échec, si ce n'est de ne pas essayer plus longtemps. Il n'y a pas d'échec, si ce n'est de ne pas essayer plus longtemps. Il n'y a pas d'échec...* »

Le garçon avança péniblement un pied après l'autre, les jambes aussi lourdes que si on leur avait attaché une chaîne munie d'un boulet. Il tombait en avant plus qu'il ne marchait, mais chaque pas le rapprochait du but.

Il gravissait maintenant les marches du temple en rampant. Ses amis continuaient à hurler leurs encouragements, mais leurs mots résonnaient comme un lointain clapotis. Le seul son dont il avait vraiment conscience était le chant sans cesse recommencé des moines en robe blanche. Plus il en était près, plus le mantra semblait fort, s'insinuant dans ses muscles, tel un élixir.

Il était à présent à l'intérieur du sanctuaire.

Le soleil également.

Ce dernier s'était levé au-dessus de la crête des montagnes et brillait déjà contre le mur du fond de la salle. Ses rayons s'accrochaient aux grains de poussière dans l'air, tout en descendant vers le front du Bouddha.

Les membres de l'école, muets d'admiration devant le suprême effort du garçon, le regardèrent tituber jusqu'à l'autel.

Jack atteignit ce dernier alors que le soleil illuminait les yeux du Bouddha. Au même moment, les moines cessèrent de chanter. Jack sentit le frais contact du bois et la douceur du ventre de la statue. Il eut un bref sourire avant de s'effondrer à ses pieds.

« Tu ne peux jamais conquérir la montagne. Tu peux seulement te conquérir toi-même, commença l'abbé quand tout le monde fut revenu dans le temple après le déjeuner. La première épreuve du Cercle des Trois était un test pour le corps physique, qu'elle conduisait à son extrême limite. Cinq d'entre vous ont réussi à regagner le temple avant que les premiers rayons de l'aube ne frappent les yeux du Bouddha, prouvant ainsi leur maîtrise du corps. »

Jack, auquel la fatigue donnait le vertige, oscillait sur ses pieds. On lui avait donné à manger et à boire, et on l'avait autorisé à se reposer, mais il s'était écoulé peu de temps avant qu'on ne le réveillât à nouveau et qu'on le ramenât dans le sanctuaire principal avec les autres concurrents.

« Le défi au Corps devrait vous avoir fait comprendre à tous que l'esprit gouverne le corps. Le corps peut continuer aussi longtemps que l'esprit est fort. »

Le prêtre examina chacun d'eux de son regard insondable, voulant s'assurer qu'ils avaient compris cette leçon de vie.

« Une fois que vous avez réalisé cela, il n'y a plus de limite à ce que vous pouvez accomplir. L'impossible devient possible, si seulement votre esprit y croit. Cette vérité sous-tend la seconde épreuve du Cercle. Mais, auparavant, Masamoto-sama souhaiterait prendre la parole. »

Le guerrier se leva et s'approcha de ses élèves, adoptant une posture fière et puissante pour féliciter Jack et les autres.

« Je suis très honoré que mon école compte des samouraïs aussi braves. L'esprit de la Niten Ichi Ryū brille en chacun de vous. » De sa main droite, il donna une tape sur l'épaule de Jack et le garçon ressentit l'immense puissance du grand combattant. « Mais aujourd'hui, cet esprit a plus particulièrement brillé chez Jack-kun. »

Tous fixèrent l'intéressé.

Celui-ci ne savait pas où poser les yeux, sinon sur le visage défiguré de Masamoto, qui lui adressa un regard empli de fierté paternelle.

« Jack-kun a montré ce qu'est le vrai bushidō. Quand il a sacrifié ses chances pour venir à l'aide d'un compagnon d'armes en difficulté, il a manifesté la vertu de loyauté. En redescendant ce samouraï de la montagne, il a fait preuve de courage. Il n'a pas seulement conquis son moi mais, à mes yeux, il a triomphé de la montagne, en l'ignorant au profit de la vie de Yori-kun. »

Les membres de l'école s'inclinèrent comme un seul homme, honorant la prouesse de Jack.

Ce dernier jeta un œil autour de lui, mal à l'aise de se retrouver la cible de tant d'attention. Akiko lui sourit chaleureusement, tandis que Tadashi, visiblement épuisé par la première épreuve, ne réussit qu'à lui adresser un rapide hochement de tête. Yori n'était pas dans la rangée. Il récupérait encore de sa blessure, soigné par un moine dont les connaissances médicales étaient réputées. On avait dit à Jack que Yori aurait besoin de temps pour recouvrer ses forces, mais le pronostic était bon et il réagissait bien aux remèdes à base de plantes du moine.

« La fatigue du garçon, toutefois, ne nous autorise à faire aucune concession, déclara l'abbé, s'inclinant profondément face à Masamoto. Le chemin d'un moine du Tendai est sans fin, aussi le défi à l'Esprit doit-il débuter sur-le-champ. »

41
L'ESPRIT
CONTRE LA MATIÈRE

L a chute d'eau dévalait la pente du deuxième
plus haut pic des monts Iga avec un bruit de
tonnerre, formant un long rideau d'écume. Au fil des
siècles, elle avait creusé un étroit et profond ravin dans
la montagne, comme si un dieu avait donné un puissant
coup de hache contre le roc et l'avait fendu en deux.

Les moines, les élèves et les professeurs étaient
debout autour de l'étendue d'eau qui bouillonnait entre
les roches, au pied de la cascade. Ils se tenaient la
main, priant en l'honneur des esprits de la montagne
et de l'ancien *kami* de la chute, tandis que l'abbé réci-
tait une bénédiction bouddhique et répandait du sel
pour obéir à un rituel de purification.

Revêtu d'une nouvelle robe blanche, Jack assistait
à la scène avec les autres concurrents, tous pétrifiés
par la perspective de cette deuxième épreuve. Ils
devaient se tenir sur une roche large et plate, située
sous la cascade, pendant le temps de combustion d'un
bâton d'encens, avec le seul pouvoir de l'esprit pour
combattre la difficulté physique. En faisant cela, ils
affrontaient le risque bien réel de succomber à l'eau
glacée.

Les rites achevés, l'abbé fit signe aux cinq jeunes samouraïs encore dans la compétition de s'aligner le long du rebord qui courait derrière la chute.

Jack, qui était le premier à passer, garda le dos contre la paroi rocheuse, attentif à ne pas glisser sur la roche recouverte de vase. De fines gouttelettes tournoyaient de toutes parts et sa fine robe de moine se retrouva bientôt plaquée contre son corps. L'air froid et humide le revivifiait, mais il n'était pas pressé de s'avancer sous le rideau glacé. De l'autre côté de ce dernier, il pouvait seulement discerner le demi-cercle de spectateurs, dont les corps et les visages étaient tordus et déformés par le turbulent voile liquide. C'était comme s'il regardait dans une antichambre de l'enfer.

Les autres le suivirent de près, fixant le torrent avec une profonde terreur. Alors, d'un geste du bras, l'abbé donna le signal du début de l'épreuve. Après s'être inclinés simultanément, les cinq participants quittèrent le rebord et se livrèrent au pouvoir de la cascade rugissante.

Jack faillit s'évanouir, instantanément saisi par un froid paralysant.

Il dut combattre la tentation pressante d'échapper au flot furieux qui s'abattait sur sa tête avec la force de la grêle. Il voulut résister, mais ses muscles étaient comme roués de coups et pleins de nœuds.

Il n'y avait aucun moyen sur terre pour qu'il puisse tenir le temps d'un bâton d'encens.

Frénétiquement, il marmonna le mantra qu'on lui avait enseigné pour lutter contre le froid, mais ce fut sans effet. Il était tout simplement trop affaibli par le défi au Corps. Sa tête était devenue vide, il était en hyperventilation et tout son être était labouré par des convulsions. Il eut vaguement conscience que Harumi était sortie de la chute d'eau, dont elle ne supportait plus la puissance. Jack sentit qu'il cédait intérieurement, lui aussi.

Il s'accrocha désespérément au défi, déterminé à tenir au moins aussi longtemps que Kazuki. Mais ça ne servait à rien. Son corps ne pouvait plus endurer cette punition. Il devait abandonner.

Ses pieds, cependant, refusaient de bouger.

Tout au fond de lui, quelque chose défiait la cascade. Défiait sa propre volonté.

L'impossible devient possible, pourvu seulement que ton esprit le croie.

Jack fit un ultime effort mental, essayant de détacher ses pensées du froid qui le transperçait jusqu'aux os. Il fit à nouveau appel au mantra, bien qu'il doutât qu'un chant bouddhique puisse aider un cœur chrétien. Néanmoins, il répéta la récitation de plus en plus vite jusqu'à ce que les mots forment une boucle ininterrompue :

> *Mon esprit est sans limites,*
> *Un horizon sans fin,*
> *Un soleil qui ne se couche jamais,*
> *Un ciel qui s'étend à l'infini...*

Curieusement, en concentrant son esprit sur le mantra, il sentit son corps se transformer. À chaque reprise de la formule, ses muscles se détendaient, si bien que l'eau lui faisait moins mal. Pendant un bref moment, la trombe glacée lui parut aussi légère que le filet d'eau qui s'écoule d'une source de montagne.

Puis, il perdit toute sensation.

Le plus étrange, dans cette insensibilité, c'était qu'elle s'accompagnait d'une totale insouciance. Il ne s'en faisait plus. Il comprit que le mantra l'avait transporté dans l'un de ces curieux états de la méditation bouddhique. Indépendamment de ses propres croyances, il expérimentait l'impression très étrange que sa conscience s'ouvrait à l'univers autour de lui.

Il perdit toute notion du temps.

Un bâton d'encens s'était-il déjà consumé ?

Un moment après, il perdit sa concentration tandis que Tadashi, prenant la fuite, lui rentrait dedans. Le choc interrompit sa transe et il se retrouva instantanément frigorifié. En dépit de ses efforts pour retrouver son état de méditation précédent, Jack fut contraint à abandonner.

« Est-est-est-ce que j'ai réussi ? balbutia-t-il en émergeant de la cascade.

— Bien sûr, espèce d'âne gelé ! répondit Yamato en partant d'un rire incrédule et en lui tendant une robe sèche. Tu es resté là-dessous pendant des heures. Le moine a déjà allumé un second bâton d'encens.

— A-A-Akiko ? bégaya Jack.

— Elle y est encore, de même que Kazuki. »

Les silhouettes des deux derniers concurrents miroitaient comme des fantômes dans la chute d'eau. Jack se résignait au fait que Kazuki l'avait une fois de plus battu, mais cela ne signifiait pas que son rival devait gagner.

Vas-y, Akiko, cria Jack intérieurement. *Surpasse Kazuki !*

La jeune fille luttait pour conserver l'équilibre sur la roche boueuse et le cœur de Jack bondit dans sa poitrine lorsque son amie glissa. Miraculeusement, elle parvint à se redresser malgré le poids de l'eau qui se déversait sur elle.

Alors, sans signe avant-coureur, Kazuki s'effondra sur lui-même.

Deux moines se précipitèrent pour le récupérer, l'éloignant de la chute et le frottant vigoureusement à l'aide d'une robe épaisse. Comme le garçon revenait à lui et se remettait sur ses pieds en tremblant, les élèves applaudirent son vaillant effort. Jack se joignit aux applaudissements, mais plutôt pour soutenir Akiko. Elle se dressait toujours sous le torrent, en unité avec lui, les mains jointes devant la poitrine, les lèvres mues par la récitation constante du mantra.

Combien de temps encore tiendra-t-elle ? s'interrogea Jack.

Selon toute vraisemblance, la vie de la jeune fille aurait déjà dû être emportée par la cascade. Le deuxième bâtonnet d'encens avait fini de brûler et on en allumait un troisième. Akiko avait survécu deux fois le temps requis.

« Faites-la sortir maintenant ! » ordonna l'abbé, qui avait pris un air inquiet en voyant le troisième bâtonnet approcher de sa fin.

Akiko émergea dans un concert d'acclamations. Elle marcha jusqu'à Kiku, qui l'enveloppa rapidement dans une robe. Jack se précipita vers elle et, ignorant la bienséance japonaise, se mit à lui frictionner les mains pour les réchauffer. Chose curieuse, bien que la jeune fille frissonnât légèrement, son corps était chaud au toucher, comme si elle sortait d'un *onsen*, plutôt que d'une douche glaciale.

Jack leva des sourcils étonnés, mais son amie se contenta de lui sourire sereinement.

Laissant Kiku aider Akiko à revêtir des vêtements secs, Jack et Yamato rejoignirent le reste des élèves de l'autre côté du bassin naturel. Lorsqu'il passa devant l'abbé et Masamoto, Jack ne put s'empêcher d'entendre leur conversation.

« Vraiment remarquable, disait le prêtre. Cette fille est restée sous la chute d'eau plus longtemps que quiconque que j'aie vu au cours de ma vie. Elle a manifestement appris le contrôle de l'esprit avec un grand maître.

— Je suis d'accord avec vous, approuva Masamoto. Sensei Yamada, vous avez effectué un travail remarquable en entraînant vos élèves. »

Le sensei fit doucement non de la tête, tandis que son regard perspicace se portait avec curiosité sur Akiko. « Ce n'est pas une technique que j'ai enseignée dans mes cours.

— Dans ce cas, c'est une samouraï exceptionnellement douée », déclara élogieusement l'abbé.

Le vieux moine se tourna pour s'adresser aux membres de la Niten Ichi Ryū, posant un regard étudié sur les derniers concurrents du Cercle. Harumi se tenait maintenant sur le côté avec ses amis, qui tentaient de la consoler.

« Dans la vie, vous devez parfois faire les choses que vous croyez ne pas pouvoir faire, commença l'abbé. Mais rappelez-vous : les seules limites sont celles de l'esprit. En repoussant les limites de ce que vous pensez être possible, vous pouvez accomplir l'impossible. »

Le prêtre fit signe à Akiko d'avancer, et Jack sentit son cœur se gonfler de fierté face à l'exploit de son amie.

« Cette jeune fille est la preuve que vous pouvez élargir votre esprit au-delà de tout ce dont vous le croyez capable. Et l'esprit, une fois élargi, ne revient jamais à ses dimensions antérieures. Apprenez de cette épreuve à être le maître de votre propre esprit. Cette connaissance vous sera d'un grand secours dans le défi à l'Âme de demain. »

42
LE PREMIER SANG VERSÉ

« J'ai eu ton message, dit Jack, jetant le bout de papier griffonné aux pieds de Kazuki. Alors, que veux-tu ? »

L'autre se contenta de sourire, semblable à un chat dont la proie viendrait de lui tomber entre les griffes. Il s'appuyait nonchalamment contre le puits municipal. Construit en pierre, avec un vieux seau en bois attaché à une corde, c'était le seul ornement de la place principale d'Iga Ueno, qu'entouraient de tous côtés des boutiques et des maisons de bois à deux étages.

Les commerces étaient fermés ce jour-là, les volets clos et les portes barricadées, n'incitant guère les gens à s'attarder dans les parages. Mis à part un villageois dans une rue perpendiculaire, qui se hâtait de rentrer chez lui avant l'orage, l'endroit était désert.

« Je ne peux croire que tu sois seul, reprit Jack, jetant un œil aux sombres ruelles alentour. Où est ta bande du Scorpion ? »

La note qu'il avait trouvée glissée sous la porte de sa chambre, après le dîner ce soir-là, exigeait qu'il rencontre Kazuki seul à seul. Akiko avait essayé de le dissuader d'y aller mais Jack, bien qu'il n'eût aucune idée de ce que voulait son rival, sentait que son honneur était en jeu. S'il ne se présentait pas au rendez-vous, son attitude serait considérée comme un manque de cran. Il serait étiqueté comme lâche.

En outre, il voulait avoir une explication avec Kazuki au sujet de Yori.

L'autre se rapprocha si près de lui qu'ils se retrouvèrent les yeux dans les yeux.

« Je ne t'aime pas, gaijin, siffla Kazuki, dont les orbites aux paupières tombantes s'emplissaient d'ombre dans le crépuscule. Et je n'aime pas qu'on m'accuse de tricher. Je peux facilement te battre dans le Cercle sans avoir besoin de tricher.

— Tu devrais avoir honte de mentir ainsi ! Nous savons très bien tous les deux que tu as triché ! s'exclama Jack, bouillant à la pensée de Yori étendu dans son lit avec de la fièvre et une jambe qui avait doublé de volume.

— Je ne mens pas, rétorqua Kazuki d'une voix indignée. Je ne triche pas et, pour mémoire, je ne vole pas non plus ! Ne me juge pas avec tes critères de gaijin. Je viens d'une famille honorable. Je suis né et j'ai été élevé en samouraï. Au contraire de *toi*. »

Il avait craché ces derniers mots au visage de Jack.

« Tes accusations publiques m'ont fait perdre la face. Je t'ai fait venir ici pour défendre mon honneur. Je te défie en duel. L'abandon ou le premier sang versé seront synonymes de victoire. »

Jack ne répondit pas immédiatement. Alors que de larges gouttes de pluie commençaient à tomber du ciel tonnant, il garda les yeux fixés sur Kazuki, examinant les possibilités qui s'offraient à lui.

Il avait confiance dans ses aptitudes au corps à corps, surtout depuis l'entraînement au *chi-sao* avec sensei Kanō. En fait, le déclin du jour ne pouvait qu'augmenter ses chances de victoire. D'un autre côté, il savait que son adversaire s'était entraîné tout aussi durement pendant ses séances particulières avec sensei Kyuzo, et sa force ainsi que sa compétence avancée en taijutsu faisaient qu'il lui était encore possible d'avoir le dessus. Accepter le défi pouvait s'avérer fatal, particulièrement dans l'état d'épuisement qui était à présent le sien. Se replier, cependant, serait tenu pour honteux et il savait que Kazuki n'hésiterait pas à diffuser la nouvelle d'une capitulation aussi peu glorieuse.

Tout compte fait, avait-il réellement le choix ?

Un regard dans les yeux de Kazuki lui apprit que son ennemi avait l'intention de se battre avec lui quelle que fût sa réponse.

Un éclair flamboya dans le ciel. Le château du Phénix blanc fut momentanément illuminé, telle une fantasmagorie se détachant contre l'horizon. Comme la tempête grondait au-dessus de leurs têtes, la pluie se transforma en une averse qui tambourina violemment sur les toits voisins et un vent froid fit claquer les enseignes de toile suspendues sous l'auvent des magasins.

Kazuki, comme indifférent à la tourmente, attendait la réponse de Jack.

Ce dernier hocha la tête en signe d'assentiment.

Kazuki eut un large sourire.

« Arrêtez ! » cria Akiko, courant à travers la pluie dans leur direction.

Yamato et Saburo la suivaient de près. Quoique Jack eût insisté pour venir seul, il était soulagé de voir ses loyaux amis.

« Tu ne m'as pas fait confiance, n'est-ce pas, gaijin ? lança Kazuki d'une voix méprisante. Ce n'est pas grave, ce sera bien d'avoir des spectateurs. Scorpions ! »

Le garçon fit un signe en direction d'une venelle obscure et sa bande émergea des ténèbres. Avec un pincement au cœur, Jack comprit que ce ne serait pas un combat jusqu'à la première goutte de sang versé mais jusqu'à la dernière.

Les nouveaux venus se rapprochèrent de lui et de ses camarades. Il y eut un face-à-face tendu, puis Kazuki rit et indiqua à ses acolytes de le rejoindre.

« C'est une affaire d'honneur, entre moi et le gaijin. Pas besoin d'y mêler qui que ce soit d'autre, dit-il, remettant son bokken à Nobu. Je jure sur le nom de ma famille que je suivrai le code samouraï. Pas d'armes. Nous nous arrêterons au premier écoulement de sang. »

Akiko se tourna aussitôt vers son ami et lui chuchota : « Ne fais pas ça, Jack. Tu sais bien qu'il ne respecte pas les règles pendant les randoris. Tu crois qu'il sera satisfait de voir couler un peu de sang ? Il voudra en finir avec toi une fois pour toutes.

— Il vient de prêter serment sur l'honneur de sa famille, repartit Jack en donnant son vêtement de pluie à Saburo. Il se considère comme un pur samouraï. Il n'enfreindra pas les règles du bushidō.

— Jack, tu n'y crois pas, n'est-ce pas ? Tu ne te rappelles pas les cailloux dans les boules de neige ? Les règles ne s'appliquent pas à toi. Tu es un gaijin. »

Jack se sentit piqué au vif par l'insulte. Bien qu'il eût conscience que la jeune fille n'avait pas prononcé ce mot par méchanceté, l'entendre dans sa bouche le blessait toujours autant. Cela lui rappelait, une fois encore, qu'indépendamment de ses progrès en japonais, de sa connaissance des coutumes locales, de son respect de l'étiquette et de sa maîtrise des arts martiaux, pour la simple raison qu'il n'était pas né au Japon, il serait toujours perçu comme un étranger – même par Akiko.

À l'inverse de l'effet escompté par son amie, la remarque agit comme un aiguillon et renforça sa détermination à se battre. Il prouverait qu'il était plus samouraï qu'aucun d'entre eux.

Il confia son bokken à Yamato et s'avança.

« Démolis-le, Kazuki ! » beugla Hiroto, tandis que son ami et Jack se faisaient face sous la pluie battante.

Respectant la tradition d'un combat en règle, Kazuki s'inclina vers son adversaire.

Jack salua à son tour. Cependant, il s'était laissé berner par l'autre qui, n'attendant pas qu'il se redresse, lui envoya son poing en direction du visage. Jack eut à peine le temps de réagir. Il bloqua l'attaque, mais la force de l'impact l'envoya chanceler en arrière.

Kazuki se jeta sur lui, tentant de déborder son effort désespéré pour maintenir sa garde. Jack rentra la tête entre les épaules afin d'éviter un crochet et riposta par deux coups dans l'estomac. Il fut récompensé de ses efforts par un *atemi* du genou contre sa cuisse et recula immédiatement.

« Vas-y, Jack ! Tu peux l'avoir ! » l'exhorta alors Saburo.

Comme Kazuki se rapprochait de lui, Jack simula un coup de pied frontal. La ruse fonctionna et son adversaire baissa sa garde pour parer l'attaque. Jack poussa l'offensive en combinant un direct, un revers et un coup circulaire avec l'arrière du poing. Le coup avec les jointures de la main heurta durement Kazuki en travers de la mâchoire.

Presque assommé, le garçon tituba en arrière, glissant sur le sol boueux et tombant brusquement sur ses fesses.

Yamato et Saburo laissèrent échapper une ovation.

« J'ai gagné, déclara Jack entre deux tentatives pour reprendre son souffle.

— Ce n'est pas fini...

— Tu saignes. »

Kazuki passa la main sur sa bouche, recueillant un filet de sang qui fut lavé par la pluie.

« Je me suis mordu la langue, lâcha-t-il avec dédain. Ça ne compte pas comme premier sang. »

Il lança alors une poignée de boue dans les yeux de Jack, l'aveuglant. Profitant du handicap momentané de son adversaire, Kazuki parvint à se rétablir sur ses pieds et balança un coup de poing dans le visage de Jack. La tête de ce dernier bourdonna et il sentit le goût du sang sur sa lèvre fendue.

« Ça, c'est le premier sang », annonça Kazuki avec un plaisir vindicatif.

Mais le garçon n'en resta pas là. Il se mit à marteler l'autre de ses poings, aussi fort qu'il le pouvait. Instinctivement, Jack eut recours aux techniques de *chi-sao* et leva sa garde pour se protéger contre les bras de son adversaire.

Il sentait venir les attaques au moment même où Kazuki les déclenchait. Il dévia avec succès une série de directs et tenta une riposte. Il entendit l'autre jurer, agacé par cette capacité inattendue à se battre sans y voir.

L'aptitude de Jack l'étonna lui-même pendant un moment, mais il fut bientôt atteint à la mâchoire par un coup de poing circulaire qu'il n'avait pas prévu.

À présent que l'enchaînement de ses mouvements était interrompu, Jack commença à paniquer. La pression d'un véritable combat à l'aveugle le submergea, tandis qu'un nouveau horion de Kazuki le touchait à l'estomac. Ce n'était pas comme s'entraîner avec Yamato. Son rival combattait différemment et il devenait difficile d'anticiper sur ses gestes.

Jack perdit tout contact avec la garde de Kazuki. Un instant plus tard, il se vit voler à travers les airs et amerrir dans une large flaque.

Kazuki lui tomba dessus.

Avant que Jack eût pu reprendre son souffle, l'autre l'avait immobilisé par une prise de cou et lui plongeait la tête sous l'eau. Le garçon tenta de respirer mais sa bouche s'emplit d'une boue visqueuse. Se débattant sauvagement, il réussit à sortir la tête de la flaque et à absorber une bouffée d'air. L'eau sombre avait lavé les restes de boue de ses yeux et il entrevit qu'Akiko et ses amis étaient tenus à distance par la bande du Scorpion.

« Tu vas le noyer ! hurla la jeune fille en griffant Hiroto pour se libérer.

— Excellente suggestion », approuva Kazuki, enfonçant à nouveau la tête de son adversaire sous la surface de l'eau.

Jack n'entendait plus rien que le tourbillon d'eau boueuse dans ses oreilles. Il se rappelait la dernière fois qu'il avait été étranglé par Kazuki. Si sensei Kyuzo n'avait pas alors mis fin au randori, son rival aurait maintenu la prise jusqu'à ce que mort s'ensuive.

Cette fois-ci, cependant, il n'y avait pas de professeur pour s'occuper d'eux.

Kazuki pouvait réellement le tuer.

Fudoshin.

Le mot traversa son esprit comme un éclair alors qu'il refaisait surface.

Kazuki jubilait de voir sa victoire se profiler et il appuya plus fort pour rabattre la tête de Jack sous l'eau une dernière fois.

Un samouraï doit rester calme en toutes circonstances – y compris face au danger.

L'enseignement de sensei Hosokawa flotta à travers l'esprit de Jack.

Tu dois apprendre à regarder la mort dans les yeux...

Luttant avec sa peur, le garçon retrouva le contrôle de lui-même et, contre tout instinct, laissa son corps se détendre totalement.

Il entendit Akiko crier : « Tu l'as tué ! Tu l'as tué ! »

Kazuki relâcha immédiatement sa pression, soudain conscient d'être allé trop loin.

Jack resta immobile une seconde de plus.

Alors il jaillit hors de la flaque d'eau.

Prenant Kazuki par surprise, il lui donna un coup de coude au visage et roula sur lui. Reprenant le contrôle de la situation, il immobilisa son adversaire par une prise de la tête, puis lui mit à son tour le visage dans l'eau trouble.

« ABANDONNE ! cria Jack impérieusement. ABANDONNE, TRICHEUR ! »

Le garçon tira sur la tête de son rival pour lui permettre de respirer, avant d'appuyer à nouveau dessus.

« Admets que tu as triché, Kazuki. Admets que tu as caché la lanterne ! »

Jack releva la tête de l'autre un peu plus longtemps cette fois mais il ne relâcha pas son étranglement.

« Fait quoi ? haleta Kazuki, luttant pour endiguer sa terreur grandissante.

— Ne me prends pas pour un idiot. Dis à tous ceux qui sont ici que tu as déposé des branchages devant la lanterne de pierre. Montre quelle sorte de samouraï sans honneur tu es ! le somma Jack, lui replongeant la tête sous l'eau entre chaque phrase.

— Je n'ai pas... crachota Kazuki d'une voix rendue rauque par l'étranglement. Je n'ai pas triché... J'étais devant Akiko et Tadashi pendant l'épreuve. Ça ne peut en aucun cas être moi !

— Menteur ! l'accusa Jack, lui enfonçant le visage dans la flaque une fois de plus.

— Jack, arrête ! s'écria Akiko, se libérant de l'étreinte de Hiroto et se ruant sur son ami pour le retenir. Il dit la vérité. »

Le garçon se laissa fléchir.

« J'ai vu la lanterne de pierre lorsque je suis passée devant », expliqua la jeune fille.

Jack la regarda et sut qu'elle ne mentait pas. D'un seul coup, son hypothèse avait été entièrement infirmée. Il abandonna toute volonté et laissa Akiko le séparer de Kazuki. Il s'assit, regardant avec ahurissement la silhouette tremblante de son ennemi.

Celui-ci roula sur le flanc, recrachant une eau noire.

« Tadashi était devant toi. Pas Kazuki, poursuivit Akiko. C'est *lui* qui a dû tricher. Cela expliquerait pourquoi, pendant le défi à l'Esprit, Tadashi est tombé contre moi dans la chute d'eau. Sur le moment, j'ai pensé que ce n'était pas intentionnel, mais à présent je n'en suis plus si sûre.

— Tadashi... m'est rentré dedans également, avoua Jack, qui commençait à voir les choses sous un jour nouveau. Mais j'ai présumé moi aussi que c'était un accident.

— Manifestement pas », lança Kazuki en regardant Jack d'un air mauvais.

Ce dernier se sentait trahi et honteux. Il avait accusé l'autre d'avoir triché sans aucune preuve. Il avait tiré à la hâte des conclusions seulement basées sur la piètre opinion qu'il avait de son rival, quand le coupable était Tadashi, qu'il prenait pour son ami. Son propre comportement ne valait pas mieux que celui de Kazuki, qui le traitait de manière particulière parce qu'il était un gaijin.

« Je suis... désolé, s'excusa amèrement Jack, dont chaque mot semblait vouloir se coincer en travers de sa gorge. Tu n'as pas triché. C'était une erreur de ma part. »

Kazuki se redressa en vacillant avec l'aide de Nobu et Hiroto. Il posa sur Jack un regard profondément dégoûté : « C'est vrai, gaijin. Tu t'es trompé. Ne te trompe cependant pas davantage : j'aurai ma revanche. »

Jack sentit un frisson lui parcourir la colonne vertébrale mais, étrangement, ce n'était pas à cause de la menace de son ennemi. Sa réaction provenait de la sensation très nette d'être observé.

« Vous avez vu ça ? » murmura Nobu, pointant le doigt par-dessus l'épaule de Kazuki, en direction d'un toit voisin.

Tous se tournèrent et scrutèrent la nuit pluvieuse.

Rien n'était visible dans l'obscurité, pas même le château du Phénix blanc.

Une seconde plus tard, un éclair déchira les ténèbres et, pendant un instant terrifiant, une silhouette se découpa sur le ciel en ébullition.

Le tonnerre roula tandis que Nobu, dont le visage joufflu était crispé par la peur, hurlait : « Les ninjas ! »

43
LA DÉBANDADE

Ils s'enfuirent dans différentes directions.

Jack, Akiko, Yamato et Saburo traversèrent à fond de train la place recouverte d'une boue glissante, jusqu'à une ruelle latérale qui leur permettrait de rentrer au temple. Kazuki et ses acolytes partirent dans le sens opposé, se dirigeant vers le château. Tout en courant, Jack leva brièvement la tête et entrevit plusieurs ombres qui volaient à leur poursuite le long des toits.

« Vite ! exhorta-t-il ses camarades. Il y en a toute une bande. »

Ils augmentèrent encore leur allure et avaient presque atteint la ruelle quand Saburo perdit l'équilibre et s'étala de tout son long, tête la première, sur le sol boueux.

« Ne vous arrêtez pas ! » cria Yamato aux autres, inversant le sens de sa course pour venir en aide à leur ami.

Jack et Akiko s'engouffrèrent dans la venelle au moment même où un ninja sautait d'un avant-toit. Jetant un coup d'œil par-dessus son épaule, Jack espéra voir l'assassin foncer sur eux. Au lieu de cela, l'homme les laissa prendre la fuite et se retourna pour barrer la route à Yamato et Saburo.

« Nous nous retrouverons au temple ! » hurla Yamato, entraînant Saburo vers une autre ruelle.

Akiko pressa Jack d'avancer : « Viens ! Nous sèmerons les ninjas dans les rues écartées. »

Ils prirent à gauche, à droite, puis encore à droite, avant d'entrer dans une cour fermée dont la seule issue était un passage obscur.

« Je crois que nous sommes hors de danger », chuchota la jeune fille, tournant la tête pour vérifier qu'il n'y avait personne derrière eux.

Jack explora des yeux les sombres recoins de la cour : il ne vit qu'une grosse citerne de bois et un arbuste dans un pot d'argile. Il scruta l'ouverture enténébrée du passage, où l'eau dégoulinait des avant-toits, mais aucun ennemi ne semblait devoir en sortir. Ils étaient tirés d'affaire et le garçon laissa échapper un soupir de soulagement.

« Tu penses qu'il s'agit d'Œil-de-Dragon ? » murmura-t-il à son amie.

Cette dernière posa un doigt sur ses lèvres, examinant attentivement la cour.

Subitement, deux ninjas émergèrent du ciel nocturne, pirouettant à mi-hauteur, pour atterrir exactement entre les deux adolescents.

« Cours ! » hurla Akiko, décochant instantanément un coup de pied au ninja le plus proche.

Elle l'atteignit entre les jambes et l'homme s'effondra sur le sol avec un faible gémissement. Tournoyant à la vitesse de l'éclair, la jeune fille envoya un crochet du pied en direction de la tête de l'autre ninja.

Mais celui-là, plus rapide que son compagnon, bloqua le pied d'Akiko à mi-course. Il s'apprêta à briser la jambe de son adversaire d'un écrasement avec l'avant-bras.

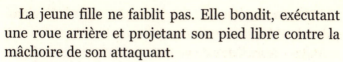

La jeune fille ne faiblit pas. Elle bondit, exécutant une roue arrière et projetant son pied libre contre la mâchoire de son attaquant.

Le choc heurta brutalement la tête du ninja, qui relâcha la jambe de la jeune fille. Cette dernière poursuivit sa trajectoire à travers les airs, avant d'atterrir adroitement sur l'auvent le plus proche.

Jack resta cloué sur place, stupéfait de tant d'agilité.

« J'ai dit : COURS ! » lui ordonna Akiko au-dessus du bruit de la tempête.

Deux nouveaux ninjas firent leur apparition sur les toits et attaquèrent la jeune fille.

L'instinct de Jack lui commandait de grimper sur la citerne et d'aider son amie, mais le premier ninja s'était relevé et, les jambes arquées, se précipitait sur lui.

Sans hésiter, le garçon saisit le pot d'argile et le balança sur son assaillant. L'homme reçut le projectile en pleine tête et s'écroula, inconscient, au milieu des tessons de poterie.

Jack s'élança vers la citerne et, cette fois, il se retrouva face à face avec le deuxième assassin. Tout ce qui lui restait à faire était de s'enfuir par le passage.

Il se rua dans l'ombre épaisse, ne s'arrêtant qu'une fraction de seconde pour regarder Akiko. Elle avait fait tomber l'un des ninjas du haut du toit, mais l'autre l'obligeait à sauter de maison en maison dans son effort de fuite. Jack pria pour qu'elle en réchappe.

Puis il déguerpit.

Le garçon retint son souffle, essayant de rester totalement silencieux.

Le ninja passa devant lui en courant, sans avoir conscience que sa proie se dissimulait dans les ténèbres d'une
impasse, dont l'étroite ouverture entre deux maisons
était à peine décelable. Jack attendit quelques instants
de plus. Puis, comme l'homme ne revenait pas, il se
détendit. Il avait réussi momentanément à échapper à
son poursuivant, mais que devait-il faire maintenant ?

Tapi dans le noir, il était en sécurité et, dans le
même temps, il était piégé dans un cul-de-sac. Si un
ninja faisait irruption, il n'avait aucune possibilité de
fuir.

Il frissonnait à la fois de froid et de peur. Au-dessus
de lui, le ciel n'était qu'une mince bande de nuées ora-
geuses prise entre deux immeubles délabrés. La pluie
cascadait sur les toits et dégringolait dans le passage,
résonnant contre les murs et donnant au fugitif
l'impression d'être entré dans une grotte.

Il frissonna à nouveau, avec le sentiment inconfor-
table d'être observé, comme auparavant sur la place
centrale.

Il se retourna.

Mais seule la nuit déserte de l'impasse s'offrit à ses
regards.

Il ne pouvait cependant se défaire d'un mauvais
pressentiment.

Il jeta un coup d'œil dans la ruelle. Elle était vide.

Se réfugiant dans son cul-de-sac, Jack se persuada
lui-même qu'il était victime de son imagination, simplement parce qu'il était à bout de nerfs. Il se recro-
quevilla pour essayer de se réchauffer, espérant
qu'Akiko avait également échappé aux assassins. Ce
serait une chance remarquable si tous deux survivaient
à cette nuit. Bien qu'il eût constaté que son amie était

capable de se débrouiller seule, il savait également que les ninjas étaient impitoyables dans leur traque.

Le son de la pluie s'adoucit et Jack leva la tête, espérant que l'orage était en train de passer.

Mais l'averse n'avait pas du tout diminué.

Seulement le bruit qu'elle faisait. Comme s'il y avait une ombre acoustique derrière lui.

Ses sens finement accordés lui cornèrent un avertissement. Sa bouche devint sèche, sa respiration se bloqua dans sa gorge. Le plus doucement qu'il put, il tourna la tête et fixa une fois de plus l'obscurité du passage.

Il n'y avait rien.

Alors, les ténèbres semblèrent s'animer et Jack se retrouva en présence de la cagoule caractéristique d'un ninja... le regard plongé dans celui du terrifiant Œil-de-Dragon.

44
L'INTERROGATOIRE

Un cri silencieux retentit à l'intérieur de sa tête, commandant à son corps de bouger.

Cours ! Cours ! Cours ! hurlait l'esprit de Jack.

Mais il était trop tard.

Quand le garçon se retourna pour faire face à son adversaire, Œil-de-Dragon était déjà passé à l'attaque, avec la rapidité d'un scorpion. Ses doigts, tels des aiguillons, se posèrent sur plusieurs centres nerveux à la surface de son corps, le paralysant en cinq pressions successives. Jack se retrouva aussitôt sans défense.

« Qu'est-ce... que... vous m'avez fait ? bégaya-t-il, le souffle accéléré, alors qu'une sensation de brûlure se propageait à travers son corps et descendait dans ses bras et ses jambes.

— Calme-toi ou bien je te paralyserai également la langue », lui murmura le ninja d'une voix dure.

Œil-de-Dragon joignit ses doigts en leur donnant la forme d'une tête de serpent, puis en pressa les extrémités contre la peau de Jack, sur la gauche du sternum.

« Un coup au cœur suffira à te tuer. » L'homme lâcha ces mots à l'oreille de sa victime avec un plaisir sadique, tout en laissant ses doigts s'attarder au-dessus de leur cible désignée. « Les samouraïs le connaissent et le redoutent sous le nom de "toucher de la mort". » Jack ferma les yeux, marmonnant à moitié un Notre Père, tandis que le ninja s'apprêtait à frapper. « Mais la technique peut avoir des effets plus subtils que la simple mort, continua l'homme qui, au lieu de le tuer, chercha un point de pression sous sa clavicule. Elle peut également être utilisée pour causer une douleur insupportable. »

Les yeux du garçon s'ouvrirent brusquement et, comme l'autre enfonçait son pouce dans sa chair, il lança un cri perçant dans la nuit. Le supplice était si intense qu'il avait l'impression qu'un essaim de guêpes avait été lâché dans sa poitrine. Il perdit presque connaissance, mais Œil-de-Dragon s'arrêta et la douleur décrut jusqu'à n'être plus qu'un picotement, tel celui causé par le contact avec des orties.

L'espion l'observa un moment, regardant la souffrance s'estomper dans ses yeux. Jack eut la certitude que, sous sa cagoule noire, son ennemi juré souriait de son calvaire.

« Où est le *routier* ? siffla Œil-de-Dragon.

— On me l'a volé, fit Jack d'une voix rendue rauque par la torture qu'il avait subie.

— C'était un leurre ! Ne joue pas avec ta vie. »

Le ninja saisit son bras droit et appuya sur un point situé au milieu du biceps. Une pression incroyable se fit immédiatement sentir dans la main droite du garçon, ses ongles devinrent comme des échardes acérées sous sa peau et il crut que ses doigts allaient éclater. Une violente nausée s'empara de lui. Mais, une fois encore, Œil-de-Dragon s'arrêta alors qu'il était au bord de l'évanouissement.

« J'ai déjà soumis des gens à la question. Je peux te faire souffrir au-delà de tout ce que tu imagines – sans jamais te laisser mourir. »

L'homme prit la tête pendante de Jack dans une main et le fixa de son œil unique. Le garçon ne put déceler un atome de pitié dans ce regard.

« Il est dans le château de Nijo, n'est-ce pas ? » demanda Œil-de-Dragon d'une voix calme.

Les yeux de Jack brillèrent d'affolement. Comment le ninja pouvait-il savoir cela ? L'un de ses amis l'avait-il trahi ?

« Tu n'as pas besoin de répondre, gaijin. Tes yeux me disent tout ce que je dois savoir. Où est-il exactement ? »

Enserrant la tête du garçon plus étroitement, l'assassin plaça un doigt juste en dessous de l'œil de Jack et l'autre sur son menton. Puis, il se rapprocha de son prisonnier, examinant son visage de son œil vert malveillant.

« Tu vas me le dire », affirma-t-il avec une fermeté de mauvais augure.

L'instant d'après, Jack eut la sensation qu'une pointe d'acier en fusion lui avait été enfoncée dans l'œil et ressortait par l'arrière de son crâne. La douleur était plus forte que tout, trop forte même pour qu'il émette un cri. Le tourment lui ôtait toute énergie et seul un geignement s'échappa de ses lèvres.

Ensuite, la souffrance disparut.

« Ce n'est rien à côté des jours et des jours de calvaire inconcevable que tu vas subir si je te laisse vivre. Est-ce que tu sens cette brûlure dans tout ton corps ? »

Jack hocha faiblement la tête, tandis que des larmes roulaient sur ses joues.

« C'est toujours la souffrance que je t'ai infligée. Elle va continuer à grandir, comme une fournaise, jusqu'à ce que tu en perdes la raison. Moi seul peux y mettre un terme. Je te le demande une dernière fois. Où est le *routier* ? »

Le ninja repositionna ses doigts sur le visage du garçon.

« Non, je vous en prie », implora Jack.

Il sentit sa résistance se briser, comme un arbre dans la tempête. Son dernier espoir était que la forteresse du daimyō Takatomi fût efficacement protégée contre les ninjas. Même s'il mourait ce soir-là, il existait une chance pour que son bourreau fût capturé pendant son intrusion dans le château et puni pour ses crimes.

« Derrière... la tenture murale avec une grue blanche... dans la salle de réception de Takatomi, lâcha Jack, rassemblant le peu de force qui lui restait.

— Bien. Maintenant, dis-moi ce qu'est le *routier* ? »

Le garçon cligna des yeux, ne sachant pas s'il avait bien entendu.

« Le livre de bord de mon père, répondit-il, trop stupéfait pour demander comment Œil-de-Dragon pouvait ignorer ce qu'il volait.

— Je sais cela. Celui qui m'emploie affirme que ce *routier* est plus efficace qu'un assassinat dans la quête du pouvoir. Dis-moi pourquoi. »

Jack garda le silence.

Le ninja lui enfonça brutalement les doigts dans le visage pour lui rappeler ce qu'il pouvait lui faire endurer. Le garçon grimaça et sentit une fois de plus fondre sa résistance.

« C'est la clé des océans du monde connu. Le pays qui possède le routier peut commander les routes commerciales et gouverner les mers. La fortune du monde est entre ses mains. »

Comme il avançait dans son explication, Jack perçut l'intérêt grandissant d'Œil-de-Dragon pour le livre de bord. Le ninja pouvait n'être qu'un homme de main, mais il n'était pas fou. À présent conscient de l'importance du *routier*, il était peut-être en train d'évaluer l'intérêt de l'objet pour la réalisation de ses propres desseins.

« Ton aide a été très précieuse, reconnut-il. Mais tu ne m'es plus maintenant d'aucune utilité. Cependant, je tiens mes promesses, aussi vais-je te délivrer de ta souffrance. Le toucher de la mort est atrocement douloureux mais rapide. Peut-être ne sentiras-tu même pas ton cœur exploser. »

Le pouls de Jack battit lourdement à travers tout son corps, son cœur lui intimait vainement de s'enfuir, tandis qu'Œil-de-Dragon formait une tête de serpent avec sa main et la dirigeait vers la poitrine du garçon.

C'était bien ça, se dit Jack. C'était le visage de la Mort, un masque noir dépourvu de traits, avec un unique œil vert. Il le contemplait et n'était plus que peur. Alors, au moment où il allait expirer, un léger sourire se dessina entre ses lèvres ensanglantées.

« Qu'est-ce qui te fait sourire, gaijin ? » l'interrogea le ninja, abasourdi par cette bravade.

Mais le sourire de Jack ne fit que s'épanouir, à mesure qu'il prenait conscience que les efforts de l'autre seraient finalement vains. Les informations cruciales du livre de bord étaient protégées par le code secret conçu par son père. Seul Jack pouvait le décrypter. Sans clé pour l'ouvrir, le *routier* était quasiment inutile, comme un puzzle dont une pièce essentielle ferait défaut.

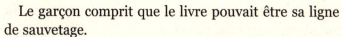

Le garçon comprit que le livre pouvait être sa ligne de sauvetage.

« Tuez-moi, et le savoir du *routier* disparaîtra avec moi, déclara-t-il, enhardi par cette idée.

— Codé, n'est-ce pas ? rétorqua Œil-de-Dragon, imperturbable. Ça n'a aucune importance. Je connais un Chinois qui peut tout déchiffrer. »

Sur ces paroles, le ninja le frappa et le dernier espoir de Jack mourut dans sa poitrine.

45

DIM MAK

L e cœur de Jack cogna sourdement contre ses
côtes, comme s'il tentait de s'ouvrir un chemin
à travers la chair et les os. Sa cage thoracique se durcit
et se comprima, comme si un serpent s'était enroulé
autour de sa poitrine et faisait sortir l'air de ses poumons. Il s'effondra contre le mur du passage et glissa
dans la boue épaisse, où il resta étendu à tressaillir et
à suffoquer.

Œil-de-Dragon s'accroupit au-dessus de lui pour
admirer son œuvre.

« Tu disposes à peu près du même temps qu'un poisson hors de l'eau, avant que ton cœur ne flanche,
annonça-t-il, repoussant une mèche de cheveux hors
des yeux du garçon avec un geste presque affectueux.
Tu aurais fait un grand samouraï, gaijin, mais je ne
peux prendre le risque de t'autoriser une telle destinée.
Peut-être dans une autre vie, hein ? »

Jack n'écoutait plus. Sa respiration sifflait dans ses
oreilles, tel le vent dans une cave, et il sentait le sang
battre dans tout son corps, s'accumulant autour de son
cœur agonisant.

Toc... toc... TOC.

Œil-de-Dragon pivota sur ses talons. Une silhouette imposante, grosse comme un ours de montagne, lui faisait face à l'entrée de l'impasse.

« Va-t'en, l'aveugle, lança le ninja en guise d'avertissement lorsqu'il remarqua le bâton blanc dans la main de l'homme. Il n'y a ici rien à voir pour toi. » L'assassin rit froidement de sa propre plaisanterie.

« Il y a une odeur de sang », fit le nouveau venu d'un ton dégoûté.

En dépit de sa perte de repères, Jack reconnut la voix grave et rauque de sensei Kano.

« Pas seulement ton sang, mais celui de tes nombreuses victimes, ninja. Je méprise les gens dans ton genre.

— Tu arrives trop tard pour sauver le garçon », siffla Œil-de-Dragon, retirant silencieusement un *shuriken* de sa ceinture, alors que le samouraï se rapprochait de lui. Il lança l'étoile argentée contre le sensei. « Ou toi-même, d'ailleurs ! »

L'arme tournoya dans les airs avec un léger sifflement.

Le sensei n'avait pas le temps de l'éviter. Il se contenta de ramener son bâton devant lui et le projectile mortel se ficha dans le bois, juste en avant de sa gorge.

« Prévisible », se gaussa sensei Kano. Il projeta alors l'extrémité de son bō en direction de l'estomac du ninja. Ce dernier, coincé dans l'étroit passage, n'eut d'autre choix que de se plaquer contre le mur. Il évita l'attaque de peu. À la vitesse de l'éclair, le sensei frappa à nouveau. Œil-de-Dragon tenta en vain d'éviter le bâton, dont le bout l'atteignit dans les côtes. Il grogna de douleur et chancela en arrière.

Les yeux de Jack suivirent à grand-peine le professeur, tandis que celui-ci enjambait son corps et repoussait le ninja encore et encore vers le fond de l'impasse.

L'assassin était pris au piège.

Le bō était trop long et Kano trop agile pour permettre à Œil-de-Dragon de riposter. Jack se dit que son ennemi ne pourrait bientôt plus reculer et que le sensei pourrait enfin lui asséner le coup de grâce.

Cependant, la vie du garçon se rapprochait tout aussi vite de son terme. La douleur oppressante dans sa poitrine s'intensifiait et sa respiration ne se faisait plus que par à-coups. Il avait l'impression que sa tête allait se fendre comme un œuf. Les ténèbres s'immisçaient dans sa conscience et envahissaient son champ visuel. Il espérait seulement qu'il vivrait assez longtemps pour voir sensei Kano vaincre le meurtrier de son père, l'apparemment invincible Dokugan Ryu.

Le sensei envoya son bō dans l'aine du ninja. Cette fois, l'autre bondit en hauteur, écartant les jambes de telle manière qu'il se retrouva suspendu entre les murs du passage. Le bâton faucha l'air en dessous de lui. Avec une agilité qui défiait l'entendement, Œil-de-Dragon passa par-dessus Kano en s'appuyant contre le haut des murs.

Le professeur décocha un coup de bâton vers le ciel, mais manqua sa cible.

Le ninja se précipita comme un cafard au-dessus de la tête de Jack qui, dans son délire, crut que des aiguilles d'acier pleuvaient sur lui. Il les regarda tomber des cieux et les entendit cliqueter par terre, avant de comprendre qu'elles étaient réelles. La boue autour de lui avait été parsemée d'objets métalliques à quatre pointes acérées, conçus de sorte qu'une des pointes soit toujours dressée.

Œil-de-Dragon atteignit le bout de la venelle et se laissa retomber.

« Allez, l'aveugle. Voyons comment tu te bats en terrain découvert », lança-t-il par défi.

Kano fonça sur son adversaire. Jack essaya de le prévenir du danger, mais tout ce qu'il put émettre fut un léger son rauque. À la dernière seconde, le professeur planta son bō dans la boue et s'élança au-dessus du garçon. Il retomba adroitement à l'entrée de l'impasse, ayant évité toutes les pointes fatales.

« *Tetsu bishi*, quel manque d'inspiration », commenta-t-il.

Jack avait envie de rire de l'échec du ninja, mais sa douleur était trop forte.

Furieux, Œil-de-Dragon décocha un coup « avec la main comme une lance » en direction de la gorge de son poursuivant. Le samouraï dévia l'attaque avec son bâton, puis rabattit son arme vers le diaphragme de l'autre.

Contre toute attente, ce dernier n'essaya pas d'éviter le choc mais l'encaissa, coinçant le bō entre son tronc et son bras. Grâce à l'effet de surprise, il put déstabiliser le gros homme et le repousser dans le passage. Kano parvint à rester debout mais, pour conserver son équilibre, il fit un pas trop grand vers l'arrière et son pied se posa sur l'une des pointes métalliques. Le tetsu bishi traversa la fine semelle de la sandale, transperçant la chair.

Sensei Kano poussa un cri et s'écroula.

Œil-de-Dragon fut sur lui en un instant. Il piétina le bō, le brisant en deux. Toujours avec le pied, il frappa le sensei au visage de toutes ses forces. Jack entendit le nez de son professeur se casser et le sang en jaillir.

« As-tu sincèrement cru que tu réussirais à me battre ? demanda Dokugan Ryu, saisissant la tête de son adversaire afin d'exposer sa gorge. Ne sais-tu donc pas qu'au royaume des aveugles les borgnes sont rois ? »

Vif comme un cobra, le ninja porta un coup du tranchant de la main contre la trachée du sensei, avec l'intention de la sectionner.

En dépit de son étourdissement et de la douleur, Kano bloqua l'attaque instinctivement. Agrippant le poignet de l'autre, il immobilisa son bras droit et lui décocha à son tour un coup « avec la main comme une lance ». Œil-de-Dragon évita de justesse cette contre-attaque et riposta par un coup de poing vertical contre la large poitrine du samouraï. La grande force de ce dernier lui permit de supporter l'impact et de se rétablir sur ses pieds. La vue voilée par la souffrance, Jack vit les deux combattants s'affronter en un *chi-sao* mortel. Il savait que premier qui commettrait une erreur en mourrait.

La vitesse de leurs attaques et de leurs parades était telle que le garçon distinguait à peine leurs bras. Leurs facultés étaient égales et chaque frappe était bloquée, chaque immobilisation, contrée. Aucun ne cédait un pouce de terrain.

« UN NINJA ! » cria quelqu'un.

Œil-de-Dragon jeta un œil dans la ruelle et vit qu'une patrouille de samouraïs venus du château approchait. Il s'écarta de sensei Kano et sauta d'un bond sur un toit voisin. Posant un dernier regard sur Jack, il cracha : « Il n'y aura pas de prochaine fois, gaijin. Du moins, pas pour toi ! »

La seconde d'après, il avait déjà disparu – ombre dans la nuit.

Sensei Kano boitilla jusqu'au garçon, qui était affaissé contre un mur. « Qu'est-ce qu'il t'a fait ? »

Jack pouvait à peine respirer à présent.

Le monde lui paraissait trouble et éloigné, le visage du sensei comme à l'autre bout d'un long tunnel sombre. Son cœur continuait à cogner sourdement mais son rythme s'était ralenti à mesure que la pression avait augmenté. Il crut que son thorax tout entier allait exploser.

« Le toucher... de la mort, réussit à dire Jack d'une voix essoufflée.

— *Dim mak !* » souffla un Kano horrifié.

Immédiatement, il fit courir ses mains sur le corps du garçon. Ayant trouvé ce qu'il cherchait, il le tira vers lui et appuya prestement, du bout des doigts, sur cinq points clés situés au niveau de son dos et de sa poitrine.

Le corps de Jack revint brusquement à la vie, et il éprouva la même sensation de fraîcheur que par une aube de printemps.

Il prit une profonde inspiration, gonflant ses poumons au maximum. La pression dans sa cage thoracique s'évanouit comme si les vannes d'un barrage avaient été ouvertes, et un flot de sang revitalisant s'écoula dans son corps. La vue lui revint sans tarder et il découvrit le visage barbu et maculé de sang de sensei Kano, dont les doigts cherchaient son pouls carotidien.

« Je vais bien. Vous pouvez arrêter maintenant, fit Jack d'un ton las, alors que le sensei commençait à lui masser la poitrine.

— Ce n'est pas possible. Je dois d'abord m'assurer que ton ki circule librement.

— Mais comment savez-vous ce qu'il faut faire ?

— J'ai appris l'art secret appelé *dim mak* du même guerrier chinois aveugle que le *chi-sao* », expliqua tranquillement le professeur.

Il passa aux membres.

« Le *dim mak* est à l'origine du toucher de la mort des ninjas. C'est comme l'envers de l'acupuncture. L'une soigne en recourant aux points de pression et aux centres nerveux, l'autre détruit. Tu as beaucoup de chance d'avoir survécu, jeune samouraï. »

Il souleva précautionneusement le garçon affaibli, semblable à un ourson entre ses bras immenses.

Avant de regagner le temple, le samouraï retira le tetsu bishi ensanglanté fiché dans son pied.

« Probablement empoisonné, marmonna-t-il, inspectant l'arme. Il faut que je le garde pour trouver l'antidote. »

46

MOINE
DE LA MONTAGNE

Tadashi arriva sur lui en courant. Le visage pâle, couvert de sueur, les yeux comme des soucoupes, il marmotta quelque chose d'incompréhensible, puis perdit connaissance aux pieds de Jack.

Ce dernier regarda le traître évanoui. Il ressentait peu de sympathie pour son ancien partenaire à l'entraînement et faux ami, qui avait triché deux fois au cours du Cercle des Trois. Il méritait son sort.

Deux moines se précipitèrent et remirent Tadashi sur ses pieds. L'un d'eux l'aspergea d'eau pour tenter de le ranimer. Le garçon crachota, ouvrit les paupières, hurla à la vue d'une chose qu'il était seul à voir, puis défaillit à nouveau.

Des murmures enfiévrés s'élevèrent parmi les élèves, qui réfléchissaient à ce qui avait pu causer un tel choc et une telle terreur chez leur camarade, pendant le défi à l'Âme.

« Qu'y a-t-il donc là-haut ? » demanda Kazuki à l'abbé en désignant du doigt le sommet escarpé des monts Iga.

Le troisième pic se profilait au-dessus du petit plateau herbeux où se tenaient à présent les derniers concurrents du Cercle, entourés d'un cordon de soldats du château du Phénix blanc pour les protéger d'une attaque ninja.

« La question n'est pas ce qu'il y a au sommet de la montagne, mais ce qu'il y a de l'autre côté », répliqua le bonze de manière énigmatique. Puis il pointa l'index sur Jack : « Tu es le suivant. »

Le garçon s'avança, mais il fut retenu par Akiko, qui avait placé la main sur son bras. « Es-tu bien sûr de devoir le faire ?

— Je suis allé trop loin pour reculer maintenant », répondit-il. Toutefois, le ton rauque et grave de sa voix ainsi que ses yeux vitreux trahissaient sa fatigue nerveuse et physique.

« Mais tu es presque mort la nuit dernière, plaida la jeune fille, lui serrant doucement le bras.

— Sensei Kano dit que ça ira. En outre, je pourrai me reposer autant que je le voudrai après cette dernière épreuve, argumenta Jack, réconforté par l'attention de son amie.

— Si tu réussis... Tu as vu l'état de Tadashi. Quoi qu'il y ait là-haut, il faut avoir le cœur bien accroché. Tu n'es pas invincible, Jack, combien même tu le voudrais.

— Je peux le faire », affirma le garçon, autant à sa propre intention qu'à celle d'Akiko.

Celle-ci relâcha son bras et s'inclina pour dissimuler son anxiété : « Sois prudent, Jack. Ne perds pas la vie dans ta hâte de vivre. »

La seule chose qu'on avait fournie à Jack, pour son ascension, était une nouvelle robe blanche. Il avait demandé s'il pouvait emporter ses sabres, ou au moins de l'eau, mais l'abbé avait rétorqué : « Tout ce dont tu as besoin, tu l'as déjà avec toi. »

Tandis que Jack s'éloignait sur la piste qui serpentait en direction du mont, il fut acclamé par ses camarades lui souhaitant bonne chance dans cette ultime épreuve. Il vit Yamato, Kiku et Saburo lui crier leurs encouragements et, derrière eux, Emi et ses amies agitaient les mains avec enthousiasme.

Il passa ensuite devant les senseis alignés et s'inclina respectueusement devant chacun d'entre eux. Seul sensei Kano était absent. Il était resté au temple, où il se rétablissait sous la surveillance du moine médecin. Le maître de bō ne s'était pas trompé en pensant que la pointe d'acier était empoisonnée. Une fois la plaie nettoyée et recousue, il avait bu un antidote nauséabond concocté par le moine, à la suite de quoi il avait été malade toute la nuit. Alors qu'il vomissait pour la quatrième fois dans un seau, il avait assuré à Jack, en riant, que tout cela faisait partie du processus de purge.

Le dernier de la ligne était sensei Yamada. Le maître zen fit un pas en avant et lui tendit un origami de grue.

« De la part de Yori, expliqua-t-il avec un sourire enjoué. Il voulait que tu le portes comme amulette. Il tenait également à ce que tu saches qu'il se sent beaucoup mieux et qu'il reviendra à Kyoto avec nous demain.

— C'est une très bonne nouvelle, répondit Jack, prenant le petit oiseau de papier. Un dernier conseil, sensei ?

— Suis le chemin, et tu ne te perdras pas.

— C'est tout ? fit Jack, surpris par la simplicité de la réponse.

— Parfois, c'est tout ce qui est nécessaire. »

Le sentier était rocailleux et difficile, zigzaguant abruptement sur le flanc de la montagne. Un bloc de pierre se détacha sous son pas et une petite avalanche de cailloux et de poussière dévala la pente.

Il fit une pause pour prendre un repos nécessaire et s'assit sur le bord du chemin. La tempête de la nuit précédente était passée et un chaud soleil printanier réchauffait son corps endolori.

Au-dessus de lui, un faucon s'éleva dans le ciel d'azur et Jack se souvint de la lecture que sensei Yamada avait faite de son rêve. L'oiseau était synonyme de force et de vivacité d'esprit. C'était sûrement un bon présage.

Regardant la large vallée qui s'étendait en contrebas, Jack distinguait les élèves qui l'observaient depuis le plateau verdoyant. En hauteur, le calme et la paix régnaient, l'air était frais et pur. À cette altitude, la vie apparaissait selon une perspective neuve, pensa-t-il. Les choses perdaient de leur importance, les soucis disparaissaient dans le lointain et l'horizon promettait de nouveaux débuts.

Quand sensei Kano l'avait ramené après l'attaque des ninjas, Jack avait été soulagé de constater qu'Akiko était déjà rentrée, saine et sauve, de même que Yamato, Saburo et tous les autres, y compris Kazuki.

Lui-même et le sensei avaient été transportés précipitamment auprès du moine médecin, pour qu'il les examine. Tandis que sensei Kano était occupé à vomir, après avoir ingéré son purgatif, le garçon s'était vu administrer un sédatif pour calmer sa douleur et l'aider à dormir. Alors qu'il sombrait doucement dans le sommeil, il avait entendu Masamoto parler de l'attaque avec l'officier du château du Phénix blanc. Le commandant pensait qu'elle avait été lancée par un clan ninja local. Jack, à demi conscient, avait marmonné le nom d'Œil-de-Dragon et l'autre avait hoché la tête d'un air entendu. Il avait confirmé à Masamoto que le clan de Dokugan Ryu déclenchait couramment de telles offensives lors de visites de dignitaires, comme dans le cas présent.

Au matin, le garçon avait appris que la décision de continuer le Cercle des Trois avait fait l'unanimité. Masamoto avait déclaré qu'aucun clan ninja n'empêcherait la Niten Ichi Ryū d'accomplir un antique rituel samouraï. Les quatre concurrents restants avaient été menés sous escorte armée jusqu'au point de départ de l'épreuve finale.

Jack regarda la cime du pic, qui se dressait dans le ciel comme une pointe de flèche. Quelque part là-haut se trouvait le défi à l'Âme.

Qu'est-ce qui avait terrifié Tadashi à tel point qu'il était revenu dans cet état de loque tremblotante ? Il ne pouvait croire qu'il existât quelque chose de pire que de sentir son cœur près d'exploser dans sa poitrine sous l'effet du toucher de la mort.

Par miracle, il avait survécu.

Tout juste.

Une forte migraine lui enserrait toujours les tempes et il avait l'impression que tout son corps avait été roué de coups. Il avait des palpitations mais comprenait qu'il devait se sentir reconnaissant que son cœur continuât à battre.

Portant ses regards en direction de Kyoto, le garçon se demanda si Œil-de-Dragon était déjà en route pour le château de Nijo, afin de dérober le *routier*. Il prit conscience qu'il lui fallait maintenant parler du livre à Masamoto mais, en même temps, il se rappela que le ninja le croyait mort. Rien ne pressait donc Dokugan Ryu de récupérer l'objet qui ne bougerait pas de sa cachette. Il apparut peu à peu à Jack que, s'il parvenait à regagner Kyoto avant même que l'autre ne décide de s'y rendre, il lui serait possible de mettre le *routier* en lieu sûr.

Ragaillardi par cette idée, le garçon reprit son escalade, avec dans son cœur un espoir nouveau.

Jack hésita devant le seuil d'une grotte. Une rangée de bannières verticales claquèrent dans l'air vif des hauteurs ; à part cela, le lieu était morne et désolé. Le sentier ne pouvait mener nulle part ailleurs que dans les sombres recoins de la montagne, mais le garçon hésitait encore à entrer. Le trou noir dans le roc était aussi engageant que la bouche d'un serpent.

Cependant, il était arrivé jusque-là. Il était hors de question qu'il fît marche arrière à présent.

Jack s'avança dans l'ouverture. Aussitôt qu'il eut franchi la limite entre la lumière et l'ombre, la chaleur du soleil fut remplacée par un froid humide.

Il laissa ses yeux s'habituer aux ténèbres et s'aperçut que la caverne était en fait un tunnel grossièrement creusé dans les profondeurs de la roche. La galerie faisait un coude dans une obscurité d'encre. Après avoir jeté un dernier regard au petit rond de lumière qui indiquait la sortie, Jack s'engagea dans le tournant et entra dans l'inconnu.

Pendant quelques instants, il ne vit absolument rien. Pas même sa main devant son visage. Luttant avec un fort désir de s'enfuir, il pénétra plus avant dans les ténèbres.

Il n'avait aucune idée de la distance qu'il avait parcourue, lorsque la paroi qu'il avait utilisée pour se guider jusque-là s'évanouit brusquement sous ses doigts. Au fond d'une large fissure, il vit une lueur rougeoyer. Le cœur battant, il entra dans une petite salle.

Ce qu'il découvrit lui arracha un cri de stupéfaction.

L'ombre immense et déformée d'un ogre se dressait au-dessus de lui, un gourdin massif à la main.

« Bienvenue, jeune samouraï », fit une voix tranquille.

Jack pivota sur ses talons et se retrouva face à un moine à la robe jaune d'or, à la tête ronde et rasée, au cou décharné et au sourire d'enfant, qui était en train d'alimenter un feu avec une brindille.

Sur les flammes était posée une bouilloire, dont l'eau s'évaporait joyeusement.

« J'allais justement faire infuser du thé. En veux-tu ? »

Jack ne répondit pas. Il était encore secoué par l'apparition de cet homme minuscule, dont l'ombre semblait mener une vie indépendante et monstrueuse.

« C'est le sencha le plus fin que puisse offrir le Japon, insista le moine, faisant signe au garçon de s'asseoir.

— Qui êtes-vous ? demanda Jack, s'asseyant prudemment de l'autre côté du foyer crépitant.

— Qui je suis ? Très bonne question, et à laquelle il faut bien une vie entière pour répondre, fit observer l'autre, versant des feuilles de thé dans la bouilloire. Je peux te dire *ce que* je suis. Je suis un *yamabushi*. »

Jack fixa le vieillard sans comprendre.

« Littéralement, cela signifie "celui qui se cache dans les montagnes", expliqua ce dernier tout en continuant à s'occuper du feu. Mais les villageois m'appellent le "moine de la montagne". Ils viennent à l'occasion me trouver en quête de guérison ou de divination. »

L'homme souleva la bouilloire et emplit une tasse marron rustique d'un breuvage vert. Il tendit à Jack le sencha fumant.

« Tu ne peux pas savoir qui tu es, à moins de savoir *comment* tu es cette personne. »

Bien qu'il n'aimât guère le thé vert, le garçon accepta la boisson par courtoisie. Il en absorba une gorgée. Le goût était amer. Ce n'était certainement pas le meilleur sencha qu'il avait bu. Néanmoins, il sourit poliment et avala une nouvelle gorgée afin de terminer sa tasse plus vite. Jetant un coup d'œil circulaire sur l'endroit où il se trouvait, il remarqua que celui-ci était vide, mis à part un petit autel ménagé dans le rocher, où se consumaient une bougie tremblotante et un bâton d'encens.

« Êtes-vous le défi à l'Âme ? s'enquit le garçon.

— Moi ? Bien sûr que non », gloussa le moine. Son rire, rebondissant contre les murs de la pièce souterraine, se transforma en échos moqueurs et inquiétants.

« Le défi à l'Âme, c'est toi. »

47
COMBAT SPIRITUEL

L a tasse dans la main de Jack se mit à fondre et à dégouliner sur le sol, tel du goudron chaud. Le garçon fixa l'amas gluant, puis releva les yeux vers le moine de la montagne, en quête d'une explication.

Le maigre vieillard sourit sereinement, comme s'il n'arrivait rien que de très naturel, tandis que le jaune d'or de sa robe virait à l'orange vif et que sa tête prenait une apparence de citron gorgé de soleil. Ses yeux étincelants semblaient pailletés d'étoiles et son sourire était aussi large qu'un croissant de lune.

« Que se passe-t-il ? s'exclama Jack, pris de panique.

— Que se passe-t-il ? répéta le moine, dont les mots lents et mal articulés s'écoulaient comme de la mélasse dans les oreilles du garçon. Très bonne question, à poser lorsque tu rencontreras ton créateur. »

L'esprit de Jack se mit à tourbillonner. Au cours de leur conversation, la salle avait pris les dimensions d'une nef de cathédrale et ses parois rocheuses étaient à présent animées d'un mouvement régulier de contraction et de dilatation. Le cercle de bougies autour de l'autel était devenu un arc-en-ciel multicolore, qui répandait ses traînées de lumière à la façon d'un feu d'artifice. Le feu, entre le garçon et le moine, gronda soudainement, se transformant en une fournaise dont le regard ne pouvait soutenir l'incandescence.

Jack se frotta les yeux, essayant de dissiper ces visions insensées.

Quand il osa les rouvrir, le feu était retombé, ne laissant que des braises rougeoyantes, et le moine s'était volatilisé. Seule restait la bouilloire, renversée.

Que s'était-il passé ? Son esprit lui jouait-il des tours ? Était-ce un effet secondaire du toucher de la mort d'Œil-de-Dragon ?

Le garçon regarda tout autour de lui, à la recherche du moine, mais la pièce souterraine était déserte.

Akiko avait eu raison. Il était allé trop loin en s'engageant dans cette dernière épreuve. Il était trop épuisé pour faire face et maintenant il avait des hallucinations.

Jack ramassa la bouilloire.

Cette dernière poussa un cri aigu et il lâcha prise sous le choc. L'ustensile généra brusquement des centaines de petites pattes noires, qui le firent ressembler à un mille-pattes, et prit la fuite, paniqué. Avant d'avoir pu prendre conscience de ce qu'il venait de voir, le garçon fut distrait par un fort craquement venant de derrière lui.

Il s'obligea à tourner la tête.

Son hurlement s'étouffa, incapable de se frayer un chemin à travers sa gorge obstruée par la terreur.

Un scorpion noir géant, assez grand pour engloutir un cheval, accourait dans sa direction en touchant à peine le sol. La créature fondit sur lui et examina sa proie.

« Ce n'est pas réel, ce n'est pas réel, ce n'est pas réel... », se répétait fiévreusement Jack à lui-même.

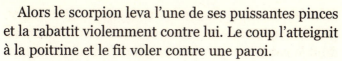

Alors le scorpion leva l'une de ses puissantes pinces et la rabattit violemment contre lui. Le coup l'atteignit à la poitrine et le fit voler contre une paroi.

« C'est réel, c'est réel, c'est réel... », balbutia-t-il en se redressant avec peine.

Le scorpion attaqua et son aiguillon fendit l'air en direction du cœur du garçon.

Ce dernier plongea sur sa droite et le dard ricocha sur le rocher derrière lui. L'animal frappa à nouveau alors que Jack roulait sur le sol, réussissant tout juste à éviter l'appendice mortel.

Bondissant sur ses pieds, il courut vers la fissure dans le mur de la salle mais le scorpion fut plus rapide et lui bloqua le passage. La bête, consciente de l'avoir piégé, avança à pas lents, faisant claquer ses pinces et agitant l'extrémité de sa queue comme une lance empoisonnée.

Refoulé jusqu'au mur du fond, le garçon n'avait nulle part où se cacher. Il se pencha afin de ramasser une pierre avec laquelle se défendre et découvrit, abandonnée sur le sol, la petite grue de papier que Yori avait confectionnée pour lui.

Origami.

Aucune chose n'est telle qu'elle paraît.

Tout à coup, il prit conscience qu'il était au cœur du défi à l'Âme. L'abbé leur avait enjoint d'être « maîtres de leur esprit, plutôt que maîtrisés par lui ».

Que le scorpion fût ou non réel n'était pas le point important. Son esprit croyait qu'il l'était. Et...

De même qu'un morceau de papier peut être plus qu'un morceau de papier dans l'origami, devenant une grue, un poisson ou une fleur, de même un samouraï ne devrait jamais sous-estimer sa capacité à plier et à façonner sa propre vie.

La réponse de Yori au kōan de l'origami devint aussi claire et lumineuse qu'un fanal dans l'esprit de Jack. Il lui fallait lutter pour devenir plus qu'il ne paraissait, pour dépasser ses limites.

Il poussa un rugissement de défi à l'adresse du scorpion.

La créature hésita un instant.

Puis elle s'approcha, déterminée à en finir.

Le garçon rugit encore plus fort, tel un lion, et décocha un coup de poing. Mais ce poing était à présent armé de griffes de lion. Il repoussa la queue de l'insecte et Jack bondit comme un chat sur le dos de ce dernier.

Le scorpion rua et se cabra, mais le garçon parvint à se maintenir sur lui à califourchon, plantant ses griffes dans sa carapace. L'animal donna de grands coups avec sa queue, l'obligeant à rentrer la tête dans les épaules pour éviter l'aiguillon.

Pour parer un nouvel assaut, Jack s'élança sur la tête du scorpion. Au dernier moment, il sauta. L'autre ne put retenir son attaque. Son dard empoisonné s'enfonça profondément dans son œil unique, un rond vert, solitaire et sans paupière qui luisait dans la pénombre.

Aveuglé, le monstre se tordit de douleur en émettant un invraisemblable cri strident qui se répercuta à travers toute la cavité. Ce hurlement fut noyé dans un grondement de tonnerre et le feu flamboya à nouveau, aussi brillant que le soleil.

Le scorpion avait disparu et Jack était assis face au moine de la montagne, qui jetait de l'encens en poudre sur son feu, chaque poignée faisant rougeoyer les flammes et dégageant une épaisse fumée à la capiteuse odeur de santal.

« En voudrais-tu ? » demanda-t-il au garçon en lui tendant une tasse de liquide jaune citron.

Jack refusa, redoutant les horreurs que le breuvage pourrait libérer.

« Je te conseille plutôt d'en boire, insista le moine. Associé à l'encens, cela combat les effets du thé. »

Le garçon suivit la recommandation qui lui était donnée et, en peu de temps, il sentit le monde autour de lui revenir à ses dimensions normales.

« Eh bien ? s'enquit-il, tandis que l'autre remettait de l'eau à bouillir.

— Eh bien quoi ? » répondit le moine de la montagne, l'air ahuri.

L'attitude obtuse de l'homme commençait à irriter Jack. « Est-ce que j'ai réussi ?

— Je ne sais pas. Tu as réussi ?

— Mais vous posez le défi à l'Âme, c'est donc à vous de décider ce qu'il en est.

— Non. C'est toi qui as décidé ce que serait ton adversaire. Connaître tes peurs, c'est te connaître toi-même. » Il posa la bouilloire sur le sol et regarda Jack dans les yeux. « La clé pour être un grand samouraï en temps de guerre ou de paix, c'est d'être libre de la peur. Si tu vaincs ce que tu redoutes le plus, alors tu deviens maître de tes peurs. »

D'un geste de la main, le moine lui fit signe de sortir. « S'il te plaît, je dois tout préparer pour le prochain invité. »

Jack, perplexe, salua son hôte, puis se dirigea vers la fissure dans la paroi rocheuse.

« Jack-kun », appela le moine de la montagne, alors qu'il atteignait l'ouverture.

Le garçon s'arrêta net, tentant de se rappeler quand il avait dit son nom à l'homme.

« Comprends que ceux qui ont été victorieux dans le défi à l'Âme ne sont pas libres de la peur, mais qu'ils n'ont tout simplement plus peur d'avoir peur. »

Jack se tenait au centre du plateau herbeux, à côté d'Akiko et de Kazuki. Un soleil splendide dardait ses chauds rayons et les trois plus hauts pics des monts Iga s'élevaient majestueusement dans un ciel bleu radieux.

Les élèves, les senseis et les moines du temple formaient autour d'eux trois cercles concentriques. À un signe de l'abbé, les trois cercles frappèrent trois fois dans leurs mains, puis poussèrent à trois reprises les acclamations les plus fortes qu'ils purent, dont les échos retentirent à travers la vallée.

Le cœur de Jack se gonfla de fierté. Il avait réussi. Envers et contre tout, il avait remporté le Cercle. Il avait survécu.

Comme il se tournait pour regarder Akiko, il vit que la jeune fille aussi s'efforçait de retenir ses larmes, les yeux brillant à la fois de soulagement et de joie. Quand son amie était redescendue de la montagne, le garçon s'était réjoui de l'entendre raconter comment elle avait vaincu son démon intérieur, une nuée de chauves-souris buveuses de sang, avec l'aide de son esprit protecteur, un faucon blanc immaculé. Il s'était dit qu'il était tout à fait approprié qu'elle eût pour gardien un oiseau à la beauté rapide et à l'instinct perçant. Akiko avait également été heureuse d'apprendre que l'esprit protecteur de son ami avait pris la forme d'un lion.

Ensuite, il y avait eu un temps d'attente tendue, alors que Kazuki gravissait la montagne et entrait à son tour dans l'antre de l'Âme. Il y avait disparu un long moment et Jack, à l'encontre de l'esprit du bushidō, avait espéré secrètement que l'autre avait échoué dans sa dernière épreuve. Mais à peine avait-il eu cette pensée que son grand rival était revenu triomphant. Jack ne put savoir ce qu'était l'esprit protecteur de Kazuki, mais il présuma que c'était un serpent ou quelque chose d'aussi venimeux.

« Jeunes samouraïs, le Cercle est achevé, annonça l'abbé, s'avançant pour les rejoindre au centre du Cercle des Trois. Votre esprit, votre corps et votre âme formeront à jamais un cercle sans fin. »

L'homme leur fit signe à tous les trois de se tenir la main pour former un quatrième et dernier cercle intérieur. Jack et Kazuki s'exécutèrent à contrecœur et Akiko ne put s'empêcher de rire de leur gêne.

« Mais bien que votre corps et votre esprit aient été renforcés par ces épreuves, continua l'abbé, rappelez-vous toujours que la chose la plus importante pour un samouraï n'est pas le sabre que vous tenez entre vos mains, ni la connaissance qui se loge entre vos oreilles ; c'est ce qui est dans votre cœur. Votre courage est votre véritable bouclier. Si votre âme est vaillante, vous êtes capables de tous les accomplissements. »

48

LE CARTEL

A kiko prit une mine horrifiée devant la proposition de Yamato.

Ils étaient de nouveau à la Niten Ichi Ryū, rassemblés dans la chambre de Jack, dans la Maison des lions. Le retour des monts Iga, ce matin-là, avait été des plus tranquilles, embelli par leur triomphe dans le Cercle des Trois et le magnifique soleil de printemps.

Jack était encore fatigué et tous ses muscles restaient douloureux mais, après sa première nuit sans cauchemars depuis longtemps, il se sentait régénéré. Il était sûr qu'au bout de quelques jours seulement il mourrait d'impatience de reprendre l'entraînement. Cependant, le débat qu'ils avaient dans l'immédiat le glaçait jusqu'aux os.

Il avait parlé à Yamato et Akiko de sa rencontre avec Œil-de-Dragon et ils discutaient à présent de ce qu'ils devaient faire du *routier*. Chaque fois qu'était prononcé le nom du ninja, il avait une sensation de brûlure au niveau du cœur en se rappelant les sinistres pouvoirs de l'assassin.

« Je suis sérieux, insista Yamato. Dokugan Ryu croit que Jack est mort. Nous pouvons le prendre par surprise.

— Non, riposta Akiko. Tu ne peux pas prendre un ninja par surprise. Ils sont rompus à tendre des pièges. Œil-de-Dragon sentirait instinctivement que quelque chose ne va pas.

— Pourquoi le sentirait-il ? En outre, si nous ne l'interceptons pas maintenant, il repartira à la poursuite de Jack.

— Nous devrions commencer par déplacer le *routier*, proposa l'intéressé, que le plan de Yamato échauffait. Nous célébrons ce soir le Cercle des Trois au château du daimyō Takatomi. Nous pouvons nous éclipser pendant la cérémonie et cacher le livre ailleurs, avant qu'Œil-de-Dragon ne mette la main dessus.

— C'est-à-dire, s'il ne l'a pas déjà, fit remarquer Akiko, secouant la tête avec pessimisme. Ce n'est pas un jeu ni un entraînement. C'est pour de vrai. Le Cercle ne t'a pas rendu soudain invincible, Jack. Alors que Dokugan Ryu semble bien l'être, lui. Il parvient toujours à s'échapper et personne ne l'a jamais battu. Qu'est-ce qui vous fait penser que vous en êtes capables maintenant ?

— *Mon* raisonnement est le suivant : tant que nous ne l'aurons pas tué, il sera une menace, argua Yamato avec ferveur.

— Pourquoi vous accrocher ainsi à cette folle idée de piège ? C'est du pur suicide, s'indigna Akiko. C'est comme si vous aviez quelque chose à prouver.

— C'est bien mon cas ! s'écria Yamato, serrant les poings, de plus en plus remonté. Jack n'est pas le seul à vouloir se venger. Œil-de-Dragon a tué mon frère, Tenno. L'aurais-tu oublié ? Préserver l'honneur des Masamoto exige que le ninja meure. C'est la meilleure chance que j'aie de faire mes preuves. »

On eût dit que son humeur orageuse, que Jack connaissait bien pour en avoir été jadis la victime, consumait le garçon.

« Calme-toi, Yamato, intervint son ami, en posant sur son bras une main réconfortante.

— Me calmer ? explosa l'autre, repoussant la main de Jack. Entre tous les samouraïs, je pensais que tu pourrais comprendre. Il a assassiné ton père, ainsi que mon frère. Le problème d'Œil-de-Dragon ne concerne pas que toi et ton précieux *routier*, Jack. Je ressens de la souffrance, moi aussi. Tous les jours. Simplement, je ne possède plus rien qu'un ninja puisse vouloir me prendre. Il m'a déjà pris le seul frère que j'avais ! »

Un silence tendu s'installa entre les trois.

Jack se sentit honteux. Il n'avait encore jamais envisagé la situation de Yamato sous cet angle. Il ne s'était jamais soucié que de ses propres difficultés, cherchant le moyen de rentrer dans sa patrie sain et sauf sans la protection de Masamoto, s'inquiétant de ce qu'était devenue sa petite sœur, pleurant la mort de son père et se demandant comment se défendre contre Œil-de-Dragon. Yamato devait souffrir tout autant. Lui aussi avait perdu sa chair et son sang.

« Je ne pensais pas…, commença Jack.

— Je suis désolée… », renchérit Akiko en s'inclinant.

Yamato leva la main en signe de paix et respira profondément pour retrouver son calme.

« Laissez tomber. Je suis navré d'avoir laissé mon mauvais caractère prendre le dessus. » Le garçon s'inclina à son tour pour s'excuser à la fois auprès de Jack et d'Akiko. « Nous avons tort de nous disputer ainsi entre nous. Nous devrions seulement combattre Œil-de-Dragon. Il est la cause de tout cela. Depuis le début.

— Ne pensez-vous pas qu'il serait temps de parler du *routier* à Masamoto ? » suggéra Akiko.

Jack était assis en seiza dans le *Hōō-no-ma*, la Maison du phénix, face à Masamoto, sensei Hosokawa et sensei Yamada, derrière lesquels l'oiseau au plumage de feu peint sur un rouleau de soie se dressait tel un ange de la vengeance.

« Ta prouesse dans le Cercle des Trois m'a comblé de joie, Jack-kun, déclara Masamoto, reposant sa tasse de sencha et regardant le garçon avec admiration. Comme tu es mon fils adoptif, je suis aussi fier de toi que ton père l'aurait été. »

Jack dut refouler ses larmes en entendant son protecteur évoquer le pilote de l'*Alexandria* et manifester son affection de manière aussi inattendue. Durant son séjour dans l'école de samouraïs, les encouragements et le soutien que son père n'aurait pas manqué de lui apporter lui avaient beaucoup manqué. Que ce fût un clin d'œil approbateur, un conseil ou seulement le fait de le serrer dans ses bras, forts comme l'océan. C'était le genre d'instants précieux qui lui avaient fait cruellement défaut au cours des deux dernières années.

« Dans les épreuves du Cercle, tu as manifesté jusqu'au bout ces vraies vertus du bushidō que sont la loyauté, la rectitude et le courage, continua le guerrier. Aussi, je compte t'enseigner personnellement la technique des Deux Ciels. »

Le cœur du garçon bondit dans sa poitrine. Il pourrait donc utiliser les sabres de Masamoto. L'invincible technique lui serait finalement enseignée.

« Mais passons maintenant à l'objet de cette réunion, dit le samouraï d'un ton devenu grave. Y a-t-il quelque chose que tu souhaites me dire ? »

Jack fut abasourdi par la question. Comment pouvait-il être au courant ?

Akiko, Yamato et lui-même étaient en train de débattre pour savoir s'il fallait aborder la question du *routier* avec Masamoto, lorsque Jack avait été convoqué inopinément à la Maison du phénix pour y rencontrer le guerrier. Avant de se séparer, les trois adolescents étaient tombés d'accord pour que Masamoto fût informé de l'existence du *routier*. Jack avait conscience que les conséquences d'une telle révélation pouvaient être graves, et il avait insisté pour qu'Akiko et Yamato restent en retrait dans cette affaire. Il n'y avait pas de raison qu'eux aussi fussent punis. Il nierait leur implication, en alléguant qu'ils n'étaient pas au courant de l'existence même du livre.

Après l'éloge du samouraï et sa démonstration de fierté paternelle, un sentiment de culpabilité remplaçait maintenant l'exaltation du garçon. Il avait honte de devoir avouer à son bienfaiteur qu'il lui avait menti.

« Merci, Masamoto-sama, pour ces paroles pleines de bonté, commença-t-il en s'inclinant très bas, mais je ne les mérite pas. »

L'autre se pencha en avant, un sourcil levé sous l'effet de la curiosité. « Et pourquoi donc ?

— Je sais pour quelle raison le ninja nous a attaqués dans les monts Iga. C'était Œil-de-Dragon. C'était moi qu'il cherchait. Ou, pour dire la vérité, le *routier* de mon père.

— Qu'est-ce qu'un *routier* ? » interrogea sensei Hosokawa.

Jack leur expliqua à tous les trois ce qu'était le journal de bord de John Fletcher, décrivant comment ce dernier l'utilisait pour piloter leur navire et expliquant son intérêt politique et commercial pour les pays européens.

« Je suis désolé, Masamoto-sama, mais je vous ai menti, confessa le garçon. Le motif pour lequel Œil-de-Dragon s'est introduit dans la villa de Hiroto à Toba n'est autre que le *routier*. J'aurais dû vous le dire à l'époque, mais j'avais promis à mon père de garder le secret à ce sujet. Au début, je ne savais pas à qui faire confiance et, par la suite, j'avais peur que, si vous aviez le *routier*, Dokugan Ryu ne vous prenne pour cible. »

Masamoto observa Jack fixement. Son visage restait de marbre, mais le garçon remarqua que ses cicatrices commençaient à s'empourprer. Sensei Hosokawa affichait également une mine sévère. Sensei Yamada était le seul à le regarder avec gentillesse, plissant le front d'un air compatissant.

« Nous nous occuperons de cela demain, lâcha Masamoto sur un ton laconique. Malheureusement, nous devons d'abord discuter d'une affaire beaucoup plus pressante. »

Jack se demanda ce qui pouvait être pire que de contrevenir à la cinquième vertu du bushidō en mentant à son protecteur.

Ce dernier fit un signe de tête à l'intention de sensei Hosokawa. Le maître de sabre ramassa un large rouleau de papier et le tendit au garçon.

« Explique-moi ça ! » exigea Masamoto.

Jack regarda sans comprendre. Le rouleau avait le format d'une affiche et il était entièrement recouvert de kanjis. Ayant appris les bases de l'écriture japonaise avec Akiko, le garçon reconnut son nom parmi les caractères tracés à la hâte.

« Qu'est-ce que c'est ? » s'informa-t-il.

Les trois samouraïs échangèrent des regards embarrassés.

« C'est un cartel », répondit Masamoto, comme si cela expliquait tout.

Jack continuait à fixer le papier avec perplexité.

« Tu as triomphé dans le Cercle des Trois, mais ta confiance en tes capacités est peut-être un peu excessive, fit remarquer sensei Hosokawa d'un ton lugubre. Qu'est-ce qui a bien pu te donner l'idée de t'inscrire à un duel au sabre avec un samouraï effectuant son musha shugyō ? »

Jack leva vers les senseis des yeux stupéfaits. Sans doute lui jouaient-ils un tour. L'expression de leurs visages, cependant, lui disait le contraire.

« Je... ne me suis inscrit à aucun duel, balbutia le garçon.

— Ton nom figure ici, ainsi que la mention du Grand Samouraï blond, rétorqua Hosokawa, montrant les kanjis du doigt. Sasaki Bishamon, le samouraï en question, a accepté ton défi. Tu es attendu sur le terrain de la rencontre ce soir avant le coucher du soleil. »

Jack était muet de stupeur. Ce n'était pas possible. Il n'avait nulle part écrit son nom avec l'intention de défier quelqu'un en combat singulier. Il n'avait aucun désir de risquer sa vie en affrontant un samouraï pour prouver qui détenait la meilleure technique martiale. Et certainement pas un guerrier qui portait le nom du dieu de la guerre.

Sa seule intention était de récupérer le *routier*. C'est-à-dire, si Masamoto l'autorisait toujours à se rendre au château de Nijo ce soir-là, pour la célébration du Cercle des Trois ! Son protecteur avait peut-être remis au lendemain sa décision concernant le livre de bord mais, pour Jack, c'était l'affaire la plus urgente.

Cependant, il devait à présent compter également avec cette perspective de duel.

« Je n'ai pas écrit ça, insista-t-il, avec un regard implorant. Je ne peux pas me battre contre ce samouraï. »

Son esprit tourbillonnait, livré à la panique. Un tel combat pouvait lui faire perdre un membre, ou même la vie. Qui pouvait avoir fait une chose pareille ?

Kazuki.

Le garçon lui avait promis qu'il se vengerait. C'était bien ça. Jack devait d'ailleurs reconnaître le génie de son rival. C'était si ingénieux, si « Kazuki ».

« Si ce n'est pas toi, alors qui est-ce ? » demanda Masamoto.

Jack était sur le point de lâcher le nom de son ennemi, quand il se rappela qu'il l'avait déjà accusé à tort d'avoir triché dans le Cercle. Il s'était alors bien trompé. Il était possible que son jugement fût tout aussi erroné cette fois-ci, ses conclusions n'étant fondées que sur ses préjugés.

Le garçon baissa les yeux et secoua doucement la tête : « Je ne sais pas.

— Dans ce cas, nous voilà confrontés à un problème épineux, dit Masamoto, qui absorba pensivement une gorgée de sencha. Ton nom et celui de cette école ont été vus sur cette provocation en duel par tout Kyoto. Si tu te retires maintenant, tu n'attireras pas seulement la honte sur toi-même, mais aussi sur le nom de Masamoto et sur la Niten Ichi Ryū.

— Ne pouvez-vous expliquer qu'il s'agissait d'une erreur ? supplia Jack.

— Ça ne changerait rien. Ton défi a été accepté.

— Mais je suis sûrement trop jeune pour me battre en duel ?

— Quel âge as-tu ? s'enquit sensei Hosokawa.

— Quatorze ans ce mois-ci, répondit Jack, plein d'espoir.

— J'ai disputé mon premier duel à treize ans, se remémora Masamoto avec une pointe de fierté. Contre un certain Arima Kibei, un escrimeur célèbre en ce temps-là. Lui aussi avait dressé un panneau appelant à se mesurer à lui. J'étais alors un garçon impétueux et j'avais spontanément affiché mon nom. En fait, je retrouve beaucoup de moi-même en toi, Jack-kun. Du moins, parfois. C'est pourquoi, en fait, je suis un tout petit peu déçu que ce ne soit pas toi qui aies lancé ce défi ; et encore plus déçu d'apprendre que tu m'as menti. » Jack sentit ses joues rougir de honte et ne put soutenir plus longtemps le regard de son bienfaiteur.

« Mais peu importe, poursuivit celui-ci. Au coucher du soleil, tu défendras l'honneur de cette école et démontreras que tu es un puissant jeune samouraï de la Niten Ichi Ryū. »

Jack, incrédule, resta bouche bée : « Mais je ne me suis encore jamais entraîné avec un sabre réel !

— Ce n'était pas non plus mon cas, répliqua Masamoto. J'ai battu Arima avec mon bokken. »

Jack comprit à ce moment qu'il n'avait pas le choix. Il lui faudrait affronter le samouraï.

« On dirait que tu as finalement obtenu ce que tu souhaitais. Ton impatience à te servir de tes sabres en classe t'a rattrapé, commenta sensei Hosokawa avec un

sourire las. Je ne voudrais toutefois pas trop t'inquiéter. Je t'ai vu t'exercer avec ton katana dans le Jardin
zen du sud. Tu es en bonne forme. Tu pourrais bien en
sortir vivant. »

Pourrais ? se dit Jack, rendu inquiet par le ton
désinvolte de son sensei.

Il espérait que ses chances étaient meilleures que
cela.

49

L'AIRE DU DUEL

L e corps du jeune samouraï, étendu dans la poussière, était agité par des convulsions ; le sang qui s'écoulait de son cou à demi tranché formait comme de minuscules rivières rouges sur le terrain de la rencontre.

La foule hurla et siffla, réclamant davantage de sang.

Horrifié par le sort du jeune homme, Jack se tenait au bord du cercle de spectateurs, agrippant si fermement la poignée de son sabre que ses phalanges étaient devenues blanches et que le *menuki* métallique s'enfonçait douloureusement dans sa paume.

Examinant les yeux du samouraï, Jack vit que la vie y refluait doucement, comme s'éteint une chandelle qui a entièrement brûlé.

« Suivant ! » beugla le redoutable guerrier, qui se dressait victorieux au centre de l'aire du duel. Le samouraï sur son musha shugyō était vêtu d'un *hakama* blanc et rouge sombre. Il leva son katana, puis l'abaissa brutalement d'un chiburi final.

Yamato poussa son ami en avant d'un petit coup de coude. « Il t'appelle, Jack.

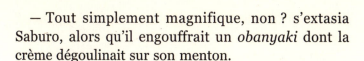

— Tout simplement magnifique, non ? s'extasia Saburo, alors qu'il engouffrait un *obanyaki* dont la crème dégoulinait sur son menton.

— Comment peux-tu dire une chose pareille ? s'exclama Akiko.

— Nous avons réussi à voir un duel ! Je ne pensais pas que nous rentrerions suffisamment tôt du Cercle des Trois.

— Saburo, soupira Jack, mortifié par l'insensibilité de son ami. Je vais mourir.

— Mais non, répliqua l'autre, rejetant cette idée avec un sourire jovial. Masamoto s'est entendu avec ton adversaire pour que le combat s'arrête au premier sang. Tu remporteras peut-être une cicatrice, mais tu ne seras pas tué.

— Le dernier duel aussi était censé s'achever avec le premier sang ! »

Saburo ouvrit la bouche pour répondre, mais il ne trouva manifestement pas quoi dire et se contenta d'absorber une seconde bouchée de gâteau.

« Ce concurrent a seulement manqué de chance, Jack, argua Yamato, essayant de le tranquilliser. Il a attaqué au mauvais moment et a récolté un coup de sabre dans la gorge. C'est un accident, c'est tout. Ce genre de chose ne t'arrivera pas. »

Mais le garçon continuait à douter de ses chances.

« Jack ! » Un cri familier lui parvint et la foule s'ouvrit pour laisser passer un garçon de petite taille.

Yori s'avança en boitant, aidé par Kiku.

« Tu devrais être au lit, le réprimanda Jack. Ta jambe...

— Ne t'inquiète pas pour moi, l'interrompit le nouveau venu, en appui sur sa béquille. Tu étais là quand j'avais besoin de toi. En plus, je voulais t'apporter ceci. »

Yori lui tendit un origami de grue. Il était minuscule, plus petit qu'un pétale de sakura, mais parfaitement réalisé.

« Merci, dit Jack, mais j'ai encore celui que tu m'as donné.

— Oui, mais celui-ci est spécial. Je suis finalement arrivé au bout de senbazuru orikata. C'est la millième grue. Celle qui contient le vœu. »

Pendant un bref moment, le petit oiseau dans la main de Jack sembla battre des ailes avec espoir.

« Je prie pour que mon vœu te protège, tout comme tu m'as sauvé la vie », expliqua Yori avec un regard confiant.

Bouleversé par la compassion de son ami, Jack s'inclina, puis glissa délicatement l'origami dans les plis de sa obi.

Masamoto s'approcha à grands pas : « Es-tu prêt ? »

L'interpellé hocha la tête d'un air peu convaincant.

« Tu n'as pas à t'inquiéter. Tu as mes premiers sabres, le rassura le samouraï. Ils seront pour toi un atout. Rappelle-toi seulement de bien évaluer la distance entre toi et ton adversaire. Amène-le à portée de tes coups, tout en le tenant à une certaine distance. Quoi que tu fasses, ne le laisse pas t'entraîner dans sa sphère d'attaque. »

Jack s'inclina avec reconnaissance.

« Si tu te bats courageusement, poursuivit Masamoto à voix basse, afin que personne d'autre ne l'entende, tu regagneras ton honneur et mon respect. »

L'homme alla reprendre sa place à la tête de l'assistance. Jack ressentait à présent une pression encore plus grande. Une chance lui était donnée de se racheter aux yeux de son protecteur.

Ensuite, ce fut au tour de sensei Kano de s'approcher.

« Comment va votre pied ? » l'interrogea le garçon.

Le sensei rit : « C'est ce que j'aime, chez toi, Jack-kun. Toujours à penser aux autres avant de penser à toi-même. Mais qu'en est-il de tes propres ennuis ? Ce sera bientôt le crépuscule. Alors, tâche d'attaquer ton adversaire de telle sorte qu'il ait dans les yeux les rayons du soleil couchant. »

Il agrippa l'épaule de Jack, puis le lâcha à regret pour laisser la place à sensei Yosa.

« Reste centré et garde bien ton équilibre. Je suis sûre que tu en réchapperas. » Elle lui effleura la joue du revers de la main. « Mais si ce samouraï tranche ne serait-ce qu'un cheveu sur ta tête, je le transformerai en coussin d'épingles avec mes flèches. »

Tout le monde semblait vouloir offrir un conseil au garçon, même sensei Kyuzo qui, en rejoignant les autres professeurs, déclara abruptement : « *Ichi-go, Ichi-e*. Tu n'auras qu'une seule chance. N'en fais pas la dernière. » Le petit homme lui adressa un rictus, comme si sourire le faisait souffrir, avant de s'éloigner d'un pas nonchalant.

Jack ne se sentit pas rasséréné par le conseil du maître de taijutsu, et son humeur s'assombrit encore lorsqu'il vit approcher en fanfaronnant la bande de Kazuki, ce dernier flanqué de Moriko, dont les dents noires ressortaient dans son visage de craie.

Kazuki s'avança et s'inclina.

« Bonne chance, Jack, fit-il, apparemment sincère.

— Euh... merci », marmonna l'autre, pris de court par la sollicitude de son rival. Après tout, peut-être n'était-ce pas lui le responsable de son inscription dans le duel.

Puis, avec le plus grand sérieux, Kazuki lui demanda : « Pourrai-je avoir tes sabres, quand il en aura fini avec toi ? »

Un ricanement incontrôlable secoua la bande du Scorpion, éventant la plaisanterie, et ils s'écartèrent en pouffant.

De manière inattendue, Akiko prit la main du garçon dans la sienne pour le réconforter. « Ignore-les, Jack. N'oublie pas ce qu'a dit l'abbé : *ton courage est ton véritable bouclier.*

— Fudōshin ! lui rappela Kiku avec obligeance. Tu auras besoin de ça aussi dans ce combat.

— Et souviens-toi de ce que sensei Kanō nous a appris, ajouta Yamato. Les yeux sont les fenêtres de l'esprit, alors assure-toi que tu te bats sans les yeux.

— As-tu mangé ? s'inquiéta Saburo, tout en lui offrant une brochette de poulet. Un samouraï ne devrait jamais se battre le ventre vide, tu sais. »

Jack refusa d'un signe de tête, profondément déconcerté par cette volée de conseils.

À ce moment, Emi se fraya un chemin vers lui à travers la cohue et lui offrit un petit bouquet de camélias jaunes et rouges.

« Pour te porter chance, lui murmura-t-elle à l'oreille. Ne sois pas en retard pour la célébration de ce soir. »

Akiko vint se placer entre eux, proposant gracieusement de tenir les fleurs à la place de Jack. Emi lui adressa un sourire courtois et lui tendit le bouquet, bien que la contrariété fût visible dans ses yeux.

« C'est l'heure, Jack-kun », annonça sensei Hosokawa, l'invitant à rejoindre le samouraï en musha shugyō, qui l'attendait, l'épée à la main.

« Mushin, chuchota sensei Hosokawa à Jack, après l'avoir officiellement présenté à son adversaire, Sasaki Bishamon.

— Mais, vous m'avez dit qu'il me faudrait des années avant de maîtriser mushin, protesta Jack, tandis que le sensei vérifiait une dernière fois le sabre du garçon.

— Tu n'as plus la chance de disposer de tout ce temps, répliqua le professeur, le regardant dans les yeux. Tu t'es entraîné durement et tu as remporté les épreuves du Cercle. Si tu ne t'attends à rien et que tu es prêt à tout dans ce duel, mushin est entre tes mains. Laisse ton sabre devenir non-sabre. »

Sur cette ultime recommandation, sensei Hosokawa lui rendit son katana et le laissa faire face seul à son adversaire, au milieu du terrain taché de sang.

De près, Sasaki Bishamon avait exactement l'apparence du dieu de la guerre que son nom annonçait. Ses bras portaient des cicatrices semblables à de longs serpents morts, et ses yeux étaient aussi durs et impitoyables que s'ils avaient été sculptés dans le granite. Son maintien montrait clairement qu'il n'était pas un combattant novice. Ce samouraï avait cheminé de duel en duel à travers tout le Japon.

Ce qui inquiéta le plus Jack, cependant, c'était le kamon brodé sur le gi de l'homme et sur le bandeau blanc qui lui enserrait la tête. Un cercle de quatre scorpions noirs.

Le premier rêve de l'année de Jack défila subitement devant ses yeux et il se rappela l'interprétation qu'en avait faite sensei Yamada. Les scorpions symbolisaient la traîtrise. Quatre signifiait la mort. Il avait été confronté successivement à la bande du Scorpion de Kazuki, au scorpion du défi à l'Âme et maintenant à l'emblème familial de ce guerrier. Le samouraï lui-même était-il le quatrième scorpion ?

« Je vois que tu es déjà en tenue de funérailles. Bonne idée, gaijin », se gaussa le samouraï, indiquant du doigt la poitrine du garçon.

Confus, ce dernier baissa les yeux sur son propre gi. Dans sa hâte à se préparer au duel, il avait refermé le pan droit au-dessus du gauche, comme lorsqu'on habille un cadavre pour les obsèques ! Comment était-il possible que personne ne l'eût remarqué auparavant ?

« Il y aura bientôt un gaijin de moins sur terre ! cria quelqu'un dans la foule.

— Fais de son premier sang le dernier ! » lança un autre spectateur.

Ces sifflets furent suivis par une cacophonie d'acclamations et de huées, l'assistance se divisant apparemment entre ceux qui soutenaient le gaijin et ceux qui l'exécraient.

Les cris s'enflèrent et Jack fut désorienté par le bruit, la chaleur et la confusion qui régnaient sur l'aire du duel. Après tous les conseils qu'il avait reçus, ses pensées tourbillonnaient dans sa tête. Il commença à respirer précipitamment et sensei Yamada, remarquant la panique qui le gagnait, vint se placer à côté de lui.

« Respire profondément. Tu dois te concentrer entièrement sur le combat.

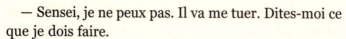

— Sensei, je ne peux pas. Il va me tuer. Dites-moi ce que je dois faire.

— Personne ne peut te donner de conseil plus avisé que toi-même, répliqua Yamada, posant une main apaisante sur le bras tremblant de Jack. Suis le conseil que tu adresserais à un autre. Demande-toi ce que serait ce conseil.

— Allez, petit garnement ! Assez perdu de temps, vociféra le samouraï, piaffant dans la poussière.

— N'aie pas peur de la peur elle-même », répondit Jack sans réfléchir.

Sensei Yamada approuva du chef : « Exactement. Rappelle-toi : ce samouraï est fait de chair et de sang. Ce n'est pas un moine de la montagne. »

L'air était terriblement sec. Jack avait l'impression que sa langue était encroûtée dans la poussière. Il voulut se lécher les lèvres, mais la peur semblait avoir totalement déshydraté l'intérieur de sa bouche.

Les pointes de leurs kissakis affrontés avaient des reflets rouge doré dans la lumière déclinante du soir. Jack ajusta une dernière fois son sabre dans sa main. Le katana de Masamoto, bien qu'il fût plus lourd que son bokken, était bien équilibré, sa lame d'acier effilée et exempte de tout gauchissement. Au cours des derniers mois, Jack s'était exercé à un si grand nombre de coupes avec l'arme qu'il aurait juré pouvoir l'entendre lui parler à l'oreille.

Il sentit une paix nouvelle l'envahir peu à peu.

Il n'était plus effrayé, seulement tendu. De même que la corde d'un gibet, il pouvait casser net à tout instant, mais il avait déjà soumis sa peur pendant le défi à l'Âme.

Jack se remémora les paroles de sensei Hosokawa : « *Les trois poisons pour un samouraï sont la peur, le doute et la confusion.* »

Il avait vaincu sa peur.

Il avait surmonté sa confusion.

Seul restait le doute.

Jack examina le visage dur de son adversaire. Les yeux gris de l'homme ne laissaient rien filtrer.

Là encore, le garçon eut le sentiment de regarder le visage de la mort.

Cette fois-ci, cependant, il n'hésiterait pas.

Il remarqua que le samouraï tenait son kissaki très légèrement trop bas, ouvrant ainsi une brèche en direction de sa gorge.

L'attaque fut si rapide qu'aux yeux des spectateurs elle ne fut pas plus distincte que l'envol d'un oiseau effarouché. Jack repoussa le sabre de l'autre et chercha à atteindre son cou.

La lame siffla.

Et manqua la cible.

Tout cela faisait partie de la tactique du samouraï. Ayant attiré son adversaire dans un piège, il contre-attaqua par une coupe destinée à lui ouvrir l'abdomen dans le sens de la hauteur.

Akiko, Emi et les autres poussèrent un grand cri d'angoisse quand le sabre du samouraï embrocha leur ami.

50
NON-SABRE

C'est seulement par le plus grand des hasards que Jack avait évité l'empalement. La lame avait bien percé le pan flottant de son gi, mais un peu sur le côté, si bien qu'elle n'avait qu'effleuré son flanc. Le garçon sentait encore le contact dur et froid de l'acier sur sa peau.

Stupide ! Stupide ! Stupide !

Il se maudit lui-même tout en passant rapidement derrière son adversaire et en déchirant un peu plus son gi dans sa fuite. Il mit hâtivement une certaine distance entre lui et le samouraï.

Qu'avait dit Masamoto ?

« *Quoi que tu fasses, ne le laisse pas t'entraîner dans sa sphère d'attaque.* »

C'était exactement ce qu'il venait de faire.

L'homme regarda le torse découvert de Jack, l'air déçu.

« Les gaijins ne saignent-ils pas ? »

Une vague de rires s'éleva de l'assistance.

« Bien sûr que non ! cria quelqu'un. Les gaijins sont comme les vers ! »

La foule se déchaîna, qui réclamant le sang de Jack, qui défendant son honneur. Le garçon sentit son anxiété grandir face au fanatisme des spectateurs. La plupart semblaient n'avoir aucune notion de ce qu'était le bushidō. Où était le respect ? l'honneur ? la bienveillance ? l'intégrité ou la rectitude morale ?

Faisant appel à tout son courage, Jack décida de leur montrer ce que signifiait exactement être un samouraï.

Ainsi que Masamoto le lui avait recommandé, il laissa sa peur tomber dans le lac de son esprit et disparaître comme des ondulations à la surface de l'eau.

Il calma sa respiration et réfléchit à la stratégie qu'il devait adopter.

La première rencontre avait été trop rapprochée.

Il savait qu'il n'aurait pas de seconde chance. Cette fois, il attendrait l'autre et l'adjurerait intérieurement d'entrer dans sa propre sphère d'attaque. Bien que Jack se sentît à présent complètement paisible, il fit semblant d'être en proie à l'affolement.

Il laissa son sabre trembler. Il simula une tentative de fuite en tournant autour de l'aire, jusqu'à ce qu'il eût le dos au soleil et que le samouraï dût plisser les yeux pour le regarder. Il se mit même à pleurer.

« S'il vous plaît... ne me tuez pas... », supplia-t-il.

Sasaki Bishamon secoua la tête d'un air dégoûté. Des « hou ! » jaillirent de la foule et Jack vit du coin de l'œil que Masamoto baissait la tête devant la reddition honteuse de son protégé.

« Tu es pitoyable. C'est donc ça le Grand Gaijin Samouraï ? cracha le guerrier, brandissant son sabre en direction du garçon. Il est temps que je te délivre de ta misère. »

Le katana haut levé, l'homme s'approcha à pas lents et mesurés, visiblement décidé à vider son adversaire de tout son sang.

Jack exhorta son esprit à couler comme l'eau.

Mushin.

Non-esprit.

Il laissa les aboiements de l'assistance s'évanouir à l'arrière-plan.

Non-son.

Il laissa le samouraï s'immobiliser.

Non-distraction.

Il laissa le sabre dans sa main devenir un avec son cœur.

Non-sabre.

L'autre frappa sans merci.

Le temps semblait s'être ralenti tandis qu'une compréhension spontanée de l'attaque germait dans l'esprit de Jack. Ce dernier savait exactement où le samouraï dirigeait son arme. Il savait à quel moment pénétrer dans son rayon d'action sans dommage. Il savait où frapper à son tour et comment.

Jack savait que c'était à présent la main de son esprit qui maniait le sabre.

Il agit intuitivement.

En trois coups rapides, le duel était terminé.

Avec la même précision que sensei Hosokawa coupant un grain de riz en deux, Jack porta au samouraï un coup de taille et trancha sa obi.

La ceinture de l'homme glissa au sol.

Puis, ce fut le tour de sa hakama.

Enfin, son serre-tête tomba lentement à terre, le kamon de scorpion coupé exactement par le milieu.

Le guerrier se tourna vers Jack et gronda, levant son arme pour riposter.

« Premier sang ! » déclara Masamoto, qui s'avança rapidement entre les deux combattants pour mettre un terme à l'affrontement.

L'incrédulité fit papilloter les yeux du samouraï. Un mince filet de sang traversait son front depuis l'endroit où le garçon l'avait égratigné de son kissaki.

« Toutes mes excuses, fit Jack en s'inclinant pour dissimuler un sourire. Je ne voulais pas vous blesser. »

L'un des spectateurs se mit à rire.

Puis un autre se joignit à lui. Puis encore un autre. Bientôt la foule entière partit de rire, tandis que de nombreuses femmes agitaient le petit doigt en direction du guerrier vaincu. Celui-ci se rendit progressivement compte qu'il était complètement nu, sa hakama autour des chevilles. Le samouraï regarda tout autour de lui, mortifié d'avoir perdu la face. Serrant contre lui ce qui restait de ses vêtements, il s'enfuit de l'aire du duel.

Jack fut assailli par ses amis et toute une flopée d'élèves de la Niten Ichi Ryu braillant pour le féliciter.

Le garçon ne comprit pas grand-chose à ce qu'on lui disait. En pensée, il était encore dans le duel. Mushin. Il avait maîtrisé mushin. Ou, du moins, il l'avait expérimenté. Plus important encore, pendant un bref instant, son sabre avait existé dans son cœur. Il était devenu une partie de lui-même.

Le sabre était vraiment l'âme d'un samouraï.

La foule s'ouvrit pour laisser le passage à Masamoto et sensei Hosokawa.

« Une ruse magistrale, Jack-kun. Je me suis laissé berner, dit Masamoto d'un ton élogieux. Si tu ne peux vaincre ton adversaire physiquement, tu dois alors duper son esprit. Tu as gagné mon respect.

— Je comprends, Masamoto-sama », répondit Jack, s'inclinant et remerciant Dieu que son mensonge au sujet du *routier* fût pardonné.

Quand il releva les yeux, sensei Hosokawa se tenait devant lui. Il examina le garçon de son regard pénétrant, tout en tirant pensivement sur sa courte barbe en pointe. Alors le maître de sabre eut un grand sourire plein de fierté.

« Jack-kun, tu es prêt. Tu m'as prouvé que tu comprenais vraiment la Voie du sabre. »

51

KUNOICHI

L a nuit était d'une chaleur estivale et la pièce privée d'air, aussi Jack transpirait-il désagréablement en cherchant à tâtons le *routier* de son père.

Le son haut perché d'une flûte de bambou, mêlé aux vibrants accents d'un *shamisen*, leur parvenait de la lointaine grand-chambre du palais du daimyō Takatomi, où tout le monde s'était rassemblé pour célébrer la fin du Cercle des Trois.

« Il n'est pas ici ! s'exclama Jack d'une voix paniquée.

— Tu en es sûr ? s'enquit Yamato.

— Oui. Je l'avais laissé sur le rebord supérieur, confirma son ami, émergeant de l'arrière de la tenture à la grue qui ornait le mur de la salle de réception. Mais il n'y est plus.

— Laisse-moi regarder », proposa Akiko. Elle monta sur l'estrade en bois de cèdre et scruta le recoin secret.

Tous les trois s'étaient esquivés pendant la cérémonie, laissant Saburo et Kiku veiller sur Yori. Leur intention était de récupérer le *routier* et de revenir avant que quiconque n'eût remarqué leur absence. Masamoto, qui était maintenant au courant de l'existence du livre de bord et désirait le voir, avait exigé que

Jack le lui apportât le matin suivant. Le garçon avait accepté, sans toutefois révéler l'emplacement de l'objet, de peur d'aggraver la colère du samouraï.

Cependant, il semblait qu'il fût trop tard. Œil-de-Dragon avait déjà dérobé le *routier*.

« Comment a-t-il pu entrer dans un château spécialement conçu contre les intrusions des ninjas ? se lamenta Jack, s'effondrant sur le plancher.

— Jack ! »

L'interpellé eut vaguement conscience qu'Akiko agitait quelque chose sous ses yeux.

« Est-ce que c'est ce que tu cherchais ? » La jeune fille sourit, brandissant le livre enveloppé dans sa toile cirée, avant de le fourrer entre les mains de son ami. « Il était simplement tombé par terre.

— Tu es... » commença Jack, mais il ne savait trop comment exprimer son soulagement et sa joie.

La musique dans la grand-chambre s'arrêta et, dans l'accalmie qui suivit, on entendit chanter un oiseau.

Un rossignol.

Le sourire de Jack disparut, alors que lui revenait en mémoire le système d'alarme original que le daimyō avait fait installer dans les planchers de sa résidence.

L'horreur grandissante qui se peignait sur ses traits se reflétait sur le visage des deux autres.

Quelqu'un venait.

« Vite ! Cache le *routier* ! » ordonna Akiko.

Le parquet rossignol chantait à chaque pas effectué par le nouveau venu dans leur direction.

Jack n'avait pas le choix. Il replaça le livre dans sa cachette et laissa la tenture retomber derrière lui.

À l'extérieur, le bruit du plancher cessa.

L'inconnu était derrière la porte.

Ils se regardèrent les uns les autres. Que devaient-ils faire ? Si c'était un garde, ils pouvaient prétendre s'être perdus ; mais si ce n'était pas le cas, ne devaient-ils pas être prêts à se battre ?

Le panneau de l'entrée coulissa. Dans l'embrasure apparut une silhouette agenouillée, le visage dissimulé dans l'ombre.

Personne ne bougea.

Jack remarqua que la tenture murale continuait à osciller légèrement et pria pour qu'elle s'immobilise.

La silhouette s'inclina et se releva.

Une belle femme vêtue d'un kimono vert jade, aux longs cheveux noués au-dessus de la tête et retenus par une épingle ornée, entra dans la pièce avec grâce.

« Le daimyō a pensé que vous aimeriez avoir quelques rafraîchissements pour votre fête privée », déclara-t-elle d'une voix douce, tout en posant un plateau avec une théière et quatre tasses en porcelaine sur un tatami.

Elle leur fit signe de s'asseoir.

Perplexes mais un peu rassurés, les trois adolescents obéirent. Jack regarda la femme verser du thé dans trois tasses. Elle lui sourit gentiment en lui offrant la première tasse, sans le quitter de ses yeux brillant comme des perles noires.

Jack attendit que ses amis fussent servis à leur tour.

Le parquet chanta à nouveau ; tous se figèrent.

La femme tira de sa obi un éventail aux branches métalliques noires et l'ouvrit d'un geste sec, révélant un dragon vert peint avec art, qui serpentait au milieu de montagnes brumeuses.

« Il fait plutôt chaud, fit-elle remarquer en agitant l'éventail devant son visage. Vous devez avoir soif. »

Jack, dont la bouche se desséchait de peur en entendant approcher un nouveau visiteur, leva la tasse vers ses lèvres.

La porte s'ouvrit pour la deuxième fois, et Emi apparut.

« Mon père se demandait où vous étiez tous, dit-elle, l'air passablement indignée de n'avoir pas été conviée à cette réunion privée. Il veut que vous... Qui êtes-vous ? »

La jeune fille fixait la femme au kimono vert. « Vous ne travaillez pas ici. »

Avant que quiconque réagisse, la femme lança son plateau sur Emi, répandant le thé sur le sol. Le plateau traversa la pièce en tournoyant, comme un grand shuriken carré, et atteignit la jeune fille à la gorge. Cette dernière s'écroula, inconsciente.

« *Kunoichi !* hurla Akiko, roulant à l'écart de la fausse servante.

— Ne bois pas, Jack ! s'écria Yamato, qui fit voler la tasse des mains de son ami. C'est du poison ! »

Momentanément abasourdi, Jack était incapable de faire autre chose que de contempler le tatami sur lequel le thé s'était déversé et d'où s'élevait une légère fumée âcre.

« Une ninja ? » fit-il d'une voix incrédule, levant les yeux sur la femme magnifique qui était devant lui. Il avait cru que tous les ninjas étaient des hommes.

L'espionne referma brutalement son éventail et le rabattit sur la tête du garçon comme une matraque. Yamato se jeta sur son ami, le repoussant hors d'atteinte du coup, mais lui-même reçut la tige d'acier contre la tempe. Il s'effondra et ne bougea plus.

Bondissant sur ses pieds, la kunoichi enjamba le corps de Yamato et se précipita sur Jack. Comme la femme s'apprêtait à frapper le garçon, Akiko lui fit lâcher son éventail d'un coup de pied ascendant.

La ninja riposta immédiatement par un coup de pied dévastateur dans l'estomac de la jeune fille, qu'elle projeta à l'autre bout de la pièce.

Profitant de ce moment de distraction, Jack parvint à se mettre debout. Voyant que ses amis gisaient, blessés, autour de lui, il se lança dans la bagarre avec des forces décuplées par la fureur.

La kunoichi battit en retraite devant le crochet du pied de son adversaire. Elle baissa la tête, tout en passant la main au-dessus de son chignon. Ses cheveux cascadèrent dans son dos et, de leur masse sombre, un éclair jaillit en direction de l'œil droit de Jack.

Le garçon recula en trébuchant pour éviter l'épingle acérée, dont la pointe luisante manqua de peu son globe oculaire.

La femme le visa une fois encore au visage, mais le manqua à nouveau.

Jack regarda l'aiguille d'acier passer sur sa gauche et, soudain, le cours de sensei Kano sur la manière de « se battre sans les yeux » lui revint à l'esprit. Son regard avait instinctivement suivi l'arme étincelante, mais les jets violents de la ninja étaient en fait une tactique de diversion.

Quand le garçon se retourna pour faire face à son adversaire, celle-ci tenait sa paume ouverte devant sa bouche, et elle lui souffla dans les yeux un nuage de poussière noire scintillante.

Le mélange de sable, de sciure et de poivre fit rouler de grosses larmes sur les joues de Jack.

Le monde autour de lui s'obscurcit.

Il était aveuglé.

52

SASORI

« Akiko ! Je ne vois rien ! »
Elle plongea pour le protéger ; Jack entendit
siffler l'épingle à cheveux et s'entrechoquer des bras avec
un bruit sourd, tandis que son amie bloquait une nouvelle
attaque de la kunoichi. D'après le son, il lui sembla
qu'Akiko ripostait par un coup de pied frontal car il
entendit la femme trébucher en arrière, gémissant
comme si elle avait été touchée. Ses yeux étaient comme
des geysers brûlants et la douleur l'obligeait à les garder
fermés. Privé de la vue, il ne pouvait qu'écouter la bagarre
entre la jeune fille et la ninja à l'autre bout de la pièce.

« Attention ! » cria Akiko.

Le garçon se mit instantanément en garde, tâton-
nant pour trouver le contact avec son adversaire et
pouvoir utiliser ses compétences en *chi sao*, mais la
femme lui échappa. Il se concentra sur le halètement
de celle-ci et parvint à la localiser ; cependant, Akiko
s'élança entre eux pour contrer une attaque imprévue
de la kunoichi. À présent, Jack ne pouvait riposter de
peur de blesser son amie.

Derrière lui, il eut l'impression d'entendre un léger
froissement provenant de la tenture à la grue, suivi

d'un bruit de pas étouffé. Puis, il sentit l'estrade sur laquelle il se trouvait s'affaisser très légèrement sous le poids d'un nouveau venu.

Jack pivota sur lui-même, maintenant sa garde pour se protéger le visage.

Ses bras percutèrent un poing qui avait été dirigé sur l'arrière de son crâne. Laissant son entraînement au *chi sao* le guider, il suivit la courbure du bras de son attaquant et lança ses doigts tendus contre sa gorge. Son geste fut repoussé sur le côté par un blocage, immédiatement suivi d'une contre-attaque. Aussitôt, le garçon devina la trajectoire de cette dernière et la dévia au moyen d'un blocage interne, faisant passer son bras au-dessus de celui de l'autre et lui envoyant au visage un coup puissant avec l'arrière du poing.

Il atteignit son adversaire à la mâchoire.

L'ébranlement fut rude mais n'arracha au ninja qu'un rire semblable au grincement d'une scie rouillée.

Jack perdit le contact avec son attaquant, qui recula hors d'atteinte.

« Impressionnant, gaijin, siffla Œil-de-Dragon. Mais ce qui l'est plus encore, c'est que tu sois toujours en vie. Tu devrais être un ninja, pas un samouraï ! »

Le cœur du garçon bondit douloureusement dans sa poitrine. La proximité du tueur faisait se contracter tout son corps et l'oppressait.

« Je n'ai pas peur de vous, déclara Jack par bravade, avec toute la conviction dont il pouvait encore faire preuve.

— Bien sûr que si, rétorqua Œil-de-Dragon, tournant lentement autour de lui. Je suis la souffrance qui s'insinue dans tes os pendant la nuit. Le feu qui court

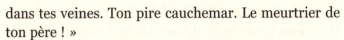

dans tes veines. Ton pire cauchemar. Le meurtrier de ton père ! »

L'homme attaqua avec une rapidité telle que Jack n'eut pas le temps de réagir. Le ninja toucha un point à la naissance de son épaule et une douleur intolérable lui parcourut le bras droit. Le garçon vacilla vers l'arrière, cherchant à reprendre sa respiration, avec l'impression que son membre avait été jeté dans un brasier incandescent.

« Mais je perds mon temps, ici, cracha le ninja, comme s'il était las de tourmenter sa victime. J'ai ce pour quoi je suis venu. »

À travers sa douleur, Jack discernait confusément des formes, des ombres noires devant un brouillard gris. La souffrance lui aiguisait l'esprit et il retrouvait peu à peu la vision.

« Sasori, arrête de taquiner la fille ! ordonna Œil-de-Dragon. Tue-la, puis tue le gaijin. »

Jack battit des paupières pour chasser ses larmes et aperçut sur sa gauche la vague silhouette encagoulée du ninja, qui se découpait contre un mur brumeux.

« Ne me déçois pas encore, gaijin. Reste mort, cette fois. »

Jack, qui entendait exactement où se trouvait l'homme, décocha un crochet du pied vers la tête de son ennemi.

Sa jambe ne rencontra que l'air.

Œil-de-Dragon s'était évanoui.

Quelqu'un laissa échapper un léger soupir ; aussitôt après, un corps s'effondra sur le sol.

« Akiko ! »

Pas de réponse.

« Akiko ? répéta Jack, maintenant inquiet pour la jeune fille.

— Ta jolie petite amie est morte, gaijin, ricana la kunoichi. J'ai plongé mon aiguille empoisonnée dans son cou délicat. »

Le froid envahit le cœur du garçon, plus douloureux que toutes les tortures d'Œil-de-Dragon.

Jack se jeta sur l'assassin d'Akiko. Il ne se souciait plus de rien ; il ne réfléchissait plus à ce qu'il faisait. Il frappait, tout simplement.

La kunoichi se débattit sous cet assaut furieux.

Une pluie de coups la submergea.

L'avant-bras de Jack heurta la garde de la femme et lui fit lâcher son épingle mortelle, qui vola à travers la pièce.

Le garçon augmenta sa pression. La résistance de la ninja commença à mollir. Jack lui donna alors de toutes ses forces un coup de pied latéral dans la poitrine. L'autre tomba en arrière, atterrissant lourdement sur l'estrade, et poussa un hurlement.

« Bats-toi ! » rugit Jack, les yeux emplis de larmes piquantes, non plus causées par la poudre mais par l'affliction.

Il n'y eut pas de réponse.

Le garçon se frotta les yeux. Sa vue était encore brouillée, mais il voyait néanmoins de mieux en mieux.

La kunoichi offrait le spectacle d'une masse informe et immobile sur l'estrade.

Il ne pouvait pas l'avoir frappée si fort, se dit Jack, pas assez fort pour la tuer.

Il s'approcha prudemment et tapota la jambe de la femme du bout du pied. Elle n'eut aucune réaction. Ses yeux noirs étaient ternes et sans vie, leur éclat de perles noires avait disparu.

Jack retourna le corps.

L'épingle d'acier décorée était plantée dans son dos, tel l'aiguillon d'un scorpion. La femme avait été tuée par son propre poison.

Sasori, pensa Jack, hébété, Œil-de-Dragon l'avait appelée Sasori.

Scorpion.

En dépit de ses efforts pour le nier, son rêve était devenu réalité.

Quatre scorpions.

La bande de Kazuki. Le défi à l'Âme. Le guerrier. La kunoichi.

Quatre signifiait la mort. Mais ce n'était pas la sienne que le rêve avait annoncée. C'était celle d'Akiko.

Le garçon, remarquant à peine l'état de dévastation de la salle de réception, tomba à genoux. Yamato se traînait vers lui au milieu des éclats de tasses. Emi, le cou bleu et enflé, ne bougeait toujours pas, bien que Jack pût voir qu'elle respirait encore.

La tenture à la grue avait été arrachée du mur et la niche béait, noire et vide comme l'orbite d'un squelette.

Œil-de-Dragon avait le *routier*.

Le garçon rampa jusqu'à Akiko.

Elle était étendue sur les tatamis, totalement immobile, avec une minuscule tache de sang là où s'était enfoncée l'épingle à cheveux. Jack, éclatant en sanglots, berça le corps sans vie de son amie entre ses bras.

53
LA VOIE DU DRAGON

« C'EST CE QUE TU APPELLES ÊTRE UN SAMOURAÏ ? »
Masamoto ne put retenir davantage son
courroux.

Il avait conservé son sang-froid lorsqu'on avait
retrouvé Jack et les autres dans la salle de réception. Il
avait posément organisé les recherches pour capturer
Œil-de-Dragon, ainsi que renforcé la protection du daimyō. Il avait calmement supervisé le retour sain et sauf
des élèves à la Niten Ichi Ryū. Il avait même gardé le
contrôle de lui-même quand Jack avait expliqué la raison pour laquelle il avait caché le *routier* dans le château de Takatomi.

Mais à présent il hurlait sa colère contre Jack. Le
garçon, prostré sur le sol de la Maison du phénix, tres-
saillait à chacun des mots que beuglait le samouraï,
tous aussi tranchants qu'une lame de katana.

« Tu as sacrifié tes amis, bafoué ma confiance et,
par-dessus tout, mis en danger la vie du daimyō, tout
ça pour le *routier* de ton père ! »

Masamoto le fixait d'un œil féroce, fumant d'une
colère trop longtemps contenue, visiblement incapable
d'exprimer par des mots la fureur qu'il ressentait. Les

cicatrices sur son visage devenaient plus rouges d'instant en instant.

« Je pouvais te pardonner ton mensonge, mais là, comment pourrais-je fermer les yeux ? Tu as fait du château du daimyō la cible du ninja ! souffla-t-il, chuchotant presque, comme s'il redoutait que la violence de ses paroles ne se transforme en actes. Je croyais que tu comprenais ce que signifiait être un samouraï. Ton devoir va à ton daimyō comme à moi-même. Tu as enfreint le code du bushidō ! Où était ta loyauté ? Ton respect ? Ma protection ne t'a-t-elle pas prouvé que tu pouvais te fier à moi ? »

Masamoto avait les yeux embués de larmes. L'idée que Jack ne lui eût pas fait confiance, et pût ne pas le respecter, semblait décevoir au plus haut point le grand samouraï.

« Hors de ma vue ! »

Jack était assis sur une branche du vieux pin au fond du Nanzen-niwa. Caché dans les ténèbres, il se laissait aller au découragement, tapant du pied contre l'étançon de l'arbre, à en faire trembler les branches.

Il tourna la tête vers la voûte nocturne, formant le vœu qu'elle puisse l'aspirer jusqu'à elle, mais les étoiles ne purent le réconforter. Elles lui rappelèrent seulement à quel point il était solitaire et perdu. Les temps changeaient au Japon, et les étrangers comme lui étaient moins que jamais les bienvenus. Non seulement il subissait l'ostracisme des habitants du pays, mais il s'était aliéné sa seule protection. Il avait retourné Masamoto contre lui.

Il n'avait nulle part où s'enfuir et nulle part où se cacher.

Œil-de-Dragon avait fini par mettre la main sur le *routier* de son père.

Jack maudit sa propre stupidité. Son échec.

Il avait manqué à ses engagements envers la mémoire de son père, car le livre de bord ne lui appartenait désormais plus.

Il avait manqué à ses engagements envers sa petite sœur, car il avait perdu leur seul héritage, l'unique chose qui pouvait l'aider à rentrer dans leur pays et assurer leur avenir.

Il avait manqué à ses engagements envers ses amis, car il s'était montré incapable de les aider.

Jack avait perdu tout ce qu'il y avait de plus précieux pour lui.

La tête entre les mains, secoué de sanglots, il se demanda s'il devait quitter l'école immédiatement, ou attendre le matin.

« Tout n'est pas perdu, jeune samouraï. Il faut garder espoir. »

Jack leva les yeux, toujours pleurant. Il n'avait pas même entendu le vieil homme approcher.

Sensei Yamada était courbé sur sa canne et le fixait avec une affection soucieuse, tout en enroulant pensivement l'extrémité de sa longue et fine barbe autour d'un doigt osseux.

« Une tempête dans la nuit, c'est tout, dit-il, cherchant à apaiser la souffrance du garçon d'une voix douce et empreinte de gentillesse. Avec le temps, sa colère passera et il te verra comme le samouraï que tu es. Tout sera pardonné.

— Comment est-ce possible ? Je l'ai trahi, se lamenta Jack, le cœur à vif. Je lui ai manqué de respect.

J'ai trompé sa confiance. Contrevenu au véritable esprit du bushidō qui l'anime.

— Jack-kun, tu respires le bushidō. »

Le vieux maître zen posa la main sur le bras du garçon et le tapota doucement. « Une petite promenade t'éclaircira l'esprit. »

Jack le suivit machinalement, cheminant à son côté comme un fantôme, pas réellement présent, mais néanmoins attentif au conseil de son sensei.

« Je ne peux pas excuser ton mensonge à Masamoto-sama à propos du *routier*, mais tu as prouvé ton honnêteté en te confessant spontanément, commença Yamada, balayant un caillou du chemin avec sa canne. Il est malheureux que tu aies fait le choix du château pour cacher ton précieux livre de bord. Tu n'avais pas mesuré toutes les conséquences de ce geste. »

Jack hocha gravement le chef.

« Néanmoins, j'ai bien conscience qu'en prenant cette décision tu n'avais aucune intention de nuire au daimyō. Ta loyauté envers ton protecteur et tes craintes pour sa vie t'ont amené à croire que le mensonge était préférable à la vérité, et le château plus sûr que l'école. Quelque erronés que fussent tes calculs, ton intention était de le protéger, de remplir ton devoir. C'est ce que Masamoto-sama finira immanquablement par comprendre. »

Comme ils atteignaient l'une des grosses pierres dressées au centre du jardin, sensei Yamada en caressa la surface lisse.

« Tu as la tête dure comme ce rocher, Jack-kun. L'intrépidité avec laquelle tu mets tes plans en œuvre et ta propension à vouloir résoudre tes problèmes seul sont pour Masamoto-sama un rappel de sa propre jeunesse. Lui aussi était un esprit farouchement indépendant. »

Sensei Yamada adressa au garçon un regard intense, que ce dernier eut du mal à soutenir.

« C'est pourquoi ses émotions sont si fortes. Masamoto-sama voit en toi son propre reflet. Il n'est pas en colère. Il a peur. Peur que ce démon de Dokugan Ryu lui prenne un autre fils. »

Le sensei conduisit Jack en dehors du jardin et lui fit traverser la cour déserte de la Niten Ichi Ryu. Chaque galet reflétait le clair de lune, comme autant de vaguelettes à la surface d'un océan sur lequel ils voguaient vers la Salle de Bouddha.

« Tu penses avoir enfreint le code du bushidō ? »

Jack fit oui de la tête, trop bouleversé pour prononcer un mot.

« Eh bien ! tu te trompes ! Ce que tu as accompli ce soir, et lors de chacune de tes rencontres précédentes avec ce ninja, prouve définitivement que tu es un samouraï. Ta bravoure ne peut qu'être applaudie. La bienveillance dont tu fais preuve à l'égard des autres ainsi que ta compassion pour tes amis sont ce qui vous relie, ce qui te protège. C'est ce qui te permet de continuer à te battre envers et contre tout. C'est un principe vraiment honorable. La véritable essence du bushidō. »

Comme ils montaient les degrés de pierre du Butsuden, le garçon se sentit encouragé par la sagesse de son sensei et, à chaque nouveau pas, il avait l'impression qu'une de ses erreurs était rachetée.

« Tu as toujours fait ce que tu pensais être juste. C'est la première vertu du bushidō. La rectitude. Ta bonté de cœur est la seule chose que Dokugan Ryu ne

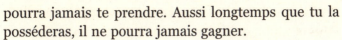

pourra jamais te prendre. Aussi longtemps que tu la posséderas, il ne pourra jamais gagner.

— Mais j'ai commis une erreur impardonnable, protesta Jack, et je ne peux revenir en arrière.

— Il n'y a pas d'erreurs, jeune samouraï. »

Sensei Yamada fit entrer son élève dans le Butsuden. Le grand Bouddha de bronze était assis en méditation silencieuse, dominant les flammes vacillantes des chandelles et les points rougeoyants des bâtons d'encens. La cloche du temple était suspendue immobile à l'arrière de la tête de la statue, comme une auréole, et Jack se demanda si cent huit coups suffiraient à absoudre ses péchés aux yeux de Bouddha. Mais d'abord, il devait répondre de ses actes devant son propre dieu.

« Les erreurs sont nos professeurs, expliqua le maître zen, avant de s'incliner devant le Bouddha. Si tu les reconnais pour ce qu'elles sont, elles peuvent t'aider dans ton apprentissage de la vie. Chaque erreur t'enseigne quelque chose de nouveau à ton propre sujet. Rappelle-toi : il n'y a pas d'échec, si ce n'est de ne pas essayer plus longtemps. C'est le courage de continuer qui compte. »

Jack s'inclina et, dans son désespoir, demanda à la fois la bénédiction de Bouddha et celle de Dieu.

Sensei Yamada lui fit signe d'entrer dans une pièce latérale du bâtiment.

« Tu peux la voir, maintenant. »

La lueur dorée des chandelles baignait la petite chambre. Jack baissa la tête et entra seul dans la pièce au lourd parfum d'encens et de plantes médicinales.

Akiko était allongée sur un épais futon, revêtue d'un élégant kimono de soie crème et or, sur lequel étaient finement brodées des pousses de bambou vert pâle.

Jack s'approcha lentement et s'agenouilla à côté d'elle.

La jeune fille semblait endormie. Il lui prit délicatement la main. Celle-ci était fraîche au toucher.

« Ainsi ton premier rêve nous a prédit notre avenir à tous les deux, murmura-t-elle d'une voix rauque mais non dépourvue d'énergie.

— Tu as de la chance d'être encore en vie, dit Jack, serrant la main de son amie avec affection.

— Le mont Fuji, un faucon et une feuille de nasu, rit faiblement Akiko. Sensei Yamada avait raison, ils nous ont apporté toute la chance du monde. Qu'aurions-nous pu souhaiter de plus ? »

Une explication, pensa Jack, mais il laissa passer cette idée. Ce n'était pas le moment de lui demander comment elle avait miraculeusement survécu.

Jack avait entendu sensei Yamada et sensei Kano parler entre eux de dokujutsu, lorsqu'ils avaient alité la jeune fille dans la Salle de Bouddha pour qu'elle puisse se rétablir en paix. Les deux senseis étaient tombés d'accord pour conclure que quelqu'un l'avait aidée à développer une tolérance aux poisons des ninjas. Le garçon suspecta le moine du temple du Dragon paisible d'être la personne en question. Il se rappela comme Akiko avait paru malade au Nouvel An. Elle avait dit à Kiku que c'était à cause de quelque chose qu'elle avait bu, puis s'était rendue directement chez le bonze pour trouver de l'aide. Son état était-il le résultat de ses tâtonnements pour se mithridatiser ? La jeune fille avait beaucoup de choses à expliquer mais, pour l'instant, Jack était simplement heureux qu'elle fût vivante.

« Je suis tellement désolé, Akiko. J'aurais dû t'écouter. Quoi qu'en dise sensei Yamada, j'ai fait une erreur stupide en ne...

— Jack, ce n'était pas ta faute, l'interrompit-elle, posant doucement un doigt sur les lèvres du garçon. Le seul à avoir fait une erreur, c'est Œil-de-Dragon : il t'a laissé en vie. »

La jeune fille lui fit signe de se rapprocher, attirant son visage contre le sien.

Leurs joues se touchèrent et Jack reçut le souffle chaud de son amie sur sa peau comme une bénédiction. Pendant ce bref moment, il éprouva une paix totale, en sécurité dans ses bras.

Akiko lui chuchota à l'oreille : « Tu dois reprendre possession du *routier*. Tu dois suivre la Voie du dragon. »

Notes sur les sources

Les citations et faits suivants sont rapportés dans le texte de *Young Samurai : La Voie du sabre*. Les sources sont mentionnées ci-dessous :

1. Page 17. Cette ancienne comptine anglaise, dont le titre original est *A man of words and not of deeds*, provient d'une pièce de John Fletcher (auteur dramatique contemporain de Shakespeare ; 1579-1625) intitulée *Lover's Progress*.

2. Page 83. « Quand le thé est préparé avec de l'eau puisée dans les profondeurs de l'esprit, dont le fond est au-delà de toute mesure, nous tenons vraiment ce qu'on appelle cha-no-yu » (Toyotomi Hideyoshi, samouraï et daimyō ; 1537-1598).

3. Page 84. Le thé a été introduit en Angleterre vers 1652 par des marchands hollandais, qui avaient commencé à en rapporter en Europe en 1610. Les Anglais se sont donc mis au thé tardivement.

4. Page 202. « Dans un combat entre un corps puissant et une technique puissante, la technique l'emporte. Dans un combat entre une technique puissante et un esprit puissant, l'esprit l'emporte, parce qu'il trouvera le point faible de votre adversaire »

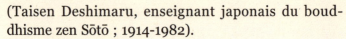

(Taisen Deshimaru, enseignant japonais du bouddhisme zen Sōtō ; 1914-1982).

5. Page 245. « Ceux d'ici et maintenant, ceux déjà
allés, ceux encore à venir. » Texte basé sur un chant
bouddhique traditionnel.

REMERCIEMENTS

Je m'incline profondément et exprime mon profond respect aux personnes suivantes, qui sont toutes des membres vitaux de l'équipe Young Samurai : Charlie Viney, mon agent, pour ses conseils dans la diffusion du projet à une échelle mondiale et son dévouement constant à ma carrière ; Shannon Park, mon éditrice chez Puffin, pour avoir pris avec tant de compétence le relais de Sarah Hughes et avoir effectué exactement les bonnes coupes et suggestions ; Louise Heskett, dont la passion, le dévouement et l'enthousiasme sont dignes du plus grand samouraï ; Adele Minchin et Penny Webber pour avoir lancé une vaste campagne promotionnelle et submergé les foules ; ainsi que toute la merveilleuse équipe de Puffin Books, en particulier Francesca Dow ; Pippa Le Quesne pour ses conseils et suggestions de la première heure ; Tessa Girvan d'ILA pour découvrir sans cesse de nouveaux pays dans lesquels faire connaître *Young Samurai* ; Akemi Solloway Sensei pour être un si généreux supporter de la série (lecteurs, s'il vous plaît, visitez *solloway.org*) ; Trevor Wilson d'Authors Abroad pour son professionnalisme dans l'organisation des événements accompagnant les publications de *Young Samurai* ; Ian, Nikki et Steffi

Chapman pour leur merveilleux soutien ; David Ansell, Sensei du dojo Shin Ichi Do, pour ses excellents cours et conseils ; ma mère qui est mon fan numéro un ; mon père, sans lequel ces livres n'auraient pas autant de force ; et mon épouse, Sarah, qui donne un sens à tout cela. Enfin, tous les bibliothécaires et enseignants qui ont encouragé la série (vous êtes ma force ninja !) et tous les lecteurs de *Young Samurai* – merci d'acheter le livre, de le lire et de m'envoyer des e-mails et des lettres pour me dire à quel point vous l'avez aimé. Tout cela fait que ce (gros) travail en vaut la peine.

LES SEPT VERTUS DU BUSHIDŌ

Le Bushidō (la « Voie du guerrier ») est un code de conduite comparable à celui de l'ancienne chevalerie européenne. Les guerriers samouraïs devaient obéir à sept principes moraux dans leur pratique des arts martiaux, ainsi que dans leur vie quotidienne.

義	**Vertu n° 1 : *Gi* – la rectitude** *Gi* est l'aptitude à prendre la décision juste sur le plan moral et à traiter les autres avec équanimité, quels que soient leur couleur de peau, leur origine géographique, leur sexe ou leur âge.
勇	**Vertu n° 2 : *Yū* – le courage** *Yū* est l'aptitude à affronter n'importe quelle situation avec vaillance et confiance.
仁	**Vertu n° 3 : *Jin* – la bienveillance** *Jin* est un mélange de compassion et de générosité : cette vertu va de pair avec gi pour empêcher les samouraïs d'utiliser leurs compétences avec arrogance ou pour dominer les autres.

礼	**Vertu n° 4 :** *Rei* – le respect *Rei* concerne la courtoisie et le comportement adéquat vis-à-vis de l'autre. Cette vertu signifie en fait respecter tous les autres.
真	**Vertu n° 5 :** *Makoto* – l'honnêteté *Makoto* consiste à être honnête avec soi-même comme avec les autres. Cela veut dire agir de manière juste sur le plan moral et toujours faire les choses du mieux qu'on le peut.
名誉	**Vertu n° 6 :** *Meiyo* – l'honneur *Meiyo* est recherché avec une attitude d'esprit positive, mais ne pourra découler que d'un comportement correct. La réussite est un but honorable vers lequel diriger ses efforts.
忠義	**Vertu n° 7 :** *Chūgi* – la loyauté *Chūgi* est la base de toutes les autres vertus ; sans dévouement et loyauté envers la tâche en cours et les uns envers les autres, on ne peut espérer atteindre le résultat attendu.

GLOSSAIRE

atemi	coup porté
bō	bâton de combat
bōjutsu	l'« art du *bō* »
bokken	sabre de bois
bushidō	la « Voie du guerrier ». Désigne le code de conduite des samouraïs (encore appelés « bushis »)
Butokuden	« Salle des vertus de la guerre »
Butsuden	« Salle de Bouddha »
cha-no-yu	« rencontre de thé »
chiburi	petit mouvement destiné à secouer le sang déposé sur la lame d'un sabre
chi-sao	mot chinois signifiant les « mains collantes ». Technique de combat à mains nues dans laquelle chacun des adversaires s'efforce de rester en contact avec la garde de l'autre
Chō-no-ma	« Maison des papillons »
chūdan	« niveau moyen ». Abdomen

chūmon	« porte du milieu ». Portail intermédiaire situé entre deux parties d'une cour ou d'un jardin
daimyō	seigneur féodal
daishōs	sabres du samouraï (*katana* et *wakizashi*). Symboles de son honneur et de sa position sociale
dim mak	mot chinois signifiant le « toucher de la mort ». Art martial consistant à atteindre les points vitaux du corps de l'adversaire
dōjō	« lieu de la pratique de la Voie ». Espace réservé à la pratique des arts martiaux ou à celle de la méditation
dokujutsu	l'« art du poison »
fudōshin	l'« esprit immobile », un esprit d'un calme imperturbable
futon	lit japonais : mince matelas posé à même le sol de tatamis, et replié (ou roulé) pendant la journée
gaijin	« étranger » (terme à connotation souvent péjorative)
Ganjitsu	fête du Nouvel An
gi	terme parfois utilisé dans les arts martiaux pour désigner le kimono d'entraînement, comprenant une veste et un pantalon (le mot complet, en japonais, est *keikogi*)
hai	« oui »
hajime	« début »

hakama	pantalon large porté par les samouraïs et utilisé aujourd'hui dans la pratique de certains arts martiaux
hanami	« regarder les fleurs ». Fête organisée pour la floraison des cerisiers
haori	sorte de veste qui se porte par-dessus un kimono
hashi	baguettes
hara-kiri	action d'« ouvrir le ventre ». Méthode utilisée dans les suicides rituels au Japon (appelés *seppuku*)
hatsuhinode	le premier lever de soleil de l'année
hondō	bâtiment principal d'un temple
Hōō-no-ma	« Maison du phénix »
Ichi-go, Ichi-e	« une (seule) fois, une rencontre »
inrō	petite boîte destinée à transporter avec soi de menus objets
irezumi	forme de tatouage
itadakimasu	formule de remerciement prononcée avant de manger
kamon	« emblème »
kami	dieux japonais, souvent liés aux forces de la nature
kanji	idéogrammes de l'écriture chinoise, également utilisés dans l'écriture japonaise, où ils sont associés à des signes phonétiques

kata	« forme, modèle ». Dans les arts martiaux, enchaînement prédéfini de mouvements
katame waza	techniques de contrôle
katana	sabre long
kendōka	pratiquant du *kenjutsu*
kenjutsu	l'« art du sabre »
ki	force vitale
kiai	littéralement : l'« esprit concentré » – le mot est utilisé dans les arts martiaux en tant que cri permettant de concentrer l'énergie pour exécuter une technique
kimono	« vêtement ». Aujourd'hui, au Japon, ce terme désigne le vêtement traditionnel long et ample, constitué d'une seule pièce et fermé par une *obi*. En dehors du Japon, il désigne également la tenue d'entraînement utilisée dans les arts martiaux (voir *gi*)
kissaki	pointe du sabre
kōan	sortes d'énigmes utilisées par les maîtres *zen* pour aider leurs disciples à obtenir l'illumination
koto	instrument à treize cordes
kumite	entraînement à deux au combat à mains nues
kunoichi	femme ninja
kyūdōka	pratiquant du *kyūjutsu*
kyūjutsu	l'« art de l'arc »

makiwara	poteau de frappe matelassé
mantra	mot sanskrit. Formule sacrée dont le pouvoir est contenu dans les sonorités autant que dans le sens (parfois perdu) des mots. Les mantras sont largement utilisés dans le bouddhisme
menuki	élément décoratif appliqué sur la poignée d'un sabre
miso	pâte fermentée à base de riz et de graines de soja
mochi	bouchée sucrée à base de pâte de riz
mokusō	« méditation silencieuse »
momiji gari	« poursuite des feuilles rouges ». Contemplation des feuilles d'érable (à l'automne)
musha shugyō	expression désignant le voyage de formation des guerriers
mushin	« non-esprit ». Attitude d'esprit d'un guerrier (notion originellement développée dans la philosophie du bouddhisme zen)
nage waza	techniques de projection
Nanzen-niwa	« Jardin zen du sud »
nasu	aubergine (le verbe de même prononciation, *nasu*, signifie « accomplir »)
ninja	espions-assassins du Japon médiéval. Également appelés *shinobi*

ninjutsu	l'« art d'agir à la dérobée ». Ensemble des techniques propres aux ninjas
Niten Ichi Ryū	« École unique des Deux Ciels »
obi	large ceinture portée par-dessus le *kimono*
ofuro	bain traditionnel japonais. On y entre après s'être lavé et plusieurs personnes peuvent s'y baigner sans changer l'eau, voire en même temps
onsen	source chaude ; établissement de bain utilisant l'eau d'une telle source (il y a des *onsen* dans tout le Japon, du fait de la forte activité volcanique du pays)
origami	l'art de « plier le papier »
ozoni	soupe traditionnellement servie à l'occasion du Nouvel An
randori	entraînement libre
rei	salut, inclination de la tête ou du buste
roji	jardin de thé
sadō	la « Voie du thé »
sake (saké)	alcool de riz (ayant un titre d'alcool comparable à celui du vin)
sakura	terme désignant à la fois les cerisiers ornementaux japonais et leurs fleurs
sashimi	tranche de poisson cru
sasori	scorpion
satori	illumination, éveil

saya	« fourreau »
sayonara	« au revoir »
seiza	position assise sur les talons, genoux au sol
sencha	thé vert en feuilles
senbazuru orikata	la « manière de plier mille grues »
sensei	enseignant (littéralement : « celui qui est né avant »). Titre de politesse (équivalent à « professeur » ou « maître »)
seoi nage	projection avec l'épaule (littéralement : « projeter en portant sur le dos »)
shaku	unité de mesure correspondant à environ 30 centimètres
shamisen	instrument à trois cordes
shinobi	voir *ninja*
shinobi shozoku	tenue des *ninja*
Shishi-no-ma	« Maison des lions »
shodō	la « Voie de l'écriture ». Calligraphie japonaise
shōji	cloison coulissante, constituée d'un quadrillage de bois recouvert de papier. Plusieurs shōjis constituent une paroi permettant de clore une pièce tout en laissant passer la lumière du jour
shuriken	étoiles métalliques utilisées comme arme de jet

sōhei	moines guerriers
sumo	lutteur traditionnel japonais
sushi	terme désignant une grande variété de plats culinaires contenant du riz vinaigré et sucré. Les plus connus sont constitués d'une boulette de riz coiffée d'une tranche de poisson cru
shi	« quatre ». Comme beaucoup de mots japonais, *shi* a de nombreux homonymes (qui se prononcent de la même manière mais s'écrivent à l'aide de kanjis différents). *Shi* peut également vouloir dire « la mort »
taijutsu	l'« art du corps » (combat au corps à corps)
Taka-no-ma	« Salle du faucon »
takuan	radis blanc préparé sous forme de pickles colorés en jaune
tamashiwari	« Jugement du bois » ; casse de bois
tantō	poignard
tatami	natte en paille de riz, de forme rectangulaire et de taille variable selon les régions japonaises. Le sol d'une pièce moyenne est recouvert de six à huit tatamis
tempura	sortes de beignets (de crevettes ou de légumes le plus souvent). Le mot est d'origine portugaise
Tendai	école du bouddhisme japonais, très influente à l'époque médiévale
tetsu bishi	arme métallique à quatre pointes destinée à blesser des poursuivants

tōfu	sorte de fromage de soja
tomoe nage	projection en cercle
toshigami	esprits du Nouvel An
unagi	anguille de mer
wakizashi	court sabre d'appoint
washi	papier japonais
yamabushi	moine bouddhiste itinérant
yame	« arrêtez ! »
yukata	« vêtement de bain ». Kimono léger qu'on revêt pour se rendre au *ofuro* et qui peut également tenir lieu de robe de chambre ou de chemise de nuit
yuki gassen	bataille de boules de neige
zabuton	coussin de forme carrée. En hiver, on dispose de minces *zabuton* sous les coussins de méditation (*zafu*) afin de se protéger du froid du sol
zazen	« méditation assise », pratique fondamentale de l'école *zen*
zen	nom donné à l'une des principales écoles du bouddhisme japonais, fondée en Chine par le légendaire Bodhidharma (en japonais : Daruma)

COMMENT PRONONCER
LES MOTS JAPONAIS ?

Les voyelles se prononcent comme en français, sauf le *u*, qui se prononce « ou » et le *e* qui se prononce toujours « é ».

Chaque voyelle est prononcée séparément (voir les exemples ci-dessous).

Un accent sur une voyelle (*ā, ō, ū*) indique que la prononciation de celle-ci doit être prolongée.

Les consonnes se prononcent comme en français, sauf le *r* qui se prononce « l », le « j » qui se prononce « dj » (comme dans « adjacent »), le « g » qui se prononce toujours « gu » (comme dans « aguerrir ») et le « s » qui, placé entre deux voyelles, ne se prononce pas « z » mais « ss » (comme dans « essentiel »).

« ch » se prononce « tch » (comme dans « atchoum »). Les « n » en fin de mot se prononcent toujours.

Exemples :
arigatō gozaimasu se prononce « aligatoogozaimassou »

hajime se prononce « hadjimé »

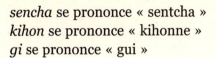

sencha se prononce « sentcha »
kihon se prononce « kihonne »
gi se prononce « gui »

Origami :
COMMENT PLIER UNE GRUE EN PAPIER

Par Akemi Solloway (née Tanaka)
et Robyn Hondo[*].

Prenez une large feuille de papier carrée, dont une
face est colorée et l'autre blanche. Sur tous les dessins,
les parties en grisé représentent le côté coloré et les
lignes de pointillé, les pliures. Renforcez toutes les
pliures en passant dessus avec l'ongle.

1re étape : posez la feuille de
papier sur la table, face
colorée vers le haut. Pliez-la
en deux parties séparées
par une diagonale du carré,
puis ouvrez-la. Pliez-la à
nouveau en deux dans
l'autre sens.

* Cours d'Akemi Solloway, conférencière spécialisée dans la culture japonaise et
fille aînée d'une famille de samouraïs (solloway.org) ; diagrammes gracieusement
fournis par Robyn Hondow (origami-fun.com).

2ᵉ étape : retournez la
feuille, face colorée
dessous. Pliez-la de manière
à obtenir un rectangle,
puis ouvrez-la. Pliez-la de
la même manière dans
l'autre sens, puis ouvrez-la.

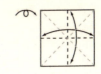

3ᵉ étape : face colorée
dessous, réunissez les quatre
coins du carré. Aplatissez
le papier de manière à
obtenir un petit carré dont
la superficie est égale au
quart de celle du carré
d'origine.

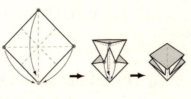

4ᵉ étape : rabattez les
coins droit et gauche vers
l'intérieur de manière à
obtenir une forme de cerf-
volant. Puis dépliez-les.

5ᵉ étape : rabattez le coin
supérieur vers le bas,
marquez soigneusement
le pli, puis dépliez.

6ᵉ étape : prenez le coin
inférieur de la couche
supérieure et tirez-la vers
le haut, de manière à
obtenir une forme de
canoë. Pressez bien de
manière à ce que les bords
du canoë s'aplatissent et
qu'apparaisse la forme d'un
losange. Marquez bien les
plis.

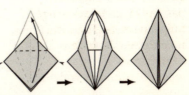

7e étape : retournez le papier et répétez les étapes 4 à 6. Le papier a maintenant la forme d'un losange plat.

8e étape : la moitié supérieure du losange est compacte, mais le bas semble avoir deux jambes. Rabattez vers la ligne médiane la couche supérieure de chaque jambe.

9e étape : retournez le papier et répétez l'étape 8. Le losange est redevenu un cerf-volant !

10e étape : pliez chaque jambe vers le haut, marquez bien les plis, dépliez.

11e étape : prenez la jambe droite du cerf-volant, ouvrez-la et inversez le pli de sa ligne médiane. Levez la jambe et placez-la à l'intérieur de la partie supérieure du cerf-volant, puis aplatissez-la. Répétez la même opération de l'autre côté.

12e étape : vous avez obtenu deux extrémités allongées, qui vont former la tête et la queue de la grue. Prenez le bout de l'extrémité droite et pliez-le vers le bas, avant d'inverser son pli pour former le bec.

13e étape : pliez les ailes vers le bas.

14e étape : pour finir, tirez sur les ailes et soufflez dans le creux inférieur pour déployer complètement le corps de la grue.

« Félicitations ! s'écrie sensei Yamada. Il n'est pas facile de plier une grue en papier, mais vous devez vous rappeler qu'il faut du temps pour devenir un vrai samouraï. »

Pour d'autres modèles et une aide supplémentaire, regardez la vidéo sur *youngsamurai.com*.

Young Samurai

3 – La Voie du dragon

Découvrez en avant-première
la suite
des extraordinaires aventures
de Jack Fletcher

PROLOGUE
L'ASSASSIN

Japon, juin 1613

Silencieux comme une ombre, l'assassin voltigeait de toit en toit.

Dissimulé dans la nuit, le ninja traversa les douves, escalada l'enceinte intérieure et s'enfonça dans les jardins du château. Son objectif, le donjon, était une puissante bâtisse de huit étages qui se dressait au centre de la forteresse présumée imprenable.

Déjouer la surveillance des gardes postés sur les murs extérieurs n'avait pas été bien difficile. Ces derniers, à moitié endormis à cause de la chaleur étouffante, étaient plus préoccupés par leur manque de confort que par la sécurité de leur daimyō dans sa tour. En outre, ils croyaient vraiment que le château était inexpugnable et n'étaient guère scrupuleux dans l'accomplissement de leur devoir – qui tenterait de s'introduire dans une telle place forte ?

Pour l'assassin, le plus dur serait d'entrer dans le donjon. Le garde du corps du daimyō ne serait pas aussi négligent et le ninja ne pouvait s'approcher davantage sans quitter les toits des bâtiments annexes. Il lui fallait maintenant s'avancer en terrain découvert, jusqu'aux solides fondations de pierre de la tour.

L'homme se laissa tomber d'un toit et longea le bord d'une cour, se cachant derrière les pruniers et les sakuras. Traversant silencieusement un jardin zen avec un étang ovale, il atteignit le puits qui se trouvait au milieu. Il se blottit à l'intérieur de la construction en entendant venir une patrouille de samouraïs.

Quand la route fut libre, le ninja se précipita jusqu'au donjon et, tel un lézard noir, gravit sans effort la pente abrupte de son socle. Habilement parvenu au troisième étage, il se glissa dans l'ouverture d'une fenêtre.

Une fois à l'intérieur, l'assassin savait exactement où aller. Parcourant à pas de loup un couloir obscur, il passa plusieurs portes avant de tourner à droite pour emprunter un escalier de bois. Il allait monter quand un garde apparut soudainement sur la plus haute marche.

Telle une fumée noire, le ninja s'évanouit dans les ténèbres, rendu invisible par son shinobi shozoku. Il dégaina calmement un tantō, prêt à égorger le nouvel arrivant.

Ignorant que la mort fût si proche, l'autre descendit l'escalier et passa devant l'espion. Celui-ci, soucieux de ne pas attirer l'attention, décida d'épargner la vie du soldat. Aussitôt que le garde eut tourné à l'angle du passage, le ninja rengaina son arme et grimpa les marches jusqu'au couloir de l'étage supérieur.

À travers le fin papier d'un shōji, il distinguait les halos de deux chandelles qui luisaient dans la pénombre. Faisant glisser légèrement le panneau, il jeta un œil par l'entrebâillement. Un homme était agenouillé en prière devant un autel. Il n'y avait là aucun samouraï.

L'assassin se coula dans la pièce.

Lorsqu'il fut à la bonne distance pour frapper, le ninja fouilla dans un petit sac passé à sa ceinture et en sortit un objet rectangulaire, enveloppé dans une toile cirée noire. Il le posa sur le sol à côté de l'homme à genoux et s'inclina brièvement.

« Tu es à peu près à l'heure », grommela l'autre.

Sans même se retourner, il ramassa le paquet et le défit, révélant un livre à la reliure de cuir fatiguée.

« Le *routier*, souffla-t-il, caressant la couverture, puis ouvrant les pages pour examiner les cartes maritimes, les descriptions d'océans et les minutieuses annotations concernant les marées, les relevés au compas et les configurations du ciel. Nous sommes maintenant en possession de ce qui nous revient de plein droit. Dire que le sort du monde est entre mes mains ! Les secrets des océans donnent à notre pays le contrôle des routes commerciales. C'est Dieu qui nous accorde le droit de commander les mers. »

L'homme plaça le livre de bord sur l'autel. « Et le garçon ? demanda-t-il, tournant toujours le dos au ninja. Est-il mort ?

— Non.

— Pourquoi ? Mes instructions étaient pourtant claires.

— Comme vous le savez, le samouraï Masamoto l'a entraîné à la Voie du guerrier, expliqua le ninja. Le garçon possède à présent de grandes compétences et s'est montré assez... résistant.

— Résistant ? Es-tu en train de m'expliquer qu'un simple gamin a mis en échec le grand Dokugan Ryu ? »

L'insulte fit flamboyer l'unique œil vert émeraude de l'assassin. Il envisagea de trancher sur-le-champ la gorge de son interlocuteur mais, d'abord, il lui fallait recevoir la rétribution de ses services. Le plaisir attendrait.

« Je t'ai employé parce que tu étais le meilleur. Le plus impitoyable, continua l'homme. Me suis-je trompé sur ton compte, Œil-de-Dragon ? Pourquoi ne l'as-tu pas tué ?

— Parce que vous pourriez bien avoir encore besoin de lui. »

L'homme agenouillé se retourna, le visage caché dans l'ombre.

« Qu'est-ce que je pourrais attendre de Jack Fletcher ?

— Le *routier* est codé. Seul le garçon peut le décrypter.

— Comment sais-tu cela ? demanda l'homme, avec une voix légèrement inquiète. As-tu essayé de trouver le code par tes propres moyens ?

— Évidemment, reconnut le ninja. Après l'erreur que j'avais commise en dérobant le dictionnaire japonais-portugais, j'ai pensé qu'il serait avisé de vérifier le contenu du livre avant de vous le remettre.

— As-tu réussi à en décoder des passages ?

— Pas vraiment. La combinaison inhabituelle du portugais et de l'anglais a rendu la tâche plus complexe que je ne l'avais prévu.

— Peu importe, fit l'homme, visiblement soulagé que le contenu du livre restât inaccessible au ninja. Il y a dans ce donjon un moine franciscain qui parle couramment les deux langues et qui est mathématicien. Une simple promesse de remise en liberté devrait nous assurer ses services.

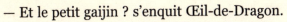

— Et le petit gaijin ? s'enquit Œil-de-Dragon.

— Quand le secret du code sera percé, achève ta mission, ordonna l'autre, se tournant à nouveau face à l'autel. Tue-le. »

TABLE

Composition Nord Compo
Achevé d'imprimer en Espagne
par Litografia Rosès
le 3 février 2010.
Dépôt légal février 2010. EAN 9782290010594
Loi 49-956 du 16 juillet 1949 sur les publications destinées à la jeunesse

Éditions J'ai lu
87, quai Panhard-et-Levassor, 75013 Paris
Diffusion France et étranger : Flammarion